특 공 황 비

초교전

特 工 皇 妃

楚喬傳

2

특공황비 초교전 2

ⓒ소상동아 2018

초판1쇄 인쇄   2018년 6월 26일
초판2쇄 발행   2019년 8월 8일

지은이   소상동아潇湘冬兒
옮긴이   이소정

펴낸이   박대일
편집   이문영 · 임유리 · 신지연 · 박현주 · 전보라
교정   김미영
마케팅   송재진 · 임유미
디자인   김은희

펴낸곳   파란미디어
출판등록   2004년 9월 14일 제313-2004-00214호

주소   03992 서울시 마포구 동교로23길 14, 국제빌딩 6층
전화   02.3141.5589 영업부 070.4616.2012 편집부
팩스   02.3141.5590
전자우편   paranbook@gmail.com
카페   http://cafe.naver.com/paranmedia
페이스북   http://www.facebook.com/paranbook

ISBN   978-89-6371-521-6(04820)
        978-89-6371-519-3(전6권)

특공황비

초교전

特工皇妃

楚喬傳

2

소상동아 장편소설

이소정 옮김

파란

2부 대하

제5장 대하국의 연회

황제의 장막은 아주 넓었다. 세로로 서른여섯 개의 자리가 구불거리며 거대한 장막을 좌우 양측으로 나누고 있었다.

초교가 장막 안으로 들어갔을 때, 사람들 대부분이 도착해 있어 그 안은 사람들 떠드는 소리로 흥성거렸다. 황제는 아직 도착 전이었다.

초교는 그저 일개 친위대 신분이었기에 함부로 나다닐 수 없었다. 그녀는 장막 안을 눈으로 한 바퀴 훑어보며 사람들이 적은 곳을 찾았다. 과연, 달과 같이 흰 장포를 입은 연순이 그곳에 조용히 앉아 침착한 표정으로 차를 마시고 있었다. 곁에 있는 조숭은 초조한 표정으로 어쩔 줄 몰라 하고 있었다.

"세자 저하."

초교가 그쪽으로 다가가자 조숭이 크게 놀라며 외쳤다.

"아초, 어떻게 된 거야? 다쳤어?"

목의 상처는 그저 찰과상에 불과했지만 피가 아직 배어 나오고 있었다. 초교는 고개를 저으며 아무렇지 않다는 듯 말했다.

"괜찮아요. 조심하지 않다가 스쳤을 뿐이에요."

"어째서 그렇게 부주의하게 구는 거야?"

조숭은 눈살을 찌푸리면서도 다정하게 말했다.

"내가 바로 의원을 불러올게. 잘 치료해 두어야 해."

"그럴 필요 없어요."

초교가 그를 붙잡았다.

"그저 작은 상처일 뿐인걸요. 그렇게 요란을 떨 필요 없어요."

"어떻게 그러겠어."

조숭은 불쾌한 듯 인상을 쓰더니, 자신의 말이 초교에게 별 영향을 끼치지 못한다는 것을 깨닫고 연순을 바라보았다.

"연 세자, 네 생각은?"

연순이 미간을 살며시 찌푸리며 초교의 창백한 안색을 살펴보았다. 여러 해를 함께 보낸 세월 덕에, 그는 초교의 심사를 깨달은 것 같았다. 연순은 그저 나지막하게 묻기만 했다.

"정말 괜찮은 거야?"

초교가 단호하게 대답했다.

"괜찮아."

조숭은 갑자기 그런 두 사람 사이에서 자신이 배제된 듯한 느낌을 받았다. 그는 어색한 분위기를 견디지 못하고 입을 열었다.

"그럼 내가 가서 금창약을 가져오겠어."

말을 마친 조승이 몸을 돌려 자리를 떠났다.

초교는 연순의 뒷자리에 앉아 몸을 내밀고 속삭였다.

"찰로의 사람이었어. 당신 막사 안 상자를 훔쳐 가려고 했어. 죽이고 왔어."

연순이 답했다.

"그 상자는 아무 쓸모 없는 건데. 그저 사람들의 이목을 피하려고 만들어 놓은 거니 도둑맞은들 별문제 없는데, 무엇 때문에 그렇게 목숨을 걸고 싸우다 온 거야?"

"찰로 쪽 사람이 내게 이런 상처를 입힐 능력이 있을 리 있나!"

초교는 가볍게 목의 상처를 어루만지며 코웃음 쳤다.

"사고가 좀 있었어. 최근 진황성에 어떤 고수가 왔나 봐."

"진황성 안에 고수라고?"

연순이 눈썹을 치켜세우며 고민스러운 표정을 지었다.

"지금 진황성에 고수라면 결코 적지 않을 텐데."

"순 오라버니!"

갑자기 사랑스러운 목소리가 들려왔다. 인파 속에서, 검은 담비 모피로 만든 옷을 입은 소녀가 또래 소녀들에게 둘러싸인 채 활짝 웃으며 연순에게 달려왔다. 그러나 연순의 자리 가까이 오자마자 소녀의 얼굴 가득했던 웃음은 즉시 사라져 버리고 말았다. 그녀는 연순 뒤에 앉아 있는 초교를 차갑게 노려보며 냉랭하게 물었다.

"저 계집이 왜 여기에 있지?"

초교가 몸을 일으켜 공손하게 예를 행했다.

"팔공주 마마."

순아는 초교를 쳐다보지도 않고 바로 연순 곁에 앉아 화가 난 듯 물었다.

"오라버니가 요 며칠 동안 나를 찾아오지 않은 것은, 저 계집이 돌아왔기 때문이야?"

연순이 몸을 일으켜 초교 곁에 서서 담담하게 말했다.

"연순이 황공하옵니다. 감히 공주 마마의 휴식을 방해하지 않겠습니다."

"좋아, 저 계집이 돌아오자마자 오라버니가 나를 공주라 부른다 이거지?"

말을 마친 공주는 사납게 초교를 손가락질하며 차갑게 말했다.

"누가 너같이 비천한 노비가 여기 들어오도록 허락했지?"

말이 떨어지자마자 연순의 안색이 즉시 차가워졌다. 보기 좋은 눈가가 천천히 일그러졌다.

"공주 마마께서는 당당한 금지옥엽이신데, 어찌 그런 상스러운 말을 입에 담으시는지요. 아초는 제가 데리고 들어왔습니다. 공주 마마께서는 저도 함께 내쫓고 싶으십니까?"

순아는 입을 삐죽거리더니, 갑자기 눈가를 붉히기 시작했다. 그녀는 노기등등하여 발을 동동 구르더니, 연순의 말에는 대답하지 않고 초교에게 손가락질하며 말했다.

"너, 나중에 두고 보자!"

말을 마친 순아가 몸을 돌려 뛰어가 버렸다. 순아를 따르던 황가의 소녀들은 모두 적이라도 보는 시선으로 초교를 노려보고는 순아를 따라갔다.

초교가 한숨을 쉬며 연순을 책망했다.

"대체 무엇 때문에 지금 공주 마마의 기분을 상하게 하는 거야? 내가 나가면 될 일을 가지고."

그러나 연순은 계곡을 흐르는 샘물처럼 차가운 목소리로 단호하게 말했다.

"어릴 때야 저런 것을 다 참고 받아 줘야 했지. 그때 나에게 인내를 제외하면 아무것도 가진 것이 없었으니까. 하지만 지금도 이런 일을 겪으면서 한 마디도 할 수 없다면, 대체 몇 년 동안의 노력이 무슨 의미가 있지?"

연순은 자리에 앉아 평온한 안색으로 천천히 술을 한 모금 마셨다. 그의 먹빛 머리카락과 백의가 그 고요한 자태와 어울려, 마치 그림 속에서 빠져나온 사람처럼 보였다.

바로 이때, 갑자기 장막의 발이 흔들리며 거친 바람이 들어왔다. 훅 끼쳐 오는 냉기에 모든 이들이 즉시 고개를 돌려 바라보았다.

장막 안으로 들어온 것은 자색 금포에 흰 외투를 입은 젊은 남자였다. 검과 같은 두 눈썹에 차가운 별과 같은 눈, 거기에 옥처럼 맑은 얼굴까지, 준수하고 당당해 보이는 모습이었다. 그는 막 검집에서 빠져나온 검의 예리한 칼날과 같은 차가운 매력을 발산하고 있었다. 다만, 그의 목 위에 그의 분위기와 전혀 어울리지 않는 찰과상의 흔적이 있었고, 지금도 피가 슬며시 배어 나오고 있었다.

초교가 미간을 강하게 찌푸렸다.

"넷째 공자님!"

위경과 여러 왕공 자제들이 갑자기 봄바람을 맞은 얼굴로 앞으로 달려 나갔다.

"7년 만이야. 제갈 넷째 공자의 풍채는 예전보다 훨씬 훌륭해졌는걸!"

제갈월은 담담한 미소를 띤 채 하나하나 예를 되돌렸다. 그의 절도 있는 행동거지며, 사람들과 자연스럽게 이야기꽃을 피우는 모습을 보면 예전의 그 의심 많은 괴팍한 소년과 같은 사람이라고 믿을 수 없을 정도였다. 7년의 세월이 그를 벼려, 마침내 그는 검집을 나온 보검이 된 것이다. 어느 순간에도 스스로의 광휘를 주위에 흩뿌릴 수 있는 보검이.

등불이 번쩍이는 가운데, 장막 안 사람들은 모두 기쁨에 가득 차 있었다. 겨우 사람들의 치근덕거림에서 빠져나온 제갈월의 시선이 사람들을 하나하나 훑어 내렸고, 마침내, 구석진 곳의 가장 낮은 자리에 못 박힌 듯 멈추고 말았다.

연순은 조용히 술을 마시고 있었다. 고개조차 들지 않고, 넓은 등으로 뒤에 앉아 있는 여자를 가리면서, 앞에서 계속 쏟아지는 그 한기 서린 시선을 막아 내고 있었다.

"연 세자, 별고 없으셨는지."

나지막한 목소리가 연순의 머리 위에서 천천히 들려왔다.

연순이 고개를 들고 냉소하며 몸을 일으켰다.

"제갈 넷째 공자, 오랜만이군요."

제갈월이 입 끝을 들어 올리며, 사악한 매력이 섞인 차가운 웃음을 지어 보였다. 그리고 고개를 살짝 기울여 연순의 등 뒤를 바라보며 나지막한 목소리로 천천히 물었다.

"성아, 나를 알아보지 못하겠느냐?"

초교가 평온한 얼굴로 고개를 들었다. 그녀의 입가에는 담담한 미소가 떠올라 있었다. 초교는 자신의 옛 주인을 바라보며 다정한 목소리로 대답했다.

"공자님께서 천하에 명성을 떨치고 계신데, 그 누가 알아보지 못하겠습니까?"

초교의 말이 떨어지자마자 거대한 종소리가 갑자기 울려 퍼졌다. 아홉 번 길게, 다섯 번 짧게. 웅혼한 종소리가 10리에 걸친 영지에 메아리쳤다.

시끌벅적하던 장막 안이 삽시간에 조용해졌다. 사람들은 모두 땅에 무릎을 꿇고 큰 소리로 절하며 외쳤다.

"폐하를 뵙사옵니다!"

거대한 장막의 발이 열리고 북쪽의 삭풍이 불어 들어왔다. 등불이 흔들리고 모두 침묵을 지키는 가운데, 정제된 발걸음 소리가 들렸다. 황제의 친위대가 장막을 둘러싸자, 수많은 병사들의 갑옷이 내뿜는 금속성 한기가 순식간에 그곳에 가득했던 고기 냄새를 덮어 버렸다.

초교는 조심스럽게 고개를 들었다. 그러나 눈에 보이는 것은 곰 가죽으로 만든 양탄자 위를 걸어가는 하얀 장화뿐이었다. 황제의 장화도 보통 사람과 크기는 다를 바 없어 보였다. 흰 장화 가장자리에는 밝은 노란빛 구름 위로 승천하는 용이 수놓여 있었다. 황제의 발걸음은 진중하고도 서두르는 기색이 없었다.

"모두 일어나라."

나지막한 목소리가 들려왔다. 목소리는 크지 않았고, 엄격하게 들리지도 않았다. 심지어 약간은 쉬어 있었다. 그러나 바다의 파도와 같은 무게가 실린 목소리였다. 황제의 목소리는 방금까지 시끄럽게 떠들어 대던 장막 안의 모두를 압도하고 있었다.

사람들이 모두 몸을 일으켰다. 그러나 고개를 들어 위를 바라보는 자는 하나도 없었다.

대하 황제의 목소리가 위에서 다시 나지막하게 울려 퍼졌다.

"모두 앉거라. 제아齊兒, 시작하거라."

삼황자 조제趙齊가 공손하게 답했다.

"예, 부황."

그리고 앞으로 한 걸음 나와 높은 소리로 외쳤다.

"연회를 시작하니, 모두 자리에 앉도록 하라."

갑자기 사죽 소리가 울려 퍼지고, 양쪽의 통로에서 몸을 많이 드러낸 옷을 입은 무희들이 고운 자태로 걸어 나왔다. 모두 복숭아 같은 얼굴에 백설 같은 피부의 미인들이었다. 무희들이 긴 덧소매를 휘두르며 중앙에서 매혹적으로 춤을 추기 시작하고, 자리마다 각양각색의 진수성찬이 차려지자 모두 긴장을 풀기 시작했다. 점차 웃음소리며 환호성이 높아져 갔다.

제갈월은 여전히 냉담한 안색으로 연순 앞에 서 있었다. 그는 깊은 눈빛으로 연순 곁의 초교를 바라보고 있었다. 초교는 그 냉정하고 담담한 얼굴에서 익숙한 표정을 발견하고, 자신도 모르게 천천히 고개를 끄덕였다.

마침내 제갈월이 한 마디도 하지 않고 단호하게 몸을 돌려 자리를 떠났다. 모피 외투가 흔들리며 얼음같이 차가운 바람이 일었고, 그 바람에 술잔 안 황실이 내린 술이 가볍게 흔들렸다.

초교의 손가락이 갑자기 얼음처럼 차가워졌다. 가슴속에 무어라 형언할 수 없는 기분이 올라오기 시작했다. 그녀는 양미간을 찡그리다가, 천천히 눈을 감고 심호흡을 한 후 자리에 앉았다.

누군가가 그녀의 어깨에 손을 올렸다. 초교가 고개를 들어 보니 연순이 칠흑같이 검은 눈동자로 그녀를 바라보고 있었다.

연순은 아무 말도 하지 않았다. 그러나 그녀는 그가 전하고 싶은 의미를 이해할 수 있었다. 여러 해에 걸쳐, 낙담할 때마다, 또한 원한이 자욱하게 피어오르는 밤마다, 그들은 이런 식으로 서로를 격려해 왔다. 기다려라, 인내해라, 언젠가는 일어설 그날이 올 테니까.

초교는 말없이 고개를 끄덕였다. 주위는 음악 소리며 사람들의 이야기 소리로 시끄러웠다. 그녀는 고개를 들고, 장막의 가장 북쪽을 바라보았다. 그곳은 등불이 너무 많은 나머지 사람들이 거의 똑바로 바라보지 못할 정도였다. 초교는 눈을 크게 뜨고, 그 빛에 둘러싸인 남자를 바라보았다. 너무 많은 빛이 그 남자를 가리고 있어 그의 얼굴은 모호하게만 보였다. 제대로 볼 수 있는 것은 그가 입은 옷에 수놓인 황금 용의 날카로운 발뿐이었다. 그 아득한 곳, 용의 발은 예리한 칼날처럼 장막 안 속셈을 알 수 없는 시선들을 가리키고 있었다.

쾅 소리와 함께, 막사 앞에 걸려 있던 장막이 전부 끌어내려졌다. 매서운 바람이 갑자기 막사 안으로 밀려 들어왔다. 막사 앞 거대한 광장에 활활 타오르는 횃불이 가득했다. 장막 안으로 들어올 자격이 없는 이들은 전부 장막 밖에 모닥불을 둘러싸고 앉아 가운데에 무대를 만들어 두고 있었는데, 그 기세가 들끓는 것이 황제의 장막 안 분위기보다 훨씬 고양되어 있었다.

장막이 내려가자, 바깥에서 한바탕 거대한 환호성이 들려왔다. 바로 그때, 빠른 말발굽 소리가 들려왔다. 먼 곳에서 1백이 넘어 보이는 사나운 전마가 놀라운 속도로 질주해 오고 있었다.

사람들이 놀라는 가운데, 흰 갑옷을 입은 병사 백 명이 사람들 무리에서 달려 나와 뛰어오르더니, 여전히 질주하고 있는 말의 등에 올라탔다. 군더더기라고는 하나도 없이 깔끔한 동작이었다.

주변에서 바라보던 귀족들은 즉시 우레와 같은 환호성을 질렀다. 기병들은 말을 몰아 무대에 도착한 후, 왼손에는 칼을, 오른손에는 방패를 들고, 두 다리로 말을 제어하며 각종 화려한 초식을 취해 보였다. 하늘을 가는 구름이나 흐르는 물처럼 자연스럽고도 아름다운 동시에, 전투에 쓸 수 있는 실용적인 초식들이었다.

그들을 지휘하는 장수는 나이가 많지 않아 보였지만, 투구 때문에 얼굴은 보이지 않았다. 그의 늘씬한 몸은 품위 있게 움직였고, 뛰어난 무예를 선보이며 조금의 흐트러짐도 없이 지휘하고 있었다.

갑자기 병사들이 동시에 칼을 집어넣고 방패를 말의 뒤쪽에 둔 후, 허리에서 활을 꺼내 화살을 메겼다. 그러더니 발로 등자를 단단하게 밟고는, 몸을 돌려 거꾸로 매달린 채 말의 배 아래에서 활을 당겼다. 한바탕 휙 하는 파공음과 함께 100대의 화살이 동시에 한 과녁을 향해 날아갔다.

굉음과 함께, 거대한 힘을 받은 두꺼운 과녁이 부서지고 말았다. 그러나 과녁은 땅에 떨어지지 않고 그대로 날아가 뒤에 있던 거대한 소나무에 단단히 박혔다. 붉은 과녁 한가운데에 100대의 화살이 빽빽하게 박혀 있었고, 수많은 화살이 다른 화살의 꼬리를 꿰뚫고 층층이 함께 쌓여 있는 형태였다!

순식간에 죽음과도 같은 적막이 내려앉았다. 병사들이 몸을 돌려 다시 말 위에 제대로 앉은 후, 우두머리인 장수가 말에서 내려와 투구를 벗고 한쪽 무릎을 꿇은 뒤 힘찬 목소리로 외쳤다.

"소자 조철, 부황의 홍복을 경축드리옵니다. 만수무강하소서!"

모두 친둥이라도 치듯 환호했다. 무를 숭상하는 대하 사람들이다 보니, 이 신기한 기예의 궁술에 흥분하여 박수를 치지 않는 자가 없었다.

"수년 동안 변경에서 경험을 쌓더니, 철아가 기량이 좋아졌구나."

대하의 황제도 기쁜 표정으로 말했다.

"황공하옵니다, 부황!"

조철이 큰 소리로 외치며 머리를 조아렸다.

귀족들은 형세를 보아 방향을 바꾸는 데 익숙했다. 그들은 동시에 큰 소리로 조철의 용맹함을 칭찬하기 시작했다.

연순은 말석에 앉은 채 고개를 숙이고 차를 마시고 있었다. 그는 냉담한 표정으로 한 마디 말도 없이, 그저 두 눈을 가늘게 뜨고 있었다.

"일곱째가 용맹하여 수년에 걸쳐 우리 대하의 변경을 수비해 왔지요. 일곱째는 확실히 얻기 어려운 장수 재목입니다. 북방에 일곱째가 있으니, 우리 강토는 걱정이 없겠습니다."

삼황자 조제가 천천히 고개를 끄덕이며 조철을 칭찬했다. 태연자약한 표정에서는 아주 약간의 질투나 번뇌의 기색도 찾아볼 수 없었다. 그의 표정이 진심이건 아니면 거짓이건, 일대 현왕의 칭호에 부끄럽지 않은 태도였다.

조철은 황제의 은혜에 감사한 후, 수하들을 이끌고 물러났다. 장중의 분위기는 다시 화기애애해졌다. 각 군벌들은 모두 무예를 자랑하고 말을 겨루며 검무를 추었다. 진수성찬은 흐르는 물처럼 계속 올라왔고, 모두 야생 동물을 구운 것들이었기에 맛도 향기도 유혹적이었다.

서북 파도합 가문은 사냥에 참가하기 위해 천 리를 달려왔다. 서출인 숙부 몇을 제외하면 찰로와 찰마, 두 사람만이 적계의 자손이었다. 찰로는 가문의 무사들을 이끌고 서북의 풍격이 살아 있는 씨름을 선보여 사람들의 열렬한 환호성을 이끌어 냈다. 찰마는 아름다운 서북 소녀들을 이끌고 장중으로 들어와 기마술을 보여 주기 시작했다. 소녀들의 솜씨가 비록 대단히 뛰어난 것은 아니었지만, 젊고 아름다운 소녀들이 선보이는 재주에 모두 환호했다.

대하의 황제는 즐거운 마음으로 찰마에게 회송의 얇은 비단 스무 필을 내렸다. 단숨에 장중의 분위기는 다시 한 번 고조되었다. 찰마는 생긋 웃으며 황제의 은혜에 감사한 후, 몸을 일으키며 갑자기 말했다.

"폐하, 본래 이런 공연은 별다른 재미가 없지요. 우리 서북에서는, 연회 때면 서로 무예를 겨루는 것이 허락된답니다. 저는 오늘 처음으로 진황에 왔으니, 폐하께서 제가 한 사람에게 도전하여 서북의 재미를 선보이도록 윤허해 주셨으면 합니다."

그녀는 아직 열여섯에서 열일곱 사이의 소녀였다. 얼굴도 순진하고 귀여워 보여, 사람들은 찰마의 말을 들을 때면 자신도 모르게 빙그레 웃었다. 대하의 황제는 상좌에 앉아 있어 표정이 정확히 보이지 않았으나, 목소리를 들어 보면 황제도 옅게나마 즐거운 듯했다.

"누구에게 도전하려느냐?"

"연북 세자 시녀의 무예가 뛰어나다는 이야기를 오래전부터 들어 왔지만, 계속 가르침을 청할 기회가 없었습니다. 오늘 모두의 흥을 돋울 겸, 무대에서 함께 놀아 보고 싶사옵니다."

말이 떨어시자마자 모두의 눈길이 가징 말석에 앉아 있는 연순에게로 향했다. 오늘 있었던 일을 아는 이들은 자연히 일의 전말을 이해했고, 모르는 이들은 그저 찰마가 일부러 도발하는 것이라 여겼다. 서북의 파도합 가문과 연북의 일맥은 대대로 원수 사이였고, 연세성이 죽기 전에도 이렇게 공개된 장소에서 대립했던 적이 여러 번 있었다.

대하의 황제가 대답하기도 전에, 연순이 몸을 일으켜 냉담하게 거절했다.

"제 시녀는 아직 어린 나이인지라, 무예라면 아주 겉핥기로만 알 뿐입니다. 어찌 감히 폐하의 안전에서 부끄러운 솜씨를 보여 드릴 수 있겠습니까. 찰마 군주는 기마술도 뛰어나고 무예도 고강하시니, 군주께 미치지 못하는 이를 난처하게 만들지 말아 주시지요."

연순이 입은 달과 같이 흰 장포에는 먹빛 연꽃 자수가 연하게 놓여 있었다. 그 위로 늘어뜨린 먹빛 머리며 검은 눈동자, 그리고 백옥 같은 얼굴에서는 풍류 공자의 자연스러운 품위가 배어 나오고 있었다.

"연 세자, 가진 재주를 숨기려 하는 것도 군주를 능멸하는 죄를 짓는 일이오. 하물며 찰마 군주 역시 겨우 열여섯 살, 군주의 당당한 신분으로 일개 노비와 무예를 겨루겠다는 것만으로도 대단히 체면을 세워 준 것이거늘, 이리 사양하는 것은 군주의 호의를 무시하는 것 아니겠소?"

위에서 네 번째 자리, 위경의 곁에 앉아 있던 청년이 입을 열었다. 그는 위씨 문벌에서 새롭게 떠오르고 있는 방계의 자제로, 이름은 위청지魏淸池였다. 언변이 보통이 아닌 데다 말투와 태도 또한 범속하지 않았다. 연순은 예전에 연회에서 그를 몇 번 본 적 있었으나, 오늘 이렇게 공공연하게 자신에게 반대 의견을 피력하리라고 생각한 적은 없었다.

"청지의 말이 지극히 옳소."

위경이 소리 내어 웃었다.

"연 세자, 군자란 다른 이를 돕는 미덕이 있어야 하오. 서북 초원에서 오신 군주께서 이렇게 고아하게 흥취를 돋우는 일은 결코 흔한 일이 아니니, 도와드려야 마땅하지 않소? 아니면 파도 장군께서 진황성에서 따님을 무시했다고 원망해도 할 말이 없을 것이오."

그가 입을 열자, 즉시 그에게 찬성하는 사람들이 생겼다. 대하의 황제도 찰마에게 미소 지으며 말했다.

"청한 바를 윤허하노라."

연순이 눈썹을 치켜세우며 다시 이야기하려 했지만, 초교가 그의 옷자락을 잡아끌고 조용히 고개를 저었다. 연순은 침울한 표정으로, 그러나 형세가 어찌할 수 없다는 것을 받아들였다. 만약 더 이야기한다면, 다른 이들에게 질타를 받을 가능성이 컸다.

넓은 소매 아래로 연순은 초교의 손을 꽉 쥐고 낮은 목소리로 당부했다.

"조심해야 해."

초교가 웃으며 고개를 끄덕였다.

"안심해."

그녀는 외투를 벗고 무대 중앙으로 나가, 먼저 북쪽을 향해 고개를 조아리며 절했다. 그 후 고개를 돌려 찰마 군주를 향해 예를 행하며 말했다.

"이리 된 바에야, 무례를 저지르겠습니다."

삽시간에 모든 이의 이목이 초교에게로 쏠렸다.

7년 전, 여덟 살의 초교는 연순과 같은 배에 올라탔다. 구외주 거리에서 위경의 손가락을 자른 후 그를 인질로 삼아 진황을 탈출하고, 후에 구유대 앞에서 금군과 다투다가 탈주에 성공할 뻔했던 일은 지금까지도 모든 이들의 기억 속에 생생했다.

일개 여덟 살 어린아이에게 그만한 용기와 실력이 있었다. 7년이 지난 지금은 어떤 능력을 보여 줄까? 비록 초교가 신분이 낮은 노비에 지나지 않는다 해도, 그녀는 지금 연북 일맥을 대표하고 있었다.

대하 황조의 누구라도 다 아는 바였다. 비록 7년 전 연세성이 죽고 연왕의 일맥은 연순 하나만 남았지만, 그 전의 연왕들이 100년이 넘는 세월 동안 연북의 관리들을 스스로 선택하였던 결과, 연씨 일맥은 서북 초원에서 아직도 깊이 뿌리 내리고 있는 것과 마찬가지였다.

수년 동안 견융족이 계속 변경을 침범했고, 그에 대비하는 법을 아는 이들은 본래 연북에 살던 이들뿐이었기 때문에 대하는 연씨 일맥을 존경하는 이들을 모두 몰아낼 수는 없었다. 그리고 이것이 바로 대하 황제가 연순을 제거하지 못했던 중요한 이유기도 했다.

또한 암암리에 연북의 경제와 정치를 지탱하는 신비한 힘을 가진 일파가 있다는 소문이 있었다. 그 일파의 뿌리를 뽑을 수 있게 되기까지, 연순을 연북의 명의상의 주인으로나마 남겨 둘 수밖에 없었다.

장막 밖에서 거센 바람이 불어와 초교의 연푸른 옷자락을 때렸다. 그녀의 눈은 칠흑과 같고, 머리카락은 먹빛이었다. 여윈 듯한 얼굴은 경국지색의 절대가인은 아니었으나, 그녀의 온몸에서 뿜어져 나오는 차가운 매력 때문에 어떤 남자라도 곁눈질하지 않고는 견딜 수 없을 지경이었다.

초교가 대하 황실 모든 이들 앞에 나선 것은 처음이었다. 그녀는 일개 노비의 신분으로, 서북에서 가장 빛나는 신분인 찰마 군주의 도전을 받아들였다.

찰마는 자신에게 굴욕을 안겼던 소녀를 바라보며, 희미하게 냉소하며 오만한 목소리로 말했다.

"나는 방금 기마술을 선보여 체력이 아직 회복되지 않았다. 그러니 이렇게 하도록 하자. 먼저 내 노비를 불러 너와 무예를 겨루게 할 테니, 그를 이기거든 다시 나와 싸우도록 하자."

이 말을 들은 이들 모두 크게 놀랐다. 조숭이 마침내 참지 못하고, 조제가 미간을 찌푸리며 말리는 것도 듣지 않고 몸을 일으켜 외쳤다.

"부황, 불공평합니다!"

"찰마 군주는 연약하고 귀한 몸이신데, 일개 노비와 비무를 한다는 것 자체가 타당하지 않지요. 하물며 방금 기마술을 선보였으니 말입니다. 십삼황자님, 상대는 기껏해야 노비일 뿐입니다. 불공평할 것도 없사옵니다."

영왕의 작은아들 조종언이 큰 소리로 웃으며 아무렇지도 않다는 듯 말했다.

위경도 입꼬리를 들어 올리며, 음울한 눈길로 초교를 바라보고 냉담하게 말했다.

"왕자님 말씀이 지극히 옳습니다. 기껏해야 노비일 뿐이니, 우리가 즐거우면 그만이지요."

"너희들……."

"열셋째야!"

조제가 나지막하게 외쳤다.

"앉아라."

대하의 황제도 반대하지 않았다. 찰마가 고개를 돌려 건너편에 뒷자리에 앉아 있는 우람한 체격의 사내에게 말했다.

"토달土達, 이 아가씨와 놀아 드리도록 해라."

사내가 몸을 일으키자, 모두 비명을 질렀다. 사내는 그야말로 거대했다. 키는 7척 이상이고, 눈은 마치 동으로 만든 방울과 같이 튀어나와 있었으며, 팔에는 근육이 울퉁불퉁했다. 초교와 나란히 서니 마치 거대한 코끼리와 고양이가 마주 보고 있는 것처럼, 조금도 대등해 보이지 않았다.

이제 모두 찰마의 뜻을 알아차릴 수 있었다. 이것은 비무가 아니었다. 그녀가 원하는 것은 그저 살인이었다. 그러나 그 누구도 반대를 표하지 않았다. 어차피 그들의 생각도 위경과 같았다. 기껏해야 노비일 뿐이니, 우리가 즐거우면 그만이지.

초교는 고개를 들고 냉정한 표정으로 토달을 주시했다. 그녀는 오늘의 이 싸움이 연북의 명예와 관련이 있다는 사실을 알고 있었다. 연순이 수년 만에 처음으로 제국의 백관들 앞에서 얼굴을 드러낸 것이나 마찬가지였다. 만약 이 싸움에서 자신이 패한다면, 연북의 사기는 커다란 타격을 입을 것이다. 연순을 지탱하고 있는, 연순에게 조건 없이 충성하고 있는 연북 장병들의 사기가.

초교는 깊이 숨을 들이마신 후 장막을 나와 무대 위로 올랐다. 그녀는 걸려 있는 무기들 중에서 장창을 선택하여 가늠해 본 후, 몸을 돌려 고개를 들고 물었다.

"어떤 무기를 사용할 건가요?"

토달이 주먹을 꽉 쥐고 귀에 거슬리는 소리를 내며 몇 번 맞부딪치고는 의기양양하게 말했다.

"내 주먹이 나의 무기지."

"칼과 창에는 눈이 없으니, 조심하시지요."

갑자기 한바탕 바람이 초교가 있는 곳으로 습격하듯 불어왔다. 토달이 큰 소리로 기합을 넣었는데, 그 소리가 어찌나 큰지 마치 아무것도 없는 하늘에 천둥이 친 것 같았다!

초교도 즉시 몸을 돌려 움직였다. 거대한 주먹이 그녀가 있던 땅에 떨어졌다. 순식간에 땅에 쌓여 있던 흰 눈이 분분히 흩날리더니 땅에 거대한 구멍이 생겨났다.

사람들 사이에서 비명이 터졌다. 이 사내가 내려친 힘을 보니, 초교가 죽을 것이 분명해 보였다. 장중에 있던 소녀들이며 귀부인들은 안색이 창백해져 눈을 가리고 제대로 쳐다보지도 못했다.

초교는 한 손으로 장창을 들어 올렸지만, 창을 찔러 볼 기회도 없었다. 토달의 힘은 놀라울 정도였고, 몸도 매우 민첩했다. 그는 마치 한 마리 흉악한 호랑이처럼, 한 걸음 한 걸음 초교를 바짝 조여 왔다.

조숭도 긴장하고 있었다. 비록 초교의 솜씨가 대단하다는 것은 알고 있었지만, 소녀의 몸으로 어떻게 저런 거대한 사내와 맞수가 되겠는가? 젊은 황자는 마음을 정했다. 만약 상황이 좋지 않으면 즉시 자신이 무대로 달려가 초교를 구하겠다고.

두 사람은 전광석화처럼 몇 합을 겨뤘다. 연약해 보이는 초교는 시종 제대로 반격하지 못하고 사방으로 도망 다니며, 토달과 정면으로 맞붙지 않았다. 모두 그녀가 패할 것이 분명하다고 생각하게 되었을 때, 갑자기 토달이 큰 소리를 지르며 몸 전체로 초교를 덮쳐 왔다. 그런 그의 얼굴은 흉포했고, 그 움직임도 음험해 보였다.

거센 바람이 불어오고, 횃불이 소리 내며 타오르는 가운데, 모든 이들이 비명을 질렀다. 모두 초교가 이번에는 도망치지 못하고 죽을 것이라고 여기고 있었다.

그러나 팽팽하게 긴장하고 있던 연순의 얼굴은 오히려 편안하게 바뀌었다. 그는 손에 꽉 쥐고 있던 술잔을 입가로 가져가, 담담하게 한 모금 마셨다. 그가 다시 손에서 힘을 풀었을 때, 술잔은 맑은 소리와 함께 탁자 위로 떨어져 몇 조각으로 깨져 버리고 말았다.

수많은 사람들이 눈을 떼지 못하고 바라보다가 갑자기 모두의 눈이 휘둥그레 커졌다. 계속 사방으로 도망 다니던 초교가 갑자기 고개를 돌리더니 기이하게 움직였다. 그녀는 가녀린 허리를 민첩하게 한 번 비틀더니, 공중으로 뛰어올라 몸을 거꾸로 돌렸다. 장창을 끌어당겼다 다른 손으로 다시 장창을 보내 상대를 미혹시키더니, 벽력같은 힘으로 상대를 찔러 갔다.

푹 소리와 함께 사방으로 선혈이 튀었다. 뒤이어 참혹한 비명 소리가 들려왔다.

거친 바람이 소녀의 이마에 흘러내린 머리카락을 불어 넘겼다. 그녀는 한 손으로 창을 쥔 채 토달의 가슴을 찌르고 있었다. 장창은 토달의 몸에 반 촌 정도 들어가 있었는데, 초교는 더 이상 깊게 찌르지 않았다. 누가 보아도 초교가 상대를 죽일 마음이 없어 일부러 손에 사정을 두었다는 것을 명백하게 알 수 있었다.

초교는 장창을 거둬들이고 냉담하게 고개를 끄덕였다.

"양보에 감사드립니다."

말을 마친 초교가 몸을 돌려 북쪽에 앉은 이를 향해 머리를 조아리며 예를 행했다.

사람들 모두 갑자기 우레와 같은 갈채를 보냈다. 대하는 무를 숭상하는 나라였다. 젊은 소녀가 절륜한 창술을 선보이며 눈 깜짝할 사이에 거대한 사내를 물리치는 것을 보자, 다들 목청을 높여 고함을 질렀다.

그러나 바로 그때, 토달이 갑자기 큰 소리를 치며 주먹을 휘두르면서 달려왔다. 초교는 여전히 그에게서 등을 돌리고 있었고, 토달의 주먹이 그녀의 척추를 으스러뜨릴 듯이 떨어졌다!

"조심해!"

조숭이 큰 소리로 외치며 뛰쳐나갔다.

그와 동시에, 한 줄기 하얀 칼날 비슷한 것이 뒤쪽에서 날아왔다. 토달의 주먹이 초교의 몸에 닿으려는 바로 그 순간, 그 하얀 빛이 퍽 소리와 함께 토달의 머리에 박혔고, 토달의 뒤통수에 커다란 구멍이 생겨 피가 흐르기 시작했다!

초교는 그때까지도 땅에 머리를 조아리며 황제에게 절을 올리고 있었다.

토달은 믿을 수 없다는 듯 두 눈을 크게 뜨고 코와 입에서 피를 토해 냈다. 그리고 그의 눈빛은 곧 그대로 멈춰 버렸다. 토달이 쿵 소리와 함께 쓰러졌고, 그의 뒤통수에서 줄줄 흘러내리는 선혈이 사람들의 마음을 헤집어 놓았다.

"대담하군!"

찰마가 바로 자리에서 일어나며 큰 소리로 외쳤다.

"성상께서 계신데 감히 무기를 휴대하고 있었다니! 연순, 모반을 할 생각이었나?"

연순은 여유로운 태도로, 자리에서 일어나지도 않고 식지와 중지 사이에 하얀 도자기 조각을 하나 끼운 채 반문했다.

"술잔도 무기에 해당되나?"

사람들은 이제야 깨달을 수 있었다. 연순이 방금 토달을 죽이기 위해 사용한 물건은, 바로 깨진 술잔 조각이었다!

조승이 차가운 목소리로 말했다.

"부황, 찰마 군주의 수하는 규칙을 지키지 않고 등 뒤에서 기습하였으니 죽어 마땅합니다."

대하의 황제도 연순의 행동이 거슬리지 않는다는 듯 고개를 끄덕였다. 시위들이 번개같이 튀어나와 토달의 시체를 장막 밖으로 끌고 갔다.

"군주 마마, 휴식을 취하셨습니까?"

평온한 얼굴의 초교가 아무 감정도 없는 눈길로, 불안한 표정의 찰마를 바라보며 나지막하게 물었다.

"만약 아직 피곤하시다면, 다른 수하를 부르셔서 한 번 더 겨루어도 괜찮습니다."

대하의 귀족들은 순식간에 죽은 패배자의 시신에서 눈길을 거두고, 찰마를 바라보며 수군거리기 시작했다.

명석한 사람이라면 찰마가 본래 초교와 싸울 생각이 전혀 없다는 사실을 알 수 있었다. 찰마가 초교에게 도전하겠다고 했던 것은 토달이 초교를 죽일 수 있으리라 생각했기 때문이었다. 그러나 토달이 죽은 것을 보고 찰마가 핑계를 대어 거절한다면, 모두가 찰마가 초교를 겁내고 있다고 생각할 것이다. 바로 자신이 직접 도전한 시합에서! 서북에서 겁을 내는 자는 무엇보다 멸시받는 존재였다.

찰마가 이를 악물고 휙 소리가 나도록 채찍을 휘두르며 몸을 일으켰다.

"겨루면 그만이지. 내가 너같이 천한 노비를 두려워할 리가 있느냐?"

"기다리시오."

조제가 갑자기 몸을 일으키더니 웃으며 말했다.

"이렇게 무예가 뛰어난 여인들을 보는 것도 오랜만이니, 비무도 좋지만 다른 방식의 겨루기도 부탁하고 싶소이다. 방금 무예를 겨뤘으니, 이번에는 궁술을 겨루시면 어떻겠소? 모두 어떠신지?"

모두 조제의 뜻을 알 수 있었다. 서북에 웅거하고 있는 파도합 가문의 세력은 무시할 수 없었다. 파도의 성격은 불과 같으니, 자신이 가장 총애하는 딸이 진황에서 부상이라도 입는 일이 생기면 크게 노할 것이다. 그리고 찰마 군주는 본래 궁술이 뛰어난 것으로 이름 높으니, 조제가 말한 대로 한다면 서북이 체면을 만회할 기회도 되는 셈이었다. 또한 초교는 아직 젊은 소녀에 지나지 않았다. 창술이 고명하다 하여 궁술도 뛰어나리라는 법은 없었다. 싸움을 기대하던 이들은 크게 실망했지만, 어찌할 도리가 없었다.

그러나 위에서부터 일곱 번째 자리, 자색 금포에 흰 외투를 입은 남자는 눈을 가늘게 떴다. 초교의 뛰어난 궁술을 맛본 적이 있는 제갈월이 술잔을 들어 한 모금 마셨다.

조제의 말을 들은 찰마는 안색이 상당히 밝아져, 의기양양하게 활을 집어 들었다. 그리고 도도한 자세로 무대로 걸어 나온 뒤 말했다.

"먼저 쏘겠느냐?"

"노비가 감히 그럴 수 없습니다. 군주 마마께서 먼저 쏘시지요."

찰마가 냉소하며 화살 세 대를 꺼내 활에 메겼다. 휙 소리와 함께 화살 세 대가 동시에 번개와 같은 속도로 날아가더니 100보 밖에 있는 과녁의 중앙을 정확하게 맞혔다. 확실히 대단한 솜씨라, 모두 찰마의 궁술을 칭찬했다.

그러나 우레와 같은 박수 소리가 채 끝나기도 전에 초교가 한쪽 무릎을 꿇었다. 그녀가 자신의 키보다 더 거대한 활을 당기자, 세 대의 화살이 찰마의 화살을 긴박하게 추격했다. 초교의 화살은 파죽지세로 찰마의 화살 꼬리를 꿰뚫고, 거의 찰마의 화살과 동시에 과녁의 중심을 맞혔다!

숨 한 번 내쉴 시간이 지났을 뿐이었지만 우열은 바로 판단할 수 있었다. 모든 이들이 자신의 눈을 믿을 수 없다는 듯, 오래도록 우레와 같은 환호성을 질렀다.

"군주 마마, 양보에 감사드립니다."

초교는 담담하게 고개를 끄덕이고 장막 안으로 걸어갔다.

대하의 황제조차 살짝 감탄한 듯 말했다.

"이런 궁술은 정말 오랜만에 보는구나. 여아의 몸으로 확실히 쉽지 않은 일이다."

초교는 눈썹을 치켜세웠으나 여전히 땅 위에 세게 무릎을 꿇은 채, 가라앉은 목소리로 말했다.

"폐하께서 칭찬해 주시니 그저 황공할 뿐이옵니다."

조승이 흥분하여 말했다.

"이렇게 되었는데, 부황께서 아무 상도 내리지 않으시나요?"

대하의 황제가 냉담하게 조승을 일별하고 말했다.

"각자에게 비단 한 필을 내리겠노라."

조승은 이 상이 상당히 불만족스러운 듯 무슨 말을 더 하려 했지만, 조제의 눈짓을 받고 멈췄다.

예관이 비단 두 필을 가지고 들어왔다. 초교와 찰마는 각자 완전히 다른 표정으로 상을 받고 물러 나왔다. 장막 안 분위기는 다시 뜨겁게 끓어올랐고, 무희들이 나와 춤을 추기 시작했다. 모든 이의 눈길이 즉시 무희들에게 쏠렸다. 연순이 고개를 들어 초교와 마주 보았고, 두 사람은 서로를 바라보며 미소 지었다.

성대한 황가의 연회가 마침내 끝났다. 초교와 연순은 막사로 돌아왔다. 아정이 중상을 입었기에, 좌당이 밖을 지키고 있었다.

연순이 차를 한 주전자 우려, 의자에 앉아 마시기 시작했다. 초교는 화로 옆에 앉아 그런 연순을 바라보며 말했다.

"황제가 조철에게 용천검龍泉劍을 상으로 내렸어. 어떻게 생각해?"

"아주 명백하지. 목합씨에게 경고하고 있는 거야. 목합서풍의 죽음을 조철에게 미루지 말라고."

초교는 미간을 찡그리며 고개를 끄덕였다.

"이대로 가면 위씨 문벌이 이 죄를 떠맡게 되겠지. 황제는 이 일을 빌려 위씨 문벌과 목합씨 간의 암투를 조장하려는 걸까?"

"아마도."

연순은 고개를 끄덕였다.

"목합씨가 너무 발호하고 있어. 하지만 그들이 높이 올라갈수록, 떨어질 때는 더욱 비참하게 떨어지겠지. 서른 해 전의 구歐씨처럼 말이야."

초교가 한숨을 쉬었다. 오늘은 무척 피곤했다. 하루에 너무 많은 일과 너무 많은 사람이 판세에 뛰어들어, 본래 복잡하게 얽혀 있던 관계가 더욱 복잡해지고 말았다. 그녀는 태양혈을 문지르며 말했다.

"먼저 가서 쉴래. 당신도 일찍 쉬도록 해."

그녀가 막사를 나가려는 찰나, 연순이 갑자기 물었다.

"아초, 아까 토달이 뒤에서 너를 기습할 때, 어째서 피하지 않았지? 네가 느끼지 못했을 리 없는데."

초교는 고개를 돌려 지극히 당연하다는 듯 말했다.

"당신이 뒤에 있었잖아."

바깥에서 불어오는 거센 바람이 장막을 때리고 있었다. 연순은 잠시 멍하니 있다가, 곧 입술 끝을 가볍게 들어 올리며 마음에서 우러나오는 미소를 지었다.

"그래, 내가 참 바보 같은 질문을 했군."

"이만 갈게."

초교의 그림자가 막사 밖으로 사라졌다.

연순의 표정은 무척이나 따뜻했다. 장막 밖에서 불어오던 차가운 바람이 순식간에 따뜻하고 축축한 봄바람같이 느껴졌다. 얼음같이 굳어 있던 심장이 천천히 녹고 있었다.

초교는 그가 뒤에 있었기 때문에, 안심하고 적에게 등을 내주었다. 그가 뒤에 있었기에, 그녀는 어떤 방비도 하지 않고 그대로 있었다.

그들은 서로에게 있어 믿을 수 있는 유일한 사람이었다. 어린 시절과 마찬가지로, 그는 그녀 앞에서만 눈을 감고 쉴 수 있었고, 그녀 역시 그의 앞에서만 깊은 잠에 빠질 수 있었다.

달도 별도 보이지 않는 기나긴 밤, 젊은 연북의 세자가 살짝 고개를 들었다.

"아초, 고맙다. 너에게 나는 여전히 믿을 수 있는 사람이구나."

막사 안은 따뜻했다. 초교는 목욕을 끝내고 피곤한 몸을 침상 위에 눕혔다. 그러나 눈을 감으려는 바로 그 순간, 침상 머리에 놓여 있는 보검이 눈에 들어왔다.

그녀는 몸을 일으켜 앉아, 가볍게 검신을 검집에서 빼어 보았다. 푸른 날이 등불 아래 흐르는 물처럼 빛을 발하고 있었다. 선혈 같은 어두운 붉은 무늬가 희미하게 반짝였다.

7년이 지났다. 언젠가 그를 다시 보게 되리라 생각했지만, 이런 방식이리라고 생각한 적은 없었다.

제갈월도 분명히 그녀의 목에 난 상처를 보았을 것이다. 그들은 언제나 이런 식이었다. 대립하고, 서로를 향해 검을 뽑고, 활을 당기고. 언제 어디서건 그들은 운명이 정해 놓은 적이었다.

아이의 참혹한 비명이 귓가에 울리는 것 같았다. 잘려 나간 손목, 피가 스며 있던 마대 자루, 차갑게 푸르던 정호……. 고통스러운 장면들이 천천히 그녀의 눈앞에 스쳐 갔다. 그 어두운 밤의 향기롭던 홍소육 한 점이 마치 날카로운 화살처럼 사납게 그녀의 마음을 찔러 댔다.

'월아, 오라비를 믿지?'

'오라비가 너를 지켜 줄 테니, 내가 너랑 같이 있어 줄 거야. 그러니까 무서워 마라.'

슬프고 괴로운 기억이 다시 가슴속에 메아리쳤다. 초교의 눈빛이 날카로워졌다. 그녀의 귓가에 다시 한 번, 낮과 밤을 가리지 않고 끊임없이 울려 퍼지던 악몽 속의 그 목소리가 들려왔다. 구외주 거리에서 죄수의 수레에 갇혀 죽어 가던 소팔의 비명. 그 비명 소리는 그녀의 꿈속을 7년 동안 온전히 점거하고 있었다.

"월아 언니! 도와줘, 살려 줘!"

온몸에서 피를 흘리고 있던 소팔, 능지처참당한 아이의 모습은 살아 있던 때와는 전혀 달랐다. 그 악몽 같은 밤, 초교는 몰래 성금궁을 빠져나가 시장 입구에서 흉악한 개들과 싸워 조각난 소팔의 시신을 빼앗아야 했다.

소팔의 시신은 이미 어디가 머리고 어디가 손발이지 알 수 없는 지경이었고, 초교에게는 소팔을 제대로 매장할 능력조차 없었다. 초교는 피범벅이 된 시신을 적수호에 던질 수밖에 없었고, 소팔의 피는 귀족의 연지와 술과 고기의 향이 가득 밴 호수를 붉게 물들였다.

"소팔, 지켜봐 줘. 내가 꼭 너를 위해 복수할 거야."

그날, 초교의 눈물은 말라 버리고 말았다. 그녀의 마음속에는 활활 타오르는 원한만이 사납게 웅크리고 있었다. 초교는 짐승처럼 주먹을 꽉 쥐고 입술을 깨물었다.

7년, 그 후로 7년이 흘렀다.

제갈월, 당신, 마침내 돌아왔구나.

어둠 속에서 초교의 낮고 묵직한 숨소리가 천천히 퍼져 나갔다.

당신은 모르겠지, 내가 당신을 얼마나 기다렸는지.

하늘의 별조차 스치는 바람에 추워 보였다. 그 바람은 스산한 피비린내를 담고 있는 연북의 바람이었다. 서몽 대륙을 따라 멀리서 불어오는.

제6장 얼어붙은 호수에서 검을 겨루다

백창력 778년 초봄, 홍천 고원은 여전히 한겨울 날씨였다. 폭설이 내려 광활한 설원이 펼쳐졌고, 대하와 변당을 가르는 변경과 진황을 잇는 도로가 대설로 꽉 막혀 버리고 말았다. 상인들이 오갈 수 없게 되자 진황성의 물가가 크게 뛰었다. 상인들 대부분이 매점매석을 일삼으며, 이 기회를 틈타 기름이며 쌀, 차와 소금 같은 생필품 가격을 올리려 했다. 백성들도 앞다투어 쌀 등 양식을 사들이는 바람에 진황성은 혼란에 빠졌다.

3월 초엿새, 성금궁은 목합씨의 적계 자손인 목합서운을 소환하여 호되게 꾸짖고, 제도부윤의 지위를 빼앗았다. 그리고 그 자리에 삼황자 조제를 대신 임명하였다. 이로써 제국 300년 역사 이래 조씨 자손이 처음으로 제도부윤의 관아를 맡게 되었다. 진황성 삼군을 황족이 완벽하게 장악하게 된 것이다.

조제는 취임하자마자 녹영군의 병마를 접수하고, 인원을 교체했다. 조제의 생모인 서舒귀비는 위씨 문벌의 가주인 위광과 어머니가 같은 여동생이었다. 그러한 연유로 조제가 내리는 모든 명령은 위씨 문벌 출신 장수들에게 열렬한 옹호를 받았다.

사흘도 지나지 않아 제도의 방위는 그 면모가 새롭게 달라졌다. 3월 초열흘, 조제는 녹영군의 병마들을 데리고 도로를 정비하기 위해 진황성 밖으로 나갔고, 백성들도 입을 모아 조제를 칭송했다.

빠른 말 한 필이 눈보라가 몰아치는 성 밖 광야를 가로지르고 있었다. 눈에 보이는 것이라고는 망망한 설원뿐, 사람의 기척이라고는 전혀 없으니 천지가 모두 생기를 잃은 듯했다. 쏟아지는 폭설 때문에 동서남북도 분간하기 어려운 지경이었다.

간신히 비탈 하나를 넘으니 다시 끝이 없는 설원이었다. 푸른 모자를 쓴 오도애의 긴 눈썹에 흰 서리가 내려 있었다. 얼굴도 새하얗게 얼어 있었지만, 오도애는 여전히 형형한 눈빛으로 전방을 주시하고 있었다. 표정이 고요하여 무슨 생각을 하는지 도무지 알 수 없었다.

"스승님."

뒤에 있던 짐마차에서 회색 외투를 입은 어린아이가 뛰어내리더니, 가죽옷을 하나 들고 달려와 말했다.

"스승님, 더 이상 기다리지 마세요. 눈보라가 이리 거세니 오지 못할 것입니다. 너무 거셉니다. 유호자劉胡子가 조금 있으면 폭설이 더 내릴 것이라 합니다. 서둘러 길을 떠나야 해요. 날이 어두워지기 전에 궐옥산闕玉山에 도착해야 하니까요."

그러나 오도애는 움직이지 않았다. 마치 아무것도 듣지 못하는 것처럼, 그저 앞만 바라보고 있었다.

"스승님?"

아이가 당황하여 오도애의 옷자락을 잡아끌었다.

"스승님?"

"명아銘兒, 들어 보거라."

푸른 옷을 입은 남자가 갑자기 입을 열었다. 약간 쉰 듯한 목소리는 길게 우는 북풍 속에서 더욱 나지막하게 들렸다. 마치 가을바람이 뽕나무를 스쳐 가는 듯한 목소리였다.

"들어 보라고요?"

아이는 미간을 찌푸리고 귀를 쫑긋 세웠다.

"스승님, 무엇을 들으라는 말씀이십니까?"

"말발굽 소리."

오도애가 말했다.

"오고 있다."

"말발굽 소리라고요?"

명아는 한참을 귀 기울였지만 거친 바람 소리 외에는 아무것도 들을 수 없었다. 가까운 거리에서 상대방이 말하는 것을 듣기도 곤란한 이런 날씨에, 먼 곳에서 들려오는 말발굽 소리야 말해 무엇 하겠는가.

명아가 중얼거렸다.

"스승님, 말발굽 소리가 어디 들린다는 말씀입니까. 잘못 들으신 거예요. 제 생각엔 우린 역시……."

그러나 명아의 말이 채 끝나기도 전에 갑자기 다급한 말발굽 소리가 또렷하게 들려왔다. 명아가 깜짝 놀라 재빨리 고개를 들었다.

흰 점이 섞인 누런 말 한 마리가 지평선 끝에 천천히 나타났다. 눈발이 더욱 거세지며 분분히 흩날려 말 위의 사람은 잘 보이지 않았지만, 무척 연약해 보였다. 마치 한바탕 바람에도 날아갈 것 같은 몸매였다.

"스승님."

명아는 살짝 말문이 막히고 말았다.

"정말 대단하세요!"

"워워!"

청아한 낮은 외침이 들렸다. 한 여자가 재빨리 말에서 내려 몇 걸음 앞으로 다가왔다. 그녀는 두툼한 푸른 옷을 입고, 다시 커다란 바람막이를 입어 얼굴을 완전히 가리고 있었다. 그저 모자 아래로 새까만 머리카락만이 보일 뿐이었다.

"다행히 늦지 않았군요."

여자가 모자를 벗고 야윈 얼굴을 드러냈다. 그녀의 입술은 파랗게 질려 있었다. 여자는 재빨리 품에서 종이 한 묶음을 꺼내 오도애에게 건네더니, 마치 탈진한 것처럼 숨을 헐떡이며 말했다.

"받으세요, 모두 여기 있어요."

오도애는 인상을 쓰며 약간 화가 난 듯 말했다.

"다른 사람을 보내도 됐잖아? 이렇게 바람이 매서운데, 병은 다 나은 건가?"

여자가 고개를 저었다.

"다른 사람은 올 수 없었어요. 목합서풍이 죽었고, 목합서운, 그 백치 같은 자도 쫓겨났죠. 새로 부임한 삼황자는 상대하기 쉽지 않아요. 연달아 형제도 몇 명이나 잃었고, 경비가 삼엄해요. 다행히도 내가 여자라 방심한 것인지, 까다롭게 조사하지 않더군요."

"조제는 계속 재능을 감추고 드러내지 않았지. 자리에 오르자마자 이렇게 크게 움직일 줄은 미처 몰랐다. 조정덕은 정말 괜찮은 아들을 여럿 두었군."

"이제 대화는 그만하고, 어서 가 보도록 해요. 이번 임무는 너무 긴박하니까. 한 달 안에 모든 것을 끝내야 해요. 세자 저하의 명성이 날로 높아지고 있는데, 이건 장점이기도 하고 단점이기도 해요. 지금 판세를 안정시키지 못하면 중간에 변고가 생길 가능성이 너무 높아요."

오도애가 고개를 끄덕였다.

"알았다. 너도 조심하도록 해라."

"그래요."

여자가 눈처럼 창백한 얼굴을 끄덕이고, 한층 깊어진 눈빛으로 당부했다.

"사형도요."

오도애의 눈길은 우울했다. 그는 여자의 창백한 얼굴과 바싹 마른 몸을 보고, 갑자기 한숨을 쉬며 명아의 손에 들려 있던 외투를 받아 여자의 어깨에 걸쳐 주었다. 그리고 고개를 숙이고 외투의 띠를 단단하게 묶어 준 후, 온화한 눈빛으로 당부했다.

"날이 점점 추워지니 더욱 조심해야 한다. 한 달이란 시간은 길다 생각하면 길지 않고, 짧다 생각하면 짧지 않은 시간이다. 진황성의 풍운이 변하고 있으니 더욱 신중하게 굴도록 해라. 결코 충동에 휩쓸리면 안 돼. 우리 사형제 중, 지금 남아 있는 사람은 너와 나뿐이다. 우, 너만은 무사했으면 좋겠구나."

우는 고개를 숙인 채 대답하지 않았다. 마음속 깊은 곳에서 무엇인가가 자라나고 있었다. 마치 봄이 되어 흙을 헤치고 피어나는 꽃과 같은 무엇인가. 마음에 너무 많은 것을 품고 있으니, 오히려 무슨 말을 해야 할지 모를 지경이었다.

"회의 일도 균형을 맞추도록 해라. 지난번 주 부자를 구출했을 때, 비록 우리 측 사상자는 없었지만 우리의 비밀 연락처를 두 곳이나 들켰지. 아무래도 그들의 분노를 면하기 어렵지. 너도 참을 수 있는 것을 참아야 한다. 황성 안 문벌 간의 암투는 그들끼리 싸우게 놔두고, 끼어들지 말거라. 우리는 일단 안전하게 세자 저하를 구출해야 한다. 다른 일은 신경 쓰지 말거라. 공을 탐해 무모한 일을 하다가 분별을 잃는 것을 경계해야 한다. 그리고."

오도애가 천천히 고개를 들었다. 그의 눈길은 초겨울 얼어붙은 호수처럼 고요했다. 그는 호수의 얼음 아래 파도와 물결이 보이지 않는 것처럼 단조로운 목소리로 우에게 당부했다.

"네 몸이 좋지 않으니, 스스로 몸을 잘 살펴야 한다. 너무 많이 심혈을 쏟지 말거라. 이 일만 지나면 함께 변당에 가서 한동안 지내자꾸나. 그곳은 호수도 산도 아름답다더군. 기후도 따뜻하다니 네 건강에도 도움이 될 테지."

마지막 매듭까지 지어 준 후, 오도애는 두어 발짝 물러나 여자를 잠시 바라보다 가볍게 손을 내저으며 몸을 돌렸다.

"돌아가거라. 가는 길에 조심하고."

"사형."

우가 갑자기 진지한 표정으로 불렀다.

"응?"

오도애가 고개를 돌리고 눈썹을 치켜세우며 속삭였다.

"다른 할 말이 있나?"

우는 입술을 꽉 깨문 채 한참 생각하다가 고개를 저었다.

"아무것도 아니에요. 다른 할 말이 있다 해도 사형이 돌아온 후에 다시 이야기할게요. 사형도 조심해야 해요."

오도애는 우를 바라보았다. 우는 결코 절세미인은 아니었다. 얼굴은 여위고 몸도 바싹 말라 있었다. 아직 스물일곱밖에 되지 않았지만 오랫동안 고생한 탓에 눈가에는 벌써 자잘한 주름이 잡히기 시작했고, 피부 역시 건강한 기색 없이 창백했다. 그러나 바로 이런 우이기에, 오도애는 도저히 걱정을 멈출 수가 없었다.

오늘 받아야 하는 문서도 그렇게까지 중요한 것은 아니었다. 그러나 그는 그녀가 그를 마지막으로 보기 위해 오늘 직접 오리라는 것을 알고 있었다. 비록 그가 입으로는 그녀가 스스로를 아낄 줄 모른다고 몇 번이나 탓했지만.

그는 그들이 처음 만난 날을 여전히 기억하고 있었다. 그날, 그는 사부를 따라 유랑하던 중 진황성에 도착했고, 서묘가西廟街의 소연교小煙橋에서 도망치다가 주인에게 잡혀 맞고 있는 여자아이를 우연히 보게 되었다. 그때 우는 겨우 아홉 살이었다. 아주 마르고 작았던 여자아이. 오랜 기간 영양 부족으로 피부는 누렇게 떠 있고 생기라고는 하나도 없어 보였다. 그러나 우의 커다랗고 검은 두 눈은 빛나고 있었다. 그녀의 눈에는 결코 포기하지 않겠다는 의지력이 충만해 있었다.

우의 눈을 본 순간, 오도애는 깨달았다. 이 아이는 분명히 성공할 것이다. 몇 번을 실패하건, 이 아이는 살아 있는 한 언젠가 분명히 도망치고 말 것이다.

과연 보름 후, 여남성汝南城 외곽의 주점에서 그들은 다시 우와 마주쳤다. 우는 배를 곯아 겨우 숨만 쉬는 상황에서도 구걸하지 않고 버티고 있었다. 사부는 그녀를 거둬들였고, 천극산天極山에는 어린 사매가 하나 생겼다. 그리고 오도애에게는 평생 도저히 버릴 수 없는 근심이 하나 생긴 셈이었다.

이레 전, 서화가 연북의 좌릉원에서 죽었다. 당초 천극산에서 함께 내려왔던 열세 명의 사형제 중, 남아 있는 것은 이제 그들 두 사람뿐이었다.

오도애는 우의 어깨를 힘차게 두드렸다. 그도 결국은 하고

픈 말을 억누르고 말았다.

"할 말이 있다면, 그래, 할 말이 있다면 돌아온 후에 이야기하자. 내가 먼저 가마. 조심해야 한다."

"그래요."

우는 고개를 끄덕였다.

"사형도요."

오도애는 마차에 올랐다. 개의 가죽으로 만든 옷을 입은 유호자가 두 손을 마주 비비더니, 큰 소리로 외치며 채찍을 휘둘렀다. 전마가 길게 울더니 발굽을 떼었다. 마차는 한바탕 하얀 눈안개를 일으키며 점차, 하늘을 가득 채운 눈보라 속으로 사라졌다.

그 어떤 말이건 돌아오기만 하면 모두 이야기할 수 있겠지.

우는 가볍게 한숨을 내쉬었다. 얼음같이 차가운 눈꽃이 얼굴에 와 닿는 순간, 그녀는 연북의 화뢰원을 떠올렸다.

머지않아 모든 게 끝나겠지. 몇 달만 더 버티면, 순리대로 주군을 구출하고 물러날 수 있을 것이다. 그날이 오면, 변당으로 가야지. 그곳은 홍천과 달리 아주 따뜻하다니. 그래, 그곳에 가면 서책으로만 보던 풍경을 직접 느낄 수 있겠지. 푸른 호수에 배를 띄우고, 밤이면 연꽃의 향기를 맡을 수 있을 거야.

우는 깊이 숨을 들이마셨다. 그 전에 안전하게 연순을 구출해야 했다.

우는 등을 곧추세우고, 설원을 향해 작게 소리를 한 번 내지른 후 말에 올라탔다.

그들은 이미 너무 오래 기다렸다. 그리고 그렇기 때문에 계속 기다릴 수 있을 것이다. 비록 하고픈 말을 입 밖에 내지 못하더라도, 언젠가는 그 말을 할 수 있는 날이 오리라 믿으면서. 그날이 오면 천하는 대동을 이루고 백성들은 편안하게 살게 될 것이다. 노비도 없고, 전쟁도 없는 그런 세상이 반드시 올 것이다.

차가운 바람이 불어와 설원을 스치며 작은 회오리를 일으켰다. 흰 눈이 회오리를 따라 휘몰아치는 그 모습은, 마치 운명의 윤회와도 같아 보였다. 올라가고, 다시 떨어지고, 그렇게 한 바퀴 돌고 다시 시작하는.

그 시각 성금궁 안, 초교는 창가에 앉아 노을을 바라보고 있었다.

시녀 녹류綠柳가 조심스럽게 문을 두드리더니, 방문을 열고 조용히 말했다.

"아가씨, 찾아오신 분이 계세요."

이곳에서는 연순을 제외한 모두가 초교를 두려워했다. 이곳의 하인들은 앵가별원에 들어올 때 모두 초교에게 엄격한 조사를 받았다. 전생에 국가의 정보를 다루었던 데다, 이번 생에 여러 번 생사의 경계를 넘나들다 보니 그녀는 모든 것을 경계하며 신중하게 굴고 있었다.

초교가 눈썹을 가볍게 치켜세웠다.

"누가?"

"시위가 말해 주지 않았어요."

녹류는 여전히 조용히 대답했다.

"전성문의 송 참장이 직접 와서 통보했어요."

"송결宋缺이?"

초교는 의심스럽게 말했다. 아마도 자신을 찾아온 사람의 신분이 대단한 모양이었다. 자유롭게 성금궁에 들어올 수 있을 뿐 아니라, 송결을 직접 보내 말을 전하게 할 수 있다니. 대체 누구일까?

"가서 송 참장에게 전해라. 내가 바로 간다고."

초교는 여우 가죽으로 만든 외투를 걸치고 비수를 챙긴 후, 앵가별원의 대문을 열었다. 수년을 보아도 한결같이 얼음처럼 차가운 송결의 얼굴이 보였다. 초교는 마음속으로 한탄했다. 정말이지 처세술이라고는 전혀 모르는 사람 같으니라고. 이러니 위로 올라가지 못하지.

송결은 초교가 궁에 처음 들어왔을 때에도 전성문을 지키고 있었는데 지금도 여전히 전성문을 지키고 있었다.

일곱 번 방향을 바꾸고 여덟 번 돌아, 후궁 화원의 옥매정玉梅亭에 도착했다. 이곳은 조숭이 비교적 좋아하는 곳이었다. 어린 시절, 그녀는 슬며시 이곳에 와서 조숭에게 도움을 청하곤 했다. 그러나 점점 자라면서 오지 않았기 때문에, 지금은 정말 오랜만에 오는 것이었다.

숲은 여전했다. 그저 매화 숲이 좀 더 무성해진 것 같았다. 마침 매화가 화려하게 피어, 온 정원에 그윽한 향이 맴돌고 있었다. 송 참장은 말없이 물러갔고, 초교는 혼자 정원 안으로 들어갔다. 몇 걸음 가지 않아 자신을 찾은 사람을 볼 수 있었다.

"성아 아가씨."

수년 동안 보지 못하는 사이, 주성은 약간 살이 붙고 배도 둥 글게 나와 있었다. 그러나 그 웃는 얼굴은 여전했다. 마치 초교 가 제갈가를 배반했다는 사실은 전혀 모르는 듯한 표정이었다.

초교도 평온한 목소리로 말했다.

"주 집사님, 내 성은 초랍니다."

주성이 서둘러 웃으며 말했다.

"초 아가씨, 도련님의 명을 받들어 아가씨를 찾아왔습니다."

"도련님?"

초교는 차갑게 코웃음 치면서도 공손하고 예의 바르게, 그 러나 차가운 목소리로 물었다.

"어느 도련님인가요?"

주성은 살짝 당황했지만, 여전히 공손하게 답했다.

"제갈가의 넷째 공자님이신 제갈월 도련님이십니다."

"무슨 일 때문인가요?"

"이것 때문이지요. 도련님께서 소인에게, 아가씨께 전해 드 리라 하셨습니다."

푸른 천에 싸인 길쭉한 물건은, 긴 보검이었다. 검의 손잡이 만 보고도 초교는 그것이 자신이 사냥터에서의 그날 밤 찰로의 수하를 죽이는 데 썼던 검이라는 것을 알 수 있었다.

"도련님께서 아가씨의 검을 아가씨께 돌려 드린다 하였습니 다. 그리고 아가씨께서 우리 가문의 보검을 돌려주시기를 청하셨습니다.”

“지금은 갖고 있지 않아요.”

초교는 눈썹을 치켜세웠다.

“먼저 무슨 일인지 이야기를 했어야지요. 그래야 나도 검을 가지고 나왔을 텐데요.”

“아?”

주성이 당황했다.

“제가 송 참장께 말씀드렸는데요.”

초교는 잠시 당황했다. 송 참장에게 말했다면 그건 아무 말도 하지 않은 것과 같은 것 아닌가. 그녀는 손을 뻗어 자신의 검을 받아 들고 말했다.

“이 검은 먼저 가져가겠어요. 당신 가문 공자의 보검은 사람을 시켜 댁으로 보내 드리지요.”

“초 아가씨.”

주성이 당황한 표정으로 말했다.

“도련님께서 말씀하시기를, 도련님과 아가씨께서는 서로가 서로에게 엮이기를 원하지 않을 것이니 이 일을 가능한 한 빨리 해결했으면 한다고 하셨습니다. 음, 이렇게 하면 어떻겠습니까. 노비가 여기에서 기다릴 테니, 귀찮으시더라도 돌아가신 후에 다른 사람을 시켜서라도 제게 도련님의 검을 보내 주시면 어떨까요?”

서로가 서로에게 엮이기를 원하지 않을 거라고? 초교는 눈썹을 가볍게 치켜세우고 검을 챙기며 나지막하게 말했다.

"그렇게 하지요."

그리고 즉시 몸을 돌려 그 자리를 떠났다.

성금궁 안에서는 무기를 휴대하는 것이 금지되어 있었다. 비록 그녀를 불러 세워 조사할 사람은 없을 테지만, 초교는 보검을 외투 안쪽에 숨기고, 고개를 숙인 채 빠른 걸음으로 앵가별원을 향해 걸어갔다.

며칠 후면 그녀는 효기영에 부임하게 되어 있었다. 이것은 매우 기괴한 일이었지만 그렇다고 초교로서 어떻게 할 수 있는 것도 아니었다. 어쨌든 초교를 임명하는 시기도 너무 갑작스러웠고, 비록 낮은 등급의 관직이라 해도 연순의 수하이자 여자인 초교를 임명한다는 것만으로도 조정에서는 미세한 파문이 일었다.

대하의 황제가 연북의 사람을 쓰기 시작하였다. 이것은 무엇을 의미할까? 대하의 황제가 과거의 일은 묻지 않고, 연순을 연북으로 돌려보내 왕위를 잇게 하고, 천하 변왕들의 마음을 안정시키려는 것일까?

그럴 리 없었다. 수년에 걸쳐, 성금궁 내부에서는 연순을 암암리에 공격하고 있었다. 대하 황제는 언제나 두 눈을 감고 그런 일에 신경 쓰지 않는다는 태도를 취했으나, 그것은 동시에 제왕으로서 방임하는 것이나 마찬가지였고, 다른 마음을 먹은 자들이 연순이라는 화근을 철저하게 뽑아 버리도록 고무하는 것이나 마찬가지였다. 만약 연순과 초교 두 사람이 신중하게 굴지 않았다면, 아마 두 사람은 예전에 온갖 모략 속에서 죽었으리라.

대하 황제는 연순의 눈앞에서 그의 부모형제를 죽이고, 하루아침에 아비지옥에 빠트린 바 있었다. 그가 지금 연순을 연북으로 돌려보낸다면 호랑이를 산으로 돌려보내는 것이나 마찬가지이니, 절대로 그럴 리가 없었다. 그가 암암리에 묵인하는 것이 아니라면, 다른 이들이 그렇게 쉽게 연순에게 손을 쓸리 만무했다.

연순이 돌아갈 날이 가까워 오고 있었다. 그가 대체 무엇 때문에 연북을 원한에 가득 찬 이리 새끼에게 내어주겠는가?

그렇다면, 대하 황제의 이 임명에는 대체 무슨 의미가 있는 것일까? 진황성에서 초교가 연순의 가장 큰 조력자라는 것을 모르는 이는 아무도 없었다. 아직 열다섯밖에 되지 않은 소녀는 7년 동안 몇 번이나 연 세자를 생사의 위기에서 지켜 냈다. 민첩한 솜씨에 무예 또한 발군이었다. 설마 대하의 황실이 진심으로 초교의 재능을 아껴, 그녀를 자신들의 편으로 만들어 인재로 키우려는 것일까? 혹은 연순의 날개를 꺾기 전에 미리 초교를 묶어 두려 하는 것일까?

누구도 그 이유를 정확하게 알지 못했다. 모든 이들이 그저 표면만 보고 떠들고 있었다. 초교는 사정이 그렇게 간단할 리 없다는 것을 알고 있었다. 그러나 그녀도 합당한 이유를 생각해 내지는 못하고 있었다.

장헌가長軒街를 돌아가니 현문도玄門道가 나왔다. 양쪽으로 붉은 담벼락이 위풍당당했고, 밝은 노란빛 기와에는 희디흰 눈이 쌓여 있었다.

갑자기 한 무리 발걸음 소리가 들려왔다. 초교는 눈썹을 치켜세웠다. 내가 잘못 기억하고 있는 걸까? 오늘 조회가 있었나?

그녀가 더 생각하기 전에, 성금궁 내전에서 관리들이 들어왔다. 모두 3품 이상의 관리들이라, 초교의 신분으로는 무릎을 꿇어야 하는 이들이었다.

그녀는 담장 구석으로 걸어가 담장에 기댄 채 무릎을 꿇고 머리를 조아린 채 아무 말도 하지 않았다. 넓은 외투가 그녀의 얼굴을 가려 주어, 그저 새하얗고 매끈한 목덜미만 드러나 보였다.

발걸음 소리가 점차 가까워 왔다. 그러나 그녀 근처에 다가와서는 자리를 떠나지 않더니, 머리 위에서 낮은 목소리가 들려왔다.

"고개를 들라."

초교는 미간을 찌푸리며 천천히 몸을 일으켜 세웠다.

원수는 외나무다리에서 만난다고 했던가, 오늘은 정말로 운수가 나빴다.

매끈하니 윤이 나는 초교의 얼굴은, 흰 눈이 반사하는 빛에 비쳐 마치 화전의 백옥처럼 부드러워 보였다. 먹처럼 검은 두 눈과 야윈 몸에서는 독립적이면서 진중한 기질이 배어 나왔다. 아직 어린 나이였기에 몸이 다 성장한 것은 아니었지만, 눈 속에 피어난 매화처럼 냉혹하고 매서운 성격을 발하고 있었다.

초교 앞의 남자는 천천히 눈을 가늘게 뜨더니, 자신도 모르게 오른손을 꽉 쥐었다. 핏빛 노을 아래 쌓인 눈이 연한 붉은빛으로 빛났다. 그의 중지와 무명지, 그리고 새끼손가락은 한 마디씩 잘려 있었다. 남자는 대신 황금으로 만든 손가락장갑을 끼고 있었는데 그것이 좀 더 기이하게 보이기도 했다.

"때려라."

소슬한 바람 속에 나지막한 목소리가 갑자기 울렸다. 양쪽에서 주먹을 문지르고 있던 시위들이 갑자기 달려 나와 초교를 포위했다. 그중 위풍당당하고 힘이 세 보이는 사내가 부들부채를 부치듯 손바닥을 휘두르며 초교의 얼굴을 향해 사납게 내리쳤다.

퍽 소리와 함께, 사내의 손바닥은 예정했던 것과 달리 초교의 얼굴을 치지 못하고 그녀에게 가로막혔다. 초교는 고개를 들고, 무표정한 얼굴로 말했다.

"위 공자, 하인을 시켜 마음대로 사람을 상하게 하려면, 저에게 이유를 알려 주셔야 하지 않을까요?"

"이유?"

위경의 입가에 음산한 웃음이 떠올랐다.

"이유는, 신분이 낮은 노비 주제에 건방지게 나의 말에 이의를 제기했다는 것이다."

"위 공자, 기억력이 나쁘지 않으시다면, 폐하께서 저를 노비 신분에서 빼내어 효기영의 궁술 교두*로 임명하신 것을 기억하

---

* 고대 중국 군대의 무술 교관.

실 텐데요. 공자와 저는 지금 함께 대하를 위해 힘을 다해야 하는 사람들입니다. 저는 공자께서 씨족 문벌의 공자라는 점을 존중하여 예를 행한 것이랍니다. 사실 공자의 현재 신분으로는 제 절을 받을 자격이 없으시지요. 공자께서는 관직을 삭탈당하셔서 일개 서민이신데, 어찌 성금궁에서 이리 방자하게 구시는지요?"

초교는 얼음처럼 냉혹한 얼굴로 사내를 밀어 버린 후 무릎을 털며 몸을 일으켰다.

"저는 다른 일이 있어 가 보아야 하니, 계속 곁에 있어 드리지 못하는 것을 용서해 주시지요."

"정말이지 건방지군!"

위경이 차갑게 코웃음을 치며 말했다.

"나야말로 보고 싶군. 내가 오늘 효기영의 궁술 교두를 죽이면, 누가 감히 너를 위해 억울함을 호소할지 말이다! 시작하라!"

말이 떨어지자마자, 위경의 뒤에 있던 시위 네 명이 동시에 몸을 날려 앞으로 나왔다. 그중 한 시위는 이미 허리춤의 장도를 빼어 들고 초교의 머리를 사납게 베어 왔다!

초교는 위경이 이렇게 대담하게 나올 거라고는 생각지 못했다. 궁 안에서 공공연히 칼을 들고 다니면서 이렇게 흉악한 짓을 벌이다니. 그러나 시간은 사람을 기다려 주지 않는 법, 그녀로서는 오래 생각할 여유가 없었다.

손을 내밀고 상대의 발을 건 다음 손목을 낚아챘다. 화려한 초식을 쓰지도 않았건만, 투둑, 뼈가 부러지는 소리가 들렸다.

눈 깜빡할 사이에 초교에게 달려들던 시위가 땅에 쓰러져 손목을 잡고 참혹한 비명을 내질렀다.

초교는 손바닥을 뒤집듯 쉽게 그 시위의 장도를 빼앗더니, 마치 뒤통수에도 눈이 날린 것처럼 깔끔한 동작으로 뛰어올라 뒷발길질을 했다. 뒤에서 기습하려던 시위가 가슴을 걷어채어, 비명을 지르며 입에서 선혈을 쏟더니 뒤로 나자빠졌다.

초교는 곧이어 번개처럼 빠르게 다른 시위의 손목을 낚아채고 장도를 휘둘렀다. 자객들이 잘 쓰는 검법으로 정확하고 사납게 아래로 비스듬히 내려치자, 우지끈 소리가 연이어 들리며 두 시위는 고통을 느끼기도 전에 이미 땅 위에 쓰러져 있었다!

이 모든 동작은 아주 짧은 순간에 이루어졌다. 네 명의 솜씨 좋은 시위들이 한순간에 무너졌고, 더 이상 싸움을 기대할 수 없는 상황이 되었다.

거센 바람이 불어오는 가운데, 초교는 어수선하게 쓰러져 있는 사내들 중간에 서서 평온한 표정으로 몸을 곧추세웠다. 그녀가 입고 있는 흰 외투는 세속을 초탈한 듯한 얼음 같은 차가움을 더욱 돋보이게 하고 있었다. 그녀는 마치 아무 일도 없었다는 듯, 냉랭한 눈으로 위경을 바라보며 담담하게 말했다.

"비켜 주시지요."

위경의 얼굴이 파랗게 질렸다. 손가락이 잘린 원한은 몇 년 동안 마치 한 마리 독사처럼 계속 그의 마음을 갉아먹고 있었다. 그는 평소 지니고 있던 냉정함이며 자제력까지 모두 잃고 말았다.

"저 계집을 죽여라!"

그의 목소리는 마치 지옥에서 올라온 원귀처럼 음침했다.

거센 바람이 현문도를 스쳐 양쪽의 높은 담장 사이를 가로지르며 쌓여 있던 눈을 말아 올렸다. 푸른 옷을 입은 시위들이 열이 넘게 갑자기 튀어나왔다. 그들 모두 한쪽 무릎을 꿇고 자리를 잡더니, 마치 마술이라도 부리듯 외투 속에서 쇠뇌를 꺼내 일렬로 장전했다!

초교는 양미간을 찌푸리며 신중하게 반걸음 뒤로 물러났다. 위경이 궁에서 활을 휴대하고 있다니, 이것은 무슨 의미일까? 조제가 득세한 후 위씨 문벌의 세력이 커졌기 때문일까? 아니면 그가 어떤 특수한 황명을 받아 무기를 휴대하고 궁에 들어올 수 있게 된 것일까?

더 이상 생각할 시간이 없었다. 화살들이 맹렬하게 날아오기 시작했다. 근거리에서 날아오는 이 화살들은 마치 벼락같은 기세로, 차가운 바람을 뚫고 초교가 서 있는 곳을 향해 날아왔다!

초교는 번개처럼 빠르게 땅에 엎드려 한 바퀴 굴렀다. 그리고 손목뼈가 부서진 사내 앞에 갔을 때, 재빨리 사내의 옷깃을 잡아 올렸다. 푹푹, 사람 몸에 화살 박히는 소리와 함께 선혈이 사방으로 튀었다. 사내는 비명 한 번 지를 겨를도 없이 화살에 맞아 온몸에 구멍이 뚫렸고, 피를 흘리며 땅에 쓰러져 일어나지 못했다.

초교는 그가 쓰러지는 힘을 빌려 사내의 몸을 걷어찼다. 사내의 시체가 하늘 높이 튀어 오르더니, 쿵 소리와 함께 궁수들 앞에 떨어져 그들의 진형을 어지럽혔다. 초교는 그 틈을 타서 재빨리 달려 나갔다.

그녀는 신속하고 정확하게, 두 손을 각자 다르게 움직였다. 한 손으로는 시위의 손을 잡아당김과 동시에 다른 한 손으로 시위의 다른 쪽 손을 끌어와 서로 부딪치게 했다. 상대의 손목 뼈가 부러지는 그 순간, 초교는 한 손으로 시위의 머리를 조이며 몸을 솟구쳐, 앞으로 나오던 다른 시위의 가슴을 발로 찼다. 그리고 제 몸이 땅에 착지하는 순간, 잡고 있던 사내의 머리카락을 한 묶음 뜯어냈다!

모든 이들이 눈을 휘둥그렇게 떴다. 잔혹한 육박전은 그들의 쇠뇌가 위력을 발휘할 기회를 없애 버리고 말았다. 초교의 잔혹한 수단과 냉정한 얼굴이 그들에게는 마치 악몽 같았다. 그녀의 손이 닿는 곳마다 온통 엉망진창이 되었다.

시위들은 더 이상 민첩함으로도 잔혹함으로도 그녀를 이길 수 없었다. 초교 뒤에는 쓰러진 남자들이 어지럽게 널려 있었고, 아직까지 그녀의 옷깃 하나 건드린 사람이 없었다.

이 순간, 모두 '한 명이 관문을 지키면 만 명이라도 그 문을 열 수 없다'는 성어의 의미를 깊이 깨닫기 시작했다. 비록 지금 그들 앞에 있는 것은 연약해 보이는 묘령의 소녀였지만 말이다.

시위들의 움직임이 점차 어설프게 변해 갔다. 그들은 간담이 서늘한 나머지 얼굴도 파랗게 질린 상태였다. 초교의 전문적인 공격 기술은, 평소 싸움의 고수라고 허풍을 떨던 이들을 질리게 만들었다.

눈 깜짝할 사이에, 초교는 위경 근처까지 다가갔다. 위경의 눈에 처음으로 당혹스러움이 드러났다. 그는 황망한 가운데 허리에 차고 있던 보검을 뽑았다. 그러나 바로 다음 순간, 이미 발길질 한 번으로 시위 두 명을 날려 버린 초교가 손을 뻗어 그를 잡으려 하고 있었다.

위경의 눈에 비친 그녀의 두 손은 작두보다 더 무서워 보였다. 그 상황을 본 위씨 문벌 부하들은 순간적으로 충성심이 폭발했는지, 초교의 등 뒤에서 결사의 각오로 칼을 휘두르며 달려들었다.

그러나 초교는 불가사의할 정도로 빠르게 몸을 돌려 공중으로 뛰어올라 그중 한 시위의 목을 발로 찼다. 그 발길질이 어찌나 강했던지, 시위의 몸이 뒤로 날아가 다른 시위의 몸에 부딪쳤고, 두 사람은 마치 구르는 고구마처럼 땅 위에 곤두박질쳤다.

그 짧은 순간을 이용하여 위경은 재빠르게 뒤로 물러났다. 초교가 다시 몸을 돌렸을 때는 이미 두 사람의 몸만큼 뒤로 물러난 상태였다.

그때 먼 곳에서 다급한 발걸음 소리가 들려왔다. 방금의 소동이 황궁을 지키는 금위를 놀라게 한 것이 분명했다. 본래 기세등등하게 화근을 뿌리 뽑겠다는 듯 굴던 위경이 갑자기 약간 수치스러워하면서도 안도의 한숨을 내쉬었다.

그러나 바로 그 순간, 위경의 눈앞에 푸른 면포가 춤을 추는 것이 보였다. 위경의 목덜미에 서늘한 검망이 흔들림 없이 와 닿았다.

초교의 검은 머리카락이 춤을 추고 있었다. 그녀는 먹과 같이 검은 두 눈을 기울여, 위씨 문벌의 젊은 공자를 차갑게 바라보고 있었다. 그녀의 얼굴에는 도저히 숨길 수 없는 경멸이 가득했다.

"멈춰라!"

전성문을 지키는 참장 송결이 인마를 이끌고 달려와 외쳤다.

"황성 안에서 어찌 감히 이리 방자하게 구느냐! 모두 멈춰라!"

초교는 차가운 눈으로 새하얗게 질린 위경을 바라보았다. 그녀의 눈길에는 비웃음이 담겨 있었다. 초교는 차갑게 코웃음치며 보검을 거둬들인 후, 고개를 들고 그 자리에 멈춰 섰다.

"송 참장."

위경은 자신의 급박한 숨소리를 감추려고 노력하며 나지막하게 물었다.

"저 계집이 어찌 황성 안에서 병기를 지닐 수 있는 것인가?"

송결은 자신도 모르게 미간을 찌푸렸다. 비록 그가 사람됨이 고집스럽기는 하지만 바보는 아니었다. 위경이 황성 안에서 무력을 쓰게 된 이유는 언급하지 않고, 초교의 검을 언급하며 치근거리는 것을 보니 기분이 좋지 않았다. 동시에, 대하의 조정에서 안온하게 명을 받들고 싶은 마음도 있었다. 만약 위씨 문벌에게 죄를 얻는다면 송결 그가 어떻게 감당할 수 있겠는가? 그는 마음 깊은 곳의 불쾌함을 강하게 억누르며 초교를 바라보았다.

"초 아가씨, 분명하게 설명해 주셔야겠습니다. 어인 연유로 황성 안에서 병기를 지니고 계셨는지요?"

초교가 눈썹을 살짝 치켜세웠다. 그녀는 위경의 손에 들린 보검과 땅에 흩어진 칼과 쇠뇌 등을 보고 있었다. 그 의미는 분명했다. 저기, 나 말고도 무기를 지닌 사람이 또 있는데.

송결은 얼굴을 붉히며 아무 말도 하지 못했다. 그러나 위경은 당당하게 외쳤다.

"네가 어찌 감히 나와 비기며 허세를 부린단 말이냐. 황성 안에 무기를 가지고 들어왔을 뿐 아니라, 감히 본 공자에게도 거칠게 굴었으니, 오늘 누가 감히 너를 변호하려 들지 보겠다. 송 참장, 자네가 보기에 이 일을 어찌 처리해야 하는가?"

송결은 미간을 찌푸렸다. 그러나 손가락이 잘린 이후 성정이 크게 변한 위경의 심기를 거스를 생각은 차마 하지 못하고 머뭇거렸다. 그때 갑자기 맑고 차가운 목소리가 들려왔다.

"그 검은, 내가 그녀에게 가져오라 한 것이다."

칠흑 같은 전마가 몸을 곧추세운 채 그들을 향해 천천히 다가오고 있었다.

제갈월은 검은담비 털로 만든 긴 외투를 입고 말을 달려 서서히 초교에게 다가왔다. 그러더니 아예 말에서 내리지도 않고, 높은 곳에서 초교를 내려다보며 나지막하게 말했다.

"대체 나를 얼마나 기다리게 할 셈이냐? 어서 내놓아라."

초교는 한 마디도 하지 않고 제갈월의 냉담한 두 눈을 물끄러미 바라보았다. 차가운 바람이 불어와 교차하는 두 사람의 눈길 사이를 스쳐 갔다. 마치 아주 오래된 바람이 시간의 궤도를 따라 불고 있는 것 같았다. 그 의심들, 그 탐색들, 그리고 그 원한들. 그 모든 것은 궤도상에 빽빽하게 선 채 영원히 사라지지 않을 비석 같은 것들이었다.

아주 오랜 시간이 흐른 것 같았으나 실제로는 아주 잠시에 불과한 시간이 지나갔다. 초교는 아주 오래전 상원절 그날처럼 천천히 손을 내밀어, 들고 있던 보검을 제갈월에게 건네주었다.

"송 참장, 방금 자네가 그녀를 부르러 갔던 것이 바로 이 일이네. 내가 연 세자의 앵가별원에 검을 두고 왔었기에, 이 시녀에게 그 검을 가져오라고 시켰던 것이지."

송결이 공손하게 고개를 끄덕였다.

"그러했군요. 제가 쓸데없는 일을 했습니다."

제갈월은 땅에 어지럽게 쓰러져 있는 사내들을 한 바퀴 둘러본 후, 안색 하나 변하지 않고 천천히 말했다.

"너에게 검을 가져오라 하였더니, 여기서 위 공자의 수하들과 무예를 여마하고 있었단 말이냐. 정말이지 법도도 모르고 하늘 무서운 줄도 모르는구나. 연 세자는 이렇게 하인을 가르치더냐?"

무예를 연마한다고? 위경의 안색이 변해 즉시 화를 내려 했다. 그러나 갑자기 제갈월이 고개를 돌리더니, 평온하게 그를 바라보며 말했다.

"위 공자, 이 사람은 내가 먼저 데려가야겠다."

말을 마치자마자 제갈월은 바로 말 머리를 돌려 자리를 떠나려 했다. 그러자 위경이 차갑게 코웃음 치며, 음울한 얼굴로 말했다.

"이 일은 넷째 공자와 아무 상관이 없는데, 스스로 연루되려 하는 것은 대체 어떤 연유이신지?"

"위 공자는 내가 다른 마음이 있어 쓸데없는 일에 참견한다고 하는 건가?"

제갈월도 두 눈썹을 슬며시 치켜세우며 말했다.

"방금 대도참령으로 오르자마자, 일각도 지체하지 않고 가문의 호위들에게 쇠뇌를 짊어지고 황성 안을 다니게 하다니, 위 공자, 움직임이 너무 빠르다는 말을 면할 수 없을 것 같군."

위경이 발끈하였으나, 뭐라 말하기도 전에 제갈월이 계속 말했다.

"오늘의 일이 소문이라도 나면 위 공자에게도 좋을 것은 하나도 없을 텐데. 위 공자, 훌륭한 가문 출신인만큼 마땅히 주된 일과 부차적인 일을 분명히 가리고, 일의 경중을 따질 줄 알 것 아닌가. 이런 경솔한 행동을 하다니. 만약 위광 어르신께서 이곳에 계셨더라면 결코 유쾌하게 여기지 않으셨을 것 같군."

위경은 두 눈이 붉어졌으나 한 마디도 하지 못했다. 그리고 자신이 경솔했다는 것을 모를 리 없었다. 그저 명치에 7년 동안이나 걸려 있던 그 분노가, 매번 초교의 얼굴을 마주할 때마다 열화와 같이 자신을 불태워 참을 수 없었을 뿐이었다.

"가자."

제갈월이 말을 몰아 자리를 떠나기 시작했다. 송결은 뒤에서 공손히 배웅했고, 초교는 위경을 불타는 눈으로 노려본 후 제갈월의 뒤를 따랐다.

하늘에 대설이 분분히 흩날리고 석양은 서쪽으로 기울고 있었다. 밤의 장막이 내려오기 시작할 시간이었다. 기나긴 현문도의 양편으로 눈꽃이 끊임없이 춤을 추고 있었다. 초교는 제갈월의 뒤를 따라 흩날리는 눈 속으로 사라졌다.

위경이 이를 악물더니, 잠시 후 갑자기 분노의 비명을 내질렀다. 그는 끓어오르는 화를 참지 못하고 수하의 배를 발길질한 후 자리를 떠났다.

황궁 깊은 곳의 벽호는 눈으로 덮여 있었다. 벽호의 풍경은 마치 그림에서 빠져나온 것 같았다. 조각한 회랑이며 옥으로 만든 나무에 눈이 새하얗게 쌓여 있었다. 정교한 무지개다리가 호수 위로 가로지르고, 호수의 중심에는 팔각 정자가 있었다.

정자 안에 두 사람의 그림자가 보였다. 검은담비 털로 만든 긴 외투를 입은 남자의 얼굴은 준수하고, 검과 같이 날카로운 눈썹에 눈은 별처럼 빛나고 있었다. 여자는 열대여섯 정도로 흰여우 털로 만든 외투를 입고 있었는데, 천지의 정기를 받아 속세를 떠난 듯한 느낌을 풍겼다.

이 두 사람은, 바로 막 현문도를 떠나온 제갈월과 초교였다.

"너를 구하려 했던 것이 아니라, 그저 우연히 위경이 마음에 들지 않는 행동을 하는 것을 보게 된 것뿐이니, 너는 감사할 필요가 없다."

초교는 고개를 들고 차가운 표정으로 말했다.

"당신에게 감사할 생각은 전혀 없어."

제갈월이 웃었다.

"여전히 이런 성격이군. 그 후로 7년이나 지났는데. 보아하니 연순이 너에게 약삭빠르게 구는 법을 전혀 가르쳐 주지 않은 모양이구나."

"당신도 마찬가지야. 보아하니 와룡산의 현자들이 당신에게 어리석음이란 것이 무엇인지 전혀 가르쳐 주지 않은 모양이네. 여전히 이렇게 안하무인으로 거만하다니."

말이 떨어지자마자 제갈월이 눈썹을 치켜세우더니 갑자기 몸을 뒤로 뺐다. 동시에, 본래 조용히 서 있던 초교가 번개처럼 앞으로 달려 나가 재빨리 제갈월을 낚아채려 했다.

제갈월은 팔을 뻗어 초교의 공격을 막아 낸 후, 두 손을 나누어 그녀의 손목을 잡으려 했다. 초교는 재빨리 손을 빼더니, 발을 굴러 즉시 정자 밖으로 떨어졌다. 그녀가 얼어붙은 호수 위로 내려앉는 순간, 호수 위에 쌓여 있던 흰 눈이 순식간에 공중으로 날아올랐다.

초교는 푸른 면포에 싸여 있던 잔홍검殘紅劍을 뽑아 들었다. 검날이 사납게 번쩍이며 마치 구름 속을 노니는 용처럼 제갈월을 덮쳐 갔다. 그녀의 검법은 기이하고도 자유로웠고, 그녀의 검을 따라 하늘을 가득 채운 눈이 뒤엉켜 춤을 추었다.

제갈월의 손에는 어떤 무기도 없었다. 그는 손 가는 대로 정자 주변에 활짝 핀 매화 가지를 하나 꺾었다. 흰 매화 송이송이가 갑자기 피어올랐다.

멀리서 보면, 하늘을 가득 채운 눈보라 속 얼어붙은 벽호 위, 두 힘찬 그림자가 은백의 세상에서 뒤엉켜 싸우고 있었다. 두 사람의 초식은 악랄했지만, 그 안에는 무어라 형언하기 어려운 경쾌한 아름다움이 숨어 있었다. 거센 바람이 어지러이 불어오는 가운데, 천지간은 눈안개로 자욱하고 호수가의 매화는 분분히 흩날려 떨어졌다. 붉은 매화와 흰 눈이 서로를 스치며 함께 하늘을 가득 채웠다.

초교의 흰여우 가죽이 바람에 말려 올라가 3척의 푸른 칼날과 뒤엉켰고, 한순간에 제갈월과 막상막하의 상황이 되고 말았다. 그때, 그녀의 발이 미끄러지며 비틀거렸다. 그녀의 장검은 제갈월의 공격을 받아 순식간에 손을 벗어나 멀리 날아갔고, 초교는 놀라며 한 손으로 땅을 짚고 몸을 일으키려 했다.

그러나 바로 그 순간, 발아래에서 우지끈 소리가 나더니 얼음이 깨지기 시작했다. 차가운 호수 물이 삽시간에 얼음 위로 스며 올라왔다. 초교는 당황하여 낮게 비명을 질렀다. 그러나 몸을 돌려 도망치려 해도 이미 늦었다. 그녀는 몸을 떨며 아래로 빠져들 뿐이었다.

제갈월의 안색이 변하더니, 순식간에 날아오르는 새처럼 빠르게 그녀 곁으로 다가와 팔을 잡았다. 그는 초교를 꽉 잡은 채 힘을 써서 그녀를 끌어올렸다.

"당신은 여전히 이렇게 어리석어!"

차가운 비수가 전광석화처럼 제갈월의 목을 찔러 갔다. 초교는 사나운 시선으로 입가에 냉소를 담고 말했다.

"예전에도 당신은 나에게 속아 이리 뛰고 저리 뛰고 했었지. 7년이나 지났는데도 이렇게 깨달은 바가 없는 건가?"

제갈월이 차갑게 웃으며 무시하듯 입을 비죽였다.

"아무리 너라도, 영원히 그렇게 자신할 수 있을까?"

똑같이 예리한 비수 한 자루가 제갈월의 손에 들려 있었고, 그의 칼끝은 초교의 등에 닿아 있었다. 제갈월이 약간만 힘을 준다면, 초교는 바로 급소를 찔릴 것이다.

바늘 끝과 바늘 끝이 마주한 것처럼 서로가 대등했고, 이렇게 된 이상 승부를 가리기는 어려울 것 같았다.

갑자기 차가운 바람이 불어오며 얼음처럼 차가운 눈보라가 두 사람의 얼굴을 때렸다. 두 사람은 아주 가까이 서 있었고, 서로의 호흡을 느낄 수 있었으며, 두 사람의 피부 역시 서로 맞닿아 있었다. 멀리서 본다면 두 사람이 서로 끌어안고 다정스럽게 속에 품은 말을 하고 있다고 생각할 터였다. 그 둘 사이의 분위기가 얼마나 일촉즉발의 상황인지 알 수 있는 것은 눈보라 속에 피어난 매화뿐이었다.

"제갈월, 당신과 나 사이의 원한은 바다처럼 깊고, 우리는 영원히 화해할 수 없겠지. 내가 오늘 당신을 죽이지 않는 것은 나의 복수에 연순을 연루시키고 싶지 않기 때문이야. 당신의 머리는 잠시 당신의 목에 붙여 놓겠어. 내가 살아 있는 한, 언젠가 나는 당신의 목을 베고 말 거야."

제갈월이 코웃음 쳤다.

"너의 힘으로?"

"나의 힘으로!"

초교는 낭랑하게, 한 글자 한 글자 또렷하게 말했다.

"형가의 아이들을, 헛되이 죽은 채 내버려 둘 수는 없어."

"좋다!"

제갈월은 손을 풀고 몸을 날려 뒤로 후퇴한 후, 매화나무 아래 떨어져 있던 잔홍검을 줍고 냉정하게 말했다.

"기다리겠다. 네가 그럴 만한 능력을 가지게 되었을 때, 이 검을 찾으러 오너라."

북풍이 격렬하게 회오리치는 가운데, 초교는 그 자리에 못 박힌 듯 서서 점차 사라져 가는 제갈월의 뒷모습을 바라보다가 슬며시 주먹을 꽉 쥐었다.

방금까지 있었던 모든 일은 한 편의 연극에 지나지 않았다.

연북으로 돌아갈 날이 가까워 오고 있었다. 초교에게는 제갈월과 갈등할 시간이 없었다.

당초 제갈월은 그녀를 놓아주고 신분을 폭로하지 않는 대신, 소팔로 하여금 죄를 대신하게 했다. 소팔은 제갈석을 죽인 흉수가 되어 능지처참당했다. 지금 제갈월이 돌아왔다는 것은 초교에게 있어 위기의 시작이었다.

그로 하여금 기다리게 하자. 내가 그에게 복수하러 가기를 기다리고 있도록.

제갈월이 주동적으로 공격하지 않고 초교의 신분을 폭로하지 않는다면, 초교는 연순을 위해 귀중한 시간을 벌 수 있을 것이다. 제갈월이 믿고 아니고를 떠나, 연극을 해 볼 만한 가치는 충분히 있었다.

초교는 생각에 잠긴 채 한동안 그 자리에 서 있다가, 곧 정원을 떠났다.

벽호의 다른 한쪽 꽃나무가 흔들리더니, 송백이 무성한 곳에서 아정과 연순의 그림자가 천천히 걸어 나왔다.

"아정, 방금 제갈월을 현문도로 끌어들일 때 그에게 들켰느냐?"

"아닙니다."

아정이 단호하게 답했다.

"속하는 매우 조심하였습니다."

연순은 고개를 끄덕이며 천천히 말했다.

"그렇다면 됐다."

"세자 저하."

아정이 의혹스럽다는 듯 미간을 찌푸렸다.

"제갈월이 아가씨를 곤경에서 벗어나게 해 주리라고 단정하실 수 있었던 이유는 무엇인지요?"

"하하."

연순이 작은 소리로 웃었다.

"아마 제갈월, 그 자신도 지금은 고민하고 있겠지. 그는 대체 무엇 때문에 아초를 곤경에서 구했을까?"

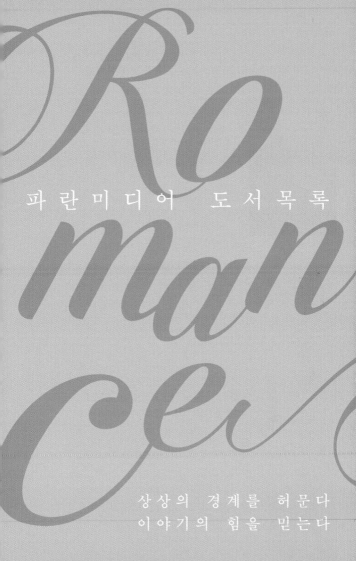

파란미디어 도서목록

상상의 경계를 허문다
이야기의 힘을 믿는다

파란

e-mail paranbook@gmail.com
cafe cafe.naver.com/paranmedia
facebook facebook.com/paranbook
tel 02. 3141, 5589 **fax** 02. 3141, 5590

최고의 밀리언셀러 작가!

정은궐 작가 시리즈

누적 판매 부수 220만 부를 기록한 역사 로맨스소설의 전설
6개국 번역 출간, 소설의 세계를 뛰어넘어 다양한 장르로의 확장!
아시아가 주목하는 작가 정은궐의 귀환!

SBS 드라마 방영예정!

홍천기 紅天機 각 권 14,000원(전2권)

하늘의 무늬를 읽고 해독할 수 있지만
앞을 보지 못하는 남자 하람
그의 눈이 되고자 당당히 경복궁에 입성한
백유화단의 여화공 홍천기
그들의 운명에 번져 가는 애틋하고 몽환적인 먹선!

〈성균관 유생들의 나날〉,
〈규장각 각신들의 나날〉,
〈해를 품은 달〉 정은궐 작가의 귀환!
놀랍고 강렬하고 신비로운 이야기!

성균관 유생들의 나날(개정판) 각 권 11,000원(전2권)

교보문고, 예스24, 인터파크, 알라딘 베스트셀러 종합 1위!
백만 부 돌파!
일본, 중국, 태국, 베트남, 대만, 인도네시아 6개국 번역 출판
독자들이 뽑은 가장 재미있는 소설!

금녀의 반궁, 성균관에 입성한 남장 유생 김 낭자의
파란만장한 나날들!

규장각 각신들의 나날 각 권 11,000원(전2권)

『성균관 유생들의 나날』 시즌 2, 잘금 4인방의 귀환!

'공부가 가장 쉬웠던' 성균관은 아무것도 아니었다.
'피똥 싸는 건 예사고, 없던 다한증까지 생긴다는'
무시무시한 규장각 나날이 잘금 4인방을 기다린다!

해를 품은 달(개정판) 각 권 13,000원(전2권)

드라마 '해를 품은 달' 원작
8주 연속 종합 베스트셀러 1위!
아시아 전역 번역 출간!

세상 모든 것을 가진 왕이지만 왕이기 때문에 사랑을 잃은 훤
사랑과 권력을 되찾기 위해 가혹한 운명에 맞선다!

가슴을 파고드는 애잔한 러브 스토리!

홍수연 작가 시리즈

《눈꽃》, 《불꽃》, 《정우》, 《바람》
홍수연 작가의 새로운 변신
당신을 숨 막히게 할 미스터리 스릴러 로맨스!

파편 각 권 13,000원(전2권)

일그러진 인연, 깨져 버린 시간
빠져나올 수 없는 늪으로 걸어 들어간……
조각난 그 밤은 아름다운 지옥

그 남자의 삶 속엔 오직 초 단위로 계획된 복수의 시간,
매일을 형벌처럼 살게 하는 끔찍한 기억,
그리고 언제든 손목을 그을 수 있는 유리 파편뿐……
그런 그에게 빛으로 가득한 한 여자가
삶의 미련이 되어 버린다.

바람 각 권 12,000원(전2권)

너는 내가 이루고 싶었던 가장 아름다운 바람……
오랜 시간 한 남자만을 꿈꾼 여자

어떤 장소에서 어떤 모습으로 만났어도
결국 한 여자만을 사랑한 남자.
파리, 시드니, 그리고 서울을 오가며 그들은 성장하고 사랑한다.
그리움의 바람도 커져 간다.

불꽃 값 10,000원

사랑은 법보다 강하고, 용서는 사랑보다 강하다.
당신의 얼음 같은 마음도 불타는 사랑 앞에서는 녹고 말 것입니다.

무엇보다 야망이 우선인 여자. 끝없이 상처받으면서도
여자를 놓지 못하는 남자.
불꽃같은 사랑과 증오, 그리고 애증의 복수가 펼쳐진다!

눈꽃(개정판) e-book 값 5,000원

차라리 욕망일 뿐이었다면, 이렇게 아픈 사랑이 아니라
그들의 사랑은 시리도록 하얀…… 눈꽃

한겨울의 차가운 바람처럼 시린 10년간의 사랑.
미국 대재벌가의 상속자와 평범한 동양 여자, 그들이 넘어야 할
두터운 얼음벽 사랑.

밀어: 거울의 속삭임 비연 지음 | 각 권 13,000원(전2권)

절벽 끝에서 시작된 계약, 은밀한 진실을 속삭이다.
거울아, 거울아. 내가 사랑하는 사람을 보여 다오.

위험한 야수 같은 남자 민제하가 제안하는 거부할 수 없는 계약.
그 끝을 알면서도 빠져들어 버린 유설아.
서로 원하는 것을 갖기 위해 얽힌 두 사람의 아슬아슬한 로맨스!

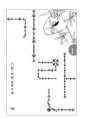

기란(개정판) e-book 비연 지음 | 각 권 4,000원(전3권)

사랑하지 마라. 네 것이 될 수 없다.

권력 다툼이 극에 달한 진眞의 황궁에 서촉의 기란이 황제의 후
궁으로 입궁한다. 평범한 남자로는 살 수도, 살아서도 안 되는
황제를 한 사람의 남자로 만들어 버린 기란. 황제가 아닌 윤을
사랑한 것이 모든 비극의 시작이었다!

암향 e-book 비연 지음 | 각 권 4,000원(전2권)

화친이라는 미명하에 친왕과 황녀가 맺은 위험한 정략혼!

백 년간 전쟁 중인 두 나라 순나라와 조趙. 순나라 황녀 하문예
아는 화친이라는 미명하에 극악무도한 살인귀라 불리는 조나라
의 예친왕과 혼인해야만 한다. 위기에 빠진 조국을 위해 기꺼이
첩자가 되기로 결심한 예아. 이 위험한 정략혼에서 반드시 살아
남아야 한다.

고요한, 소란한 고백 김영희 지음 | 값 13,000원

적막한 내 세상에 작은 울림을 일으키는 너의 목소리.
당신이 살아가는 세상은 어떤 소리로 채워져 있나요?

단단한 땅 속에 웅크리고 있는 씨앗 같은 여자, 서동은.
햇살 같은 미소로 사랑을 싹 틔우는 남자, 류동화.
세상의 편견과 차별을 이겨내고 자신을 보듬어 가는
후천적 청각 장애인 서동은의 사랑과 성장의 이야기!

퀸 최준서 지음 | 각 권 9,000원(전2권)

잡을수록 사라지는 당신의 향기
그리움으로 만든 그 이름…… 퀸

강산 그룹의 후계자가 되기 위해 앞만 보고 달려왔으나 할아버지
의 반대에 부딪힌 세아. 충동적으로 떠난 호주 여행, 정신없이 바
쁜 한국에서의 삶과는 달리 평화로운 와인 농장과 그 풍경처럼
아름다운 딘에게 매료되는.

연순은 아정으로서는 이해할 수 없는 말을 하고 있었다.

"이 세상에서 그를 이해할 수 있는 자는 아마도 나 한 사람뿐일 것이다. 그가 왜 아초를 구했는지 이해하는 사람은 말이다. 아정, 앞으로는 정신을 바짝 차려야 한다. 제갈가가 이미 말려든 셈이니 판세는 더욱 복잡해질 것이다. 밤에 지키는 자를 두 배로 늘리고, 수상한 자를 발견하면 바로 죽이도록 해라."

아정이 당황했다.

"죽이라고요? 세자 저하, 그리해도 괜찮겠습니까?"

"괜찮을 테니 안심해도 좋다. 수상한 자를 죽인다 해도 시끄럽게 떠들어 댈 사람은 없을 테니까. 이 연못의 물은 점점 더 깊어 가고 점점 더 혼탁해지고 있어. 그래서 우리는 점점 더 유리한 상황에 처하게 되는 것이다."

연순은 어둑어둑한 하늘을 바라보며 중얼거렸다.

"이제 움직일 때가 왔다."

제7장 천자의 사혼賜婚[*]

초교가 앵가별원에 도착했을 때는 이미 날이 어둑어둑해진 다음이었다. 소리자小李子가 등불을 들고 문 앞에서 서성이다가 그녀가 돌아오는 것을 보고 껑충껑충 뛰어왔다.

"아가씨, 돌아오셨군요."

초교가 눈썹을 치켜세웠다.

"무슨 일이냐?"

"별일 아닙니다. 그저 조금 전에 세자 저하께서 돌아오셔서 아가씨가 어디에 계신지 물으시고, 아가씨께서 나가셨다는 말을 듣고 아정과 함께 찾으러 가셨습니다."

---

[*] 고대 중국에서 황제가 지정하는 혼사로, 보통 상으로 여겼으며, 정치적인 동맹을 맺기 위한 수단으로도 이용되었다.

"아."

초교는 고개를 끄덕였다.

"얼마나 되었지?"

"한 시진 정도 되었습니다."

소리자가 대답하며 세심하게 등불을 앞쪽으로 비췄다. 그러나 초교가 남전헌藍田軒 쪽으로 걸어가려 하자 갑자기 앞을 막아서며 말했다.

"아가씨, 남전헌 쪽은 노비들이 눈을 치우고 있으니, 다른 길로 가시는 것이 좋겠습니다."

초교가 천천히 고개를 들어 냉담하게 소리자를 바라보았다. 소리자는 어색한 표정으로 한참 우물쭈물하더니 중얼거렸다.

"그쪽 길은 좋지 않습니다."

초교의 안색이 가라앉았다. 그녀는 소리자를 밀어 버리고 앞으로 성큼성큼 걸어갔다. 둥근 문 앞까지 걸어가니 여인들의 교태 섞인 목소리가 들려왔다. 하인들이 상자며 궤짝을 나르는 소리도 섞여 있었다.

초교가 문 앞에 멈춰 섰다. 그녀는 평온한 얼굴로 한참 동안 말없이 서 있다가, 비로소 나지막하게 물었다.

"누가 보내온 거지?"

"서북하도어사 계문정, 계 대인입니다."

초교가 미간을 찌푸리며 중얼거렸다.

"또 그로군."

그녀의 말투에서 불쾌감을 느낀 소리자는 아무 말도 하지 못하고 그저 물끄러미 초교를 바라보기만 했다. 자신의 반대에도 불구하고 그녀가 직접 들어가 살펴볼까 봐 걱정되는 모양이었다.

초교는 휙 소리가 나도록 몸을 돌려 자신의 방으로 향하며 말했다.

"저들 모두에게 조용히 하라고 해라. 내가 쉬는 것을 방해하지 않도록."

소리자는 멍하니 초교가 사라진 방향을 바라보았다. 머리가 멍해져 금방 대꾸할 수가 없었다. 이곳은 초교가 거하는 곳과는 거리가 상당히 멀었다. 아무리 큰 소리로 떠든다 해도 그녀의 거처에서는 들리지 않을 터였다.

저녁 먹을 시간이 되었다. 사람을 보내 두 번이나 불렀지만 초교는 오지 않았다. 연순은 표면적으로는 한숨을 쉬면서도 속으로는 은근히 의기양양한 기분이 되었다. 마침내 그가 직접 초교를 데리러 가야겠다고 생각하는데, 갑자기 흰 옷을 입은 초교가 나타났다. 여전히 남장을 하고 있는 것이, 앵가별원으로 돌아온 후 계속 옷을 갈아입지 않은 것 같았다.

연순은 허를 찔린 기분으로 물었다.

"아초, 방금 무엇을 하고 있었어?"

초교는 고개를 들고 평온한 표정으로 말했다.

"변양汴陽 운하에 봄 홍수가 났다는 서신에 회답 중이었어. 그런데 몇 군데 문제가 있어. 회신을 보내기 전에 당신과 의논해야 해."

희미한 실망감이 연순의 마음에 번져 갔다. 그는 의기소침하여 자리에 앉았다.

"일단 식사부터 하자."

"응."

초교가 고개를 끄덕였다.

"정말 배가 좀 고프네."

그녀는 자리에 앉아 태연자약한 표정으로 식사를 시작했다. 연순은 미간을 가볍게 찡그리고 초교의 침묵의 의미를 생각했다. 그녀에게서는 어떤 분노나 불쾌한 감정을 느낄 수 없었다. 연순의 마음이 점차 울적해졌다. 하늘에는 별은 없이 차가운 달만 빛나고, 하루 종일 흩날리던 눈보라도 마침내 멈춰 있었다.

"변양의 홍수 건은 서둘러 처리해야 해. 지금은 강을 관리하는 총독을 바꾼 상태고, 배로 양식을 나르는 일도 제대로 되지 않고 있어. 시간이 많지 않아. 계획을 잘 세워야겠어."

초교는 젓가락을 내려놓고 품 안에서 종이를 한 장 꺼내더니, 맑은 목소리로 설명하기 시작했다.

"리성鯉城의 염사도대鹽使道臺는 지난달 새로 부임했어. 바로 위씨 문벌의 방계인 위엄魏嚴이야. 위엄이 리성의 소금 운송을 따져 보기 시작하는 바람에 지금 염상들은 벌벌 떨고 있지. 우 아가씨는 그들의 심사가 변할지도 모르니 조심해야 한다고 생각하고 있어. 어쨌든 리성은 상당上黨, 팽택彭澤 두 관과 관계가 있으니, 이 염상들을 확보해 놓으면 결정적인 순간에 커다란 힘을 발휘할 수 있어. 그리고 서화 자리를 누군가가 대신해야 해. 나는 우 아가씨 문하인 하기賀旗가 좋을 것 같은데, 당신 생각은 어때?"

연순은 고개를 끄덕였다.

"네 생각대로 하도록 해."

맥이 풀린 연순을 본 초교가 눈썹을 치켜세우며 물었다.

"많이 지친 거야?"

연순은 일과 관련한 이야기에 아무 흥미도 느끼지 못하면서, 그저 담담하게 대답했다.

"그럭저럭 괜찮아."

"음, 일단 좀 쉬는 게 나을 것 같아."

초교가 몸을 일으켰다.

"변당의 태자가 곧 진황성에 도착할 거야. 대하 황제의 수연이 임박했으니, 회송의 사자도 지금은 길을 오고 있겠지. 진황이 곧 떠들썩해질 거야. 그 외의 다른 일은 모두 미뤄 두도록 하자."

연순은 말없이 초교가 몸을 돌려 나가는 것을 지켜보았다. 시녀 녹류가 뒤를 따라가 초교에게 외투를 입혀 주었고, 두 사람의 그림자는 눈 깜빡할 사이에 긴 회랑 끝으로 사라지고 말았다.

연순은 가볍게 한숨을 쉬며 의자의 등받이에 기대 태양혈을 눌렀다. 오늘은 회에서 비밀리에 보내온 소식을 처리하고, 지난번 사냥 후 태도가 급변하여 은근히 친밀하게 굴기 시작한 조정의 관원들을 상대했다. 또한 다른 이들과 암암리에 힘을 겨루기도 해야 했다. 그러나 이 모든 일을 다 합쳐도, 방금 한 순간처럼 힘겹지는 않았다.

"아정."

연순이 담담하게 입을 열었다.

"계문정이 보내온 그 여자들을 모두 내보내라."

"세자 저하?"

아정이 당황하여 말했다.

"이런 방식으로 귀족들의 이목을 미혹시키려 하심이 아니셨나요? 그렇게 하면 계문정도 실망할 텐데요."

연순이 고개를 저으며 탄식했다.

"이런 허술한 방식으로 미혹될 사람이라면 두려워할 필요도 없다. 안목이 있는 이들은 결코 이런 어설픈 연극에 속아 넘어가지 않을 것이다. 그러하니 여인들을 다른 이들에게 보내서 사람들의 인심이나 얻어 두는 편이 나을 것이다. 더군다나……."

연순이 말끝을 흐리는 바람에 아정은 '더군다나' 이후의 말을 듣지 못했다. 연순은 입술을 가볍게 떼었다가 천천히 눈을 감았다. 아초의 믿음과 비교하자면, 계문정이 실망하고 아니고는 따져 볼 필요도 없었다. 설령 아초가 그 여인들을 전혀 마음에 두고 있지 않다 해도.

연순은 최면이라도 걸 듯 자기 자신을 위로했다. 아초는 아직 어리다. 비록 아초의 행동은 단 한 번도 어린 소녀 같았던 적이 없지만, 필시…….

"세자 저하."

녹류가 경쾌하게 달려와 한 뭉치의 문서를 내밀었다.

"아가씨께서 방금 회답하신 것들입니다."

연순은 지친 표정으로 대강 훑어보고 문서들을 내려놓다가, 갑자기 두 눈을 빛내며 문서 중 일부를 뽑아내며 말했다.

"이 몇 통은 어째서 봉랍을 뜯지 않았지?"

시녀는 머리를 긁으며 말했다.

"아가씨는 뜯어 봤자 다 아첨하는 말뿐이니 읽을 필요가 없다고 하셨어요. 그리고 이 서신을 보내온 하인에게 '주인이 새로운 말을 생각해 내면 그때 다시 오라'고 전하라 하셨어요."

연순이 멈칫하더니, 곧 얼굴에 기쁜 미소가 어리기 시작했다. 그는 서신을 아정에게 건네며 말했다.

"아초가 말한 대로 해라."

말을 마친 연순이 몸을 일으켜 서재로 돌아갔다. 그의 발걸음은 뜻밖에도 매우 경쾌해 보였다.

아정은 이해할 수 없다는 듯 연순의 뒷모습을 바라보다 수중의 서신을 살폈다. 서신을 넣은 봉투 위에는, 품위 있는 글씨체로 크게 '계季' 자가 쓰여 있었고, 종이에서는 은은한 향기가 풍기고 있었다.

다음 날, 효기영의 정程 부장이 기마용의 호복 한 벌과 신발, 활을 초교에게 보냈다.

시녀들은 매우 흥분했다. 그녀들은 기뻐서 춤이라도 출 기세로 이렇게 오랜 세월 동안 여자가 효기영의 교두가 된 적은 없었다고 말했다. 귀족의 자제들이 열대여섯 먹은 소녀의 무술 지도를 받을 때 어떤 심정일지 정말로 모를 일이라며 키득거리기도 했다.

그녀들이 떠들썩하게 나누는 이야기를 초교는 조용히 마음에 담아 두었다. 황제가 왜 이런 명령을 내렸는가 하는 깊은 뜻은 제쳐 두더라도, 눈이 머리 꼭대기에 달린 황성의 병사들이 정말로 그녀의 견제를 받아들일 수 있을까? 대하의 풍속이 개방적이고 여자의 지위가 상당히 높은 점을 고려하더라도, 비현실적으로만 느껴졌다. 초교가 특공대원으로 있던 현대에도 여인은 부대 내에서 무시를 받기 일쑤였고, 수많은 공을 세우더라도 남자보다 진급하는 속도가 더디기 마련이었다.

여기까지 생각하자, 총명한 그녀도 닷새 후로 예정된 부임이 걱정될 수밖에 없었다.

"아가씨."

아정이 갑자기 밖에서 걸어오며 불렀다.

"세자 저하께서 오늘 저녁에 늦으실 터이니 혼자 식사를 하시라 하셨습니다."

초교는 당황했다. 근 몇 년 동안, 여순은 사람들을 만나는 데 소극적이었다. 지금은 상황이 예전과 아주 많이 달라지기는 했지만, 그래도 진황성의 다른 귀족 공자들처럼 밤을 즐기러 간 적은 없었다.

"무슨 급한 일이라도 있는 건가?"

"아닙니다."

아정은 웃으며 위로하듯 말했다.

"아가씨께서 걱정하실 필요는 없으십니다."

아정이 대답을 피하는 것을 보고, 초교도 더 이상 묻지 않았다.

혼자였기 때문에 초교는 저녁을 먹지 않고 과자만 조금 집어 먹은 후, 방 안에서 불을 쬐며 게으름을 피웠다. 여러 해 동안 계속 바깥에서 동분서주하며 연순을 위해 외부 세력을 키우느라, 이렇게 한가로운 시간을 보내는 것은 아주 오랜만이었다.

황제는 비록 연순의 행동을 제한하며 그가 진황성을 떠나는 것을 윤허하지 않았으나, 연순의 수하에 있는 사람들에 대해서는 그렇게까지 엄격하게 관리하지 않았다. 초교는 이 점에 대해서도 황제의 의도를 알 수 없었다. 황제는 연순의 세력이 커지는 것을 신경 쓰지 않는 것일까? 아니면 달리 비장의 무기를 숨기고 있어서일까?

현재 대하 제국은 여러 세력이 할거하고 있는 상태라, 황제 한마디에 하늘이 뒤집어지거나 하는 세상과는 거리가 멀었다. 지금 황제에게 정말로 그런 능력과 가능성이 있을까?

칠대가문 중 영남 목씨와 회음의 혁련씨, 동악 상씨는 항상 소극적이었고, 조정의 파벌 다툼에서도 중립을 지켰다. 비록 외척이 전횡하거나 권력이 일시적으로 무너진 경우도 있긴 했지만, 제국은 항상 안정적이었다. 더군다나 최근 몇 년 동안, 목합씨와 위씨 문벌이 큰소리를 치게 되면서 그들은 더욱 조용히 지냈다. 다만, 이들 가문은 대대로 쌓아 온 공적이 있어, 나무뿌리가 휘감기고 줄기가 뒤얽히듯 여러 곳에 세력을 뻗치고 있었다. 그러하니 이들이 조용하다고 해서 권력을 쟁취하려는 마음이 없다고 믿어서는 안 될 일이었다. 일단 그들도 기회를 잡게 되면, 반드시 높은 자리를 얻기 위해 계책을 짜낼 것이다. 그들은 어두운 곳에 잠복해 있는, 언제 시위를 메길지 알 수 없는 화살과도 같았다.

10년에 걸쳐 융성했던 목합씨도, 전대의 가주 목합운정이 죽은 후로 점차 쇠락하는 기미를 보이고 있었다. 목합 일맥에는 귀한 지위에 오른 여인들이 많았다. 그중에서도 목합나운은 황후가 되어, 칠황자 조철, 팔황자 조각, 그리고 가장 어린 십구황자 조등趙騰까지, 아들 세 명을 두었다. 그러나 여인들의 힘으로 목합씨 사내들의 높지 않은 자질을 메울 수는 없는 법이었다.

얼마 전까지 목합씨는 조각이 제위에 오를 것을 지지했다. 조각이 일을 처리할 때 좀 더 교활하기도 했거니와, 조종하기도 쉬울 것 같았기 때문이다. 그들은 100년이 지난 후에도 목합씨가 장로회에서 상석을 차지하기를 기대하고 있었다. 그러나 그들 뜻대로 주판을 튕기는 동안, 조각은 황제에게 죽임을 당했다. 조등은 아직 어리니, 목합씨는 다시 조철을 지지하는 수밖에 없었다.

그러나 칠황자 조철은 심지가 굳고, 마음에 천하를 다스릴 뜻을 품고 있었다. 모친에게도 겉으로는 복종하는 척하면서도 속으로는 따르지 않았고, 그들 모자 관계는 겉으로 보아서는 판단하기 어려울 정도였다. 또한 자신의 외가와도 소원한 관계였다.

목합씨는 점차 몰락하고 있었고, 이것은 누군가는 기뻐하고 누군가는 근심할 사안이었다. 위씨 문벌에게는 가장 기쁜 소식일 것이다. 위광은 주도면밀하고 일처리가 노련한 사람이다. 수년 동안 모든 것을 인내해 왔으나, 최근 들어 그간 쌓아 온 힘을 충분히 발휘하고 있었다.

위광의 여동생인 서귀비는 여러 해 동안 궁 깊은 곳에 거하고 있었다. 그녀는 황제의 총애를 대단하게 받은 것은 아니었지만, 행동거지에 절도가 있고 점잖았기 때문에 현재 목합나운의 바로 아래인 귀비 자리에 올라 있었다.

서귀비가 낳은 삼황자 조제와 십삼황자 조승은 황제가 총애하는 아들이었고, 특히 조승은 조철을 제외하면 가장 어린 나이에 왕으로 봉해진 황자였다. 지금 조제가 진황성의 대권을 쥐고 황제의 신임을 깊이 받고 있으니, 위씨 문벌은 물이 늘어나면 배도 높아지듯, 그 기세가 날로 융성하고 있었다.

서북 파도합 가문은 이민족 출신으로, 100년 전에는 서북을 다스리던 왕족이었다. 후에 대하에 귀순하여 장로회의 자리를 하나 얻었으나, 진황성의 씨족들은 그들을 초원의 야만족이라 하며 좋아하지 않았다. 파도합 가문은 조정에서 제대로 토대를 세우지 못했고, 줄곧 목합씨에게 영합하고 있었다. 찰로, 찰마 남매가 하는 행동만 보아도 파도합 가문의 심지와 능력을 알 수 있었다. 그저 무력만 알고 거칠게 행동하는 자들이니 두려워할 필요가 없었다. 목합씨가 쓰러지면 파도합도 기울 것이다.

제갈가는 도무지 그 속을 짐작할 수 없었다. 많은 이들이 제갈 일맥이 영남 목씨, 회음 혁련씨와 비슷하다고 이야기하곤 했다. 그러나 초교는 알고 있었다. 제갈가는 결코 간단한 상대가 아니었다. 제갈목청은 평범하고 온화해 보이는 얼굴 아래 그 깊이를 알 수 없는 계략과 추측하기 어려운 생각을 숨기고 있었다. 300년 동안 융성하며 쇠락하지 않은 가문은, 표면상으로는 온순할지라도 그 안은 결코 그렇지 않았다. 제갈월과 제갈회 형제만 보더라도 짐작할 수 있는 바였다.

몽전, 낙형 등 군부의 장수들은 대부분 문벌 귀족에 의지하여 황권에 가까이 다가서는 길을 선택했고, 스스로 하나의 계통을 이루지는 못했다.

그리고 각 지방에 흩어져 있는 번왕들이 있었다.

20년 전, 강남의 번왕들이 함께 난을 일으켜 제국의 씨족들을 공격한 적이 있었다. 그러나 결과적으로 씨족들의 연합에 굴복하고 말았다. 영계의 영왕, 경군왕, 연왕 연세성은 모두 그 전란 이후의 생존자였다.

조정은 당초 세력이 강대했던 여러 제왕들을 비참하게 학살했고, 그들 중 많은 수가 지금은 연기처럼 사라졌다. 원래 수가 많았던 번왕들 중 지금 남아 있는 것은 열 중 두셋에 지나지 않았다.

황실의 친족들이 학살당하던 그때, 연왕 연세성이 번왕들에게 자비를 베풀어 달라는 상소를 올렸다. 그리고 바로 그 일로 인해, 연세성은 그 일에 발을 들여놓지 않았건만 관할하던 땅을 사탈당하고 쫓겨났으며 조씨의 종묘에서 제명되었다. 연세성은 조씨였던 성을 연으로 바꾸고 연북이라는 추운 지역에 머물며 더 이상 진황성에 돌아올 수 없게 되었다.

과연 지금 그 사실을 기억하는 사람이 얼마나 될까? 연북의 연왕은 본래 대하 황족의 일맥이었고, 연세성은 조정덕과 같은 모친의 젖을 먹으며 자라난 형제라는 것을.

초교는 냉소했다. 조정덕은 황제 자리를 유지하기 위해 갖은 고생을 다한 셈이었다. 대하 건국 이래, 권력은 항상 황제가 아닌 다른 이들에게 있었다. 중원 수천 년 역사를 돌이켜 대권을 쥐고 있던 제왕들과 비교하면 정말 답답한 상황일 것이다.

갑자기 전원前院의 문이 열리는 소리가 들렸다. 초교가 창가를 흘깃 보며 귀를 쫑긋 세웠다.

"아가씨, 주무세요?"

녹류의 목소리가 들려왔다. 초교가 대답하자, 녹류가 조심스럽게 안으로 들어왔다.

"아가씨, 밤이 춥네요. 노비가 화로를 갈아 드릴게요."

초교는 고개를 끄덕이며 나지막하게 물었다.

"세자 저하께서는 돌아오셨어?"

"음."

녹류는 낭랑하게 대답했다.

"소리자에게 들었는데요, 세자 저하께서는 오늘 금효루에서 효기영의 장수들을 불러 연회를 베푼다고 하셨어요. 그리고 어제 계 대인이 보내오신 무희들도 모두 그들에게 보내신다고 하셨어요."

초교는 잠시 넋을 잃고 붉게 타오르는 화로만 물끄러미 바라보았다.

"아가씨?"

녹류가 미간을 찡그리며 불렀다.

"아가씨?"

"응?"

초교가 고개를 들었다.

"왜 그래?"

"다른 시키실 일이 없으시다면, 노비가 먼저 물러가도 될까요?"

초교가 고개를 끄덕였다.

"물러가거라."

"그럼 아가씨도 일찍 쉬세요."

녹류가 방문을 닫았다. 창의 격자 틈으로 바깥의 바람이 불어왔다. 바람 소리에 묻혀 정원에서 들려오는 소리는 점차 줄어들었다.

닷새가 지나면 그녀는 효기영으로 부임하게 되어 있었다. 연순이 오늘 효기영의 장수를 청한 뜻은 명백했다.

그들은 언제나 상대방에게 아무것도 숨기지 않아야 한다고 말해 왔다. 일단 서로를 믿기로 한 이상, 영원히 어떤 틈도 생기지 않도록 말이다. 그러나 점차 나이를 먹어 가면서 서로에게 솔직하게 털어놓을 수 없는 일들이 생겼다. 예를 들자면 그녀와 제갈월 사이에 얽힌 은원이라든지, 그녀의 마음속에 자리잡은 귀족들의 행동에 대한 혐오감. 그리고 연순은 다른 이들 앞에서는 초교와 있을 때와 다른 모습을 취했다. 그는 방탕한 모습으로 다른 이들이 자신을 탓하라고 생각하도록 만들었다.

그래도 어떤 것들은 변하지 않는 법이다. 심장 깊숙한 곳에 감춰 둔 묵계와, 서로 손을 잡고 쌓아 온 정 같은 것들. 그들은 말없이 상대방을 위해 가장 좋은 일을 하려고 노력했다. 입 밖에 낸 적은 없지만, 그 기이한 세계와 마주하면서 그들은 영원히 친밀할 수밖에 없는 전우가 되었고, 생사를 함께하는 가족이 되었다.

여러 해 전 대설이 내리던 그 밤, 그녀는 약을 찾다가 얻어맞아 온몸에 상처를 입은 채 비틀거리며 걷고 있었다. 그녀는 그의 목숨을 구할 약재를 품에 안고 있었고, 마지막 힘을 다해서라도 그에게 돌아가려고 했다. 그리고 그 적막하고 어두운 죽림에서 그녀는 그를 발견했다. 그는 아파서 숨도 제대로 쉬지 못하면서도, 그녀의 이름을 부르며 찾고 있었다.

그날, 소년은 병마와 싸우면서도 결연하게 상처 입은 소녀를 등에 업었다. 소년의 얼굴은 창백했고 입술은 파랗게 질려 있었다. 그 칠흑 같은 밤, 외롭게 걸어가는 소년의 걸음걸이는 비틀거리고 있었지만 정신만은 이상하게 또렷했다.

그날, 그는 그녀의 침상 앞에 무릎 꿇고 앉아 그녀의 손을 잡았다. 혼절한 초교 앞에서 연순은 한 글자 한 글자 또렷하게 맹세했다. 이 생에 걸쳐, 이 세상 어디에서라도, 그녀가 누군가에게 괴롭힘을 당하는 일은 다시는 없을 거라고. 자신이 그녀를 지키겠다고.

그때의 그들은, 밤에도 감히 높은 소리로 말하지 못하는 상황이었으니 연순이 자신의 맹세를 당장 지킬 수 있을 리 만무했다. 그러나 기약 없는 그 맹세가 그녀의 마음을 흔들어 놓았다. 그녀는 새로 얻은 이 삶을, 그가 패업을 이루도록 돕기로 결심했다.

다음 날, 위경이 다시 한 번 사람들을 이끌고 와서 핍박하였을 때, 어떤 권력도 갖지 못했던 소년 연순은 새끼손가락 한 마디를 잘리고 말았다. 만약 조승이 제 시간에 오지 않았다면, 연순의 손 전체가 잘리고 말았을 것이다.

그날 밤, 초교는 성금궁에 들어온 후 처음으로 눈물을 흘렸다. 그리고 그 후로는 단 한 번도 울지 않았다.

옷과 음식이 없어도 그녀는 울지 않았다. 다른 이에게 괴롭힘을 당할 때에도 결코 울지 않았다. 채찍질을 당해 온몸이 상처투성이가 되어서도, 그저 두 눈을 부릅뜨고 단단하게 상대의 얼굴을 기억하던 초교였다. 그러나 그날, 연순이 손가락 한 마디를 잘린 그날, 연순이 밤이 되도록 고집스럽게 상처를 보여 주지 않자 그녀는 참지 못하고 큰 소리로 울어 버렸다.

배고픔은 참을 수 있었다. 고통도, 다른 이들의 무시와 경멸도 참을 수 있었다. 그녀가 그 모든 것을 참을 수 있었던 것은, 자신이 어른이 되면 이 곤경에서 도망쳐 원수를 갚고 원한을 풀 수 있다고 확신했기 때문이었다. 그녀에게는 시간도 인내심도 있었다.

그러나 초교는 주변 사람들이 상처 입는 것만은 견딜 수가 없었다. 연순의 손가락이 잘렸는데, 치료를 할 방법도 없었다.

그날 밤, 그녀는 아주 오랫동안 울었고 연순은 어쩔 줄 몰라 하다가 마지막에는 그저 바보처럼 그녀를 안아 주었다. 계속해서 그녀의 훌쩍이는 등을 두드려 주면서, 오른손을 들어 보였다. 그저 한 마디 잘렸을 뿐이야. 여전히 검도 쥘 수 있고 무술을 수련할 수 있다고. 봐, 식사도 할 수 있고 글자도 쓸 수 있어, 그러니까 아무 일도 아니라고.

이 시대에 떨어진 후 초교가 그렇게 넋을 잃고 운 것은 처음이었다. 제갈가의 장작 창고에서 흘렸던 눈물보다 훨씬 많은 눈물을 흘렸다. 그녀 스스로도 자신이 왜 그리 우는지 알지 못하면서 울었다. 그리고 아주 오랜 시간이 흐른 지금은, 명백하게 이해할 수 있었다. 예전의 그녀는 계속 혼자였고, 임석 등에게 호의는 느꼈지만 소속감을 느끼지는 못하고 있었다. 그러나 연순의 손가락이 잘린 그날, 그녀는 자신에게 가족이 생겼다는 것을 깨달았던 것이다.

가족 앞이었으므로, 그녀는 자신의 연약함을 짧은 순간이나마 내보일 수 있었다.

그들 두 사람은 모두 혼자였다. 이 세상에 서로를 제외하면 다른 사람은 없었다.

불빛이 초교의 얼굴을 비추고, 밤은 더욱 몽롱해졌다. 창밖에서 시각을 알리는 북소리가 끊임없이 들려오고, 찬 이슬이 내리고 있었다. 초교는 바깥에서 흔들리는 나무의 그림자를 바라보다가 천천히 침상 위에 몸을 웅크렸다. 그녀는 저녁 식사를 하지 않은 채, 조용히 누군가가 문을 두드리기만을 기다리고 있었다.

"아초."

과연, 한참 후, 깨끗하고 온화한 목소리가 들려왔다.

"잠들었어?"

초교의 입꼬리가 살짝 올라갔다. 그녀는 평소와는 달리 쿡쿡 웃기 시작했다. 밖에서는 더 이상 아무 소리도 들리지 않았다. 잠시 후, 그녀는 침상에서 뛰어내려 맨발로 문가로 달려갔다.

문이 삐걱이며 열렸다. 문밖에는 그저, 화려하게 조각된 나무 식합만이 조용히 바닥에 놓여 있었다. 식합 위에는 쪽지가 하나 있었는데, 쪽지를 들어 보니 품위 있고 빼어난 글씨체가 눈에 들어왔다. 아주 익숙한 글씨체였다.

늦게 잘 거라는 거 알아. 배가 고프면 좀 먹도록 해. 서귀방의 오리 고기인데, 기름을 제거했으니 살이 찔까 걱정하지 않아도 괜찮아.

초교가 고개를 들었다. 사락사락 내리는 흰 눈 사이로, 푸른 대나무로 만든 우산을 쓰고 흰여우 털로 만든 바람막이를 입은 청삼의 청년이 보였다. 그의 맑고 준수한 신영은 점차 칠흑 같은 회랑 사이로 사라졌다. 흰 눈이 분분하게 흩날리는 가운데, 그녀는 적수 호반가에서 자신이 초교를 한 번 더 도와주면 성이 연씨가 아니라고 외치던 소년을 본 것만 같았다. 지금처럼 종일 어둠 속에 검은 장포를 입고 우울한 눈매를 하고 있는 남자가 아니라.

아마도 그는 초교 앞에서만 어린 시절의 그로 돌아가는 것일 터였다.

연순이 변하지 않은 것은 아니었다. 그러나 초교가 있었기에, 연순은 마음 깊은 곳에 어린 시절의 부드러움을 남겨 둘 수 있었다. 그 부드러움에 다른 이들이 발을 들여놓지 못하도록 연순은 마음속에 높은 담장을 세우고 문도 닫아걸었지만, 초교만은 그 문을 열 수 있었다.

초교는 식합을 품에 안은 채 한참을 가만히 서 있었다. 눈보라가 하늘거리며 내려와 땅을 가득 채우며 떨어졌다.

이틀 후, 팔공주 조순아의 급계及笄* 예식이 있었다. 순아는 조철과 같은 모친 소생으로, 당금 황가에서 가장 총애받는 공주였다. 자연히 그녀의 급계례는 대대적으로 치러질 예정이었다.

그날 사냥터에서의 말다툼 이후로, 연순은 이 제멋대로인 공주에게 자신이 가진 인내심을 거의 다 소진한 것 같았다. 연

---

* 고대 중국에서 여자가 만 15세가 되면 머리를 올리고 비녀를 꽂던 의식. 성년이 되어 혼례를 치를 수 있음을 의미한다. '급계례', '계례'라고도 부른다.

순은 아정을 시켜 축하 예물을 보내고 흐지부지 끝낼 생각이었다.

초교는 차를 마시는 연순 옆에서 예물 목록을 읽고 있었다. 목록 상단에는 공손하고 예의 바른 축하의 말이 몇 마디 적혀 있고, 아래에는 예물이 적혀 있었다. 화전의 옥으로 만든 여의 한 쌍, 금과 옥으로 만든 사자 네 마리, 회송의 비단 여덟 필. 너무 귀중한 것도 아니었고, 그렇다고 너무 초라한 것도 아니었다. 서로의 지위와 관계에 정확하게 상응하는 것들이었다.

초교는 고개를 저었다. 순아가 이 예물을 받고 어떤 기분일지 초교로서는 짐작조차 할 수 없었다. 순아가 연순을 사모하고 있다는 사실은, 진황성의 상류층이라면 누구나 알고 있었다. 황후 목합나운이 이 일에 관여하려 든 적도 있었지만, 순아의 성격으로 연순을 제외한 다른 이의 말을 들을 리가 없었다. 더군다나 황제조차 그런 일에는 관여하지 않으려 했기에, 이 어린 공주는 거침이 없었다.

"아름다운 정원에 계수나무 가지, 달이 죽산 위로 떠오르네. 아초, 기회가 되면 우리 정말 변당에 가 보자. 그리고 그 유명한 죽산주를 맛보자고."

초교가 고개를 들었다. 오늘 햇빛은 매우 좋았고, 눈도 내리지 않았다. 아침 일찍 연순이 초교를 온실로 불렀고, 그 후로 두 사람은 오전 내내 아무 말도 없이 나란히 앉아, 그녀는 서책을 읽고 그는 차를 마시며 오랜만의 평온한 기분을 즐기고 있었다. 그런데 갑자기 연순이 시를 읊으며 변당 이야기를 하자,

초교는 고개를 끄덕이며 웃었다.

"좋아, 기회가 되면 함께 가자."

그녀가 기뻐하는 것을 보고 연순 역시 활짝 웃었다.

"아초가 다 자라면, 분명 절세가인이 될 거야."

초교는 코웃음 쳤다.

"오늘 뭘 먹었기에 이렇게 달콤한 말을 하는 거야? 밖에서 번지르르하게 말하는 버릇을 나에게도 쓰는 거야? 집에 돌아오면 그 방탕한 오라버니의 가면은 벗어 버리셔야지?"

연순이 담담하게 고개를 저었다.

"아무것도 모르는군. 바깥의 꽃은 붉고 버들은 푸르지. 그래, 더할 나위 없이 화려하고 아름답지만, 그건 그저 연극에 불과해. 나의 아초야말로 세상에서 가장 아름다운 여인이고, 그 누구도 너와는 비할 수 없다."

연순의 말투는 지극히 자연스러웠다. 마치 '오늘 반찬이 입에 맞는다'와 같은 자질구레한 말을 하는 것 같은 태도였다. 그러나 초교는 이 말을 듣고 당황한 나머지 얼굴을 살짝 붉히고, 평소에는 거의 드러내지 않는 소녀다운 표정을 드러냈다.

두 사람은 친밀했지만, 서로의 마음을 솔직하게 털어놓은 적은 없었다. 여러 해에 걸쳐 서로 의지하며 전우처럼, 또 가족처럼 살아왔지만, 남녀 간의 정을 언급한 적은 없었다. 그런데 갑자기 연순에게서 이런 말을 들으니, 두 번째 인생을 살고 있는 초교도 자신도 모르게 조금 허둥거리고 있었다.

"아초."

연순이 갑자기 정색하더니 진지한 눈빛으로 그녀를 바라보았다.

"너와 내가 알고 지낸 지 이미 8년이야. 우리는 그간 화와 복을 모두 함께 나눴지. 환난도 함께 의지해서 버텨 냈고. 지금, 그 모든 것이 지나가고 있어. 이곳의 일이 정리되고 연북으로 돌아가면 우리……."

연순이 말을 끝내기도 전에, 문밖에서 갑자기 아정이 당황하여 부르는 소리가 들렸다.

"세자 저하, 성상께서 부르십니다."

모든 뒤엉킨 감정이 일시에 연기처럼 흩어졌다. 초교가 재빨리 몸을 일으켰다. 그녀가 손에 쥐고 있던 서책들도 툭 소리와 함께 땅에 떨어졌다.

연순도 당황하고 있었다. 7년이었다. 성금궁에서 보내는 7년 동안, 대하의 황제는 단 한 번도 그를 부른 적이 없었다. 오늘 황제가 갑자기 부르는 것은 대체 좋은 일일까, 아니면 나쁜 일일까?

"어쩌지?"

초교가 무거운 표정으로 나지막하게 물었다.

연순은 말없이 한참 생각한 후, 결국은 이렇게 말했다.

"당황할 필요 없어. 아무 일도 없을 거야. 갔다 올게."

"연순."

연순이 몸을 돌려 자리를 떠나려 할 때, 갑자기 초교가 그를 잡았다. 그녀의 작은 손은 얼음처럼 차가운 동시에 살짝 땀이 배어 있었다. 초교는 그를 꽉 잡은 채 걱정스러운 눈빛으로, 그러나 단호하게 말했다.

"조심하고, 일찍 돌아와야 해."

"안심해."

연순은 초교의 손을 꽉 잡고 그녀의 어깨를 따뜻하게 두드려 주었다.

"금방 돌아올 테니까."

녹류가 달려와 연순에게 외투를 입혀 주었다. 연순은 하인 몇 명만 데리고 앵가별원을 떠났다.

오후 내내, 초교는 좌불안석이었다. 계속 무슨 일이 벌어질 것만 같아 두려웠다. 어둑어둑해질 무렵, 아정이 급한 기색으로 돌아왔다. 초교는 기뻐하며 재빨리 그에게 달려갔다.

"세자 저하는? 무슨 일이었지? 어째서 아직도 돌아오지 않는 거야?"

아정이 난감한 기색으로 천천히 말했다.

"세자 저하께는 아무 일도 없습니다. 지금은 연회에 참석하고 계십니다."

초교는 길게 한숨을 토해 내고 안심하며 말했다.

"아무 일도 없다면 되었다. 황제 폐하께서는 대체 어떤 명을 내리신 거지?"

아정은 주위를 둘러보았다. 시녀 몇 명이 초교 주위에서, 의심에 가득 찬 눈길로 그를 보고 있었다. 아정은 순간적으로 말문이 막힌 것처럼 우물거렸다.

초교가 서서히 미간을 찌푸리기 시작했다. 심상치 않다는 생각이 들어 그녀는 다시 한 번 나지막하게 물었다.

"대체 무슨 일이었던 거야?"

"황상께서……."

아정은 말을 하려다가 멈추더니, 결국은 다시 입을 열었다.

"황제 폐하께서 막 세자 저하께 명을 내리셨습니다. 저하께…… 저하께 사혼賜婚을 내리셨습니다. 상대는 곧 급계례를 치를 조순 공주 마마입니다."

초교는 잠시 멈칫했다. 무슨 말이든 해야 할 것 같아 입을 열었지만 아무 말도 나오지 않았다. 그녀는 주위를 둘러보고, 양미간을 찌푸린 채 나지막하게 중얼거렸다.

"사혼이라고?"

"아가씨……."

아정이 걱정스럽다는 듯 불렀다. 그러나 초교는 고개를 끄덕이며 다시 한 번 중얼거렸다.

"사혼."

"아가씨, 세자 저하께서 아가씨가 걱정하시지 않도록, 저에게 돌아가 아가씨께 전하라 하셨습니다. 세자 저하께서는……."

"나는 괜찮아."

초교가 고개를 저었다.

"황가의 연회에는 위험한 일이 너무 많아. 이시 돌아가 저하의 곁을 지키도록 해라. 결코 저하께 어떤 불미스러운 일도 있어서는 안 된다. 나는 그저 약간 걱정스러울 뿐이야. 황제 폐하께서 저하께 불리한 무슨 행동을 할까 봐. 아, 사혼, 그래, 알았다."

아정이 걱정스러운 표정으로 다시 한 번 초교를 불렀다.

"아가씨……."

"나는 먼저 방으로 돌아갈 테니, 어서 가거라."

초교는 몸을 돌렸다. 등을 곧추세우고, 슬픈 기색이라고는 전혀 없이.

"아직 할 일이 아주 많거든. 녹류, 온실에 둔 서신들을 모두 내 방으로 가져오너라. 어서 모두 회답해야겠다."

흰 눈이 아득하게 내리고 있었다. 초교는 오늘 평소와는 달리 소녀다운 사랑스러움이 돋보이는 노란 옷과 같은 색의 바람막이를 걸치고 있었다. 먼 곳에서 바람이 불어와 눈을 말아 올렸고, 그녀의 바람막이도 바람을 타고 펄럭였다. 그 모습은 어쩐지 조금 처량해 보였다.

먼 곳의 석양이 천천히 서쪽으로 지고 있었고, 하늘가는 불처럼 붉었다. 석양이 아무리 다채롭고 아름답게 하늘을 물들인다 해도, 해는 결국 지기 마련이었다.

제8장 옛날의 맹세

촛대 위의 불빛이 붉은 눈물을 점점이 흘리고 있었다.

삼경을 알리는 북소리가 들렸지만 연순은 여전히 돌아오지 않고 있었다. 시녀가 화로를 받쳐 들고 조심스럽게 방문을 열었다. 방 안에는 등 하나만 켜져 있어, 초교의 그림자는 더욱 연약하고 섬세해 보였다.

초교는 서탁에 엎드린 채 고개도 들지 않았다. 미간을 가볍게 찡그리고 있는 것이 무엇인가 골똘히 생각하고 있는 것 같았다.

"아가씨."

시녀가 참지 못하고 초교를 불렀다. 비록 나이는 열둘 정도였지만, 어렴풋하게나마 상황을 이해한 것 같았다. 그녀가 조심스럽게 속삭였다.

"시간이 늦었어요. 주무시는 것이 좋겠어요."

초교는 대답하지 않고 그저 손을 살짝 세워 나가라는 표시를 했다.

녹류는 새로 간 화로를 든 채 문가로 다가가다가, 갑자기 고개를 돌려 말했다.

"세자 저하께서 돌아오시면, 노비가 알려 드리러 오겠습니다."

갑자기 초교가 천천히 고개를 들고, 눈길을 살짝 들어 올려 담담하게 녹류를 바라보며 차가운 목소리로 천천히 말했다.

"아주 한가한 모양이구나?"

녹류가 당황하더니 갑자기 바닥에 소리가 나도록 무릎을 꿇고 서둘러 말했다.

"노비가 쓸데없는 말을 했습니다. 아가씨께서 벌을 주십시오."

"물러가거라."

초교는 분명하고 엄하게 말한 후 더 이상 아무 말도 하지 않고, 고개를 숙여 손에 든 서신을 읽기 시작했다. 녹류는 전전긍긍하며 고개를 숙이고 물러났다.

방문이 닫히자, 방은 다시 조용해졌다. 촛불이 희미하게 타오르다 때때로 한 가닥 불꽃을 토해 냈다. 그 빛이 초교의 그림자를 아주 길고 호리호리하게 늘려 놓았다. 어렴풋한 그림자는 윤곽이 제대로 잡히지 않았다.

초교는 별다른 행동을 하고 있지 않았다. 평소대로 바쁘게 일하고 평소처럼 생각하고 있었다. 대답하는 말투 역시 평소와 조금도 다를 바가 없었다. 그러나 새하얀 백지 위 필적은 아주 깊게, 먹물이 종이 뒷면에까지 배어 나올 정도로 힘이 들어가 있었다.

겨울밤은 길기도 길었다. 오경 무렵이 되어서야 전원 문이 열리는 소리가 들렸다. 초교는 붓을 멈추고 한참 동안 귀를 기울이다가, 몸을 일으켜 방 안에 있는 모든 등불을 환하게 밝혔다.

방 안에 빛이 가득 찼다. 멀리서도 볼 수 있을 것이다. 초교는 창을 살짝 들어 올렸다. 밤바람이 창의 격자를 타고 불어와 그녀의 먹빛 머리카락을 흩날렸다. 초교는 고요한 눈빛으로 침묵하고 있었다.

그녀는 결과를 기다리고 있었다. 연순이 이 불빛을 보기만 하면 그녀가 아직 그를 기다리고 있다는 것을 알 수 있을 것이다. 그가 만약 그녀에게 온다면, 사정을 아직 되돌릴 여지가 있다는 것을 의미했다. 그가 그녀에게 오지 않는다면, 그가 이미 마음을 정했고, 그 마음을 바꿀 수 없다는 것을 뜻했다.

시간이 천천히 흘러갔다. 정원의 등불은 계속 움직이지 않았다. 남자는 은빛 여우 털로 만든 바람막이를 입고, 모자로 얼굴을 반쯤 가리고 있었다. 청삼은 흐트러진 상태였다. 아정이 그의 뒤에서 푸른 대나무로 만든 우산을 받쳐 그의 머리를 가려 주고 있었다. 흰 눈이 사락사락 우산 위로 떨어졌다. 바람이 땅 위에 쌓인 눈을 살며시 말아 올려 구석으로 몰아가며 그의 새하얀 장화며 외투의 옷자락을 스쳐 갔다.

"세자 저하."

소리자가 몸을 굽힌 채 다가와, 연순의 눈빛을 따라 장랑의 끝을 바라보았다. 그곳, 아름다운 매화나무 숲 사이로 밝은 등불이 빛나고 있었다.

"아가씨가 아직 주무시지 않고 있는 듯합니다."

연순은 아무 말도 듣지 못한 것처럼 그저 가만히 그 자리에 서 있기만 했다. 연순은 알고 있었다. 그 겹겹이 둘러 있는 건물을 돌아가면, 푸른 대나무가 있는 창가에 누군가가 묵묵히 서 있으리라는 것을. 그들 사이에는 회랑 셋과 붉은 칠을 한 두 개의 문, 그리고 맑은 샘 하나와 정원을 가득 채운 매화나무밖에 없었다. 걸어간다면 눈 깜빡할 사이에 닿을 수 있는 거리였다.

그러나 몹시 무거운 무력감이 마음속을 채우고 있었다. 어째서, 이 짧디짧은 길이 이리도 멀게만 보이는 걸까?

그의 눈길이 한가로이 흐르는 물처럼 고요해졌다. 그는 말없이 바라보았다. 그의 눈빛은 이 7년 동안의 세월을 꿰뚫고, 그동안의 슬픔과 기쁨, 이별과 만남을 회상하고 있었다. 과거의 일은 바람과 같고, 또 꿈처럼 허망했다. 그들은 환난을 함께 겪었고, 화와 복을 서로에게 의지하여 버텨 냈다.

세찬 바람이 갑자기 불어왔다. 아정의 손에 들린 우산이 그만 바람에 날려가 버리고 말았다. 젊은 시위는 당황하여, 몸을 돌려 우산을 쫓아갔다. 하늘에서 내리는 대설이 연순의 어깨며 머리에 쌓이기 시작했다. 아무리 두툼한 외투를 입었다 해도, 너무나 차갑게 느껴졌다.

"가자."

연순이 짧게 한마디 토해 냈다. 소리자가 기뻐하며 즉시 앞에서 길을 인도하며 말했다.

"아가씨는 분명 아직 주무시지 않고 계실 것입니다, 세자저……."

소리자의 말이 끝나기도 전에, 연순은 완전히 반대 방향으로 향하고 있었다. 소리자는 당황하여 등불을 든 채 그저 입만 벌렸다. 그는 망연하여 어쩔 줄 몰랐다. 대체 자신은 누구를 따라가야 하는 걸까?

초교는 들고 있던 창문을 조용히 내려놓고, 천천히 외투를 벗었다. 홑옷만을 입은 채 사방을 다니며 등불을 모두 껐다. 그녀의 동작은 아주 느릿느릿했고, 안색은 평온했다.

마침내 서탁 위의 촛불까지 모두 꺼졌다. 방 안은 삽시간에 칠흑 같은 어둠 속으로 빠져들었다.

그녀는 더듬어 가며 침상 앞으로 와서 이불 안으로 들어가 누웠다. 바람 소리도 들리지 않고 사방이 이상하게도 고요했다. 어둠 속에서 초교의 눈이 점점 더 커졌다. 차가운 눈동자 속에 눈물은 보이지 않았다. 그러나 말로 형언할 수 없는 무엇인가가 점점 더 가라앉고 있었다. 한 층 한 층, 끊임없이 밀려오는 파도처럼.

다음 날 아침 일찍, 초교는 평소대로 전원에서 아침을 먹었다. 오늘 앵기별원은 이상스럽게도 조용했다. 초교와 연순은 마주 앉아, 평소처럼 각자 식사를 했다. 이따금씩 고개를 들어 한담도 나누었다.

초교와 연순은 전혀 이상해 보이지 않았다. 마치 아무 일도 벌어지지 않은 것처럼 평온해 보였다. 아정과 녹류 등 하인들은 의심스럽게 사태를 짚어 보다가, 결국은 모두 자신이 잘못 생각했던 모양이라고 결론 내렸다. 조심스럽게 숨소리마저 죽이고 있던 하인들 모두 안도했다.

아침 식사 후, 모든 이는 평온하게 자신의 일을 하고 있었다. 기쁜 표정을 짓는 이들도 있었다. 어찌 되었건, 이후로 이 거대한 황궁에서 앵가별원이 더 이상 다른 이의 눈치를 살필 필요가 없게 된 것이다.

정오 무렵, 연순이 온실의 문을 열었다. 초교는 말없이 화분대의 난간에 기댄 채 연순을 기다리고 있었다.

"내 혈제란!"

연순이 소리치며 재빨리 앞으로 달려 나갔다.

초교가 당황하며 뒤를 돌아보니, 연순이 뿌리줄기가 끊어진 난초를 하나 들고 괴로운 표정으로 외치고 있었다.

"내 혈제란!"

"내가 그런 게 아닌데."

초교는 즉시 상황에서 빠져나오려고 변명했다.

"나는 거기에 기대지도 않았는걸."

"이 화분대 사이를 끈으로 연결해 놓은 것을 보지 못했어?"

초교는 멈칫했다. 자세히 살펴보니 과연 그러했다. 그녀는 어깨를 으쓱했다.

"내가 그랬다 해도 별일 아니잖아. 새 화분을 하나 구해 주면 될 일인데.”

연순이 고개를 저으며 화분을 한옆에 두더니, 의자에 앉아 정색하고 말했다.

“이번 일에 대해, 어떻게 생각해?”

초교는 한참 동안 말없이 생각한 후에 말했다.

“황제는 당신을 죽일 의도를 갖고 있어.”

연순이 입 끝을 살짝 들어 올리며 냉담하게 웃었다.

“그가 나를 죽이려 한 것이 어제 오늘의 일은 아니지.”

“이번에는 달라.”

초교는 고개를 저으며 나지막하게 말했다.

“그는 결코 과거의 악감정을 녹일 생각이 없어. 그저 천하 사람들의 입을 막고 싶을 뿐이지. 당신을 제거하면서, 자신은 그 자리에서 빠지고 싶은 거야.”

초교는 신중한 안색으로 조리 있게 분석해 나갔다.

“지금은 씨족들의 세력이 대단하고, 봉지도 광활하지. 황제는 수도 근방의 군대를 제외하면 거의 병권을 갖지 못한 상태야. 군사와 정치, 재력과 권력을 모두 장악한 장로회는 각 세가의 손에 흩어져 있는 셈이고. 조정덕이 황권을 회수하고 싶어도 몽전, 낙형 같은 소수 황권파 장수들에게 기대는 것을 제외하면 변경의 땅을 분봉 받은 제후들에게 기대는 수밖에 없겠지. 그래서 그는 공공연하게 당신을 죽일 수는 없어. 첫째로는 연북에서 난을 일으킬까 봐 두려울 테고, 둘째로는 천하 왕족들의 마음이 얼어붙을 것이 걱정되겠지. 당신이 죽는다면 다시 한 번 삭번削藩이 있을 거라는 유언비어가 돌 수도 있으니 말이야. 어쨌든 씨족들은 모두 각 가문의 왕이나 황족들이 병사를 일으키기만을 기다리고 있지. 기회를 틈타 봉지를 빼앗고, 가문의 세력을 넓히기 위해서 말이야. 하지만 황족 세력들이 씨족에게 잠식당한다면, 황실 역시 더 이상은 황권을 회수할 생각을 하기 어려울 테니 더욱 곤란하겠지."

연순이 고개를 끄덕이며 찬성을 표시하자, 초교는 계속 말을 이었다.

"그래서 그는 당신을 죽이기 위해 반드시 다른 이의 손을 빌려야 하는 거야. 속으로는 그렇지 않더라도 겉보기에는 정당해야 하니까. 그는 당신을 죽인 후 남에게 덮어씌우고 자신은 슬쩍 빠지려는 계획이겠지. 하지만 지금 당신이 죽는다면, 아무리 계략을 꾸미더라도 온 천하가 그를 의심할 거야. 그러니 그는 지금 자신의 딸을 당신에게 시집보내기로 한 거겠지. 마치 예전의 나쁜 일은 다 잊은 것처럼, 자신이 관용적이고 도량 있는 황제인 것처럼. 세상 사람들은 그가 정말로 당신을 연북으로 돌려보내려 한다고 생각하고, 예전의 일에 대해서 더 이상 추궁하지 않을 거야. 사람들이 그렇게 믿게 되면 그가 다시 직접 손을 써서 당신을 사지로 밀어 넣겠지. 당신이 죽으면, 그가 가장 사랑하는 딸은 과부가 되고, 아무도 그를 의심하지 않을 테니까."

연순이 가볍게 웃으며 차를 한 모금 마시고 말했다.

"네 말이 모두 옳다."

온실 안은 매우 따뜻했고 난초의 그윽한 향으로 가득했다. 그 향을 맡고 있노라면 취해 버릴 것만 같았다.

연순이 눈썹 끝을 살며시 올리더니 가볍게 물었다.

"그럼 아초 생각에, 나는 어떻게 해야 하지?"

"마음속에서 이미 계산을 끝냈으면서, 무엇 때문에 나에게 묻는 거지?"

초교가 나지막하게 말했다.

"조순아를 맞아들이면, 언젠가 죽음의 위험에 처하게 되겠지. 하지만 조순아를 맞아들이지 않으면 성지를 거역하고 황제의 명을 따르지 않는 것이니, 백일하에 반역을 표시하는 것과 같아. 그렇게 되면 순식간에 죽음이 다가오겠지. 당신같이 총명한 사람이 무엇이 이익인지 저울질하지 못할 리 없겠지."

초교는 잠시 말을 쉬다가, 희미하게 웃으며 다시 천천히 입을 열었다.

"이 7년 동안, 그렇게 큰 모욕과 곤경도 모두 버텨 냈는데, 지금 여자 하나를 취하는 것은 별일 아니잖아? 황제는 스스로를 위해 빠져나갈 길을 찾아 진상을 덮으려고 할 테니, 우리도 이제 시간을 끌 필요가 없겠지. 그저 당신에게 사로잡힌 조순아가 가련할 뿐이야."

연순의 안색이 점차 변했다. 그의 냉담한 표정 속에는 은근한 외로움과 고통이 배어 있었다.

"이게 너의 진심인가? 아니면 나를 위해 원래 이런 계획을 세웠었나?"

"당신과 나는 오랫동안 화와 복을 함께해 왔어. 생사와 영욕도 예전부터 함께하게 되었고. 그러니 나는 당연히 당신을 위해 계획을 세우지."

초교가 낮은 소리로 말했다.

"더군다나, 어차피 당신도 똑같은 결정을 내렸잖아. 어젯밤, 당신이 나에게 귀띔해 준 거나 마찬가지잖아."

말을 들은 연순은 잠시 멈칫했지만, 곧 담담하게 웃었다.

"아초는 과연 이 세상에서 나를 가장 잘 이해하는 사람이야."

초교도 개운한 듯 웃으며 연순의 어깨를 두드렸다.

"그거야 당연하지. 우리는 어릴 때부터 함께 있었고, 생사를 함께 나눈 정이 있잖아. 이것만은 영원히 변하지 않을 테니까."

연순은 초교의 해맑은 웃음을 바라보며 역시 미소 짓고는 고개를 끄덕였다.

"그래, 영원히 변하지 않겠지."

"먼저 갈게. 곧 효기영으로 부임하러 가야 하니, 가기 전에 조숭에게 인사를 해야겠어."

연순은 고개를 끄덕이며 몸을 일으켰다.

"나 대신 안부 전해 줘."

초교는 몸을 돌려 밖으로 향하다가, 문가에 도착하자 발걸음을 멈추더니 천천히 주먹을 쥐었다 다시 풀었다. 그러기를 세 번 반복하며 밖으로 나가지 않았다. 연순은 초교가 왜 그러는지 아는 것처럼 캐묻지 않고 조용히 그 자리에 서 있었다.

"연순, 남녀 간의 정에 휘말리면 영웅의 기운은 사라지기 마련이야. 당신에게는 아직 끝내지 못한 일이 아주 많으니, 대사를 중시해야 해."

연순의 마음에 한바탕 차가운 기운이 퍼졌다. 연순은 한 마디도 하지 못하고, 그저 초교의 뒷모습이 온실의 푸른빛 사이로 사라지는 것을 지켜보며 오래도록 움직이지 않았다.

아초, 내가 너에게 베푼 은혜는 그저 물 한 방울이었는데 너는 솟구치는 샘으로 나에게 보답했지. 그렇다면, 네 세차게 흐르는 물과 같은 은혜에, 나는 또 어떻게 보답해야 할까?

오후의 햇빛은 맑고 아름다웠다. 그러나 갑자기, 연순의 눈에는 모든 것이 그렇게나 거슬리게 보였다.

3월 14일, 하늘은 유난히도 높고 맑았다. 매화가 화려하게 피어나고, 정오 무렵부터 눈이 흩날리기 시작했다. 모든 것이 평소와 같이 평온했다. 제도의 권문귀족들은 여전히 연북 세자가 가장 존귀한 혈통의 순아 공주를 아내로 맞이하는 일로 이야기꽃을 피우고 있었다. 온갖 추측이 황성 안팎에서 흘러 넘쳤다.

이 혼란한 국면 속에서, 그 누구도 알지 못하는 사이에 녹영군의 방위대가 한 시진 전에 군영을 바꾸고, 서성문이 평소보다 한 시진 일찍 열렸다.

이 소식을 들었을 때, 연순은 편한 옷차림에 느긋한 표정으로 온실에서 차를 마시고 있었다. 밖에서는 악사가 〈서선화야西船花夜〉라는 곡을 연주하고 있었는데, 곡조는 높낮이가 조화로운 가운데 계속 반복되었다.

연순이 입 끝을 들어 올리며 냉담하게 웃었다. 아정은 곁에 서서 조용히 그의 지시를 기다렸다. 그러나 연순은 그저 가볍게 손을 내저으며 물러가라고 지시했다. 그러더니 곁에 있는 상자에서 곡의 제목을 적은 패를 하나 꺼내 손 가는 대로 내던졌다.

연주 소리가 끊겼다. 나이가 지긋한 악사가 바닥에서 패를 주워 살펴보더니, 슬며시 당황했다. 곧, 살기 충만한 쟁 소리가 격동적으로 울려 퍼졌다. 호탕한 음악 소리는 마치 금석이라도 잘라 낼 듯했다.

연순은 소리 내어 웃으며, 음악에 맞춰 박자를 두드리며 낭랑한 목소리로 낭송했다.

"취하여 살인검을 잡고 적 8백을 베었으니 온몸에 취기가 오르는구나, 눈을 덮어 낙화를 매장하노라."

초교가 문밖에 서 있었다. 손가락이 살짝 떨려 왔다. 그녀는 고개를 들고 하늘에 날리는 흰 눈과 머리 위를 날아가는 검은 매를 바라보았다.

동란이란 얼마나 빨리 번지는 것일까? 마치 가을이 지난 후의 초원처럼, 불씨 하나가 던져지면 재빠르게 퍼져 나가 순식간에 하늘도 집어 삼킬 듯이 활활 타오르는 것이다.

오후가 되자 오랜만에 눈이 멎고 날이 갰다. 장로원의 탁자에 호부의 낮은 관리인 창조倉曹가 올린 상소가 놓여 있었다. 상소에는 호부에 양식도 돈도 부족하여 수연의 비용을 대기 어렵다는 호소와, 중주中州에서 이재민을 구제할 식량이 누군가에게 약탈당한 후 이재민들이 동요하고 있다는 사연, 그리고 대부호들마저 불안해하고 있고 다친 이들이 셀 수 없을 지경이라는 이야기 등이 적혀 있었다. 또한 누군가가 동쪽 변경의 군대로 갈 양식을 술지게미로 몰래 바꿔치는 바람에 병사들이 중독되어 죽는 상황까지 벌어졌고, 41군의 반 정도가 반란을 일으켜 사상자가 만이 넘는다는 내용도 있었다. 상소는 마지막으로 세가와 귀족들이 사나운 이리처럼 더러운 짓을 하여 중간에서 사리사욕을 채우고 있다고 고발하며, 읽는 이들의 간담을 서늘하게 만들 숫자도 열거했다.

돌멩이 하나가 파문을 일으키듯, 호부의 낮은 관리 하나가 올린 상소로 인해 진황성 전체에 피바람이 불기 시작했다.

조정은 매우 빠르게 조사에 착수했다. 철저한 조사 후 역시 빠른 속도로 물자의 재분배가 이루어졌다. 동시에 장로회의 질서에도 순간적으로 큰 혼란이 생겨났다. 군부는 열화와 같은 격문을 잇달아 올렸는데, 글자마다 피눈물이 배어 있었다. 귀족들은 자라 보고 놀란 가슴 솥뚜껑 보고 놀라듯 이리저리 뛰어다녔다. 그리고 한 시진 후, 아주 놀라운 결론이 나왔다.

중주에서 이재민을 구제하는 일은 본래 제도부윤이 총괄하게 되어 있었는데, 제도부윤은 조제가 임무를 맡기 전에 본래 목합서운이 주관하였던 자리였다. 또한 군부 양식과 관련해서는 양부총사粮部總事인 송단宋端이 책임을 맡고 있었는데, 송단은 목합씨의 전 가주인 목합운정이 가장 총애하는 외손주로, 목합씨 내에서 적계의 장자와 비길 만한 지위에 있었다. 제도

부윤이 낸 적자는 황금 80만 냥에 달했고, 양부 또한 장부에서 2천만 수銖*의 황금이 비는 것을 설명하지 못했다.

장로회는 즉시 판단을 내려 성금궁에 상소를 올렸다. 그러나 목합가의 가주 목합운야는 궁문 앞에 꿇어앉아 황제에게 은혜를 베풀어 줄 것을 청했다. 목합운야의 주장에 따르면 상소를 올린 창조는 위씨와 내통하고 있으며, 그러므로 그가 이야기한 숫자는 모두 허상이고 믿을 수 없다는 것이었다.

그러나 성금궁은 예상과 달리 궁문을 닫고 목합운야를 안으로 들이지 않았다. 목합운야가 궁문 앞에 계속 무릎을 꿇고 앉아 있는 동안, 황궁에서는 밀명이 내려왔다. 목합씨가 횡령한 액수가 크고 직무를 소홀히 한 것도 명백하니, 삼황자 조제가 녹영의 병마 2만을 이끌고 목합부를 철저하게 조사하라는 명령이었다. 죄를 지은 이들을 검거하되, 만약 반항하는 자가 있으면 현장에서 극형을 내려도 좋다는 이야기도 덧붙여졌다.

조제가 녹영군의 병마를 이끌고 비밀리에 목합가로 향하던 바로 그 순간, 상사방에서 앵가별원으로 혼약의 예식에서 입을 화려한 의복을 보내왔다. 연순은 중정에 서서 공손한 태도로 상사방의 예관을 맞이하고 후한 사례금을 주었으며, 수행원들에게도 일률적으로 상을 내렸다.

연순이 입을 예복은 서공西貢이 황실에 조공한 보락가의寶絡

---

* 무게 단위 중 하나인 수로, 냥의 24분의 10다.

佳衣로, 천하에 이름 높은 소근 지방의 방식으로 자수를 놓은 옷이었다. 찬란한 황금빛 비단실로 이무기가 도사리고 있는 모습을 수놓았는데, 발톱은 사납고 눈빛은 마치 살아 있는 듯 생생했다.

초교는 몸을 굽혀 연순을 위해 황금빛 비단으로 만든 인끈이며 옥대를 채워 주었다. 옷에서 풍겨 오는 농염한 소합향이 그녀의 콧속을 가득 채워 숨조차 쉬기 어려울 정도였다.

방 안은 매우 조용했고, 하인들은 모두 물러간 상태였다. 초교의 그림자는 등불 아래 연약해 보였고, 목덜미는 유난히 희고 수려해 보였다. 눈처럼 새하얀 귓바퀴는 유난히 사랑스러웠고, 살며시 부푼 가슴은 이제 사내로 분장한다 해도 더 이상은 사내아이로 보이지 않을 것 같았다.

연순은 가볍게 숨을 토해 내고 천천히 물었다.

"아초, 생일이 언제야?"

초교는 그의 뒤에 서서 어깨띠를 정리해 주며 대답했다.

"기억나지 않아."

연순은 멈칫했다. 그는 초교가 말하고 싶어 하지 않는다고 여겼다.

"너도 곧 열여섯이니, 급계례를 치러야지."

초교는 고개를 저었다.

"그런 일에 신경을 쓴들 무슨 소용이 있다고."

연순은 갑자기 더 이상 말을 잇지 못했다. 무슨 말이건 하고 싶었지만, 무슨 말을 해야 할지 알 수 없었다.

초교가 연순 앞으로 돌아오더니, 눈가를 찌푸리며 앞자락의 자수를 바라보았다. 자수 위쪽 부분에 실이 한 올 비어져 나와 있었는데, 상사방에서 일부러 그랬는지 아니면 실수로 소홀히 했는지는 모를 일이었다.

"벗어 봐, 이 실을 처리해야겠어."

연순이 당황하며 물었다.

"이런 일도 할 수 있어?"

초교는 슬며시 눈썹을 들어 올렸다.

"당신이 어릴 때 옷을 모두 기워 준 게 누구였는데?"

초교가 등불 아래 앉아 양미간을 찡그리고 바느질을 시작했다.

연순은 순식간에 아주 먼 과거를 떠올렸다. 그 얼음처럼 차갑던 밤들을 어떻게 잊을 수 있을까. 바람이 새어 들어와 한랭하고 음산한 기운이 몰아치는 방에서, 소녀는 희미한 촛불에 의지하여 궁정의 귀부인들이 입을 비단옷에 수를 놓고 있었다. 게으른 상의국 노비들의 비위를 맞추고, 조금이라도 가련하게 보여 음식과 숯을 얻기 위해서였다.

그는 지금도 그때 그녀가 앉아 있던 모습을 생생하게 떠올릴 수 있었다. 허리를 굽히면 초교의 몸은 아주 작아 보였다. 가끔은 졸린 나머지 눈도 제대로 뜨지 못하고, 무릎을 끌어안은 채 잠시 졸기도 했다. 졸고 있는 그녀의 얼굴은 편안해 보였고, 원한을 품고 있지도 않은 것 같았다.

근 몇 년 동안, 그는 과거의 괴로운 나날들을 더 이상 떠올리지 않으려고 노력해 왔다. 과거의 괴로움을 상기하면 복받치는 원한이 그의 지성을 누르게 될까 봐 두려웠기 때문이다. 그래서 뜻밖에도 잊고 있었던 것이다. 그 고독하고 고된 시간 속에서, 눈앞에 있는 이 소녀가 어떻게 자신을 지지해 주었는지. 그녀는 그를 위해 밥을 짓고 옷을 기웠다. 그녀는 그를 위해 망을 보고 보초를 섰다. 그녀는 그를 위해 의원을 찾고 약을 구하러 다녔다. 그녀는 그에게 보기에만 좋은 무예를 버리도록 하고, 근접 거리에서의 격투기며 실용적인 검법과 창법을 가르쳐 주었다. 그녀는 그를 위해 책략을 짜냈고, 그를 위해 이 거대한 우리 속에서 비명 한 번 지르지 않고 인내했다. 그녀는 다른 이들에게 괴롭힘을 당하면서도 단 한 마디도 입 밖에 내지 않았다.

이 소녀는 겉보기에는 여위고 약해 보이지만, 그리고 어떤 권력도 갖고 있지 않지만, 이 세상에서 가장 단단한 마음을 가지고 있었다. 그의 온 세계가 무너지던 때에도 그녀는 연약한 어깨로 그의 부서진 하늘을 떠받치고, 제 생명을 다해 그가 생존할 수 있는 공간을 만들어 주었다.

"다 됐어."

초교가 몸을 일으켜 그에게 다가왔다.

"한번 입어 봐. 두 시진 후에 예식이 있으니, 문제가 생기면 안 되니까."

갑자기 연순의 입에서 낮고 낮은 탄식이 흘러나왔다. 그가 팔을 벌려 갑자기 초교를 품 안에 끌어안고, 제 턱을 그녀의 머리에 올렸다.

"아초."

초교는 당황한 나머지 온몸이 순식간에 굳어지고 말았다. 그녀는 가볍게 연순의 팔을 밀어냈다.

"왜 이러는 거야? 무슨 일이라도 있어?"

"움직이지 마."

연순이 속삭였다.

"잠시만 안고 있게 해 줘."

초교의 몸에서 서서히 힘이 빠져나갔다. 그녀도 천천히 팔을 내밀어 연순의 허리를 안았다. 그리고 그의 가슴에 이마를 댄 채, 아무 말도 하지 않았다.

"아초, 나를 탓하지 말아 줘."

연순이 나지막하게 말했다. 그의 목소리는 침울하게 쉬어 있었고, 가을바람에 흔들리는 나무처럼 떨리고 있었다.

"이 몇 년 동안, 나는 네가 좋아하지 않을 일을 아주 많이 했지. 너는 겉으로는 얼음처럼 차갑고 사정없이 사람을 죽이는 것 같지만……. 하지만 나는 알고 있어. 너는 정말로 선악이 분명한 사람이야. 영남의 그 차 상인들, 회수의 배 주인들, 성경의 양식 상인들, 그리고 그 명령을 듣지 않았던 연북의 관리들……. 내 손에는 온통 피비린내가 묻어 있지. 하지만 나는 그저 예전 같은 일을 더 이상 겪고 싶지 않을 뿐이야. 내 사람들이 괴롭힘을 당하고 참살당하는데 내가 아무것도 하지 못하고 무력하게 있고 싶지 않아. 하지만 나는 지금, 이렇게 노력했는데도, 이렇게 많이 했는데도, 여전히 누군가에게 지배당하고 있어. 내 마음이 원하는 바를 따를 수 없고, 너를 온전하게 지킬 힘도 없어."

초교의 눈길이 살며시 흔들리기 시작했다. 그녀는 천천히 입을 다물었다. 마음 끝에서 따뜻한 기운이 서서히 흘러넘치기 시작했다. 그 따뜻한 기운은 무어라 이름 붙일 수도 없고, 명확하게 설명할 수 없는 그런 것이었다. 마치 개미가 그녀의 마음을 쪼아 먹고 있는 것 같기도 했다.

그랬다. 초교가 연순이 말하는 바를 이해하지 못한 것은 결코 아니었다. 그러나 초교는 여전히 고개를 저으며 말했다.

"다 이해하고 있어. 그리고 나를 걱정할 필요는 없어. 그 효기영의 병사들이 나를 어찌할 수는 없을 거야."

초교가 그의 가슴에 얼굴을 묻고 있었기 때문에, 연순은 그녀의 표정을 볼 수 없었다. 초교의 말을 들은 연순은 멈칫하며 천천히 손을 풀었다.

아초는 여전히 이해하지 못하고 있다! 혹은, 이 일을 아예 마음에 두고 있지 않는지도 모른다…….

연순은 말없이 고개를 끄덕였다.

"그래, 조심하도록 해."

초교도 고개를 끄덕였다.

"안심해도 좋아. 잠시 후 연회에는, 당신을 따라가지 않을 거야. 당신 혼자 가야 하니까 만사에 조심해야 해."

그녀가 몸을 돌려 나가려 할 때, 갑자기 연순의 낮은 목소리가 뒤에서 담담하게 울려 퍼졌다.

"아초."

초교가 멈칫하며 걸음을 멈췄다.

"누구라도 나를 배반할 수 있지만, 너마은 그래서는 안 돼. 누구라도 나를 떠날 수 있지만, 너만은 나를 떠날 수 없어."

초교는 대답하지 않고 조용히 서 있다가, 방문을 열고 발걸음을 옮겼다.

연순은 천천히 눈을 감고 의자의 등받이에 기댄 채, 혼잣말을 하듯 중얼거렸다.

"만약 네가 나를 떠난다면, 나는 아무것도 가진 것이 없는 사람이 될 테니까."

정원에는 눈이 얇게 깔려 있었다. 초교는 연푸른 장삼 위에 연순에게서 받은 흰여우 외투를 입고 있었다. 바람에 긴 머리가 흩날려 한 올 한 올 춤을 추었다. 그녀는 말없이 창가의 그림자를 바라보며 한참 동안 그 자리를 떠나지 않았다.

이때 앵가원을 제외한 다른 곳에서는 종실들이 자리를 가득 채우고, 두루 둘러보며 경축하고 있었다. 앵가원 앞에는 다섯 가지 빛깔의 유리며 상서로운 옥이 주렁주렁 걸리고, 그 모든 것은 팔공주 조순아의 단목각으로 이어지고 있었다. 눈 덮인 땅 위에 붉은 주단이 깔리고, 주단 양쪽에서는 화려하게 치장한 궁녀들이 등불을 높이 들고 있었다.

초경 무렵, 사람들은 단목각에 모여 있었다. 황제가 직접 참석하였기에 빈객들은 모두 기뻐하고 있었다. 단목각 방향에서 시끄러운 사죽 소리가 끊임없이 들려왔다.

쓸쓸한 장화도長華道에 전마 한 필이 묵묵히 서 있었다. 초교는 효기영의 간편한 군장에 푸른 바람막이를 걸치고, 먼 곳 화려한 등불을 바라보았다. 그녀의 안색은 담담했지만, 냉정하게 무엇인가를 자제하고 있는 것 같았다.

얼음같이 차가운 바람이 불어왔고, 천지간은 온통 외롭고 고즈넉했다. 바람이 그녀의 앞머리를 말아 올리며 여윈 얼굴을 더욱 처량해 보이게 했다.

이 길은, 나 자신을 위해 선택한 거야. 처음부터 돌아갈 길이라고는 없었어. 그저 앞으로 갈 수밖에 없지.

삶은 나에게 후회할 권리를 주지 않았어. 나는 결코 내 쓸모없는 감정으로 당신의 앞길을 막을 수 없어. 갚지 못한 원한 때문에 아침저녁으로 불안해하면서, 어찌 남녀의 정을 이야기할 수 있을까?

연순, 나는 당신을 떠나지 않을 거야. 당신이 나를 필요로 한다면 언제나 당신 곁에 있을 거야. 당신이 대업을 완성하고 천하를 호령하는 그 순간을 기다리며. 연약한 사람만이 슬퍼하고 무능한 사람만이 원한을 품는 법. 나는 아니야, 나는 슬퍼하지 않아. 나는 결코 슬프지 않을 거야.

갑자기 거대한 종소리가 울려 퍼졌다. 예관의 외침을 따라 불꽃이 하늘을 가득 채우며 화려하게 피어났다. 사죽 소리는 종소리를 따라 더욱 우렁차게 들려왔고, 시끌벅적한 사람들의 목소리도 들려왔다. 천하의 모든 이들이 함께 경축하는, 장엄하고도 기쁜 순간이었다.

"이랴!"

차가운 바람 속에서, 연약한 소녀는 별안간 채찍을 높이 들고 사납게 외친 후에 입술을 꽉 깨물더니 질주하기 시작했다.

그리고 처량한 이 밤, 연순은 몸을 곧추세운 채 대전 밖 하늘을 바라보며 오래도록 아무 말도 하지 않았다.

쓸쓸한 앵가원, 작은 규방 안에는 눈처럼 하얀 여우 외투가 탁자 위에 얌전히 놓여 있었다. 먼지 하나 묻지 않은, 새 것처럼 깨끗한 외투였다.

"너와 내가 알고 지낸 지 이미 8년이야. 우리는 그간의 화와 복을 모두 함께 나눴지. 환난도 함께 의지해서 버텨 냈고. 지금, 그 모든 것이 지나가고 있어. 이곳의 일이 정리되고 연북으로 돌아가면 우리……."

우리…….

우리 혼례를 치르자. 우리 함께하자. 우리 다시는 헤어지지 말자…….

입 밖으로 나오지 못했던 그 말들은, 털어놓지 못한 그 마음은, 결국 세월의 먼지에 느릿느릿 덮여 버리고 말았다. 더 이상 과거의 그림자를 볼 수도 없게 되었다. 운명은 거대한 불과 같아, 아주 많은 경우 단 한 번의 기회만을 허락하곤 한다. 그 기회를 놓치면, 다시는 잡을 수 없는 것이다.

제9장 태자를 주먹으로 치다

성금궁에 술 향기가 진동하고 가무로 태평성세를 찬양하고 있을 때, 궁 밖 서북 방향에서는 가슴이 미어지는 듯한 참혹한 비명이 들렸다!

조철은 깜짝 놀라 장화조차 제대로 신지 못한 채, 서둘러 장막 밖으로 달려 나왔다. 서북쪽 하늘에 불빛이 활활 타오르고 있었다. 고함 소리는 하늘을 진동시킬 정도였고, 그 혼란함은 마치 돌림병처럼 굉음과 함께 엄습해 왔다.

본래 도로를 정비하기 위해 성을 나갔던 녹영군의 병마가 신속하게 효기영의 군영지를 둘러쌌다. 칼날은 은빛으로 반짝이고, 갑주는 삼엄하게 빛나고 있었다.

조철은 눈썹을 치켜세우며 근처의 친위병들에게 큰 소리로 외쳤다.

"무기를 가져오너라!"

"잠시만."

갑자기 차가운 목소리가 들렸다. 장막의 어두운 구석에서 제갈월이 나오더니 담담하게 말했다.

"가실 수 없습니다."

조철이 차가운 눈초리로 이 초청한 적 없는 손님을 바라보며 나지막하게 물었다.

"어떻게 여기 있는 건가?"

"저쪽을 보시지요, 누구 저택인지."

조철은 제갈월이 가리키는 방향을 보았다. 갑자기 가장 떠올리고 싶지 않은 성씨가 생각났다.

목합씨!

제갈월의 손목 위에는 흰 새 한 마리가 앉아 있었다. 부리는 날카롭고 불꽃같은 붉은 눈을 가진 새로, 그때 연순에게 죽었던 창오조와 같은 종류였다. 새는 온순하게 그의 손목 위에 서서 때때로 작은 부리로 그의 손가락을 쪼아 댔다. 제갈월은 새와 놀아 주며 말했다.

"목합씨가 상소 사안에 말려든 후, 목합운야가 성금궁 문 앞에서 오후 내내 무릎을 꿇고 있었으나 성상께서 만나 주지 않으셨습니다. 그것은 무엇 때문이겠습니까? 상소가 올라오고 고발부터 장로회의 심사, 그리고 죄명이 확실해지기까지 겨우 한나절밖에 안 걸렸습니다. 누군가가 이 일을 사전에 안배한 것이 아니라면 그게 과연 가능할까요? 팔공주 마마께서 오늘 밤

약혼식을 올리는데, 화려하게 연회를 베풀면서 황자님께 입궁을 청하지 않은 이유는 무엇이겠습니까? 황자님께서 비록 황후 마마와 소원하시다 하여도, 팔공주 마마는 황자님의 친동생인데 말입니다. 목합가의 저택이 사람들에게 둘러싸여 공격을 받고 있는데, 목합씨는 황자님의 모계 혈족이고, 황자님께는 막강한 군대도 있습니다. 이치대로라면 목합씨를 공격하기 전에 황자님의 군사력을 통제하려는 시도가 있어야 했습니다. 그러나 그런 시도가 없었을 뿐 아니라, 바깥에서 포위하고 있는 군사들과 황자님께서 장악하고 있는 병사들은 그 비율도 맞지 않고, 저들은 근본적으로 황자님께 대항할 능력이 없습니다. 그렇다면 저들이 무엇을 기다리고 있는 것이겠습니까? 아직도 이해가 안 가십니까?"

조철의 눈에 칼날 같은 빛이 어둡게 반짝였다. 그가 가라앉은 목소리로 물었다.

"네가 뜻하는 것은, 부황께서……."

"반드시 그렇다 할 수는 없지요."

제갈월은 가볍게 미소 지으며 말했다.

"황제 폐하께서 황자님을 효기영에 남겨 두심은, 아마도 황자님을 탐색해 보시려는 의도에 지나지 않을 것입니다. 황자님의 성이 과연 조씨인지 목합씨인지 보시려는 것이겠지요. 바깥의 저들이 꼭 폐하께서 안배하신 이들이라 할 수는 없습니다. 황자님이 죽었으면 하고 가장 많이 바라는 자들이 보냈을 수도 있지요."

조철은 본래 총명한 사람이었다. 한순간 놀라서 분별을 잃기는 하였지만, 제갈월의 설명을 듣고 세세히 생각하고 나니 모든 일이 맞아떨어진다는 걸 깨닫고는 자신도 모르게 식은땀을 흘렸다.

"그자는 일부러 황자님께서 대수롭지 않게 여기게 만들기 위해 소수의 인원으로 효기영을 포위하고 있는 것입니다. 그러나 황자님께서 일단 효기영을 나서기만 하면 즉시 반란을 일으킨 것이 될 것이고, 그때가 되면 황자님을 죽이려는 자들은 밖에 있는 저 정도 인마가 아닐 것입니다."

조철은 이맛살을 찌푸리고 한참 생각하다가, 가까스로 가라앉은 목소리로 물었다.

"무슨 연유로 나를 돕는 것인가?"

"황자님께서 목합나은 마마의 아들이기 때문이지요. 목합씨가 무너지고 나면 삼황자님께서 물이 차오르면 배가 뜨는 것처럼 높아질 것입니다. 그러나 삼황자님의 모친 되시는 서귀비 마마는 위가 사람입니다. 공교롭게도, 저는 위가 사람이 아닙니다."

제갈월은 웃으며 그를 바라보았다.

"보시지요, 이렇게나 빨리 우리는 공동의 적이 생겼습니다."

조철이 차갑게 코웃음 쳤다.

"목합씨가 무너진다 해도, 내가 제갈가와 협력하리라고 확신하는 이유가 뭐지?"

제갈월은 고개를 들고 하늘을 쳐다보며 어깨를 넓게 벌렸다. 하얀 새는 갑자기 날개를 펼치고 날아갔다. 그는 고개조차 돌리지 않고 계속 밖으로 걸어 나가며 담담하게 말했다.

"만약 황자님께서 이런 이해관계조차 간파하지 못하는 분이셨다면, 제가 오늘 이곳에 나타날 이유가 없었겠지요."

조철은 고개를 숙이고 한참 동안 깊은 생각에 빠져 있더니, 마침내 몇 걸음 앞으로 쫓아가며 물었다.

"너는 본래 이런 일에 끼어드는 것을 좋아하지 않는 것으로 알고 있다. 이번에는 무엇 때문에 개입하는 거지?"

이미 멀어진 제갈월에게, 그의 목소리는 어렴풋하게 들렸다.

"저는 그저 조제, 그자를 좋아하지 않을 뿐입니다."

밤새도록 싸움은 끝나지 않았다. 진황성 백성들은 집 안에 유폐된 것처럼 누구도 문밖으로 나오지 않았다. 군사들의 고함 소리는 깊은 밤부터 날이 밝아 올 때까지 계속 끊이지 않았고, 불빛은 눈을 아프게 찔러 댔으며, 검은 연기가 일렁이는 가운데 통곡 소리가 계속되었다.

목합씨의 저항은, 이미 예상했던 바였다. 설령 목합씨가 지금 벌어지는 일이 얼마나 중요한지 모르고, 또 황제가 자신들을 모조리 도륙할 수 있다는 사실을 인지하지 못했다 해도, 위씨 문벌과 조씨 황족은 어떻게든 그들을 핍박하여 이 파멸의 길로 몰아넣었을 것이다.

100년에 걸쳐 세가 대족으로서 수많은 조정 권신들을 배출했던 목합씨는 마치 쟁반 위에 흩어진 모래와도 같이 무너졌다. 전투를 치른 결과, 제국의 군대는 한 입 한 입 깨끗하게 그들을 먹어치웠고, 목합씨에게 반격할 힘은 전혀 남아 있지 않았다.

하늘이 밝아 올 무렵, 전투는 거의 끝나 가고 있었다. 목합서옹, 목합서려, 목합운소 세 사람은 그 자리에서 참수당했고, 목합씨의 병사 중 사상자는 2천여 명에 달했으며, 목합운야는 사로잡혀 뇌옥에 갇혔다. 목합가의 사람들은 남녀노소를 막론하고 일률적으로 구류당했다. 위로는 목합운야의 구순 노모로부터 아래로는 막 태어나 강보에 싸인 영아까지, 제도의 뇌옥은 삽시간에 사람들로 가득 찼다.

이와 동시에, 제도의 성문을 긴박하게 봉쇄하고 모든 이들이 성을 나가는 것을 제한했다. 십삼황자 조승은 목합가의 영패와 숭문각崇文閣에서 복제한 서신을 지니고, 동수 23군, 26군, 동남야전군, 동남수사16군 등을 두루 다니며 목합가주 목합운야가 병으로 위급하다는 소식을 전했다. 동시에 목합서지, 목합서승, 목합서예, 그리고 목합운야의 어린 증손자인 목합경에게 바로 진황성으로 돌아와 다음 가주의 지위를 의논하라는 전갈을 전했다.

그러나 사방의 수석병마 총지휘관이 진황성에 발을 들여놓는 순간, 바로 황실의 병사들에게 사로잡혔다. 목합씨 최후의 희망은 흐르는 물에 내던져진 것처럼 철저하게 무너지고 말았다.

그러나 그날 저녁, 목합운야의 외손주인 송단은 수비가 삼엄한 뇌옥을 탈출하여 파죽지세로 진황성문을 빠져나가 동쪽을 향해 말을 내달렸다. 목합가 사람들은 열렬히 환호했지만, 목합운야는 그저 눈을 크게 뜬 채 한참을 멍하니 있다가, 천천히 혼탁해진 두 눈을 감고 큰 소리로 열조열종에게 죄송하다고 외친 후 두 줄기 굵은 눈물을 흘렸다.

사흘 후, 몽전 장군의 적손인 몽담과 양녀 몽풍은 목합씨를 따라 반역 음모를 꾸민 회동淮東 송씨를 토벌하기 위해 몽씨 대군을 이끌고 동쪽으로 향했다.

송씨는 소식을 듣고 대경실색하여, 시간을 지체하지 않고 즉시 결단을 내렸다. 그 결단은 바로 목합운야의 딸 목합명란과 송단을 함께 꽁꽁 묶어, 몽씨 대군의 군문 앞으로 보내는 것이었다.

그러나 몽담은 송씨의 결단을 거부했다. 한바탕 화살비가 쏟아진 후, 몽씨 대군은 계속 전진했다. 닷새도 지나지 않아 예법과 도덕으로 회동 제일이라 불리던 송씨의 대문이 격파당했다.

찰나의 순간, 두 세가가 비참하게 학살당했다. 3월 28일, 구유대의 작두 아래 목합씨와 송씨 두 가문의 4천여 명의 머리가 잘려 나갔다. 목합씨의 성을 가진 자는, 황후 목합나운을 제외하면 살아남은 이가 단 하나도 없었다. 심지어는 정비 목합나일, 향비 목합난향마저 독주를 사사받고 귀천의 길에 올랐다.

구유대에서 사람들이 참수당하던 그날, 진황성의 백성들은 모두 앞다투어 구경하러 나왔고, 분위기는 매우 시끌벅적했다. 그 분위기는 설날보다 과하면 과했지 모자라지 않을 정도였다.

일세를 풍미하며 성세를 누리던 문벌 귀족, 과거 황제의 은총을 받아 문 앞에 수레와 말이 끊이지 않고 드나들던 대단한 권세의 명문가가, 이렇게 진흙 속 깊은 곳에 매장당하고, 영락하여 들판의 진흙으로 돌아가 세월 속에 흩날리며 사라지고 말았다. 제국 권력 변화의 또 하나의 희생물이 되고 만 것이다.

목합씨 사람들은 과거에 금을 입고 은을 걸치고, 진주며 비취로 가득 채웠던 그 고귀한 머리를 마침내 깊이 숙인 채, 제국의 철혈 같은 작두 아래 사방에 선혈을 흩뿌리게 되었다. 소위 하늘에 비길 만한 복록을 받아 번화하고 융성하였던 가문은, 이제 한 점 티끌에 지나지 않을 뿐이었다.

장장 14일 동안, 조철은 군영에서 한 발짝도 움직이지 않았다. 목합씨와 관련한 소식은 계속 그의 귀로 들어왔다. 그러나 그 소식들은 결코 조철의 수하들을 통해 들어오는 것이 아니었다. 그는 점차 잔혹하게 깨달을 수밖에 없었다. 이러한 소식들은 모두 그를 자극하기 위한 것이었고, 그가 군영을 나서도록 만들려는 유혹에 지나지 않았다. 그는 비록 눈을 뜨고 있지 않았으나, 이미 장막 밖의 그 한랭한 검광을 보고 있었다.

4월 초이틀, 성금궁이 조철에게 장려의 뜻을 내렸다. 조철이 대의명분을 지키고, 군주에게 충성하며 나라에 애국하는 것을 표창하며, 특별히 황금 2천 냥을 하사하고 동로장군東路將軍의

자리를 제수하였다. 동로장군은 어떤 실권도 없지만, 일단 황제의 어가가 친정하는 일이 생기면 그는 황제의 최측근에 있는 대장이 되는 셈으로, 황제가 그에게 만족하고 또 신임하기 시작했다는 의미였다.

성지를 받은 날 밤, 조철은 효기영 무예 연습장에 말없이 서서 오래도록 한 마디도 하지 않았다. 그는 목합씨를 혐오했다. 그들이 제멋대로 날뛰는 것을 미워했고, 그들이 존귀함과 비천함을 구분하지 않는 것을 싫어하였으며, 그들이 권력을 쥐고 정치를 농단하는 것을 혐오했다.

그러나 그는 부득불 인정하지 않을 수 없었다. 자신이 수년 동안 쓰러지지 않고 버틸 수 있었던 것은 바로 강력한 모계 혈족이 있었기 때문이라는 것을. 목합씨가 하루아침에 산이 무너지듯 무너졌으니, 피를 탐하는 이리 떼 같은 황실의 형제들 앞에서 그는 어떻게 버텨 내야 할까?

장장 닷새 동안 효기영은 모두 우울한 기분에 잠겨 있었다. 가문의 세력이 강한 이는 모두 이미 군부를 매수하여 남몰래 효기영에서 녹영군으로 옮겨 갔고, 옮겨 갈 방법이 없는 자들은 병을 칭하거나 하여 집으로 돌아갔다.

조철은 그런 이들을 제지하지 않았다. 어차피 귀족으로 태어난 자들이 대하에서 높이 올라가려면 황제의 핏줄이라는 것 외에 뒤에서 강하게 받쳐 줄 세력이 필요하다는 사실을 모를 리가 없으니, 말려도 소용없을 터였다.

닷새 동안 효기영의 인원 3분의 2가 줄어들었다. 남아 있는 이들은 오랫동안 조철을 따르며 충성을 바치던 부하들과 국경 지대에서 승진해 온 한미한 가문의 자제들뿐이었다.

진한 선혈도 모두 씻겨 나가고, 진황성은 마침내 안정을 되찾았다. 마침내 병부에서 공문이 내려왔다. 공문을 지니고 온 관리는 직접 중군의 장막으로 가더니, 조철이 없는 것을 보고는 서신을 내려놓은 채 바로 떠나 버렸다. 멀리서 조철이 다가오는 것을 보고서도 일부러 보지 못한 척, 말을 타고 나는 듯이 달려갔다.

정 부장이 문서를 건네며 미간을 찌푸렸다.

"황자님, 병부에서 보낸 공문에 의하면, 효기영이 성 밖 130리에 있는 우성禹城에 가서 도로를 정비해야 한다고 합니다. 변당 태자의 수레가 오기 편하도록."

조철은 문서를 보지도 않고 그저 천천히 주먹을 쥐었다. 보름 전, 삼황자 조제가 성을 나가 도로를 정비하겠다는 명을 청한 적이 있었다. 그러나 조제는 황성을 나서지 않고, 성 밖에 잠복하며 목합씨를 칠 시기를 조용히 기다리고 있었던 것이다.

지금 목합씨는 뿌리가 뽑혔고, 위씨 문벌이 권세를 차지했으며, 도로를 정비했다는 칭송과 표창은 이미 조제가 받았다. 이제 와서 조철이 효기영을 이끌고 도로를 정비하러 가야 한다면, 이것은 강자가 조철을 무시하는 것일까? 아니면 승리자의 괴롭힘일까?

조철은 묵묵히 한참을 서 있었다. 그는 이미 이런 식으로 세를 잡은 이에게 아첨하고 세를 잃은 자를 공격하는 일에는 익숙했지만, 그렇다고 해서 마음속 분노를 쉬이 감출 수 있는 것은 아니었다. 그는 차갑게 웃으며 무심코 고개를 돌렸다. 그의 눈빛은 마치 빛나는 칼과 같이, 그 화려한 궁정을 향해 똑바로 쏟아지고 있었다.

다음 날, 효기영 전군은 군영지를 떠나 우성으로 향했다. 도로를 정비하여 변당의 태자 이책을 맞이하기 위해.

변당은 대하에서 그렇게까지 먼 나라는 아니어서, 빠르게 말을 달리면 한 달이면 닿을 수 있었다. 마차나 수레를 타고 느리게 움직인다 해도 두 달이면 충분했다. 그러나 이 태자는 뜻밖에도 까닭 없이 넉 달 전에 길을 떠났고, 지금까지 그림자도 보이지 않고 있었다.

대하의 황자들은 대부분 변경에서 지낸 경험이 있었다. 군대를 따라 초원이건 황야건, 또 산속이건 거대한 강이건 어디든 가 보았기 때문에 거친 환경에도 익숙했다. 그러나 변당에서 오는 이 귀한 손님은 강을 건너려면 다리를 놓아야 했다. 그것도 네 필의 전마가 어깨를 나란히 하고 건널 수 있을 만한 견고한 돌다리를. 초원에 닿으면 또한 황무지를 개간해야 했는데, 그 이유는 변당의 금사마의 말발굽을 더럽힐 수는 없다는 것이었다. 물을 건너지 않고, 배를 타려 하지도 않고, 산길이 나오면 가지 않고, 사막이 나와도 가지 않았다. 50리 내에 성이 없으면 가지 않고, 막사에는 머물지 않았다.

샘물이 아니면 마시지 않고, 새로 우린 차가 아니면 마시지 않았으며, 훌륭한 술이 아니면 또한 마시지 않았다. 그가 먹고 마시는 것은 모두 변당에서 가져온 것으로, 출행 한 번에 의복이며 그릇 등을 실은 마차만 해도 200량이 넘을 정도였다.

또한 어떤 물건이건 남자의 손길이 닿은 것은 절대로 만지지 않았다. 변당의 황제는 이 기이한 습벽의 외아들을 키우기 위해 온 지력을 남김없이 썼노라고 말할 수 있을 정도였다. 듣기로는 쌀이며 야채, 과일마저도 후궁의 옥토를 개간하고, 민간에서 재능 있는 농민을 선발하여 묘령의 소녀들로 하여금 농사일을 배우게 한 후, 소녀들이 재배한 것이어야만 태자가 바야흐로 목구멍으로 넘긴다고 하였다.

이런 사정을 들으니 초교는 그만 말문이 막히고 말았다. 그렇게나 대단한 인물을 맞이하기 위해 대하 황실이 조철을 파견하다니, 그것도 효기영의 병사들까지 딸려서 보내다니, 이것은 정말이지 조철을 못살게 구는 일 아닌가?

어쨌든, 효기영의 병사들은 명을 받은 대로 눈보라를 무릅쓰고 열흘 동안 눈길을 개척했다. 겨우 모든 것을 말끔하게 정리하고, 고개를 빼고 변당 태자의 수레가 왕림하기를 기다리고 있을 때였다. 갑자기 소식이 들려왔다. 태자가 밤에 이불을 차는 바람에 감기에 걸려 되돌아가고 있다는 것이었다.

조철은 이 이야기를 듣자마자 거의 화가 나서 죽을 지경이 되어, 말에 올라타 병사들을 이끌고 태자를 쫓아갔다.

초교는 이 소식을 듣자 살며시 한숨을 쉬었다. 마음속에 왜인지 모르게 한 오라기 두려움마저 생겨나고 있었다. 이 변당 태자가 정말로 황당한 사람이 아니라면, 반드시 무엇인가를 숨기고 있는 고수일 것이다.

어쨌든, 그녀는 이제 효기영에 편입되었다. 목합씨와 관련한 난리를 알게 된 후 초교는 일부러 효기영에 도착하는 시간을 뒤로 미뤘고, 이제야 효기영에 도착한 것이다. 지금 조철이 비록 세력이 예전만 못하다 하지만 여전히 효기영의 주인이었고, 초교는 기사교두騎射教頭의 명호를 얻었으니 그에게 점호를 해야 했다. 그래서 초교는 조철이 돌아오기를 기다리고 있었다.

그러나 저녁 무렵이 되어도 조철은 돌아오지 않고 대신 사람을 보내 소식을 전달해 왔다. 이 거드름이 심한 태자가 마침내 돌아가지 않고 잠시 발걸음을 멈춰 휴양하는 것에는 동의했으나, 군영에 들어오는 것은 거절하였다는 내용이었다. 그러므로 정 부장이 잠시 조철을 대신하여 효기영을 통솔하며 그 자리에서 명을 기다리라는 내용이었다. 또한 궁술 교두인 초교에게 특별히 명을 내려, 병사들을 따라 자신이 있는 곳으로 오라고 하였다.

초교는 도저히 이해할 수 없어 자신이 가야 하는 이유를 질문했다.

그 병사는 한참 동안 머뭇거리더니, 겨우 작은 소리로 말했다.

"그 태자는 황자님과 만나려 하지 않습니다. 황자님에게서 풍겨 오는 살기가 너무 커서 그의 병세가 더욱 심해질 것 같다는 핑계로요. 이 말은 모두 변당 태자의 주변에서 시중을 드는 시녀에게 들었습니다."

모든 이가 이 말을 듣고 눈을 휘둥그렇게 떴다. 지고무상의 태자가 되어서, 남자와는 대화를 하고 싶어 하지 않는다는 말인가?

병사는 특별히, 초교에게 반드시 여자 옷을 챙겨야 한다고 당부했다. 초교는 허둥지둥 채비를 하고 바로 길을 나섰다.

하늘이 보우하사, 최근 며칠 동안은 폭설이 내리지 않았다. 그렇지 않았다면 최근 도로를 정비한 일은 전부 헛수고가 되었을 터였다. 초교와 네 명의 병사들은 말을 타고 질주했다. 초교는 불처럼 붉은 가죽옷을 입고 있었는데, 남자용 옷이었지만 오히려 더 화려해 보였고, 그녀의 눈처럼 하얀 피부를 더욱 돋보이게 했다.

태자가 있는 곳까지의 거리는 멀지 않아 두 시진 정도면 다다를 수 있었다. 그러나 한 시진도 채 가지 못했을 때, 앞쪽에서 마차 한 대가 서서히 다가왔다. 금테를 두른 창가에는 능라비단이 넘실거리고 있었다. 잘생긴 백마 네 필이 어깨를 나란히 하고 마차를 끌고 있었는데, 순식간에 초교 일행이 가는 길을 확실하게 막아 버렸다.

초교는 눈썹을 치켜세우며 전마의 고삐를 잡아 세웠다. 건너편 마차를 모는 이는 나이가 많지 않은 소녀 두 명이었다. 그중 하나는 새하얀 담비 털로 만든 짧은 상의를 입고, 아래로는 연분홍빛 면직 치마를 입고 있었다. 다른 한 소녀는 짙은 녹색의 상의와 하의를 입고, 사냥꾼 같은 모양을 하고 있었다. 그녀들 모두 바람을 막기 위한 모자를 쓰고 바람막이를 걸치고 있었지만, 작은 얼굴은 새빨갛게 얼어 있었다. 그러나 때때로 고개를 돌려 마차 안의 사람들과 담소를 나누었는데, 그 목소리가 낭랑하니 멀리까지 울려 퍼졌다.

"아! 불拂 언니, 앞에 사람이 있네요?"

마차가 초교 일행 앞에 멈췄다. 녹색 옷의 소녀가 눈을 빛내며 웃는 얼굴로 마차 안을 향해 말했다.

"어떤 자들이지?"

사랑스러운 목소리가 들려왔다.

"사내냐, 아니면 여자냐?"

소녀는 입술을 살짝 물고 키득거리며, 마치 초교 일행이 없는 것처럼 대답했다.

"사내 넷에 여자 하나예요."

"오?"

마차 안의 목소리가 잠시 멈추더니 계속 물었다.

"주인님께서 물으신다. 그 여자의 얼굴은 어떠하냐? 나이는 얼마나 되었지?"

소녀는 초교를 위아래로 잠시 훑어보더니 입술을 삐죽이며 말했다.

"그럭저럭 괜찮아요. 나이는 열여섯에서 열일곱 정도고요. 하지만 저보다 괜찮은 부분은 없고요, 불 언니나 아娥 언니, 청靑

언니와는 더욱 비교할 수 없어요."

안에서 갑자기 한바탕 웃음소리가 들려왔다. 마차 안의 목소리가 웃으며 말했다.

"주인님께서 말씀하시길, 너, 녹아綠兒가 그리 말하는 것을 보니 절색임이 분명하다 하셨다. 남자들은 보내고 여자는 남겨두어라. 주인님께서 하실 말씀이 있으시단다."

소녀는 불만스러운 듯 코웃음을 치며 초교 일행에게 말했다.

"불 언니의 말을 들었겠지? 남자들은 가고 여자는 남아 있도록."

초교 일행은 잠시 당황하여 말문이 막힌 채 멍하니 소녀를 바라보았다. 마침내 네 명의 병사들이 정신을 차리고 대로했다. 병사들의 행장을 보면 한눈에 보통의 기병이 아니라는 것을 알 수 있을 터였다. 병사들은 앞에 있는 여자들이 누구건, 자신들에게 이리 건방지게 굴어서는 안 된다고 생각했다.

그러나 초교는 신중하게 상대를 살펴보고 있었다. 대하에는 권세 있는 가문이 아주 많았고, 그들이 터무니없는 행동을 하는 경우도 많았다. 이 몇 사람도 어느 가문 출신인지 알 수 없으니, 일단은 조심스럽게 굴어야 후에 탈이 생기는 일을 막을 수 있었다.

그러나 그들이 입을 열기도 전에, 그 소녀가 오히려 조급하게 외쳤다.

"내 말을 못 들은 것이냐? 모두 미련하기 짝이 없구나."

말을 마치자마자 소녀는 금괴를 두 개 꺼내 땅에 떨어뜨리고는 오만하게 말했다.

"요대에 옥패를 달고 있지 않은 것을 보니 대단한 가문 출신은 아닌 듯한데, 한미한 가문 여자 하나에 이 가격이면 꽤 괜찮지. 너희 남자들은 어서 가거라."

젊은 병사 하나가 버럭 화를 내며 소리쳤다.

"대체 어디서 온 계집이기에 감히……."

병사의 말이 끝나기도 전에 채찍이 사납게 날아왔다. 어려 보이는 소녀였지만 솜씨는 대단했다. 격분하던 그 병사는 정면으로 기습당해, 얼굴을 철썩 소리가 나도록 얻어맞았다. 얼굴에 채찍 흔적대로 피가 흐르기 시작했는데, 채찍 끝이 눈 안까지 쳤기 때문에 앞으로 어찌 될지 모를 지경이었다. 그 병사는 바로 말에서 굴러떨어지더니 눈을 감싼 채 참혹한 비명을 지르기 시작했다.

"흥! 물불 모르는 개자식 같으니라고!"

소녀는 차갑게 코웃음 치고 다시 채찍을 휘둘렀다.

초교는 소녀가 이렇게 제멋대로 구는 것을 보고, 자신도 모르게 분노하여 말을 달려 앞으로 뛰어나갔다. 초교는 손을 날쌔게 움직여 채찍 끝을 잡은 후, 교묘한 솜씨로 살짝 힘을 주어 잡아당겼다.

"너무 사람을 괴롭히지 마라."

초교는 냉정하게 말하며 소녀를 바라보았다.

그때 다른 친위병이 갑자기 비명을 질렀다. 초교가 고개를 숙여 보니, 방금 채찍에 맞은 병사의 손바닥이 온통 피로 물들어 있었다. 눈에서 흘러나온 피였다. 아무래도 채찍에 맞은 눈을 제대로 보존하기는 힘들 것 같았다.

"흥!"

녹아라는 이름의 소녀는 무시하듯 코웃음을 쳤다.

"뭐가 대단하다고. 그저 천민 하나일 뿐이잖아. 별것 아니니 내가 보상해 주면 되지……. 악!"

말이 끝나기도 전에 채찍이 갑자기 날아오더니, 철썩 소리와 함께 그녀의 새하얗고 매끄러운 뺨을 후려갈겼다. 방금 녹아의 채찍질보다 더 날카로운 채찍질이었다. 녹아의 뺨에서 즉시 선혈이 흐르기 시작했다. 녹아는 비명을 지르며 뺨을 감싸고, 분노의 눈길로 초교를 노려보았다.

"뭐가 대단하다고. 그저 흉악하고 잔인한 짐승 한 마리일 뿐이잖아. 나도 네 눈알을 하나 뽑아 갖고 놀아야겠다. 별것 아니니 내가 은자로 보상해 주면 되겠지."

초교는 그녀가 방금 내뱉은 말을 그대로 차갑게 돌려주었다.

그 소녀는 기개가 있어 소리도 지르지 않고 이를 악문 채 초교를 바라보았는데, 그 눈길에 서린 원한이 지독했다.

"죽어 마땅한 계집, 너를 절대 놓아주지 않겠다."

"누가 너에게 놓아 달라고 했지?"

초교는 눈을 가늘게 뜨고 반문했다.

"방금 나를 사겠다고 하지 않았느냐? 그럼 네 능력을 보자꾸나."

말을 마치자마자 초교는 즉시 검을 뽑아 휘두르며 번개처럼 앞으로 달려 나가 마차를 끄는 말의 엉덩이를 사납게 찔렀다. 전마는 깜짝 놀라 즉시 앞발을 들어 올리고 길게 울부짖었다.

"그를 말에 태워라, 가자!"

초교가 냉정하게 코웃음을 친 후 수하들에게 나지막하게 말했다. 그리고 먼저 말을 달려 나갔고, 뒤의 네 사람도 즉시 그녀를 따랐다.

초교는 이미 이곳에 그들 몇 명만 있지 않다는 것을 눈치챘다. 양쪽 눈보라에 가려진 밀림 사이로, 수많은 이들의 조심스러운 발걸음 소리가 들려오고 있었다. 아무래도 실수했다는 생각이 들었다. 보아하니 상대는 단순한 마차 한 대가 아니라, 실제로는 백에 달하는 고명한 호위들이 붙어 있는 집단이었다. 충돌하면, 초교 일행으로서는 결코 좋을 일이 없었다. 그러니 일단 일부러 모르는 척하고, 다시 허를 찔러 공격하는 수밖에 없었다.

과연, 얼마 지나지 않아 등 뒤로 갑자기 무거운 말발굽 소리가 들리기 시작했다. 초교는 채찍을 휘둘러 말을 재촉하며 외쳤다.

"어서!"

다섯 사람은 재빠르게 달렸다. 그러나 바로 이때, 한바탕 화살비가 쏟아지기 시작했다. 화살들은 사람이 아닌 말에 집중되었고, 네 명의 병사들은 비로 말에서 떨어지고 말았다.

"아직도 멈추지 않을 테냐?"

갑자기 귓가에 사특한 매력이 있는 목소리가 들려왔다. 새하얀 준마 한 필이 초교의 곁으로 달려왔다. 말 위의 남자는 붉은 옷을 입고 머 같은 검은 머리카락을 흩날리고 있었는데, 실처럼 가느다랗고 매력적인 눈매가 마치 여자 같았다. 남자는 한 손에는 고삐를, 또 한 손에는 부채를 쥔 채 초교와 나란히 달리며 낭랑한 목소리로 웃었다.

초교는 남자가 타고 있는 말의 배를 사납게 발길질했다. 퍽 소리가 나도록 세게 찼건만, 백마는 슬프게 울부짖으면서도 조금도 뒤떨어지지 않았다.

남자는 멈칫하더니, 곧 웃으며 말했다.

"정말이지 사나운 계집이군. 그래, 그것도 매력적이지. 이 말이 마음에 안 드는 모양이지? 그럼 우리 사이에 이 말이 끼어들지 못하게 하면 되겠지."

말을 마친 남자가 갑자기 뛰어오르더니, 안장을 박차고 올라 조용히 초교가 타고 있는 말의 등으로 내려앉았다. 그는 뒤에서 팔을 뻗어 초교의 허리를 끌어안고는 그녀의 귀에 따뜻하고 부드러운 숨을 불어 넣으며 수작을 걸었다.

"체향은 난초와 같고, 피부는 눈보다도 하얗구나. 홍천에도 이리 아름다운 여인이 있었군. 내가 견문이 짧아 몰랐구나."

초교는 차갑게 코웃음 치며 팔꿈치로 그를 치려 했다. 그러나 남자는 소리 내어 웃으며 단숨에 그녀를 제 품 안으로 꽉 끌어안더니, 혀로 초교의 귀 뒤를 가볍게 핥았다.

"굳힌 기름처럼 매끄럽고, 설련화 같은 향이 나는군. 과연 설원에서 만난 미인답구나."

초교는 몸서리가 났다. 이미 주변에 인영이 겹겹이 있어 포위당했다는 것을 알고 있었지만, 그녀는 분노가 극에 달한 나머지 주먹을 휘두르고, 남자의 팔꿈치를 잡은 후 손바닥으로 갑자기 남자의 어깨를 밀어냈다. 그리고 바로 몸을 살짝 기울여 말의 등 아래로 미끄러진 후, 두 다리로 말의 배를 꽉 조여 몸을 지탱하며, 남자의 다리를 잡아끌고 힘을 주어 잡아당겼다.

그 남자는 당연히 초교의 솜씨가 이렇게 힘차고 날쌔리라 예상하지 못한 듯, 창졸지간에 대비하지 못하고 쿵 소리와 함께 설원 위로 떨어지고 말았다.

초교는 바로 말에서 뛰어내렸다. 그녀는 한쪽 무릎으로 사납게 남자의 등을 내리누르며, 바로 남자의 눈에 불꽃이 일 정도로 한 대 쳤다. 그리고 다시 맹호와 같은 기세로 남자의 머리를 누른 후, 더 이상 빠를 수 없는 속도로, 비밀리에 숨겨 두고 있던 영춘권詠春拳을 시전하여 몇 번이고 남자의 머리에 주먹질을 했다.

사방에서 칼 뽑는 소리가 끊임없이 들려왔지만 초교는 멈추지 않고 오히려 활기차게 남자를 팼다. 마치 바람처럼 빠르게, 그녀의 주먹질은 쏟아지는 비처럼 끊임없이 남자의 얼굴 위로 떨어졌다. 그 속도가 너무 빠른 나머지 보는 사람들이 다 눈이 어지러울 지경이었다.

모두 눈을 휘둥그렇게 뜨고 소녀가 남자의 몸을 깔고 앉아 매섭게 주먹질을 하는 것을 지켜보고 있었다. 초교의 빠르고 힘찬 솜씨에, 삽시간에 다들 나무토막이라도 된 것처럼 어떻게 반응해야 할지 모르는 것 같았다.

"이 쓸모없는 것들, 어서 태자 전하를 구하지 못하겠느냐!"

여자의 날카로운 목소리가 울려 퍼졌고, 그 순간 초교의 심장이 쿵 소리를 내며 떨어졌다. 태자 전하라고?

천지를 울릴 듯한 말발굽 소리가 들려왔다. 눈안개가 자욱하니 피어오르고, 전마들이 길게 울었다. 까마귀처럼 검은 효기영의 대군이 조철의 인도하에 벽력같은 태세로 달려오고 있었다. 그리고 눈앞의 장면을 보자 대경실색하지 않는 자가 없었다. 효기영의 병사들은 모두 안색이 누렇게 뜨고 말았다.

조철이 먹과 같은 검은 눈썹을 찌푸리며 높은 말 위에서 큰 소리로 외쳤다.

"초교, 대체 무슨 짓이냐?"

초교는 즉시 손을 멈췄다. 그녀에게 깔려 있던 남자는 머리가 어지러워 분간이 안 되는 듯 고개를 들더니, 시퍼렇게 멍들고 부은 얼굴로 망연하게 사람들을 바라보았다. 두 눈은 검게 멍들고 부어올라, 눈앞의 풍경이 보이기나 하는지 의심스러울 지경이었다.

조철이 힘차게 말에서 뛰어내리더니 성큼성큼 다가와, 땅 위의 남자에게 예를 행하며 말했다.

"태자 전하, 본 왕이 아랫사람들을 엄격하게 단속하지 못하여 죄를 지었습니다."

말을 마친 조철은 여전히 변당 태자의 몸 위에 앉아 있는 초교의 손목을 잡고 자신의 뒤로 잡아끌었다.

초교는 눈만 휘둥그렇게 뜬 채, 변당의 사자들이 상심하여 구슬피 울며 달려오는 모습을 멀뚱거리며 바라보고 있었다. 갑자기 심한 두통이 밀려왔다. 이게 변당 황실의 유일한 아들, 바람을 원하면 바람을 얻고 비를 원하면 비를 얻는다는, 제멋대로에 호색한이라는 태자 이책이란 말인가?

정말 미칠 지경이었다. 초교도 자신이 무슨 일을 저질렀는지 분명하게 알고 있었다. 근심해야 할 일이 정말이지 너무 많았다. 변당의 태자를 모살하려 한 것, 두 나라의 외교 관계를 무너뜨리려고 한 것, 그것도 아니면 군령을 어기고 윗사람을 범하려 한 것. 이 중 어떤 죄명 하나만 가져와도 그녀를 사형시킬 이유로 충분했다.

그녀는 평생 이렇게 충동적으로, 결과를 생각하지 않고 행동한 적은 없었다. 그런 자신이 대체 무엇 때문에 이렇게 귀신에라도 홀린 것처럼 행동한 것일까?

초교는 조철의 얼굴을 감히 제대로 쳐다볼 수도 없었다. 건너편 여인들의 요란한 목소리는 군대 막사의 천장이라도 뚫어 버릴 것 같았다. 그녀는 조철 뒤에 서서, 이 일의 원인과 결과를 자세히 따져 보기 시작했다. 그러나 아무리 생각해도 자신이 벗어날 방법은 없어 보였다. 이제 초교는 그저 이 일이 연순에게 해를 끼치지 않기를, 그가 자신 때문에 이 저의를 헤아리기 어려운 죄명을 짊어지지 않게 되기만을 바랄 뿐이었다.

"아직도 할 말이 남았느냐?"

갑자기 조철의 냉랭한 목소리가 나지막하게 울려 퍼졌다. 어조는 더할 나위 없이 차갑고, 강렬한 살기마저 품고 있었다. 아름답게 차려입은 소녀들이 즉시 당황했다. 조철은 강철처럼 단단한 표정으로, 칼날처럼 날카롭게 그들을 노려보며 단호하게 말했다.

"할 말을 다 했으면 이만 물러가거라!"

"당신!"

노란 옷을 입은 여자가 갑자기 조철에게 삿대질을 했으나 그 곁에 있던, 나이가 좀 더 있는 듯한 여자가 제지했다.

"소아小娥, 칠황자님께 무례하게 굴어서는 아니 된다."

"불 언니……."

"황자님께서 아직 끝내셔야 할 공무가 있으시니, 우리가 방해해서는 아니 되겠지요. 그러나 이 일은 우리만으로는 어떻게 해결할 수 없는 문제이니, 사신을 보내도록 조처하겠습니다. 변당에서 즉각 다시 사신을 보내 진황에서 이 일을 처리하는 데 협조할 것입니다. 이 아가씨에 대해서라면……."

여자는 초교를 천천히 훑어본 후 냉담하게 말했다.

"황자님께서 우리에게 이 아가씨를 내주는 것을 거부하시니, 우리도 어찌할 도리가 없습니다. 청컨대 칠황자님께서 잠시 우리 대신 이 아가씨를 구금해 두시고, 다음 날 다시 이야기하도록 하시지요. 이만 실례하겠습니다."

말을 마친 여자는 몸을 돌려 막사를 떠났다. 남아 있던 여자들도 차갑게 코웃음 치며 소매를 떨치고 가 버렸다.

조철은 조용히 장막 안에 서서, 바람에 따라 흔들리는 발을 바라보며 오래도록 한 마디도 하지 않았다. 초교는 그의 뒤에 서 있었기에 그의 표정을 볼 수 없었다. 그러나 그가 얼마나 분노하고 있을지는 상상할 수 있었다.

　조철 입장에서 이 일을 해결하기에 가장 좋은 방법은 그 자리에서 초교를 참하는 것이었을 것이다. 만약 자신의 손을 더럽히기 싫다면 상률원에 그녀를 넘겨 처벌하게 할 수도 있었다. 그러나 그는 지금 초교를 직접 잡아 두고, 변당의 사자에게 넘기는 것을 거부했다. 대체 이건 무슨 의미일까?

　초교는 일단 결심했다. 그가 자신에게 주먹을 휘두른다 해도, 그녀는 결코 반항하지 않을 것이다.

　갑자기 조철의 등이 가볍게 떨리는 것이 보였다. 아무래도 무슨 말이건 하고 싶은데 참고 있는 것 같았다. 그녀의 이마에 천천히 식은땀이 흘렀다. 손마저 축축하게 젖어 오고, 동공도 살짝 수축되었다.

　그는 대체 어떻게 할 생각일까? 이 기회를 빌려 그녀와 관련된 이들을 모두 끌어들일 생각은 아닐까? 황제는 계속 연순을 제거할 명분을 찾고 있었다. 그렇다면 지금, 자신이 그 핑계가 되는 것은 아닐까? 효기영에 들어오자마자 이렇게 커다란 사고를 치다니, 대체 얼마나 운이 없는 것인가?

　그녀는 천천히 주먹을 쥐고 자신도 모르게 허벅지에 감춰 놓은 비수를 매만졌다.

　조철이 마침내 고개를 돌렸다. 그의 안색은 괴이했다. 그는 형형한 눈빛으로 초교를 바라보더니, 갑자기 입을 서서히 벌렸다. 그러더니……

"하하하하!"

커다란 웃음소리가 터져 나왔다. 정 부장 등 효기영의 장군 몇도 갑자기 들어오더니, 모두 가슴까지 두드리며 통쾌하게 웃어 댔다.

조철은 그녀의 어깨를 두드리며 엄지손가락까지 세워 보였다.

"잘했어! 아주 잘했다고!"

이, 이건 대체 무슨 상황이지? 초교는 삽시간에 멍해지고 말았다. 도대체 무슨 의미인지 알 수가 없어 눈만 크게 뜰 뿐이었다.

"이책 저 자식, 예전에 손을 좀 봐 주었어야 했는데."

"변당의 태자는 무슨. 계속 계집들이랑만 어울리며 온종일 빨간 옷을 입네, 녹색 모자를 쓰네 하고 꾸미고만 있고. 이 늙은이가 보고 있자니 너무나 혐오스럽더군."

"문제가 저렇게 많으니, 원. 누가 좀 꺾어 놨어야 하는 건데."

"어린 소녀인데도, 아주 잘했어. 나중에 누가 너에게 이걸 문제 삼으면 우리가 제일 먼저 나서 주마!"

초교는 눈을 휘둥그렇게 뜨고 한참 동안 아무 말도 하지 못하다가, 겨우 조심스럽게 헛기침을 한 후 물었다.

"황자님, 이 일은…… 이렇게 그대로 넘길 수 없을 것 같은데요. 비록 몰랐으니 죄가 없다 하더라도, 어쨌든 제가 변당의 태자를 때렸고, 하물며 그 태자는 우리 황제 폐하의 수연을 축하하러 온 사자니, 저쪽에서 더 이상 문제 삼지 않더라도 일단 성심성의껏 사과를 드려야 하지 않을까요?"

"네가 그를 때렸다고?"

조철이 눈썹을 치켜세우더니, 모여 있는 효기영의 사내들 쪽으로 고개를 돌렸다.

"누가 봤나? 초교가 태자를 때리는 걸 본 사람이 있냐는 말이다."

모두 이구동성으로 말했다.

"속하는 보지 못하였습니다."

초교는 마치 속은 것 같은 기분으로 그저 조철을 바라보았다.

조철은 한숨을 쉬며 고개를 저었다.

"하지만 너는 정말 아둔하다. 그자를 기왕 때릴 거라면 사람이 없을 때를 골라서 손을 썼어야지, 원."

"그러게 말입니다."

수염이 대단한 노인인 동董이 불만스러운 듯 앞으로 나서며 말했다.

"황자님께서는 이미 우리와 이야기를 끝내신 상태였다고. 저 녀석이 변당으로 돌아갈 때, 사람이 없는 기회를 찾아 마대 자루에 넣어 흠씬 패 주자고. 지금 당장이라도 하고 싶었지만, 저 녀석이 얼굴이 붓고 멍든 채로 진황에 가게 하는 것은 안 될 말 같아서 말이지. 그런데 네가 우리보다 먼저 손을 댈 줄은 몰랐다. 우리는 사실 한참 전에 도착했는데, 네가 그자를 손봐 주고 있기에 멀리서 잠시 구경하고 있었지."

초교는 방 안을 가득 채운 남자들이 눈을 빛내는 것을 보며 정말 울상이라도 짓고 싶었다.

"안심하도록."

조철이 아주 의리 있게 그녀의 어깨를 두드렸다.

"내가 과거에는 비록 너를 그다지 마음에 들어 하지 않았지만, 이제 너는 내 수하의 사람이다. 나는 결코 너를 박대하지 않을 것이다."

밤이 되었다. 군영 안은 조용했다. 그저 동쪽 일각에서만 희미한 사죽 소리가 천천히 흘러나올 뿐이었다. 군영과는 매우 어울리지 않는 음악이었는데, 정 부장의 말에 따르면 변당 태자는 음악이 없으면 잠들지 못한다는 것이었다. 얻어맞았기 때문인지, 오늘 밤의 연주는 어쩐지 억울하고 원망스러운 심사를 토해 내는 곡 같았다. 깊은 궁에 갇힌 여자가 봄을 그리워하는 느낌의 곡이랄까.

초교는 눈 쌓인 언덕 위에 앉아 손에 든 장검을 가지고 놀고 있었다. 아득한 설원 위로 무수한 등불이 반짝이는 것이 보였다. 차가운 달은 서리와 같고, 달빛이 흐드러지게 쏟아져 내리는 군영 안은 고요했다. 때때로 순라를 도는 병사가 지나갈 뿐, 이곳은 전장이 아니었기에 분위기도 상당히 느긋한 편이었다. 초교도 어느 정도 긴장을 덜어 내고, 처량한 기억을 더듬고 있었다.

그녀가 가볍게 한탄했다.

"소위 천장등千帳燈*이라는 것이 이런 것이구나."

그때 맑은 소리가 갑자기 들렸다. 초교가 고개를 숙여 보니, 아직 검집에서 꺼내지 않은 보검이 맑은 소리를 내며 울고 있었다. 그녀는 미간을 살짝 찌푸리며 보검을 검집에서 꺼내 보았다.

이 검은 아주 독특하게 벼린 검으로, 4척 길이에 달했다. 푸른 기운이 도는 흰 검신 위에 어두운 붉은 문양이 있었다. 얼핏 보면 아직 마르지 않은 핏자국으로 보일 법한 문양이었다.

"좋은 검이군!"

등 뒤에서 찬탄하는 소리가 들려왔다.

검은 금포를 입은 조철이 한 걸음 한 걸음 언덕 위로 올라오더니, 초교 곁에 앉으며 물었다.

"이름이 무엇이지?"

초교는 잠시 당황했지만, 곧 고개를 저었다.

"모릅니다."

"자신의 검 이름을 모를 수 있는 건가?"

"제 검이 아닙니다."

조철은 고개를 끄덕이며 더 이상 묻지 않고, 오른손에 든 술병을 들어 한 모금 마시고는 초교에게 내밀었다. 초교는 고개를 저으며 웃었다.

---

* 청대 시인 납란성덕의 《장상사》에 나오는 구절로, 밤이 깊어도 등을 환하게 켜 놓고 잠을 이루지 못한다는 뜻이다. 즉 누군가에 대한 그리움으로 잠을 이루지 못하는 마음을 표현한다.

"술은 마시지 않습니다. 술은 상황을 오해하게 만들거나, 혹은 근심에 근심을 더해 줄 뿐이니까요."

그 말을 들은 조철은 잠시 멍하니 있더니, 한참 후에야 겨우 나지막하게 말했다.

"나도 예전에는 너와 같이 생각했지만, 후에 점차 그리 생각하지 않게 되었다."

"황자님께서 오늘 그 일을, 약간 경솔하게 처리하셨습니다."

"그러한가?"

조철은 가볍게 웃으며 다시 술을 한 모금 마실 뿐 입을 열지 않았다. 초교가 계속 말했다.

"황자님께서는 모든 이들 앞에서 공공연하게 변당의 태자를 모욕하신 셈입니다. 제가 그를 때리는 것을 보고도 나서지 않으셨고, 일이 끝난 후에도 애써 잘못을 두둔하셨으니까요. 그리고 이 상황을 모든 이들이 알고 있으니, 일단 이 일이 새어 나가면 그 결과가 어찌 되겠습니까? 황자님께서는 정말로 부하들을 그렇게나 믿으시나요?"

조철은 느긋하게 미소 지었다.

"그럼 내가 어떻게 했어야 할까? 너를 상률원으로 보낼까? 내가 본래 하려던 일을 다른 이가 대신 해 준 셈인데, 내가 무엇 때문에 은혜를 원수로 갚아야 하지?"

"황자님께서는 그러시면 안 됩니다."

초교는 천천히 고개를 저었다.

"황자님께서는 지금까지 제가 생각했던 것과 아주 다른 분이시네요."

"네 생각에 나는 대체 어떤 사람이어야 하는 것이냐? 성금궁에 있는 그자들과 똑같아야 할까? 온종일 서로 속고 속이면서, 내 것이니 네 것이니 하며 서로의 것을 빼앗으려 들고, 아비가 아비답지 않고 자식이 자식답지 않으며 신하가 신하답지 않은 그자들과?"

초교는 안색이 약간 변했다.

"황자님께서는 지금 스스로 무슨 말씀을 하고 있는지 아시는지요?"

"당연히 알고 있지."

조철의 목소리가 갑자기 냉정해졌다. 그는 아득한 눈빛으로 먼 곳을 바라보며, 차가운 목소리로 말했다.

"가끔은, 정말로 이 모든 것을 불태워 버리고 싶을 때가 있지."

조철은 고개를 숙이고 천천히 말했다.

"10여 년이 넘도록 다른 이들과 다투며 살았다. 나는 말을 배운 후로 계속 무엇이 이익인지 계산하며 살아야 했지. 변경에 가서야 나는 정말로 자유로워졌어. 나는 이 한미한 가문 출신의 병사들과 함께 있을 때가 성금궁에 있을 때보다 마음이 훨씬 편하다. 성금궁에는 내 형제자매며 부모와 친척들이 있지만, 그들은 나에게 있어 야수보다 더 흉악한 존재들이야."

조철은 잠시 쉬었다가 말을 이었다.

"초교, 오늘 밤 내가 여기 온 것은 너에게 묻고 싶은 것이 있어서다. 네가 효기영에 온 것은 연순을 위해서냐, 아니면 진심으로 나에게 충성을 다할 생각이 있기 때문이냐?"

초교는 평온한 얼굴로 남자의 눈을 물끄러미 바라보다가 마침내 단호하게 말했다.

"저는 그저 살아남고 싶습니다. 언제나 그래 왔습니다."

조철의 눈에 날카로운 빛이 스쳐 지나갔다. 그는 천천히 고개를 끄덕이며 나지막하게 말했다.

"그렇다면 지금부터, 너는 한마음 한뜻으로 나를 따르도록 해라. 그 누구도 더 이상 너를 상처 입히지 못할 것이다."

초교는 눈 위에 무릎을 꿇었다.

"감사드립니다, 황자님!"

등불은 희미하고, 별도 보이지 않는 밤이었다. 군영에 돌아왔을 때 초교의 온몸은 이미 땀으로 흠뻑 젖어 있었다. 그녀는 열기가 모락모락 피어오르는 욕조 안에 들어갔다. 머릿속에서 모든 생각이 단숨에 내달리고 있었다.

진황성에 사는 이들은 모두 연극의 고수가 될 수밖에 없었다. 그녀 역시 마찬가지였다.

대하의 황제가 목합씨 가문을 학살할 때, 삼황자와 십삼황자, 그리고 위씨 문벌의 세력을 빌렸다. 조철을 배제했을 뿐 아니라, 사람을 보내 갖가지 방식으로 그를 탐색하고 감시했다. 어찌 마음에 원한과 분노가 없을 수 있겠는가?

영명한 황제는 마음이 좁고 철없이 구는 아들을 용납할 수 있을 것이다. 그러나 모든 쓰디쓴 결과를 마음 깊은 곳에 억누르고 보복을 꿈꾸는 역신을 용납할 수는 없을 것이다.

황위를 꿈꾸는 황자는 분노를 표면적으로 표현하는 무능한 형제를 용납할 수 있을 것이다. 그러나 굴욕을 인내하면서도 살 길을 모색하며 모든 일을 완벽하게 처리하는 경쟁자라면 용납할 수 없을 것이다.

일개 궁술 교두가 감히 온 세상 사람들의 비난을 무릅쓰고 이웃 나라의 태자를 구타할 수 있다고는 아무도 생각하지 않을 것이다. 사람들이 그녀 배후에 누가 있다고 여길지는 일목요연했다.

그녀도 오늘 밤 그곳에서 그를 기다리고 있었다. 초교는 조철이 분명 사람을 시켜 그녀의 내력을 조사했으리라 생각했다. 그래서 그녀는 일부러 제갈월의 장검을 들고 조용히 기다리고 있었던 것이다. 파월검은 검 중에서도 극품이었다. 검을 주조한 대사의 시문도 새겨져 있었다. 조철이 알아보지 못할 리 없었다.

그가 자신과 제갈가 사이의 갈등을 알게 되면, 자신이 연순을 따른 것도 어쩔 수 없이 한 행동이라고 생각할 터였다. 초교가 제갈석을 죽였기 때문에 갈 곳이 없어져 부득불 그 곤경에 처한 연북 세자에게 의탁했노라고.

그는 아주 당연하게 자신과 연순 사이의 주종 관계는 단순히 이익을 탐하는 관계라고 생각할 것이다. 그리고 그렇게 생각하는 이상, 그는 당연히 초교를 매수하여 자신이 부리려 들 터였다.

당신이 나를 속이고 나는 당신을 기만한다. 윗사람에게 거짓을 고하고 아랫사람에게는 진심을 감춘다. 당신이 남몰래 나를 속였다고 기뻐할 때, 어찌 나라고 당신을 진심으로 대하겠는가. 과연 누가 최후의 승자가 될지는, 천천히 기다려 봐야 하겠지.

"사람의 마음?"

초교는 차가운 표정으로 낮게 코웃음 친 후 천천히 눈을 감고 욕조의 가장자리에 기댔다.

"아무 가치도 없는 것이지."

매가 날개를 떨치며 성금궁의 문에 위풍당당하게 앉아 있었다. 연순이 서신을 펼쳤다.

변당의 역린을 어루만져 주었으나, 대세는 평온하다. 다만 위씨 일맥을 방비하라.

등불이 깜빡였다. 불살이 혀를 날름거리며 서신을 불태웠다. 대하 황제의 사위이자 연북의 세자는 새로운 명을 내렸다.

사흘 동안, 위씨 문벌이 궁에 올리는 상소는 일률적으로 차단하라.

아정은 깜짝 놀랐다. 이 일은 매우 중대했고, 조심하지 않으면 몇 년 동안 키워 온 세력을 전부 잃을 수도 있었다. 아정은 묻지 않을 수 없었다.

"세자 저하, 이리 하시면 대가가 너무 크지 않겠습니까?"

"아초를 잃는다면, 대가는 더욱 크겠지."

"세자 저하?"

"아정."

연순은 옷차림을 느슨하게 매만지며 눈썹을 살짝 치켜세웠다.

"이것만 기억해 둬라. 아초는 그 어떤 일보다도 더 중요하다. 아초의 안전을 위해서라면 무슨 일이건 할 수 있어."

아정의 목소리가 올라갔다.

"연북보다도 중요하신가요?"

연순이 냉담하게 웃었다.

"아초가 없다면, 내가 연북을 차지한들 무슨 쓸모가 있겠느냐?"

아정은 대경실색하여 땅 위에 무릎을 꿇고 나지막하게 말했다.

"저하는 연북의 세자 저하이십니다. 대동의 주인이시고, 억조창생의 희망이십니다. 어찌하여 사적인 일로 공적인 일을 폐하려 하시는지요? 어찌하여 남녀 간의 정에 매달리십니까?"

연순이 냉랭하게 웃었다.

"내가 지옥에 있을 때, 연북은 어디에 있었느냐? 대동은 무엇을 하고 있었지? 그 창생 중 누가 나에게 원조의 손길을 베풀어 주었느냐? 내가 수년 동안 고통받으면서도 굴욕을 참고 생존을 도모한 것은, 하나는 복수를 하기 위해서였고, 다른 하나는 소중한 이를 지켜 주기 위함이었다. 천하의 창생들은 나에게 있어 티끌에 불과하다."

아정은 양미간을 찌푸리며 울컥한 듯 물었다.

"그러시다면, 세자 저하께서는 무엇 때문에 아가씨를 다른 이의 계략에 말려들게 하고, 무엇 때문에 아가씨를 날개 아래 보호하지 않으시는지요?"

연순은 천천히 고개를 들고 단호하게 말했다.

"내가 그녀를 믿기 때문이다."

나는 초교가 하늘을 날아오르는 용맹한 매라는 것을 믿고 있다. 그녀는 수많은 우여곡절에도 결코 자신을 굽히지 않을 칼날이지. 그녀는 나를 이해할 수 있는 유일한 사람이니, 우리는 반드시 같은 곳에 서서 어깨를 나란히 할 것이다. 함께 비바람을 맞아 내고, 함께 전투에 임할 것이다.

"아정, 나는 대동회가 나에게 충성을 다하는 것처럼 그녀에게도 충성을 다하기를 바란다. 그리고 나를 지키듯 그녀를 지켜 주기를 바라고 있다. 그녀가 있기 때문에 내가 대동회의 주인이 된 것이며, 천하 백성들의 희망이자 행복이 된 것이니까. 그녀가 존재하지 않는다면, 나는 분명 마귀가 되어 버릴 것이다!"

아정은 온몸을 떨며 믿을 수 없다는 듯 연순을, 대동회가 수년에 걸쳐 충성을 다했던 남자를 바라보았다.

그들은 연순이 분명 연세성과 같은 사람이리라 생각해 왔다. 백성들을 자식처럼 사랑하고, 대동을 숭상하는. 그러나 오늘, 이 등불이 희미한 서재에서, 아정은 자신이 믿어 왔던 모든 것이 틀렸다는 것을 깨닫고 있었다.

그들은 거대한 도박을 하고 있었다. 그들은 가지고 있는 모든 판돈을 이 남자, 연순에게 걸었다. 그러나 이 모든 것이 한순간에 뒤집힐 가능성이 있었다!

"놀랄 필요 없다."

연순이 냉담하게 웃었다.

"나는 지금까지 대동회가 배반할까 전전긍긍한 적이 없으니까. 연순은 연세성이 아니고, 결코 누군가의 바둑알이 되지도 않을 것이다. 나는 그저 스스로의 마음을 따라 전투에 임할 뿐이다."

아정이 고개를 숙이며 냉담하게 말했다.

"세자께서 이리 말씀하시니, 속하는 실망스럽습니다."

"실망하여도 무방하다."

창틈으로 매서운 바람이 들어와 연순의 머리카락을 흐트러트렸다. 그는 먼 곳을 바라보며, 점차 낮은 목소리로 이야기하고 있었다. 그러나 한 글자 한 글자, 아정의 귀에는 단호한 연순의 말이 뚜렷하게 들려왔다.

"나는 먼저 사내가 될 것이고, 그 다음에 너희들의 주인이 될 것이다."

강철과 같은 차가운 바람에, 그는 전쟁의 냄새를 맡은 것만 같았다.

한 시진 후, 이 모든 이야기가 적힌 서찰이 우의 서탁 위에 도착했다. 곁에 있던 하집夏執이 눈가를 찌푸리며 말했다.

"아가씨, 이 여인은 세자 저하의 약점입니다. 조만간 문제가 되겠군요."

"그렇습니다."

변창邊倉도 가라앉은 목소리로 말했다.

"대사를 이루려는데 남녀 간의 정에 얽매이다니, 어찌 대세를 판단할 수 있겠습니까?"

"아가씨, 위에 보고해야 하지 않겠습니까? 아니면, 먼저 이 여자를 손에 넣어야 하지 않습니까?"

우는 냉담한 표정으로 고개를 돌려 혜예를 바라보며 천천히 물었다.

"무슨 말이 하고 싶은 것이냐? 손아귀에 넣고 싶다는 것이냐, 아니면 죽여서 후환을 없애고 싶다는 것이냐?"

혜예가 멈칫하더니, 즉시 고개를 숙이고 말했다.

"속하는 결코 그런 의미가 아니었습니다."

우 아가씨는 차갑게 코웃음 치더니 천천히 말했다.

"너희들은 강하다는 것이 무엇인지 아느냐? 강한 무기를 지닌다 해도, 기껏해야 적 백을 상대할 수 있을 뿐이다. 강한 지모로는 천 명의 적을 상대할 수 있고, 강한 권력으로도 만 명을 상대할 수 있을 뿐이지. 진정한 강함이라는 것은, 마음이 굳세다는 것이다. 어떤 곤란이라도 이겨 내고, 백 번 부러지더라도 굴하지 않는 견고한 심지를 가지고 있다는 것이 진정으로 강한 것이지. 진정한 강함을 갖추어야만 하는 일마다 순조롭게 이뤄

낼 수 있고, 어떤 위험도 두려워하지 않을 수 있으며, 마지막에는 정상에 올라 세상 사람들이 도달하지 못할 높이까지 이를 수 있다. 그렇다면 마음이 굳세다는 것은 무엇을 의미한다고 생각하느냐? 아무런 감정도 없이, 그 무엇에도 구속받지 않는 것? 아니면 신념이 견고하여 영원히 탐욕을 모르는 마음? 모두 아니다. 사람이라면 누구나 사념이 있는 법이고, 백련의 절개라 하는 것은 전설에 불과한 것이다. 정말로 강한 사람이라면, 죽음을 각오하고라도 반드시 지키고자 하는 것이 있어야 하는 것이다."

우는 서신을 내려놓고 천천히 한숨을 내쉬었다.

"나는 마침내 더 이상 우리의 주인을 걱정하지 않게 되었다. 그분은 이미 어른이 되신 것이다. 너희들, 이후로는 그분의 뜻에 따라 행동하고, 다시는 이런 것을 나에게 보이지 말거라."

"아가씨?"

변창이 당황하여 서둘러 외쳤다.

"축하할 일이야."

우는 눈을 감고 진심으로 감탄했다.

"수년 동안 죄수처럼 보낸 삶도, 그분 마음 깊은 곳 인간에 대한 신뢰를 완전히 없애 버리지는 못한 것이다. 만약 그분께서 음울하고, 복수심에만 가득 차 사람을 전혀 믿지 않는 존재라면, 우리들은 단 한 명도 살아서 연북으로 돌아가지 못할 테니 말이다."

"하지만, 하나는 복수를 하기 위해서였고, 다른 하나는 소중한 이를 지켜 주기 위함이었다고 하지 않았습니까?"

협객 출신의 하집은 우의 말을 듣고도 냉담하게 웃으며, 상당히 악의에 넘치는 태도로 말했다.

"만약 복수와 소중한 이를 지키는 일에 충돌이 발생한다면? 그때 저하께서는 어찌하실까요?"

말을 들은 우의 눈에 갑자기 차가운 빛이 서렸다.

하집은 손을 늘어뜨리고 웃었다.

"우 아가씨께서는 분노를 가라앉히시지요. 나는 그저 가설을 이야기한 것뿐이니까. 다만 우리의 새로운 주인은 대왕 전하 같은 분이 아니시니, 그분의 품행에 대해서는 재론의 여지가 있지 않겠습니까. 나는 대동의 운명을 단 한 사람, 이러한 사람에게 맡긴다는 것이 너무 경솔하다는 생각을 지울 수가 없습니다."

우는 잠시 침묵하더니, 결국은 어쩔 수 없다는 듯 웃으며 아주 작은 목소리로 대답했다.

"그러한가. 하지만 대동에게는 이미 퇴로가 없다."

제10장 가시덤불을 헤치고 나아가다

초교에 대해, 변당의 태자가 좋게 마무리하지 않을 것이 분명했기에 조철 등은 이곳에서 지구전을 벌일 작정이었다. 그러나 다음 날 아침 일찍, 이책은 예상과 달리 부산을 떨며 진황으로 가겠다고 했다. 군대에서 일각이라도 더 이상 머물고 싶지 않다는 이유에서였다.

일이 이렇게 흐르자 초교는 혼자 안도의 숨을 내쉬었다. 태자가 진황에 도착한 후 그녀를 어떻게 고발할지는 나중에 생각하기로 했다. 일단 길을 가겠다고 그가 자청했으니, 자신도 죄를 조금은 덜은 것 같았다.

사흘 후, 번당 태자의 수레가 효기영의 영접을 받으며 진황성에 들어갔다. 오랜 역사 속에서도, 두 나라가 황제의 가솔을 보내 외교를 진행하는 것은 처음이었다. 대하 황조는 이 방문을 극히 중시하여, 삼황자 조제가 백관을 이끌고 직접 10리 밖까지 영접을 나왔다.

길을 따라 군기가 펄럭이고, 징 소리며 북소리가 하늘을 진동시킬 듯 울려 퍼졌다. 백성들도 잇따라 성을 나와 구경하기 위해 진을 쳤고, 철갑을 두른 군대도 태자를 호위하기 위해 대기하고 있었다. 그 소리며 기세가 어찌나 대단한지, 황제의 순행과 비슷할 정도였다.

변당의 수레가 도착했다. 마차의 발이 젖혀지자 밝은 노란빛 금포를 입고 그 위에 노란 가죽 외투를 걸친 변당의 태자가 모습을 드러냈다. 태자가 성큼성큼 마차에서 내리는데, 목은 한껏 높이 들고 있고 발걸음은 진중했다. 푸른 멍이 들어 부어오른 얼굴이 아니었다면 완벽하게 아름다운 모습이었을 것이다.

조철과 초교 등의 안색은 어떻게 보기 힘들 정도로 딱하게 변했고, 변당에서 온 일행 중에도 울상을 짓는 사람이 있었다. 태자가 이런 모습으로 사람들 앞에 나설 줄은 모두 상상도 하지 못했던 것이다.

당황하기는 조제와 대하의 문무백관들도 마찬가지였다. 전혀 마음의 준비가 없던 그들 모두 안색이 괴이하게 변해 허둥거렸다. 그러나 관직에 오래 있었던 자들은 역시 그만큼의 관록이 있어, 다른 이들보다 빠르게 평정을 되찾았다. 위씨 문벌의 가주 위광이 가장 먼저 예를 행하며 감탄하듯 말했다.

"이책 태자 전하의 인품과 풍류가 결코 평범하지 않다는 소문은 오래전부터 들어 왔습니다. 오늘 드디어 태자 전하의 얼굴을 뵈오니, 과연 해나 달이 사람들을 비추는 빛에 비할 수 있을 정도입니다."

위광의 말이 떨어지자마자 사람들 모두 앞다투어 환영의 인사를 했다. 문관들은 시를 읊어 대구를 맞추고, 한 사람이 선창하면 따라 불렀다. 그 내용인즉, 이책이야말로 하늘 아래 다시 없고 땅 위에 결코 없을, 고금을 초월하여 가장 뛰어난 미남이라는 것이었다.

무장들은 그렇게 화려한 말을 꾸며 내지는 못했지만, 아주 열띤 기세로 엄지손가락을 세워 가며 자신들이 생각해 낼 수 있는 최고의 찬사를 늘어놓았다. 멋지십니다, 아름답습니다, 정말 잘생기셨군요!

소리 내어 웃던 이책은 갑자기 입가의 상처를 건드렸는지 고통스러운 신음 소리를 내며 사람들에게 손을 흔들어 인사했다. 그러면서도 계속 입으로는 "좋은 말이군, 좋은 말이야."를 연발했다. 아무래도 자신을 찬미하는 말들을 들으니 그럴듯한 기분이 들며 아주 기쁜 모양이었다. 만약 변당의 황제와 황후가 여기 있었다면 어떤 생각이 들었을지 궁금할 정도였다.

사람들이 변당의 태자에게 가장 중요한 것이 무엇인지 입이 닳도록 설득하여 간신히 마차에 오르게 했다. 가는 길 내내 성대하게 호각을 불며 진황성으로 향할 예정이었다. 그러나 몇 걸음 떼자마자 이책 태자가 이의를 제기했다.

"어째서 호각 소리가 출정하여 싸우라는 소리처럼 들리는가?"

조제가 멈칫했다. 마음속으로 다시 한 번 자신이 직접 이책을 맞으러 가지 않은 게 천만다행이라는 생각이 들었다.

이 호각으로 연주하는 음악은 예법에 맞춘 것이었다. 출정할 때는 출정을 위한 곡이 있고, 전쟁에서 개선할 때는 개선용의 음악이 있다. 제왕이 출행 시에는 제왕만이 사용하는 의장이 있고, 귀빈을 영접할 때는 상대의 품계에 따라 음악을 연주한다. 지금 모든 것이 규칙에 어긋남이 없는데, 변당의 태자는 대체 무엇 때문에 불만을 표시하는 것일까?

협상에 반 시진이 넘게 걸렸다. 대하는 부득불 양보하지 않을 수 없었다. 순식간에, 예법에 맞는 음악 대신 음탕한 음악이 울려 퍼지기 시작했다. 대군은 야한 옷을 입은 묘령의 소녀들이 연주하는 사죽 소리 가운데 다시 천천히 발걸음을 옮겼다.

이책은 얼굴의 상처를 조금도 신경 쓰지 않는 것 같았다. 계속 발을 걷어 올리고 아래의 백성들에게 손짓하며 인사하고, 겸손하고 온화한 표정으로 웃어 보였다.

초교는 속으로 한숨을 쉬며, 효기영을 따라 이책 태자를 성금궁까지 호위했다.

조철과 정 부장은 변당의 태자를 수행하기 위해 궁 안으로 들어갔고, 초교는 다른 병사들과 함께 효기군의 군영으로 돌아가기로 했다.

막 군영 앞에 이르렀을 때, 한 마리 검은 매가 홀연히 그들 위에서 날갯짓하며 빙빙 돌았다. 궁수 하나가 허리춤에서 활을 꺼내 당겼다. 그러나 갑자기 날카로운 화살 한 대가 뒤에서 날아오더니 그의 화살을 비껴 맞혔다.

매는 더욱 큰 소리로 울부짖으며 사람들을 둘러싼 채 몇 바퀴 돌다가, 날개를 떨치고 날아가 버렸다.

"초 교두! 무엇 때문에 내 화살을 쏜 겁니까?"

초교는 차가운 눈빛으로 항의하는 병사를 흘깃 보더니, 코웃음 치며 말을 달려 군영으로 들어갔다.

며칠 동안 휴식을 취하지 못하며 고생했기 때문에 다들 피곤한 상태였다. 군영으로 돌아오자마자 보초 근무를 서야 하는 위병을 제외하고는 모두 깊은 잠에 빠져들었다.

초교는 평상복으로 갈아입고, 옆문으로 살며시 빠져나왔다.

날씨가 점점 따뜻해져 적수의 얼음은 이미 녹아 있었다. 호반에는 백의를 걸친 남자 하나가 서 있었다. 미풍 속에 말로 표현하기 어려운 품위와 호방함이 배어 나왔다.

초교가 앞으로 달려가 웃으며 말했다.

"누구에게 보여 주기 위해 그렇게 서 있는 거지?"

연순이 몸을 돌리더니 온화하게 웃으며 초교를 위아래로 훑어보았다.

"무서웠지?"

"아니."

초교가 생긋 웃으며 대답했다.

"우기기는."

연순이 실소했다.

"진황성 사람 모두가 알고 있어. 너도 이제 풍운아의 반열에 오르게 되었지."

초교가 멈칫했다.

"진황성 사람 모두가 알고 있다고? 그런데 아무도 상소를 올리지 않았어?"

"조철은 네가 때리는 것을 보지 못했다고 했어. 효기영 전원이 입을 맞춘 것처럼 이야기하는 데다, 변당 태자마저 너에게 맞았다는 것을 인정하지 않고 있어. 자기가 넘어진 거라고 하고 있거든. 맞은 사람이 따지지 않겠다는데, 황제 폐하라고 뭘 어떻게 할 수 있겠어?"

초교가 입을 가리고 웃기 시작했다.

"그럴 줄 알았으면 좀 더 세게 때려 줄걸."

"아초, 군대 생활은 할 만해?"

"그럭저럭."

초교는 고개를 끄덕였다.

"조철은 나를 신임하지 않아. 몇 번이나 나를 떠보려 하더군. 하지만 상황이 그렇게 나쁜 건 아니야. 내가 상황을 모두 파악하고 있으니까."

연순이 말없이 고개를 끄덕이더니 천천히 말했다.

"그래, 그래도 조심하도록 해. 만약 어려운 일이 생겨도 너무 애쓰지는 말고."

"알고 있어. 안심해도 괜찮아."

"너를 거기 오래 내버려 두지 않을 거야. 이 영패를 가져가. 네가 원할 때 언제라도 대동회의 인마를 부릴 수 있는 영패야.

혹시라도 쓸모가 있을지 모르니까."

연순이 나무로 만든 패를 내밀었다. 그것은 소박하고 예스러운 형태로, 앞면에는 거대한 보라매 한 마리가, 뒷면에는 '동同' 자가 조각되어 있었다.

"먼저 갈게."

"연순!"

연순이 고개를 돌려 궁금하다는 눈빛으로 초교를 바라보았다. 초교도 자신이 무의식적으로 연순을 부른 것에 놀라 웃음으로 얼버무렸다.

"조심해서 가라고."

연순이 웃었다. 마치 봄바람에 흔들리는 버들가지처럼 따사로운 웃음이었다. 그는 옷자락을 흩날리며, 말을 달려 사라졌다.

초교는 그 자리에 한참 동안 서 있다가, 그의 모습이 완전히 보이지 않게 되자 천천히 효기영으로 돌아왔다.

"워워!"

연순이 말에서 내려, 맞이하는 이들에게 물었다.

"무슨 일이냐?"

아정이 서둘러 답했다.

"위경이 며칠째 아가씨께서 변당 태자를 구타한 소식을 수집하고 있었습니다. 드디어 효기영의 병사 두 명을 증인으로 매수했고, 바로 성금궁으로 가려고 한답니다."

"위경?"

연순은 발걸음을 멈추고 느릿느릿 중얼거렸다.

"세자 저하, 어찌해야 할까요? 비록 변당의 태자가 체면을 구기는 것이 싫어 더 이상 추궁하고 있지 않지만, 일단 이 일이 표면적으로 드러나고 나면 아가씨께서 재난을 피하기 어려울 것 같습니다."

연순의 눈빛이 차갑게 번득이더니 나지막하게 말했다.

"야간조에게 통지해서 처리하도록 하라."

아정이 당황하여 중얼거렸다.

"세자 저하께서 원하시는 것은……?"

"위경을 죽여라."

연순의 눈이 갑자기 이리보다도 더 흉악하게 변했다. 방금 전 초교와 함께 있을 때의 온화함은 사라져 전혀 보이지 않았다. 연순은 음울한 목소리로 천천히 말했다.

"위경은 충분히 오래 살았지."

깊은 밤, 성금궁의 하늘에 여전히 사죽 소리가 울려 퍼지고 있었다. 차가운 달은 하늘 높이에서 어딘가 슬프고 쓸쓸한 빛을 흩뿌리고 있었다.

진황성은 통금을 실행하지 않았지만, 자미광장을 넘어 황성까지의 지역은 경비가 삼엄하여 죽음과 같은 적막이 내려앉아 있곤 했다. 더군다나 오가는 이가 적은 이 시간에 이곳에서 움직이는 이가 있다면, 결코 보통 사람이 아닐 터였다.

1백이 넘는 기병이 역삼각 형태로 진을 치고 있었다. 인적이 드문 깊은 밤, 적막한 거리에는 달가닥거리는 말발굽 소리만 더욱 뚜렷하게 들리고 있었다. 차가운 빛을 발하는 철갑을 입은 기병들은 향의 절반쯤을 태울 만한 시간이 지날 때까지도 황성의 대로로 들어가지 않고, 성벽을 따라 움직이고 있었다.

중앙에 기병이 몰려 있었다. 양쪽의 위병들은 손에 커다란 방패를 들고 있었고, 앞뒤로 등불 두 개가 길을 밝히고 있었다. 대오 중앙은 어둠 속에 묻혀 있어 잘 보이지 않았다. 병사들을 이런 식으로 배치한 것을 보면, 중심에서 호위를 받는 이는 분명 중요한 인물일 것이다.

선봉에 선 이들은 모두 칼이며 긴 창, 방패와 갑옷 등을 구비하고 있어 공격과 방어를 모두 할 수 있었다.

좌우 양쪽으로는 각각 기병 스물이 있었는데, 마치 벽과 같이 대오의 중앙을 호위하고 있었다. 그들 모두 칼을 들고, 두툼한 투구와 갑옷을 입은 채 바깥쪽을 향하고 있었다. 투구와 갑옷이 은빛으로 반짝이는 것을 보면 누구라도 서역에서 주조한 갑옷임을 알 수 있었다. 누군가가 높은 담장 위나 길가에서 몰래 화살을 쏜다 해도, 어지간한 크기의 활이 아닌 이상 두려워할 필요가 없었다.

이렇게 엄밀하게 방어하는 이유는 바로 목합서풍이 그런 방식으로 죽었기 때문이었다. 진황성의 귀족들은 자신에게도 그런 일이 벌어질까 두려워 공황 상태에 빠졌다. 위경 역시 황궁에 칼을 차고 병사들의 호위를 받으며 들어갈 수 있는 영광을 얻은 후, 자신의 목숨을 더더욱 소중히 여기고 있었다.

한풍이 살을 에는 듯 불어와 땅 위에 쌓인 눈을 흩날리고 있었다. 날은 더욱 스산했다.

"공자님."

노비 하나가 말을 달려와 위경에게 낮은 소리로 말했다.

"계속 앞으로 가면 원안문 북쪽입니다. 그쪽으로 살며시 들어가면, 가주께 발견되지 않을 것입니다. 태泰 공공이 궁문 앞에서 기다리고 있습니다. 상소를 올리기만 하면, 연 세자와 그 여자는 절대 도망치지 못할 것입니다."

위경이 냉랭하게 고개를 끄덕였다. 그의 눈빛은 마치 흉악한 이리처럼 피를 탐하고 있었다. 입술은 음울하고도 억세게 꽉 다물린 상태였다.

하늘에 구름이 층층이 쌓여 있어 달도 별도 보이지 않았다. 검은 옷을 입은 한 남자가 높은 담벼락 위에 서 있었다. 한바탕 차가운 바람이 불어와 그의 몸을 훑었다. 다른 이보다 키가 훌쩍 큰 남자는 어둠 속에서도 유난히 눈에 띄었다.

남자 주변에 검은 옷을 입은 수하 서른이 있었다. 쭈그리고 앉아 있는 자도 있고, 엎드려 있는 자도 있었다. 모두 달그림자 속에 겹겹이 숨어 때가 되기를 기다리고 있었다.

갑자기 궁전 방향에서 음악 소리가 크게 울려 왔다. 희미하게 북을 치는 소리며 편종 소리도 길게 들렸다. 남자들이 고개를 끄덕였다. 악사들이 연주하는 음악 소리가 그들이 앞으로 할 행동으로 인한 소음을 가려 줄 것이다. 움직일 때였다.

날카로운 휘파람 소리가 밤의 고요함을 깨트리며, 질서 있게 궁을 향해 달려가던 말발굽을 놀라게 했다. 위씨 문벌의 병사들은 허둥거리며 어두운 주변을 둘러보았다.

바로 그때, 높은 담벼락 위에서 화살 서른 대가 동시에 쏟아졌다. 화살은 섬광을 번쩍이며 사람이 아닌 말에게 쏟아졌다.

말들이 울부짖으며 말발굽을 들어 올리자 말 위의 병사들은 잇달아 낙마했다. 위경은 중앙에서 다른 이들의 보호를 받으며 분노하여 소리쳤다.

"누구냐?"

어둠 속의 남자가 냉소하며 황금빛 활을 들어 올려 화살을 쏘았다. 그리고 자신이 쏜 화살보다도 빠르게, 남자가 표범처럼 담 아래로 뛰어내리며 손에 들고 있던 갈고리를 하늘 높이 던지고, 흔들림 없이 땅 위에 착지했다. 그런 남자의 모습은 마치 하늘이 내려보낸 것 같았다.

남자는 장검으로 상대편 병사를 사납게 찔렀다. 다른 병사가 칼을 휘두르며 남자에게 덤벼들었는데, 놀랍게도 남자가 담 위에서 미리 쏘아 두었던 황금빛 화살이 이제야 도착하여 그 병사의 목을 꿰뚫었다!

자미 거리 전체에 참혹한 비명이 울려 퍼지는 가운데, 높은 담 위에 은신하고 있던 시위들이 잇달아 뛰어내렸다. 위경의 수하들은 이때 이미 절반 이상 쓰러진 상태였다. 말들이 슬프게 울부짖으며 이리저리 뛰어다녔다. 수많은 이들이 화살에 상처를 입은 채 땅에 곤두박질쳤다가 말들에게 밟혀 죽었다. 대오는 이미 진형이 흐트러진 상태였고, 1백이 넘는 시위들은 바로 궤멸하고 말았다.

"위씨 문벌의 간신! 충신을 모해하는 자, 정권을 찬탈하는 혐오스러운 자! 목합서극이 오늘 하늘을 대신해 도를 행하러 왔다. 네 목숨을 취할 것이니, 죽음을 맞이하라!"

그때 갑자기 말발굽 소리가 다가오는 것이 들렸다. 위경은 황성의 금군들이 오고 있다는 것을 깨닫고, 마음을 가라앉히고 용감하게 외쳤다.

"목합의 개자식, 최후의 몸부림을 치는구나! 능력이 있다면 와 보거라!"

바로 이때, 하늘에서 커다란 그물이 내려오더니 위경을 단단하게 얽맸다. 흑의 무사 네 명이 재빠르게 자리를 바꾸더니 거대한 그물을 조여 들어 올리고, 갈고리를 던져 높은 담 위로 뛰어올라 사라졌다.

다시 한 번 휘파람 소리가 들렸고, 검은 옷을 입은 무사들은 즉시 소환에 응했다. 그들은 전투에서 이기고 있는 중이었지만, 전혀 연연하지 않고 퇴각하기 시작했다.

두 사람이 나무통 두 개를 들어 올리더니, 그 안에 든 액체를 줄줄 쏟아부었다. 그 다음 쏟아 놓은 기름 위로 횃불을 하나 던진 후, 뒤도 돌아보지 않고 겹겹이 지어진 건물들 사이로 사라졌다. 검은 옷의 무사들은 외성 방향으로 순식간에 그림자도 없이 사라져 버렸다.

이 모든 일이 일어나는 데 향을 절반 피울 시간밖에는 걸리지 않았고, 사방은 곧 고요해졌다. 성금궁에서는 가무를 즐기며 태평성대를 노래하는 음악 소리가 쉬지 않고 들려오는 가운데, 거리에 남은 것은 피투성이가 되어 불바다 속에서 발버둥치는 위씨 문벌의 병사들뿐이었다.

"위 이공자가 납치되었다. 어서 장로회에 보고하라! 다른 이들은 나를 따라라!"

황성 금군들이 외성으로 자객을 추격하고 있을 때, 검은 옷을 입은 인마들은 거침없이 황성 안으로 달려왔다. 도로 옆의 송백림 안, 푸른 옷을 입은 시위 10여 명이 조용히 마차 한 대를 호위하고 있었다. 몇 사람이 신속하게 달려가 그물로 얽어맨 위경을 마차 바닥에 내동댕이쳤다.

"너희들……."

퍽 소리가 났다. 위경이 입을 열자 누군가가 사납게 그의 입을 발로 찬 것이다. 이가 모두 부러진 위경은 나지막한 신음만 내뱉을 뿐, 더 이상 말을 잇지 못했다.

시위 두 사람이 위경을 단단히 묶은 후, 손발과 입을 틀어막았다. 그러더니 마차의 바닥을 열고 그를 밀어 넣었다. 평소라면 숯불을 두는 공간이었다.

계속 그들을 지휘하던 검은 옷의 남자가 마차에 올라타 검은 야행복을 벗고 그 아래의 백의를 드러냈다. 얼굴을 가렸던 복면 아래로는 잘생긴 얼굴이 있었다.

"세자 저하."

검은 옷을 입고 있던 자객들도 어느새 푸른 시위복으로 갈아

입은 후였다. 그들 중 하나가 화로를 가져와 공손하게 말했다.

"불을 좀 쬐십시오. 몸도 좀 녹이시고요."

연순은 고개를 끄덕이며 화로를 받아 창가에 두었다. 그는 자신이 입고 있던 검은 야행복을 화로 안으로 집어넣은 후, 바깥에 있는 이들에게 손을 가볍게 흔들었다. 마차는 궁전 방향으로 천천히 움직이기 시작했다.

그때 갑자기 등 뒤에서 다급한 말발굽 소리가 들렸다. 연순의 시위 하나가 즉시 달려 나가 외쳤다.

"누구냐? 심야에 궁 안에서 말을 달리다니, 살고 싶지 않은 모양이지?"

그자는 잠시 멈칫하며 연순 일행을 살피더니, 곧 공손하게 말하기 시작했다.

"연 세자 저하의 일행이셨군요. 위 공자께서 자미 거리에서 기습을 당하셨습니다. 속하가 황궁으로 알리러 가는 길입니다."

"기습이라고?"

마차의 발이 걷히고, 가볍게 인상을 쓴 연순의 얼굴이 나타났다.

"흉수는 잡았나? 위 공자는 지금 어디 있지? 부상이라도 입었나?"

"연 세자께 보고드립니다. 흉수는 외성을 향해 도망치는 중입니다. 로路 장군께서 병사들을 이끌고 추격 중입니다. 위 공자께서는 납치되셔서, 지금 생사를 알 수 없습니다."

연순이 고개를 끄덕이며 나지막하게 말했다.

"어서 가서 보고를 올리게."

"예."

사내는 바로 사라졌고, 연순은 다시 발을 내리며 나지막하게 외쳤다.

"여화전呂華殿으로 가자."

연순이 마차에서 내렸을 때, 위광이 위씨 문벌 출신의 관원 몇 명과 여화전에서 달려 나오는 것이 보였다. 위광은 연순을 보지 못한 듯, 말에 올라 빠른 속도로 궁 밖으로 향했다.

연순은 쾌활한 표정으로 위씨 문벌 사람들이 떠나는 것을 지켜본 후, 천천히 여화전 안으로 발길을 옮겼다.

황제는 이미 침전으로 돌아간 후였고, 조제가 연회를 주관하고 있었다. 조제도 위경이 납치되었다는 소식을 막 들은 듯 정신이 없어 보였다.

화려한 의상을 입은 궁녀들이 사람들 사이를 누비며 음식을 나르고 있었고, 황가의 악사들은 대전 한쪽에서 음악을 연주하고 있었다. 사죽 소리는 마치 봄물처럼 부드럽게 들려왔는데, 한번 들으면 바로 누구를 위해 연주하는 것인지 알 수 있었다.

이책은 짙은 자색에 용을 수놓은 금포를 입고 있었다. 그는 서슴없는 태도로 주변 사람들과 담소를 즐기며 술잔을 비웠다. 얼굴의 상처만 아니었다면, 마치 한 폭의 풍류화에서 빠져나온 듯한 모습이었다.

분위기는 아주 화기애애했다. 백관들 대부분이 취해 기분 좋은 상태였고, 모두 떠들썩하게 이야기꽃을 피우고 있었다.

연순은 냉담한 눈길로 이책의 부은 얼굴을 바라보며 조용히 자리에 앉았다. 그러더니 술잔을 들고 살며시 웃었다.

"어째서 이제야 온 거야?"

조순아가 연순의 곁으로 다가왔다. 나비 자수가 있는 분홍빛 상의에 금빛이 도는 보랏빛 치마를 입고, 진주며 옥 장식을 잔뜩 달고 있었다. 특히 그녀가 달고 있는 비취 장식은 유달리 아름다워 누구라도 한 번 더 눈길을 줄 수밖에 없었다.

연순이 조순아를 바라보며 담담하게 대답했다.

"잠시 눈을 붙이느라 늦었습니다."

"오지 않는 줄 알았어!"

조순아는 고운 눈매로 상석에 앉아 있는 변당의 태자 이책을 힐긋 노려보고는 입술을 비죽였다.

"저 자식이 막 내 이름을 묻더라고. 예의라고는 전혀 모르는지."

연순은 조소하듯 웃으며 대답 없이 술만 마셨다.

조순아는 연순이 자신을 본체만체하는 것도 신경 쓰지 않고 홀린 듯이 연순을 바라보다가 한참 후에야 간신히 정신을 차렸다. 그녀는 얼굴을 붉게 물들이며, 제 옷을 잡아당겨 보았다.

"이 옷 어때? 신역에서 막 공물로 올라온 비단이야. 아름답지 않아?"

그러나 그 순간 연순은 오늘 적수호에서 있었던 일을 떠올리고 있었다. 아초, 아초가 맑은 눈빛으로 나의 이름을 불렀지. 자신도 모르게 내 이름을 불러 놓고 허둥지둥하며 말했었다.

조심해서 가라고.

연순의 표정이 갑자기 다정해지더니, 마음에서 우러나온 목소리로 감탄했다.

"정말 아름답습니다."

조순아는 그 말이 자신을 위한 것이라는 생각에 기뻐하며, 흐뭇한 표정으로 끊임없이 연순에게 음식을 권했다.

연회 내내, 병사들이 계속 살그머니 들어와 조제의 귀에 대고 속삭였다. 보고를 들을 때마다 조제의 안색은 점점 더 보기 딱할 정도로 일그러졌다. 이제 무슨 일이 벌어졌는지 알게 된 관원들도 신중하게 상황을 살피는 가운데, 이책만이 여전히 흠뻑 취해 조제의 옷자락을 잡아끌며 수중의 술을 그의 옷에 쏟고 있었다.

이경 무렵, 이책은 엉망진창으로 취해 탁자 위에 엎드린 채 잠이 들었다. 조제는 연회를 파한 후, 자신은 금궁으로 돌아가지 않고 말을 타고 대전을 빠져나갔다.

연순은 칠흑같이 어두운 광장에서 조제가 떠나는 것을 지켜보며 냉담하게 입 끝을 들어 올렸다.

"순 오라버니."

조순아가 조심스럽게 연순의 옷자락을 잡아끌었다.

"여기는 너무 추워. 순아를 궁까지 바래다주면 안 될까?"

연순은 공손하게 뒤로 물러서서 예를 행했다.

"연순은 술을 이기지 못하여 감히 공주 마마께 폐를 끼칠 수가 없습니다. 공주 마마께서는 스스로 돌아가시지요."

말을 마친 그는 바로 자신의 마차에 올라탔다.

연순의 마차가 천천히 멀어져 가도, 조순아는 여전히 그 자리에 못 박힌 듯 서 있었다. 궁녀들이 그녀에게 외투를 걸쳐 주다가 실수로 땅에 떨어뜨렸다. 눈 덮인 땅에 떨어진 짙은 붉은빛의 외투는 마치 새빨간 혈흔 같았다.

조순아는 눈물을 흘리지 않으려고 고집스럽게 입술을 깨물며 참고 있었다.

"공주 마마?"

유모가 앞으로 다가와 그녀의 작은 손을 잡았다.

"돌아가시지요."

조순아는 유순하게 고개를 끄덕이고는, 유모의 뒤를 따라 한 마디 말도 없이 마차에 올랐다. 그러나 얼굴 위로 차가운 바람이 불어오자, 마침내 참지 못하고 눈물을 흘리기 시작했다. 조순아의 눈물은 그녀의 볼을 타고 흘러내려 눈 덮인 창백한 땅 위로 떨어졌다.

앵가원의 밀실 안, 아정이 남자의 눈을 가리고 있던 검은 천을 벗겨 냈다.

위경이 눈가를 찌푸리더니, 한참 후에야 밝은 빛에 적응한 듯 고개를 들었다.

"연순?"

위경은 냉담한 미소를 짓고 있는 연순을 보자 두 눈을 휘둥그렇게 뜨며, 믿을 수 없다는 듯 큰 소리로 외쳤다.

연순은 느긋한 자세로 의자에 앉아 차를 맛보고 있었다. 그는 위경의 목소리를 듣자 살짝 눈길을 들더니, 연회에서 담소라도 나누는 듯 인사했다.

"위 공자께서 최근 바쁜 일이 많아 오래 만나지 못하였는데, 그간 별고 없었는지."

"정말이지 간덩이가 부었군!"

위경이 대로하여 찢어지는 목소리로 외쳤다.

"내 간덩이야 언제나 작지 않았지. 위 공자도 속으로는 분명히 알고 있었을 텐데?"

"연순, 위씨 문벌은 결코 너를 그대로 놔두지 않을 것이다! 너는 죽어서도 편안히 묻히지 못할 것이다!"

연순은 마치 우스운 농담이라도 들은 듯 쿡쿡 웃었다.

"내가 죽어서 편안히 묻힐지 아닐지는 확신할 수 없지만, 네가 죽어서도 편안히 묻히지 못할 거라는 사실은 확언할 수 있군. 위경, 아직 기억하는지 모르겠다만."

연순이 몸을 살짝 앞으로 내밀었다. 그의 얼굴에 사악하면서도 매력적인 미소가 스쳐 가고, 목소리는 더욱 다정해졌다.

"내가 그때 말했던 것을 말이야. 그날 네가 나를 죽이지 못했으니, 언젠가 너는 나의 칼 아래 죽게 될 거라고 내가 그랬지. 네가 기억하는지 모르겠지만, 네가 내 손가락 하나를 잘랐으니 나는 네 머리를 자를 생각이다."

참혹한 비명이 터져 나왔다. 위경의 손이 사나운 칼날 아래 잘려 땅에 떨어졌다. 손이 잘려 나간 손목에서는 선혈이 낭자하게 흐르고 있었다.

위경의 피 몇 방울이 연순의 손목에 튀었다. 연순은 슬며시 미간을 찌푸리며, 더러운 것이 묻은 듯 손수건으로 힘차게 문질러 닦은 후 수하에게 차갑게 명령했다.

"끌고 나가 베어라."

위경은 최후의 몸부림을 치며 외쳤다.

"연북의 개 주제에! 숙부께서 너를 그냥 놔둘 것 같으냐!"

"숙부? 위광 말인가?"

연순이 냉소했다.

"너희 위씨 문벌은 위광 그가 마치 신이라도 되는 것처럼 떠받들고 있지만, 그는 이미 머리도 제대로 돌아가지 않는 늙은이에 지나지 않아. 지금 그 썩어 빠진 머리로는 누구를 의심해야 하는지도 모를 것이다. 위경, 그것도 모르다니 미련하기 짝이 없군."

연순은 차갑게 위경을 바라보며 혐오스럽다는 듯 나지막하게 말했다.

"나는 본래 한동안 너를 더 살려 둘 생각이었지. 하지만 네 미련함을 도저히 참을 수가 없더군. 내게 가장 소중한 사람을 건드릴 생각을 하다니. 네 주제에 나를 쓰러뜨릴 수 있다고 여겼나? 순진하기는. 너는 언제나 쓸모없는 폐물에 지나지 않았다. 과거에도, 지금도, 그리고 내 원래 계획대로라면 이후로도 그럴 예정이었지. 그러나 네가 미련하게 구는 바람에 너에게 이후의 일을 볼 기회는 이제 없어지고 말았다."

연순은 피 묻은 손수건을 땅에 떨어뜨린 후, 차갑게 몸을 돌려 밖을 향해 걸어가며 외쳤다.

"끌어내!"

위경이 저주하며 울부짖었다. 그러나 연순은 등을 곧게 세운 채, 귀를 틀어막고 듣지 않았다.

연순은 이미 복수의 길을 걷기 시작했다. 과거 그를 모욕했던 자들, 그의 사람들을 상처 입힌 자들은 모두 비참한 대가를 치르게 될 것이다. 이제부터는 그 누구도 연순에게서 그가 사랑하는 이들을 빼앗아 갈 수 없을 것이다. 그는 결코 그렇게 되도록 두지 않을 것이다!

서리처럼 차가운 달에 얼음같이 차가운 바람이 스쳐 갔다. 오늘 밤도 불면의 밤이었다.

다음 날, 진황성 전체가 뒤집혔다. 위씨 문벌의 공자 위경이 누군가에게 기습당해 납치되었고, 1백이 넘는 병마가 몰살당했다. 황성을 지키는 금군이 도착했을 때 흉수는 그림자조차 보이지 않았고, 하룻밤 내내 추격해도 실마리 하나 잡지 못했다. 아마 지금쯤 이미 흉한 일이 벌어졌을 것이다.

금군 하나가 멀리서나마 적이 목합서극의 이름을 이야기하는 것을 들었다고 진술했다. 조정은 목합씨의 남은 잔당을 찾아내느라 혈안이 되었고, 학살이 다시 한 번 시작되었다.

그러나 바로 그 순간 위씨 문벌의 대저택 안에서 위광은 자신이 가장 신임하는 부하에게 서신 한 통을 건네며 당부하고 있었다.

"엽아에게 위씨 문벌의 생사가 경각에 달려 있다고 전하여라. 폐하께서 이미 우리 일가에게 손을 쓰기 시작하셨다. 위씨 문벌이 바로 목합씨 다음이 될지도 모른다."

빠른 말 다섯 마리가 진황성 밖으로 빠져나가 북쪽으로 나는 듯 달려갔다.

연순은 낭하에서 차를 마시다가 아정에게 이 이야기를 들었다. 연순은 웃으며 담담하게 중얼거렸다.

"시끄러워질수록 좋지."

아주 짧은 몇 마디였지만, 아정의 온몸에 오싹한 기운이 일었다. 아정은 연순 곁에서 3년 동안 시중을 들었지만, 최근에야 자신이 연순을 전혀 이해하지 못하고 있었다는 사실을 깨닫고 있었다.

효기영 연무장. 한바탕 벽력같은 환호성이 울리고 있었다. 초교는 명랑하게 웃으며 일곱 발의 화살을 연달아 날렸다. 화살들은 마치 줄에 꿰인 진주알처럼 100보 밖 과녁의 중앙에 하나하나 연이어 꽂혔다.

"초 교두!"

멀리서 전마 한 필이 빠르게 달려왔다. 회갈색 짧은 무복을 입은 젊은 병사가 말에서 뛰어내려 숨을 몰아쉬며 말했다.

"찾아온 분이 계십니다."

"나를?"

초교는 당황하여 활을 내려놓고, 바로 궁수대에서 뛰어내렸다.

"대체 누구지?"

"초 교두!"

한 사내가 명랑하게 웃으며 활을 흔들었다.

"계속 시합을 할 거요, 말 거요?"

"웃옷까지 빼앗기고도 아직도 덤비다니, 조만간 바지까지 내놔야 하겠군!"

초교는 고개를 돌리고 맑은 목소리로 외쳤다. 주변 효기영의 전사들은 큰 소리로 웃으며 초교와 활을 시합하던 사내를 연달아 놀려 댔다. 소식을 전하러 온 병사도 사람들을 따라 새하얀 이를 드러내며 흐흐 웃었다.

"저도 잘 모르겠습니다만, 사례감司禮監 쪽 관원들 같더군요. 사람들이 아주 많습니다."

초교는 미간을 찡그렸다. 대체 누가 찾아온 것일까? 변당의 태자를 때린 일은 별 문제 없을 거라고 연순이 말하지 않았던가. 궁술 교두는 낮은 계급이라, 사례감 같은 곳에서 자신을 찾아올 이유는 아무리 생각해도 없었다.

"일단 가 보사. 가 보면 무슨 일인지 알게 되겠지."

초교는 재빨리 다른 말 위로 뛰어올라, 통신병을 따라 중군이 있는 군영 방향으로 달려갔다.

오늘 효기영은 유난히 시끌벅적해 보였다. 황금빛 용이 수놓인 깃발이 가득한 가운데, 비단옷을 입은 예관들과 아름다운 몸매의 여인들이 커다란 황금 쟁반을 들고 서 있었다. 사례감의 총관들은 의식 때나 입는 화려한 복장을 입고 공손하게 뒤에 서 있었다. 장막 앞에는 휘황찬란한 상자들이 잔뜩 놓여 있는데, 그 안에 대체 얼마나 진귀한 것들이 들어 있을지 모를 지경이었다.

조제가 이마를 찌푸리며 정 부장에게 나지막하게 말했다.

"일곱째는? 어째서 아직도 오지 않는 것인가."

정 부장은 이마에 식은땀을 흘렸다. 지금 대체 무슨 일이 벌어지고 있는지 도무지 알 수가 없었다. 정 부장은 그저 목소리를 죽인 채 답할 수밖에 없었다.

"곧 오실 것입니다. 속하가 이미 사람을 보냈습니다."

"응, 풍경이 아주 좋군요. 원래 이런 군영에는 특별한 경치가 있는 법이지."

옆에서 느긋한 목소리가 들려왔다. 조제는 갑자기 두통을 느끼면서도, 간신히 미소를 지으며 고개를 돌렸다.

"태자 전하, 이번에 제 일곱째 동생을 찾아오신 것이 대체 무엇을 위해서인지요?"

"기다리면 알게 되실 터."

이책은 불과 같은 붉은 금포를 입고 있었다. 금포의 아랫단에는 난새와 봉황*이 용을 희롱하는 그림이 수놓여 있고, 금박

---

* 부부를 상징한다.

이 눈부시게 박혀 있는 데다 좋은 향기마저 풍겼다. 그 위로는 붉은 여우의 가죽 외투를 걸치고 있었고, 두 눈은 도화처럼 사특한 매력이 엿보였다. 그는 추운 날에도 죽어라고 부채를 펼치고 있었는데, 그 의기양양한 모습을 보면 보는 사람이 낯이 뜨거울 지경이었다.

조제는 인내심의 한계를 느끼고 있었다. 이틀 동안 그는 이책을 수행하며 온갖 고통을 겪었다. 성금궁에 마련해 준 숙소에 바람이 통하지 않는다고 불평하기에 저녁 내내 바쁘게 일해 바람을 통하게 해 놓았더니, 그 다음에는 바람이 통해 방이 썰렁하다고 탓했다. 아침에 일어나자마자 성금궁의 궁녀들이 못생겼다며 식사를 거부하기에 가까스로 미색이 뛰어난 궁녀들을 찾아 들여보냈더니, 이번에는 그 궁녀들이 시를 읊을 줄 모른다고 싫다고 하였다. 밥을 한 끼 먹는 데도 백 가지는 트집을 잡더니, 잠시 후 찻잎이 최근 사흘 안에 덖은 차가 아니라고 투덜거렸다. 그러더니 시위들이 신고 다니는 장화 밑바닥에 부드러운 솜을 깔지 않아, 시위들이 외성에서 걸어 다니는 소리가 시끄러워 내성에 있는 자신이 잠을 이루지 못했다고 불평했다. 정말이지 온갖 허튼수작이 무궁무진하게 흘러나왔다.

조제는 생명력의 절반쯤은 빼앗긴 기분이었다. 여러 형제들과 암투를 벌이는 것도 이렇게 힘들지는 않았다. 지금도 이책이 또 무슨 생각을 하는지 도무지 알 수 없는 채로, 그가 요구하는 대로 사람들을 불러 모아 효기영에 온 참이었다.

얼마 전까지만 해도 조제는 이책이 겉으로만 엉성하게 구는 고수가 아닐까 의심하고 있었다. 그러나 지금, 그는 완벽하게 믿고 있었다. 이 녀석은 그저 변태다. 지성이라고 말할 만한 것은 전혀 없는 변태다.

"아이고! 오네, 와, 온다고!"

이책이 갑자기 두 눈을 빛내더니, 조제가 제대로 살펴보기도 전에 그를 잡아끌고 긴장한 듯 물었다.

"오늘 내 차림이 어떻습니까? 나에게서 나는 냄새는 충분히 향기로운지요? 너무 속되지 않은지 모르겠군요. 내 장화를 보시지요. 서북의 묵한 왕이 공물로 바친 극품의 꽃담비 가죽으로 만든 것인데, 그럭저럭 괜찮아 보이지 않습니까?"

조제는 속으로 한숨을 쉬면서도 어쩔 수 없이 계속 고개를 끄덕였다.

"좋습니다, 아주 아름답습니다."

초교가 군영에 들어가자마자 조제의 녹영군이 눈에 들어왔다. 초교는 가볍게 미간을 찡그리며 속으로 근심하기 시작했다. 대체 조제가 무슨 일로 직접 나를 찾아온 것일까? 연순에게 무슨 문제라도 생긴 것은 아니겠지?

그 다음으로 그녀는 인상을 쓴 채 자신을 쳐다보고 있는 사례감 관원들을 발견했다. 도무지 무슨 연유인지는 알 수 없었지만, 초교는 안심했다. 만약 연순에게 문제가 생긴 것이라면 조제는 녹영군만을 이끌고 왔을 것이다. 사례감 관원들이 온 것을 보면, 그녀의 상상처럼 그렇게까지 흉한 일은 아닐 것 같았다.

"말장 초교, 삼가 삼황자님을……."

"하하! 이번에는 어디로 도망치나 보자!"

초교가 조제에게 예를 행하려는데, 불타오르듯 붉은 옷을 입은 남자가 갑자기 등 뒤에서 튀어나와 그녀를 제 품 안에 꽉 끌어안았다.

모든 이가 삽시간에 눈이 휘둥그렇게 커진 채 굳어 버렸다. 그러나 그들이 정신을 차리기도 전에, 초교가 갑자기 공격이라도 받은 작은 짐승처럼 벼락같이 박차고 튀어 올랐다. 그녀는 반쇄수反鎖手의 수법으로 상대방의 손에서 벗어나, 다시 금나수擒拿手의 수법으로 그를 잡아당겼다. 그러자 쿵 소리와 함께, 초교를 기습했던 남자가 바닥에 단단히 처박히고 말았다!

"누구냐?"

초교가 차갑게 소리쳤다.

변당의 황제가 애지중지하는 외아들이 결사적으로 땅에서 고개를 들더니, 여전히 눈웃음을 치며 명랑하게 말하기 시작했다.

"정말이지 씩씩하군. 나야 나, 기억 못하겠어?"

대하의 관원들은 얼이 빠진 채 땅에 엎드려 있는 변당의 태자를 보고, 다시 고개를 돌려 얼굴이 흙빛이 된 삼황자 조제를 보고, 그 다음 다시 아연실색한 소녀 초교를 바라보았다. 모두 정신이 나간 것 같은 표정으로 입도 열지 못하고 있었다.

이에 비해 변당의 사자들은 모두 억울하고 원망스러운 표정이었다. 마치 상황이 이리 될 줄 알았다는 표정이었다.

조제가 가장 먼저 정신을 차리고, 초교에게 큰 소리로 외쳤다.

"대담하구나! 감히 변당의 태자 전하께 무례를 저지르다니,

이 죄를 어찌 감당하려고!"

초교는 여전히 멍한 상태였지만 서둘러 손을 풀었다. 일단 잘
못을 빌어야겠다는 생각뿐이었다. 그러나 이책이 땅 위에서 몸
을 굴려 자리에서 일어나더니, 조제에게 기세등등하게 외쳤다.

"어찌 이리 구십니까! 본 태자가 취하려는 여인이 바로 이
여인입니다. 내가 빙례*도 모두 가져왔단 말입니다. 여봐라, 어
서 올리도록 해라!"

수백 개의 거대한 상자가 초교 앞으로 날라져 왔다. 상자의
뚜껑을 열자 휘황찬란한 빛이 쏟아져 나왔고, 지켜보던 사람들
은 자신도 모르게 경탄했다.

초교는 그 자리에 선 채 멍하니 대하의 관원을 바라보다가,
다시 눈만 멀뚱멀뚱 뜨고 있는 조제 황자를 보고, 또다시 의기
양양한 표정을 짓고 있는 변당의 태자를 바라보았다. 그리고
마지막으로는 울고 싶은 표정으로 얼굴을 찡그렸다.

누구라도 좋으니 말해 줄 수는 없는 걸까. 이게 대체 무슨
상황인지.

대지에 봄이 돌아오고 있었다.

아침 일찍 창을 열어 보니, 바깥에 쌓인 눈이 대부분 녹아

---

* 약혼할 때 신랑 집에서 신부 집에 보내는 예물.

있었다. 호수의 얼음도 녹아 물이 넘치기 시작하고, 꾀꼬리 우는 맑은 소리도 귀에 들렸다.

오늘 연순은 기분이 무척 상쾌했다. 며칠 전, 원수를 막 베어 죽였으니 그럴 만도 했다.

그는 여름 호수의 물빛과 같은 녹색 금포를 입고, 허리춤에는 같은 색의 요대를 느슨하게 차고 있었다. 백옥 같은 얼굴에 차가운 별과 같은 눈, 풍류를 아는 표정, 오늘 그는 영락없이 고귀한 귀공자였다.

그는 호심정에 앉아 차를 마시고 있었다. 곁에 있는 향로에서 향이 그윽하게 피어오르고, 쟁을 연주하는 소리가 멀리 동화원에서 희미하게 들려왔다. 푸른빛 가산과 잘 어울리는 푸른 물, 모든 것이 마치 세상을 초탈한 것 같았다. 사람 사이의 다툼 같은 것은 전혀 존재하지 않는 듯, 그림 속에서 빠져나온 것 같은 풍경이었다.

그는 오랜만에 홀가분하게 한나절을 한가롭게 보내고 있었다. 그러나 오후, 빠른 말 한 필이 성금궁 안으로 들어오자 이드물게 얻은 고요한 분위기가 깨지고 말았다.

"세자 저하."

아정이 시위 몇을 데리고 비지땀을 줄줄 흘리며 정자 안으로 달려와 연순을 불렀다.

"큰일 났습니다."

미풍이 불어와 정자 밖에서 산책하고 있던 연순의 옷자락을 흩날렸다. 연순은 고개를 돌려 냉담하게 아정을 바라보았다.

아정이 우악스럽게 굴어 고즈넉한 분위기가 깨진 것이 불쾌한 듯도 했다.

"무슨 일이기에 이리도 경황없이 구느냐?"

연순의 목소리에는 언제나 태산이 무너져도 초연할 것 같은 기질이 서려 있었다. 아정은 그의 곁에서 오래 시중을 들었지만 연순의 이러한 기질을 전혀 배우지 못해, 아정은 급박한 목소리로 허둥지둥 말했다.

"변당의 태자가 방금 효기영에 가서, 효기영의 궁술 교두를 아내로 맞이하겠다고 선언하였습니다!"

"변당의 태자가 아내를 맞은들, 그게 우리와 무슨 상관이란 말이냐?"

연순은 살짝 눈썹을 치켜세우고, 여유롭게 한마디 던진 후 몸을 돌려 계속 산책하기 시작했다.

아정은 잠시 당황하며 동료들과 얼굴을 마주 보았다. 아정의 마음속에 서서히 거대한 희열이 퍼져 나가기 시작했다.

마침내 세자 저하께서 더 이상 남녀의 정에 얽매이지 않고 대국을 중시하기로 하신 것일까? 저하께서 초 아가씨와 오랜 세월을 함께 보내 서로에 대한 감정이 깊은 것은 누구나 아는 사실인데, 세자 저하께서 초 아가씨의 소식을 들으시고도 이리 냉정하시다니. 대체 얼마만 한 자제력으로 마음을 억누르고 있으신 것인가? 대동의 신념과 이상을 위해, 드디어 저하께서 소중한 무엇인가를 남몰래 포기하신 것일까?

그러나 아정의 희열이 미소로 변해 얼굴에 드러나기도 전에, 갑자기 한바탕 바람이 눈앞을 스쳐 갔다. 유유자적하던 연순이 파랗게 질려 아정의 어깨를 잡고 사납게 흔들어 댔다.

"뭐라고? 어느 궁술 교두 말이냐? 이책이 누구를 맞이한다고?"

아정은 울상을 하고 대답했다.

"효기영 궁술 교두 중에 여자는 단 한 사람뿐입니다."

"빌어먹을!"

"빌어먹을!"

거센 바람이 진황성의 상공 위를 스쳐 갔다. 연순이 분노하는 그 순간, 분노에 찬 목소리가 또 하나 울려 퍼졌다. 조숭이 거처에서 뛰쳐나와 말에 올라타더니, 성 동쪽의 효기영을 향해 질풍같이 달려가기 시작했다.

"변당의 태자 이책?"

제갈부의 매원, 자색 금포를 입은 남자가 보기 좋은 눈썹을 치켜세우고 나지막하게 중얼거렸다.

"그가 또 무슨 엉뚱한 일을 하고 있다더냐?"

주성이 능글거리며 허리를 숙였다.

"도련님, 그는 엉뚱한 일을 하고 있는 것이 아닙니다. 변당의 태자는 대하 황실이 자신과 성아 아가씨의 혼사를 승낙하지 않을까 두려우니 밤을 새워서라도 변당으로 돌아가겠다며, 성아 아가씨를 데리고 성을 나갔답니다. 삼황자님께서 아무리 말려도 듣지 않았다고 하더군요. 삼황자님께서도 억지로 변당의

태자를 막아설 수 없으니, 일단 사람을 궁으로 보내 보고만 올
렸다고 합니다."

제갈월이 미간을 찌푸리더니, 갑자기 몸을 일으켜 외투를
입고 밖으로 향했다.

"도련님, 어디 가시는지요?"

"구경하러 간다."

제갈월은 냉담한 목소리로 대답했다. 그리고 눈 깜빡할 사
이에 제갈월의 준마가 길게 우는 소리가 들리고, 말발굽 소리
가 매원의 고요함을 깨트리기 시작했다.

연순 등이 말을 달려 효기영으로 향하고 있을 때, 변당 태자
의 마차는 이미 군영을 떠나 곧장 성문 방향으로 향하고 있었다.

이책은 마치 여우처럼 눈을 가늘게 뜨고 웃고 있었다. 그러
나 눈가는 아직도 파랗게 멍이 들어 있어 풍류 공자의 분위기
를 조금쯤은 깎아 내고 있었다.

초교는 꽁꽁 묶인 채 마차 구석에 앉아 있었는데, 이책의 눈
길을 느낄 때마다 온몸의 털이 곤두설 정도였다. 그녀는 오싹
한 나머지 얼굴이 흙빛으로 질려 있었지만, 겉으로는 계속 공
손하게 이야기할 수밖에 없었다.

"태자 전하, 그날 초교가 태자 전하의 신분을 알지 못해 큰
결례를 범했습니다. 전하께서 대인의 풍모로 소인을 너무 책망
하지 말아 주시지요."

이책은 나른하게 웃으며 엉뚱한 말을 했다.

"네 이름이 본래 초교로구나. 내가 너를 소교라 부르는 것이 좋을까? 아니면 교아는 어떠하냐?"

초교는 온몸에 소름이 끼쳤지만 여전히 공손하게 대답했다.

"초교의 신분은 비천합니다. 전하께서 기억하시기에 부족한 천한 이름입니다."

"그럼 내가 너를 교교라 부르면 어떨까? 교교라고 하면 뭔가 친근한 느낌이 드니까."

초교의 인내심은 점차 바닥을 드러내고 있었다. 그녀가 미간을 찌푸리며 말했다.

"만약 그날 초교가 전하께 죄를 범한 것 때문에 오늘 전하께서 이러한 행동을 하시는 것이라면, 초교는 달갑게 징벌을 받겠습니다."

이책은 듣는 둥 마는 둥, 여전히 웃으며 말했다.

"가문에 또 누가 있느냐? 부모께서는 아직 살아 계신가?"

"전하, 무슨 일을 하고 싶으시든 무방하오니 직접 말씀해 주시지요. 초교는 일개 평민이니, 전하의 이런 보살핌을 받아들일 수 없습니다."

"생일은 언제냐? 올해 몇 살이지? 나는 7월에 태어났다. 올해 스물하나지."

"전하, 대체 무엇을 하고 싶으신 것이지요? 우리가 정상적으로 대화를 나눌 수는 없는지요?"

"고향은 어디지? 얼굴이 이리 예쁜 걸 보면…… 좋은 환경에서 미인이 나오는 법인데, 북쪽은 아니겠구나. 오히려 우리 남쪽의 여자들 같아. 네 부친은 너에게 어디라 알려 주더냐?"

"전하!"

"화를 내는 것조차 이렇게 예쁘다니, 정말이지 내가 안목이 있다!"

……

반 시진 후, 초교는 다시 이책과 대화를 시도했다. 그녀는 열심히 자신의 분노를 억누르고, 진지하게 물었다.

"태자 전하, 대체 제 어디가 마음에 드시는지요?"

이책이 부드럽게 미소 지었다.

"네 모든 것이 다 좋다."

초교는 할 말을 잃고 고개만 저었다.

"말을 바꾸겠습니다. 전하께서는 저를 이용해 무엇을 하고 싶으십니까? 전하께서 대하의 공주 마마를 맞아들이고 싶지 않으셔서 이러시는 거라면, 다른 방법이 많이 있습니다. 저를 꼭 구실로 삼지 않으셔도 됩니다. 저는 일개 서민일 뿐이고, 별다른 이용 가치가 없습니다."

"교교."

이책이 미간을 찌푸리며 당혹스럽다는 듯 말했다.

"나는 너를 보자마자 온 마음을 다 주었건만, 네가 이리 나를 오해하다니, 정말 마음이 아프구나."

당신 마음이 아프다니, 그게 더 괴상한 일이지!

초교는 정상적인 사람과 대화하는 일이 무척 즐거운 일이라는 사실을 깨달았다. 설사 그 상대가 적이라 해도. 최소한 지금처럼 피아의 구분도 없고, 상대의 태도조차 파악할 수 없는 상황은 아닐 테니 말이다.

초교는 천천히 한숨을 토해 냈다. 이책의 입을 통해 무언가를 알아내겠다는 사치스러운 바람을 포기하고, 마차의 벽에 조용히 기댔다. 그녀는 눈도 뜨고 싶지 않았다.

"교교."

이책이 미소 지으며 앞으로 다가왔다. 그는 경박한 어조로, 뭐라 표현하기 어려운 사악한 목소리로 유혹하듯 말했다.

"내 손이 차다."

잠시 후, 쿵 하는 소리와 함께 이책 태자가 가죽 공이라도 된 것처럼 마차 밖으로 튕겨 나와, 수많은 변당의 사자와 대하의 시위들 머리 위를 날아, 머리를 아래로 향한 채 바닥으로 떨어졌다.

"누구냐?"

"아! 태자 전하!"

"자객이다! 전하를 보호하라!"

여러 사람의 외침 소리가 즉시 울려 퍼졌다. 조제는 눈썹을 치켜세우며 허리춤의 장검을 뽑아 들었다. 며칠 전 위경이 실종된 후 안 그래도 계속 신경을 곤두세우고 있던 참이었다. 조제는 주위의 시종들을 불러 그 터무니없이 커다란 마차를 포위하도록 명령했다.

"오해야, 오해!"

이책은 '아이고' 소리를 내면서 낭패한 몰골로 일어나 비틀거리며 마차를 향해 달려오더니, 칼을 뽑고 활을 당기고 있는 사람들 앞을 막아서서 재빨리 말했다.

"내가 조심하지 않아서 그래, 내가 제대로 앉아 있지 않아서. 별일 아냐, 별일 아니라고."

사람들은 서로의 얼굴을 바라보며 아무 말도 하지 못했다. 마차 안은 계속 고요했고, 그들은 대체 무어라 말해야 좋을지 알 수 없어 했다.

제대로 앉아 있지 않았다고? 이책의 마차는 사람이 걷는 속도보다도 느리게 움직이고 있었다. 대체 어떻게 앉아 있으면 저 안에서 튕겨 나올 수 있다는 말인가?

"괜찮으니까 다들 긴장하지 말라고."

이책은 옷자락을 걷어 올리고 마차에 오르며 사람들에게 연이어 손도 흔들어 주었다.

조제는 거의 정신이 붕괴되기 직전이었다. 이 이랬다저랬다 하는 태자 때문에 심신이 모두 지쳐 버리고 말았다. 황궁으로 보낸 자는 아직 회신을 가져오지 않았고, 눈앞에 성문이 보였다. 정말 이 미래의 변당 황제가 연북의 노비를 아내로 맞이하도록 이대로 보내야 하는가?

마차 안으로 들어온 이책은 발을 내린 후 고통으로 얼굴을 일그러뜨리면서 한편에 앉아 있는 초교를 흘깃거리더니, 입술을 삐죽이며 말했다.

"교교는 정말이지 너무 마음도 독하고 손도 매워. 미래의 남편에게 이렇게 대하다니, 언젠가는 인과응보를 치를 거라고."

초교는 차갑게 그를 바라보며 나지막하게 말했다.

"남녀가 유별하니, 전하께서는 자중하시지요."

"교교, 나에게 약을 발라 줘."

이책은 가련한 표정으로 옥처럼 새하얀 자기 병을 앞으로 내밀면서, 피가 배어 나오는 팔을 내밀었다.

초교는 눈썹을 치켜세우며 아무 동작도 하지 않았다.

"다 널 위해 이러는 거라고."

이책이 말했다.

"만약 다른 사람이 내가 또 상처 입은 것을 보면, 너는 분명 곤욕을 치르게 될걸."

초교는 한숨을 쉬며 한 손으로 약병을 빼앗아, 거칠게 그의 팔을 잡아당기고는 약을 쏟아부었다.

이책은 즉시 비명을 질렀다. 밖에 있던 조제 등은 안에서 들려오는 처량한 울부짖음을 듣고 얼굴이 점점 더 파랗게 질렸다.

파란 하늘이 맑게 갠 날이었다. 공기는 상쾌하고 오후의 햇볕은 따뜻한 데다 새들은 공중에서 자유롭게 노닐고 있었다. 이책의 행렬이 지나가는 길 양편으로 미처 몸을 피하지 못한 백성들이 고개를 조아리며 무릎을 꿇고 있다가, 마차 속에서 비명 소리가 들려올 때마다 궁금증을 이기지 못하고 슬며시 눈길을 들어 보곤 했다.

제11장 살수를 쓰기 어려워라

광활한 목초지에 푸릇푸릇한 기운이 매우 아름다웠다. 이책은 커다란 모란을 송이송이 수놓은 붉은 장포로 갈아입었다. 모란의 자수가 좀 속되어 보이기는 했지만 뜻밖에도 그에게는 꽤 어울렸다.

이책은 흰색 준마를 타고 있었다. 말의 목에는 자줏빛 장미 조화 한 묶음이 걸려 있었는데, 바로 신부를 맞이하러 가는 신랑의 모양새였다. 그는 한 손에 고삐를, 또 한 손에 장검을 쥔 채 조제에게 말했다.

"이제 돌아가셔도 좋습니다. 대하 황제 폐하께 환대에 매우 감사드린다고 전해 주시지요. 우리, 인연이 있으면 다시 만나게 되겠지요."

조제는 그저 오열하고 싶은 기분이었다. 그러나 할 수 있는 일은 아무것도 없었다. 방금 조제가 하룻밤만 더 쉬어 가라는 말을 꺼내자, 이책이 보검을 꺼내 그의 머리를 베겠다고 달려들었던 것이다. 곁에 있던 시위들이 기민하게 반응하여 상황을 정리하지 않았다면, 자신이야말로 분노를 참지 못하고 이책의 머리를 이미 박살냈을 것이다. 조제의 고통은 이미 언어로는 표현할 수 없는 경지에 이르고 말았다. 그는 멀어져 가는 이책의 뒷모습을 애통한 눈빛으로 바라보며 그저 하늘만 원망할 뿐이었다.

조제와 마찬가지로, 초교 역시 매우 고통스러운 상태였다. 이 상식을 벗어나는 태자를 해결하는 가장 훌륭한 방식은 저자의 목을 꺾어 버린 후 저 시끄러운 입을 철저하게 막아 버리는 것이 아닐까?

그러나 지금 그런 방식을 쓸 수는 없었다. 사태가 너무 기이하게 진전된 나머지, 그녀가 제어할 수 있는 범위를 한참 벗어나 버린 것이다. 초교로서는 조용히 기다리는 수밖에 없었다. 대하의 황제는 초교를 죽이는 한이 있어도, 이책이 연북의 노비를 태자비로 삼게 흐지부지 내버려 둘 사람이 아니었다.

"교교, 기분이 어때? 드디어 성을 빠져나왔어."

이책은 싱글거리며 그녀를 바라보았다. 그의 눈길은 초교를 유혹하려고 애쓰고 있었다.

"나랑 함께 가는 거야. 네가 상상도 못할 정도의 부귀영화를 누리게 해 줄게. 다 입지도 못할 능라며 주단도 네 앞에 쌓아 줄 거야. 연순이 너에게 줄 수 있는 것 정도는 나도 다 줄 수 있고, 나는 연순이 줄 수 없는 것도 줄 수 있어. 너는 더 이상 허리를 굽히거나 무릎을 꿇을 필요도 없고, 남에게 의지할 필요도 없을 거야. 생각해 봐. 얼마나 좋을지."

"전하께서도 이대로 변당으로 갈 수 없다는 것을 아실 텐데요."

이책이 새하얀 이를 드러내며 빙긋 웃었다.

"내가 변당으로 가지 못할 것을 네가 어떻게 알지?"

초교가 냉랭하게 웃었다.

"이대로 가실 거라면, 전하께서는 이번에 오실 필요도 없었을 테니까요."

그녀는 예리한 눈길로 이책을 주시하며 물었다.

"대체 어떤 음모를 꾸미고 계신 건가요?"

이책이, 코끝이 그녀의 얼굴에 닿을 정도로 가깝게 다가왔다.

"내 음모는, 너를 데리고 돌아가는 거야. 연순, 조가의 일곱째, 그리고 조가의 열셋째가 화가 나 죽게 만들려는 생각이지."

갑자기 초교의 몸에서 힘이 쭉 빠졌다. 이책의 얼굴을 보니 무슨 말을 하든 다 쓸모없을 것 같다는 생각이 들었다.

"전하, 전하께서 연기를 하고 계신 거라면, 다른 계획을 위해 일부러 이런 혼란을 만들고 계신 것이겠지요. 전하는 정말 무서운 분이시군요."

이책이 의기양양하게 웃었다.

"본 태자가 다른 계획이 있어 진황성까지 와서 일부러 혼란을 만들고 있는 것이라 쳐도, 네가 보는 내 모습은 진짜라고.

본 태자는 어떤 상황에서도 똑같이 풍류를 즐기고, 품위 있고 호방하게 행동하니까."

초교는 어쩔 수 없이 한숨을 내쉬었다. 그러나 바로 그때, 갑자기 강렬한 불안감이 솟구쳤다. 그녀는 재빨리 몸을 일으켜 이책의 몸에 부딪쳐 그를 넘어뜨렸다.

"교교! 너는 몸을 맡길 때도 이렇게 거친 거야? 너는⋯⋯."

"제발 입 다물고, 포승이나 풀어 줘요!"

"안 돼. 그럼 도망칠 테니까."

초교가 분노의 비명을 질렀다. 거의 동시에, 날카로운 화살이 빽빽하게 쏟아졌다. 멀리 높은 비탈에서 갑자기 셀 수 없이 많은 사람들이 나타났다. 사람마다 모두 손에 활을 들고 있고, 시위를 당기는 소리가 끊이지 않았다.

전방에 있던 시위 10여 명이 바로 화살에 빽빽하게 맞아 말 아래로 떨어졌고, 주인을 잃은 전마는 슬프게 울부짖었다. 초교는 이책을 잡아끌고 옆으로 굴러 그 백마의 거대한 몸 뒤로 숨었다. 초교가 방패로 삼은 백마의 시체에 셀 수 없이 많은 화살들이 꽂혔다. 그런데 화살촉이 짙푸른 빛을 내고 있었다. 한눈에도 독액에 담갔던 것을 알 수 있었다.

"이것도 전하께서 세우신 다른 계획은 아니겠지요?"

초교가 소리쳤다. 이책이 멍한 눈빛으로 이해할 수 없다는 듯 소리쳤다.

"내가 사람을 시켜 나 자신을 쏘라고 했다는 말이냐?"

"빌어먹을!"

사방에서 고함 소리가 들려왔다. 높디높은 비탈 위에, 어디서 나타났는지 모를 수많은 적들이 갑자기 튀어나왔다. 그들은 모두 커다란 칼을 등에 진 채 고함을 지르며 달려 나왔다.

"전하를 보호하라!"

이책의 시위인 철유가 큰 소리로 외치며 친위대 몇 명을 이끌고 앞으로 달려 나갔다. 초교는 민첩하게 제 손을 묶고 있던 포승을 푼 후, 검을 휘둘러 날아오는 화살을 막아 냈다. 그러다가 이책이 자신 뒤에 그저 멍하니 있는 것을 보고 갑자기 화가 나서 외쳤다.

"전하께서는 무예를 익히지 않으셨나요?"

이책은 고개를 끄덕였다.

"교교, 네가 나를 지켜 줘야 해."

"바보 같으니!"

초교는 갑자기 분노가 치밀어 그의 무릎을 발로 찼다. 이책은 '아이고' 소리를 내며 쓰러졌고, 덕분에 마침 날아오던 화살을 피할 수 있었다.

"허둥거리지 말아요. 앞에서 적을 상대하고, 중앙에서 활을 쏘아 엄호하고, 후방에 있는 사람들은 말을 끌어와요. 언제라도 포위를 뚫으면 도망칠 수 있도록!"

초교는 활을 잡고 뛰면서 맹렬하게 반격했다. 그녀가 쏘는 화살은 마치 눈이라도 달린 것처럼 허투루 날아가는 것이 없었다. 화살 한 대가 날아갈 때마다 처절한 비명 소리가 그 뒤를 이어 울려 퍼졌다.

사방팔방 고함 소리로 가득 차 있었다. 화살은 높이 치솟고, 고함 소리가 하늘을 진동시켰다. 상대 인마는 밀물처럼 끊이지 않고 솟아올랐는데, 수천은 되는 것 같았다. 그러나 이책의 시위는 겨우 1백도 남아 있지 않았다. 게다가 모두 상처를 입어 전투가 불가능한 상황이었다.

다행히도 멀지 않은 곳에 무성한 밀림이 보였다. 초교는 이책을 끌고 비틀거리며 뛰면서 외쳤다.

"숲 속으로 도망쳐!"

앞에서 사나운 칼날이 덮쳐 왔다. 이책은 공포에 질려 비명을 질렀고, 초교는 날듯이 달려가 상대의 하반신을 발로 걷어찼다. 돼지 멱따는 비명 소리가 울려 퍼졌다. 그러나 초교는 상대가 비명을 오래 지를 틈도 주지 않았다. 그녀가 검을 휘두르자 남자의 머리 절반이 단칼에 날아갔다.

선혈이 이책의 몸 전체에 튀었다. 이책은 당황하더니, 옷자락 속에서 비단 손수건을 꺼내 옷에 묻은 피를 닦기 시작했다.

"바보! 지금이 그럴 때야?"

초교가 그의 손을 잡아끌고 밀림으로 들어갔다. 무성한 나무들이 뒤에서 비처럼 쏟아지는 화살을 어느 정도는 막아 주었다. 적들은 바로 활을 내버려 두고 칼을 휘두르며 뒤를 쫓아왔다.

사방이 모두 적이었다. 그러나 초교의 검이 지나는 곳마다 장애물은 사라졌다. 그녀는 이책을 끌고 맨 앞에서 도망치고 있었고, 철유 등이 뒤에서 엄호하고 있었다. 이때 남은 이는 채 오십도 되지 않았고, 그나마 모두 피투성이였다.

초교는 계속 자신들을 둘러싼 포위망의 허점을 찾기 위해 곁눈질하며, 연이어 예닐곱 명을 죽였다. 두 번의 생에 걸쳐 무예를 수련한 결과, 그녀는 이 밀림 속에서 화려하게 활약하고 있었다. 그녀의 몸은 비록 작았지만, 오히려 덕분에 지형을 이용하기 편리했다. 초교는 밀림 속을 누비며 마주치는 이를 모두 죽여 버렸다.

"교교! 교교!"

갑자기 이책이 큰 소리로 외쳤다. 한 사내가 칼을 휘두르며 그에게 접근하고 있었다. 철유가 온몸에 피를 뒤집어쓴 채 곧 쓰러질 듯한 자세로 막아 내고 있었지만, 오래 버티기는 힘들어 보였다.

초교는 몸을 날려 뛰어올라 사내의 어깨를 걷어차고, 공중에서 검을 내리그었다. 파월검이 용의 신음과 같은 울음소리를 내며 사내의 뺨을 따라 어깨까지 갈랐다. 사내는 참혹한 비명을 지르며 땅 위에 쓰러졌다. 그의 두개골은 이미 조각나고, 선혈이 흐르고 있었다.

왼쪽 어깨에 불에 덴 듯한 통증이 밀려왔다. 어느새 다른 사내가 초교를 기습한 것이었다. 초교는 당황하지 않고 재빨리 옆구리에 숨기고 있던 비수를 꺼내 자신을 기습한 자의 눈을 찔렀다. 그리고 오른 손목을 떨쳐 오른쪽에서 기습해 오는 장창 하나를 막아 냈다. 상대가 비틀거리며 뒤로 물러서는 틈을 타서 몸을 날려, 오른 다리로 남자의 머리 위를 연달아 찬 후 보검으로 남자의 명치끝을 찔렀다.

"교교!"

이책이 대경실색하여 앞으로 나와 그녀를 끌어안았다.

"다쳤구나!"

"신경 쓰지 마! 철유, 당신 주군을 데리고 서쪽으로 뛰어!"

"싫어! 너를 두고 갈 수 없어!"

이책은 고집스럽게 말하더니 땅 위에 떨어진 장검을 주워들고 제법 그럴싸하게 몇 번 휘두르더니 활기차게 외쳤다.

"이 나쁜 놈들! 어서 오너라!"

그러나 이책의 장검은 적을 찌르기도 전에 먼저 제 소매를 그었고, 그는 검을 땅에 떨어뜨렸다.

"미련하긴!"

초교는 화를 내며 그의 손을 잡고 철유 등에게 큰 소리로 외쳤다.

"따라와요!"

파월검의 검망은 예리하기 짝이 없었다. 초교가 검을 휘두르자 앞에서 덮쳐 오던 적의 보검이 부러지고 말았다. 적은 당황하다가 뒤에서 달려온 철유의 칼에 맞아 땅에 쓰러졌다.

초교는 적의 시체를 밟으며 빠르게 달렸다. 모두 그녀를 따라 높은 비탈로 올라갔다. 절벽 아래로 세차게 흐르는 물살이 보였다. 파도가 연이어 일어나고, 물 안에 살얼음도 살짝 비치고 있었다. 녹기 시작한 강물이었다.

"뛰어내려!"

초교가 또 한 명의 자객 배를 발로 차며 모두에게 큰 소리로 외쳤다.

"아?"

이책은 초교 뒤에서 목을 내밀어 아래를 내려다보더니 미간을 찌푸리며 말했다.

"교교, 그럼 얼어 죽을 거야!"

"당신을 죽일 생각이면 여기 남으라고 했겠지!"

이책은 머뭇거리며 높은 비탈 위에 서 있었다. 몇 번이나 망설이면서도 결심을 하지 못하는 모양이었다. 그때 갑자기 한 남자가 높은 비탈 아래에서 칼을 휘두르며 달려왔고, 옆에서도 초교를 기습해 오는 이가 있었다.

높은 지위에서 호화로운 삶을 누리던 변당 태자가 갑자기 어디서 용기가 난 것인지, 커다란 돌을 집어 들더니 그 남자의 머리를 내려쳤다. 그 남자는 그저 소리만 한번 지르더니 삽시간에 머리가 깨진 채 피를 흘리며, 호리병처럼 아래로 데굴데굴 굴러떨어졌다.

"하하!"

이책은 자신의 공격이 성공하자 의기양양하여 계속 돌을 들어 적을 막았다. 시위들도 잇달아 태자의 행동을 따라 했고, 일순간이나마 적들의 기세가 좀 꺾인 것 같았다.

"어서 가요!"

초교가 몸을 돌려 신나게 사람들을 때리고 있는 이책을 끌어안고 산비탈 아래로 굴렀다. 풍덩 소리와 함께, 사람들이 잇달아 물속으로 뛰어들었다. 뼈를 에는 듯한 차가움이 삽시간에 엄습해 왔다. 초교와 이책은 함께 물 아래 깊은 곳으로 빠져들었다.

초교는 이책을 잡은 채 빠르게 위로 헤엄쳤다. 그러나 아무리 노력해도 몸이 위로 떠오르지 않았다. 아래를 내려다본 초교는 화가 치밀어 올랐다. 이책이 두 손을 가슴 앞으로 모으고, 마치 황금 덩어리라도 되는 것처럼 커다란 바위를 끌어안고 있었다.

초교는 바로 그의 등을 주먹으로 내려치고 바위를 빼앗아 던져 버렸다. 그러나 다시 위로 떠오를 시간도 없이, 한바탕 화살비가 맹렬하게 쏟아졌다. 참혹한 비명이 연이어 들려오더니, 철유 등이 화살을 맞고 물 아래로 가라앉는 것이 보였다.

'어리석은 자에게는 어리석은 자의 복이 있다더니.'

초교는 이책을 잡고 잠수한 상태로 헤엄치기 시작했다. 물살이 매우 빨랐기 때문에, 한참 후 두 사람이 얼굴을 내밀었을 때, 적들은 여전히 쫓아오고 있긴 했지만 이미 꽤 멀리 떨어져 있었다.

초교의 어깨는 피로 물들어 있었고, 입술도 파랗게 질려 있었다. 그녀는 체력이 다해 가는 것을 느꼈다.

"교교, 교교?"

이책의 목소리가 어렴풋하게 들렸다. 초교는 있는 힘을 다해 고개를 돌렸다. 이책이 힘겹게 물살을 가르며 그녀에게 나지막하게 말했다.

"버텨야 해. 곧 위험에서 벗어날 수 있을 거야."

이책이 처음으로 진지하게 그녀에게 말하고 있었다. 그의 얼굴도 추위로 파랗게 질리고, 입술도 혈색 없이 창백했다. 그의 두 눈에 평소의 장난기는 전혀 보이지 않았고, 아예 다른 사람처럼 진지해 보였다.

초교는 그에게 말을 걸고 싶었다. 그러나 입을 열어도 말이 입 밖으로 나오지 않았다. 얼어붙은 온몸이 계속 와들와들 떨렸고, 피를 너무 많이 흘린 나머지 전신에 힘이 없었다.

강물은 피로 검붉게 물들고, 적들의 고함 소리가 끊임없이 들려왔다. 먼 곳 산봉우리에 봉화가 올라가는 것이 보였다. 아마 오늘 그들은 성문을 나선 후 어느 방향으로 가든 악랄한 적을 만나기로 되어 있었던 것 같았다. 적들의 수는 상상하기 어려울 정도로 많았다.

시위들의 목소리는 하나도 들리지 않고 그저 거센 물소리만 들렸다. 하늘은 점차 어두워 가고, 얼음처럼 차가운 강물이 뼈를 에어 왔다. 물살이 갑자기 빨라지더니 눈앞에 폭포가 보였다. 하늘과 땅이 빙빙 도는 것 같은 그 순간, 이책이 힘차게 초교를 끌어안았다. 두 사람은 함께 높은 공중에서 아래로 떨어졌다.

연순이 지형도를 모으며 부하들에게 당부했다.

"임무를 행할 때 중요한 것은 두 가지뿐이다. 첫째, 아초를 구출할 것. 둘째, 신분을 드러내지 말 것. 만약 사로잡힌다면 어떻게 행동해야 할지 알 것이라 믿는다."

아정 등이 고개를 끄덕였다.

"잘 알고 있습니다."

"그럼 이만 가 보도록."

모두 소리 높여 대답하고, 각자 인마를 이끌고 조용히 떠났다.

아정이 연순의 곁을 호위하며 조심스럽게 물었다.

"주군, 변당의 태자를 기습한 것이 누구인지 아십니까?"

연순은 고개를 저었다.

"모른다. 의심이 가는 인물은 많은데 정보가 너무 부족해. 어쨌든 그건 중요하지 않아. 이책이 죽는다면, 대하와 변당은 전쟁을 벌이게 되어 있다. 그렇게 되면 우리에게 이로운 점이 백 가지는 있겠지. 불리한 점은 하나도 없고. 같은 목표를 이룰 수만 있다면 우리가 누구를 돕든 무방하지 않느냐. 그리고 이책이 지금 아초와 함께 있다면……. 이책은 아마 이미 죽었을 것이다."

말을 마친 그는 입가에 보일 듯 말 듯 미소를 띤 채, 고개를 들고 가볍게 말했다.

"하늘조차 나를 도우시는군."

산야나 밀림 속을 행군하는 일에는 숙달되어 있었지만, 사방에서 추격자들이 횃불을 들고 쫓아오고 있었다. 초교와 이책에게는 잠시 쉴 여유도 없었고, 도망칠 길을 선택할 수도 없었다. 추격자들은 원혼들처럼 사납게 꼬리를 물고 있었고, 초교와 이책은 그저 무성한 밀림 깊은 곳으로 들어가거나 높고 험한 고개를 어렵게 넘어 달아나는 수밖에 없었다.

어두운 밤이 되어서야 그들은 겨우 추격자를 잠시나마 떨쳐 냈다. 그러나 그들도 길을 잃어, 진황성이 어느 방향인지 전혀 판별할 수 없었다.

밤안개는 차갑게 내려앉고, 저녁 무렵에 비도 약간 내려 기온이 급속도로 내려갔다. 그들은 사람들에게 발각당할까 봐 불을 피울 엄두도 내지 못했다. 초교와 이책은 밀림 속 낮은 나무 덤불 속에 앉아 있었다.

초교의 상처 여러 곳에서 끊임없이 피가 흘렀다. 화살을 맞은 어깨의 상처가 특히 심해, 팔을 약간만 움직여도 참을 수 없을 만큼 고통스러웠다. 초교는 그저 땅에 쓰러져 자고 싶은 생각뿐이었다. 피를 너무 많이 흘린 나머지 무력했고, 온몸의 뼈가 허물어지는 것만 같았다.

그러나 그녀는 알고 있었다. 지금 쓰러진다면, 아마 다시는 눈을 뜰 기회가 없을 것이다. 도망쳐야 했다.

"교교?"

이책이 그녀에게 외투를 덮어 주었다. 초교가 인상을 쓰며 고개를 들어 보니, 이책이 곁에 쭈그리고 앉아 여전히 싱글거리고 있었다.

"내 옷은 다 말랐어."

좋은 향기를 풍기던 이책의 옷은 이미 엉망이 되어 있었다. 강물에 한나절은 잠겨 있었던 데다, 숲 속에서 도망치다 보니 구겨지다 못해 낡은 헝겊조각 같았다. 붉은 옷에 가득한 검붉은 흔적은 대체 어느 운 나쁜 살수의 피인지 궁금할 정도였다.

초교가 살며시 움직이자 어깨에서 다시 피가 배어 나왔다. 이책이 깜짝 놀라, 창백한 얼굴에서 웃음기를 지우고 허겁지겁 그녀의 상처를 눌렀다.

"또 피가 나오는데, 어쩌지?"

"괜찮아요."

초교는 미간을 찌푸리며 옷자락을 찢어 상처를 엉성하게 싸맨 후 나지막하게 말했다.

"일단 앉아요."

"아?"

이책은 눈을 휘둥그렇게 뜨고 이해할 수 없다는 듯 물었다.

"일단 앉으라고!"

초교는 인내심을 잃은 채 인상을 썼다. 목소리에는 힘이 없었지만, 기세만은 대단했다.

"시간이 별로 없다고요. 어떻게든 조금이라도 더 쉬어야 해."

"오."

이책은 온순하게 자리에 앉아 생각하다가 갑자기 물었다.

"교교, 저들이 누구인지 혹시 알아?"

"전하, 계속 떠들 힘이 남아 있으시면 혼자 몇 발짝이라도 더 달아나세요. 다시 한 번 내 휴식을 방해하면 전하를 죽여 버릴 테니까요. 그렇게 되면 전하께서 제 발목을 잡을 일도 없겠지요."

변당의 태자는 겁에 질려 늦가을 매미처럼 아무 말도 하지 못하고 목을 움츠렸다.

초교도 당연히 이게 누구의 짓인지 알고 싶었다. 그러나 짐작 가는 곳이 너무 많은 데 비해 실마리는 하나도 없었다.

이책이 진황성 밖에서 암살당한다면 대하와 변당의 전쟁은 피할 수 없을 것이다. 두 대국이 전쟁을 시작하는 경우 일단 이 익을 얻을 수 있는 곳은 동쪽 연해에 있는 회송과 남쪽 변경에 위치하고 있는 대황大荒, 그리고 서북 변경의 견용이었다. 특히 회송은 상업과 무역이 번창한 데다 양식을 저장해 둔 것이 많 으니, 대하와 변당 모두 자신의 편으로 끌어들이려 할 것이다. 그렇게 되면 회송 역시 군사 약국에서 일약 강력한 힘을 가진 국가가 될 것이다.

변당 내부 정세를 살펴보면, 이책의 죽음과 동시에 변당 황 실에는 후계자가 없어진다. 즉, 변당 황실의 방계 혈족까지 모 두 변당의 황제 자리에 즉위할 기회를 얻게 되는 것이니, 변당 황제의 형제들은 제위 계승인이 되려고 하거나, 변당의 광활한 영토를 나누어 가지려 할 것이다.

대하 입장에서 보자면, 일단 이 일을 저지를 실력이 있는 이 들이 있었다. 대하 황실을 제외하더라도 각 세가들은 이 정도 의 인원을 동원할 수 있었다. 지금 목합씨가 멸족당하고, 연순 이 차도살인의 계책으로 목합서풍과 위경을 제거하였지만, 결 국 각 세가는 순망치한의 관계였다. 대하의 정권은 황실의 힘 과 세가의 세력이 균형을 이루었기 때문에 안정되어 있었다. 황실과 세가 중 한쪽이 너무 무거워져 버리면, 필연적으로 피비린내 나는 정변이 일어나지 않을 수 없었다.

위광, 제갈목청 등은 치밀하고도 교활한 자들이었다. 겉으로는 목합씨의 멸족 이후 가문이 번성하고 있는 것 같아 보이지만, 그들이 그 안에 도사리고 있는 위기를 보지 못할 리 없었다. 대하가 변당과 전쟁을 치르려면, 황제는 세가의 세력에 기댈 수밖에 없었다. 그들이라면 어떻게든 전쟁을 일으켜, 그 기회에 황실로 넘어간 병권을 회수하려 할 수도 있었다.

그러나 이 모든 상황은 초교가 걱정하는 상황이 아니었다. 그녀가 걱정하는 것은 이 일을 연순이 주도했을 경우, 혹은 대동회가 주동했을 경우였다. 그렇다면 그녀에게는 상당히 난처한 상황인 것이다.

진황성에서 연순의 실력을 진정으로 아는 이는 초교뿐이었다. 연순 입장에서는 이책을 제거하는 것은 아주 좋은 전략이었다. 이책이 죽으면 진황성에 혼란이 벌어지고, 황실과 세가 사이의 신뢰도 깨질 것이다. 변당과 대하가 전쟁을 시작하면, 회송과 대황도 기회를 틈타 일을 벌일 가능성이 높았다. 그때 견융마저 일어난다면, 서몽 대륙 전체가 전란에 빠져들 것이다. 그렇게 되면 대하의 황제는 연순에게 손을 쓰기 어려워질 것이고, 심지어 연북의 병력에 기대 북방의 견융을 상대하고자 할 가능성도 있었다. 그렇게 되면 연순은 순식간에 불패의 자리에 서서 주도권을 얻어 낼 것이다.

연순이 정말로 이 일을 벌였다면, 그녀는 어떻게 해야 하는 걸까? 초교는 문득 자신이 이책을 죽여야 하는 것은 아닌지 고민하기 시작했다. 다시 한 번 우연을 빙자해 교묘하게 재앙을 불러들이고, 각 세가를 혼란에 빠트려야 하는 것은 아닌가. 연순이 벌인 일이 아니라 해도, 이 상황이 연북에 유리하다는 것을 깨달은 이상, 상대의 계교를 역이용하고 추세에 따라 행동해야 하는 것은 아닐까.

초교는 특공대원의 수칙을 기억하고 있었다. 특공대원은 어떤 경우에도 대국적인 견지에서 상황을 살피고, 어떤 대가를 치르더라도 최대한 자신의 편에 이익이 되는 선택을 해야 했다.

초교는 천천히 주먹을 쥐었다. 옆구리의 비수는 차가운 빛을 발하고 있었다. 그녀는 자신이 혼절했을 때 어떻게 뭍으로 올라왔는지 떠올리지 않기 위해 애썼다. 이책이 자신을 업고 비틀거리며 밀림 속을 헤맸다는 것도 생각하지 않으려 했다. 그가 한 번, 또 한 번, 자신의 이름을 그렇게나 간절하게, 그렇게나 걱정스러운 목소리로 불렀다는 것도 잊으려 했다.

어차피 내가 아니었다면, 그는 한참 전에 죽었을 목숨이 아닌가. 인과응보야, 하늘은 공평한 법이니까.

초교가 천천히 눈을 떴다. 손가락이 옆구리 아래의 비수를 향해 미끄러졌다. 그녀는 냉정하게 실익에 도움이 되지 않는 생각들을 지워 버렸다. 그녀는 자신이 무엇을 해야 하는지 알고 있었다. 이 8년 동안, 그녀는 계속 연북으로 돌아가는 일만을 생각해 왔다. 그것 외에는, 모든 것이 중요하지 않았다.

갈철을 두드려 만든 비수의 검날은 얇고 정교했다. 지금의 철기 제조 기술을 생각하면, 이미 시대를 넘어선 기술의 산물이었다. 무기를 쓰다듬는 순간, 머릿속이 맑아졌다. 존재해서는 안 될 기분이 삽시간에 모두 날아가 버리는 것 같았다. 초교는 다시 철혈의 특공대원으로 돌아왔다.

쉽다. 중지와 식지 사이에 칼날을 끼워 비수를 뽑은 후, 한 바퀴 돌려 손잡이를 잡고 그를 찌르면 되는……!

그러나 바로 그 순간, 이책이 갑자기 공중으로 뛰어오르더니 당황한 얼굴로 외쳤다.

"교교, 조심해!"

아주 거대한 사냥개 한 마리가 초교의 등 뒤에서 덮쳐 왔다. 초교가 반응하기도 전에 이책이 그녀를 감쌌고, 개는 이책의 손목을 물었다.

이책이 원래 서 있던 곳에서 더욱 커다란 사냥개 한 마리가 더 달려 나왔다. 초교는 이책을 찌르려던 비수를 그대로 사냥개의 대동맥에 박아 넣은 후, 한 바퀴 돌린 후 가로로 그었다. 곧 사냥개의 입에서 울부짖음이 들리며 피가 사방으로 튀었다.

초교는 몸을 돌려 이책의 손목을 물고 있는 사냥개의 허리를 발로 찼다. 사냥개는 참혹하게 울부짖으며 옆으로 쓰러졌다.

흑의인 여섯이 숲 속에서 나타났다. 얼굴을 가렸지만 복면 위로 드러난 흉악한 눈길이며 신중한 발걸음을 보면, 한눈에도 무도의 고수임을 알아볼 수 있었다.

초교노 천천히 앞으로 걸어 나갔다. 이책은 놀랍게도 고통을 참고 소리조차 내지 않고 있었다. 초교는 그를 제 뒤로 끌어당기고, 천천히 허리의 파월검을 뽑았다. 그녀는 차가운 눈길로 건너편의 여섯 사람을 바라보았다.

고수끼리 겨룬다면 속도는 비할 데 없이 빠르기 마련이다. 칼을 뽑는 소리가 여섯 번 들려오고, 차가운 달이 비추는 가운데 왼쪽의 두 사람이 갑자기 기합 소리와 함께 하늘을 박차고 뛰어올랐다. 그들은 몸이 최고 높이에 오른 찰나 칼로 기이한 곡선을 그리며 여린 초교를 향해 그어 왔는데, 그 기세가 마치 벽력같았다.

초교는 일본 무술의 방식대로 몸을 반쯤 굽히고 있었다. 그녀는 한 손으로는 이책을 보호하며, 다른 한 손으로 검을 비스듬히 들어 올렸다. 그리고 상대의 칼이 그녀의 머리 위로 떨어지는 그 순간, 초교도 갑자기 그 자리를 박차고 뛰어올랐다.

쌍방의 몸이 공중에서 빠르게 교차했다. 파월검이 파죽지세로 두 사람의 칼을 부러뜨린 후, 지극히 빠르게 한 남자의 어깨를 베었다. 그와 동시에 초교는 오른 다리로 남자의 하반신을 차면서, 왼손은 동물의 앞발처럼 있는 힘을 다해 상대의 목을 틀어쥐었다.

뚝 소리와 함께, 뼈의 위치가 바뀌는 소리가 들렸다. 남자는 비명을 지를 틈도 없이 땅 위에 쓰러져 곧 시체로 변했다. 찰나에 한 사람은 죽고 한 사람은 상처를 입었다.

다른 네 명이 다시 덮쳐 왔다. 그중 둘은 초교를 공격하고, 다른 둘은 이책을 포위했다.

초교는 재빨리 몸을 돌렸다. 그녀의 몸이 간신히 칼날을 피하고 자신에게 덤벼드는 두 남자의 몸과 교차하는 순간, 자객

하나가 이책에게 칼을 휘두르고 있었다. 초교는 얼굴을 찌푸리며 파월검을 던졌다. 보검은 울음소리를 내며 벽력같은 바람을 타고 날아갔다. 두 손이 비어 버린 초교는 재빨리, 두 자객의 뒤통수를 잡고 사납게 부딪쳤다.

눈 깜빡할 사이에 뼈가 부러지는 소리가 들렸다. 선혈이 사방으로 튀어 오르고, 머릿골이 튀어나왔다. 두 자객은 달리 반응할 틈도 없이 눈앞이 바로 어두워지며, 땅 위로 쓰러져 경련을 몇 번 하더니 더 이상 움직이지 않게 되었다.

이와 동시에 이책 앞에 있던 남자가 참혹한 비명을 질렀다. 본래 이책에게 칼을 휘두르려던 남자였다. 그러나 뒤에서 날아온 날카로운 검이 그의 가슴을 꿰뚫고 나온 것이다. 남자의 심장에서 피가 배어 나오기 시작하며, 이책의 몸 바로 앞까지 닿았던 검 끝은 조용히 멈췄다.

이책은 하얗게 질려 비명조차 지르지 못하고 있었다. 이제 남은 것은 앞에서 덮쳐 오는 살수 하나뿐이었다. 초교는 전광석화처럼 달려가 땅에 쓰러진 남자의 몸에서 파월검을 뽑아 들고, 몸을 미끄러뜨리며 살수의 칼날을 막아 냈다.

도검이 서로 교차하는 순간, 불꽃이 튀었다. 초교는 손을 내밀어 상대의 팔을 잡고 보검을 기울여 베었다. 두 자루의 붓으로 동시에 그림을 그리듯, 두 가지 일을 동시에 해낸 것이다. 초교는 상대의 팔목을 자르고 비튼 후, 다시 살수의 배를 찔렀다.

그녀의 동작은 물 흐르듯 유려하고 신속했다. 기세 흉흉하게 달려오던 자객은 이미 동공을 크게 뜨고 있었다. 그는 아랫배에서 피를 줄줄 흘리며 쿵 소리와 함께 땅에 쓰러졌다.

초교는 막 뛰어오를 듯한 자세로 되돌아와 있었다. 차가운 바람이 그녀의 몸을 스쳐 갔다. 그녀의 머리카락은 피에 흠뻑 젖어, 한 방울 한 방울 핏물이 떨어지고 있었다.

상대에게 기습을 당한 후 지금까지 눈 깜빡할 순간에 모든 일이 벌어졌다. 양쪽 모두 용기, 관찰력, 속도와 솜씨를 검증한 셈이었는데, 초교가 상대보다 우세한 것이 분명했다.

"교교!"

이책이 뛰어와 그녀를 끌어안고 흥분하여 외쳤다.

"정말 대단해!"

초교는 침착하게, 천천히 그를 밀어내고 차가운 눈빛으로 밀림 깊은 곳을 바라보며 냉정하게 말했다.

"모두 나와라!"

이책의 안색이 어두워졌다. 검은 옷을 입은 사람 넷이 천천히 밀림에서 나왔다. 아직 칼도 뽑지 않은 상태인 것을 보면 막 도착한 것 같았다.

네 사람은 자신들 앞에 있는 왜소한 소녀를 바라보며 머리 끝까지 전율을 느꼈다. 방금까지 소녀와 싸운 여섯 사람은 자신들보다 그저 수십 걸음 앞서 있었을 뿐이다. 겨우 수십 걸음, 그들이 수십 걸음을 걸어오는 그 짧은 시간, 여섯 사람 중 다섯 이 죽고 한 명이 상처를 입었다. 소녀는 마치 한바탕 바람처럼 모든 것을 쓰러뜨리고 있었다. 대체 저 소녀는 얼마나 강한 것 인가?

초교는 거만한 표정으로 네 사람을 바라보더니 갑자기 차갑게 코웃음 치면서 말했다.

"한 사람씩 올 건가, 아니면 함께 올 건가?"

그들은 말없이 칼을 뽑아 앞으로 세웠으나, 경솔하게 공격을 시작하지는 않았다.

초교는 다시 한 번 차갑게 코웃음 치더니, 손에 든 파월검을 공중으로 내던지며 말했다.

"고작 너희 몇 명이라면, 빈손으로 상대해도 미안할 지경이지."

네 사람은 매우 놀랐으나, 곧 기쁜 표정을 지었다. 그들은 이 소녀가 정신이 혼미한 나머지 빈손으로 여러 사람을 상대하려 든다고 생각했다. 간단히 말해 물불을 가리지 못하는 것이다. 그간 멍청한 이들을 꽤 봐 왔지만, 이렇게 멍청한 경우를 본 적은 없었다.

네 사람 모두 본래 자객이었으므로 강호의 도리 따위에는 신경 쓰지 않았다. 그들 모두 기선을 제압하기 위해 기합을 지르며, 갑자기 공격을 시작했다.

칼날의 차가운 빛이 초교의 피부에 닿을 듯이 덮쳐 왔다. 그러나 그녀는 여전히 그 자리에 서서 냉소를 머금고 있었다. 마치 상대는 아예 안중에도 두지 않는 태도였다.

네 사람은 속으로 크게 기뻐하며, 자신들이 첫 번째로 공을 세울 거라는 생각에 격렬한 기세로 덮쳐 왔다. 그러나 바로 그때, 초교가 갑자기 몸을 움직였다. 그녀가 손목을 기울이자 날카로운 칼날이 마치 마술이라도 부린 것처럼 하늘에서 내려왔다. 거울처럼 매끄러운 칼날은 마치 예술품 같아 보였다.

그러나 네 자객은 예술품을 감상할 만큼 한가로운 심정이 아니었다. 그들의 눈에 공포가 서렸다. 파월검은 빠른 속도로 그들의 무기 앞으로 떨어졌다. 자객들은 이제 걱정하거나 두려워할 여유도 없었다. 그들은 뒷걸음질 치려 했지만, 그럴 시간조차 없이 초교의 보검이 현란하게 움직였다. 동시에 초교가 손목을 기울이며 휘두르자, 네 자루의 비수가 마치 눈이라도 달린 것처럼 날아가 네 사람의 목을 꿰뚫었다. 네 사람은 목에서 선혈을 내뿜으며 '속았다'는 말조차 제대로 하지 못했다.

자객 네 명을 눈 깜빡할 사이에 전부 해결하는 것을 보고 난 후에도, 파랗게 질려 있던 이책의 안색은 한참 동안 제대로 돌아오지 않았다. 그는 그저 눈을 크게 뜨고 입만 벌리고 있다가, 겨우 한마디 온전한 말을 내뱉었다.

"교교, 너 정말 비열하구나!"

칭찬인지 조소인지 모를 말이었다. 초교는 냉정하게 그를 흘깃 보다가, 순식간에 온몸에 힘이 빠져 그만 바닥에 쓰러지고 말았다.

"교교! 상처에서 또 피가 흐르네!"

초교는 이미 더 이상 이책을 탓할 힘도 없었다. 그녀는 부상을 입고 쓰러져 있는 흑의 자객을 바라보며, 이책에게 명령했다.

"가서, 저자를 죽여요."

"좋지!"

이책은 경쾌하게 답하더니 땅을 한참 동안이나 더듬고 다녔다. 마침내 정을 준 정인이라도 만난 것처럼 바위를 하나 골라 들더니, 정신을 잃은 자객에게 다가갔다.

"감히 본 태자를 기습하다니, 본 태자가 지금 너를 황천으로 보내 주마."

이책은 그 바위를 높이 들어 남자를 향해 내리쳤다.

"악!"

참혹한 비명이 울려 퍼졌다. 초교는 양미간을 찌푸렸다. 이책 역시 얼굴이 변했다. 그는 단번에 자객을 때려죽일 수 있다고 자신만만하게 믿었으나, 오히려 그 남자를 때려 깨운 셈이 되었다.

자객은 고통을 느끼며 비명을 질렀고, 비명 소리는 아주 멀리까지 퍼져 나갔다. 아마도 몇 리 안에 있는 적이라면 모두 듣고 이곳으로 달려올 터였다.

초교의 눈빛은 이미 분노라는 말만으로는 형용할 수 없었다. 이책은 허둥거리며 자객의 입을 막고, 다른 손으로 돌을 들고 소리가 나도록 휘둘렀다. 얼마 지나지 않아 그 자객의 머리는 곤죽이 되어, 차마 눈으로 볼 수 없을 정도로 처참해지고 말았다.

초교는 자신도 모르게 이 자객이 불쌍해졌다. 그도 평범한 무예 솜씨가 아니었거늘, 이런 백치의 손에 죽으리라고 생각이나 했겠는가. 게다가 이렇게 비참한 방식으로 말이다.

"교교."

이책이 미안한 듯 다가와 두 손을 비비며 아첨하듯 말했다.

"걸을 수 있겠어?"

초교는 차갑게 그를 노려보고는 검을 짚고 몸을 일으켰다. 귓가에 계속 굉음이 들려오고, 하늘에는 불빛이 가득했다. 사방이 모두 적이니, 황제가 보냈을 구원병들은 어디에 있을지 알 수 없었다. 여전히 경계를 늦출 수가 없었다.

"교교, 방금의 그 초식은 정말 대단했어. 나도 가르쳐 줄 수 있어?"

"……."

"교교, 방금 그 몇 사람은 비수 때문에 죽은 거야, 아니면 너 때문에 화가 나서 죽은 거야? 보니까 그중 둘은 눈도 감지 못하고 죽던데. 죽어도 눈을 감지 못한다는 것이 그런 것인가 봐."

"……."

"교교……."

"닥쳐!"

초교는 악에 받쳐 분노의 노성을 질렀다. 그녀는 조심스럽게 길을 탐색하느라, 자신이 향 한 개 피울 시간 전에 했던 생각을 잊고 있었다. 바로 이책을 죽이겠다는 생각 말이다.

초교는 방금 자신에게 덤벼들었던 사냥개를 떠올리고, 이책의 팔목에 남아 있는 한 치 길이의 상처를 떠올렸다.

됐다, 이자로 치자. 그를 조금 더 살려 두어서 안 될 것도 없지.

이때, 뒤에서 따라오던 이책은 그 사냥개 덕분에 목숨을 건졌다는 사실을 모른 채, 자신의 새하얀 손목에 난 상처에 매우 분노하고 있었다. 그는 울적하게 중얼거렸다.

"내 궁에 커다란 개를 여럿 키우고 있는데. 그중 한 마리만 내보내도 그런 개는 열 마리라도 다 때려눕혔을 텐데."

밤안개는 처량하고, 괴이하게 생긴 바위들이 들쭉날쭉한 앞 길은 예측하기 어려웠다. 이책은 조심스럽게 초교의 뒤를 따라오며, 우울한 표정으로 미간을 찌푸렸다.

"대하의 황제가 우리를 구조할 사람들을 보내 줄까?"

초교는 대답하지 않았다. 이책 역시 그녀가 자신과 대화를 나눠 주리라고 기대하지는 않은 듯, 계속 혼자 중얼거렸다. 홍 천 고원은 너무 추워, 사람이 살 곳이 아니야…….

"올 거야."

초교가 확신에 찬 목소리로 말했다. 이책은 당황하여 되물 었다.

"지금 뭐라고 했어?"

자객들이 초교를 알아보지 못한 것으로 보아 대동회 소속은 아니었다. 그렇다면 연순은 지금 자신을 구하러 오고 있을 것이다.

"분명히 올 거야."

초교는 확신에 찬 눈빛을 빛내며 나지막하게 중얼거렸다.

"전하!"

초교의 맑은 목소리가 물가에 메아리쳤다.

"교교, 여기야!"

이책이 즐거운 듯 팔을 흔들더니, 제 곁으로 달려오는 초교의 등 뒤를 힐끔거리며 물었다.

"모두 해치운 거야?"

초교는 말없이 물가로 다가가 손으로 물을 퍼서 마셨다.

"교교, 너는 정말 대단해!"

이책은 즐거운 듯 그녀 곁에 쭈그리고 앉았다.

"교교, 우리가 그들을 찾으러 가면 어떨까?"

초교가 미간을 찌푸리자 이책이 당황했다. 잠시 동안 어색한 시간이 지나가고, 이책이 설명했다.

"내 생각엔, 우리가 저들을 모두 해치우면, 우리가 도망치는 것도 편해지지 않을까 싶어서."

초교는 손가락을 세워 천천히 흔든 후 나지막하게 말했다.

"첫째, 우리가 아니라 저겠지요. 둘째, 적은 천이 넘는데, 대체 제가 그중 몇이나 죽일 수 있다고 생각하시는 건가요? 만약 전하께서 방금처럼 쥐 한 마리 본 것만으로도 그렇게 계속 소란을 피우시면, 저는 조만간 전하 때문에 죽게 될 거예요. 전하, 나중에 제가 이런 이야기를 한 적 없다고 하지 마세요. 저는 퇴로가 없어지면 저들에게 전하를 넘겨주고 대신 제가 살길을 찾을 거예요."

이책은 괴로운 듯 미간을 찌푸리고 그녀의 옷자락을 잡았다.

"교교, 그렇게 무정하게 굴지 말아 줘."

초교가 갑자기 신음 소리를 흘렸다. 이책은 깜짝 놀라 재빨

220

리 손을 거둬들였다. 방금 그가 잡았던 곳에서 선혈이 배어 나오고 있었다. 아마도 새로운 상처가 늘어난 것 같았다.

초교는 눈살을 찌푸리며 살펴보았다. 왼쪽 늑골 아래 뜻밖에도 화살에 맞은 상처가 있었다. 상처는 크지 않았지만 피가 빠르게 흘러내렸고, 참기 어려울 정도로 아팠다. 방금 전까지만 해도 발견하지 못했던 상처였다.

"교교, 또 상처가 늘었구나."

이책이 미간을 찌푸리며 걱정스러운 듯 말했다.

"괜찮아? 힘들지는 않고? 버텨야만 해."

초교는 손으로 상처를 누르며, 눈을 감고 나지막하게 말했다.

"상처를 싸매 줘요."

"아?"

"내 상처를 싸매 달라고요!"

그녀의 목소리가 갑자기 날카로워졌다. 이책은 계속 고개를 끄덕이며 서투른 솜씨로 옷자락을 찢어 낸 후 초교의 옷을 들어 올렸다. 선혈 때문에 붉게 물든 여린 피부가 드러났다.

왼쪽 늑골 아래 화살촉 하나가 깊이 박혀 있었고 그 주위로는 붉게 부어올라 있었다. 이책은 화살촉을 잡고 미간을 찌푸리며 말했다.

"교교, 아프면 바로 소리치도록 해. 아니면 나를 물고 있어도 좋아."

초교는 눈을 감고, 깊이 숨을 들이마신 후 아무 말도 하지 않았다.

이책이 평소와는 다른 진지한 표정으로, 화살촉을 잡고 미간을 찌푸리더니 단숨에 뽑아냈다!

선혈이 사방으로 튀었고, 이책이 재빨리 상처를 감쌌다. 초교가 고통스럽게 신음하며 앞으로 쓰러질 뻔하자 이책이 다른 한 팔을 벌려 그녀를 품에 받아 주었다.

"교교?"

이책이 약간 허둥거리며 물었다.

"괜찮아?"

"아직 죽지는 않을 것 같군요."

초교는 가라앉은 목소리로 천천히 말하고, 심호흡을 하며 이책의 어깨에 턱을 기댔다.

이책은 안도의 한숨을 내쉰 후 빠르게 그녀의 상처를 감싸 지혈했다. 이미 어두운 밤이었고, 초교의 몸은 얼음처럼 차가워진 상태였다. 이책은 그녀가 더 이상 싸울 수 없다는 사실을 깨달았다.

바로 그때, 멀리서 발걸음 소리가 들려왔다. 두 사람은 즉시 긴장한 토끼처럼 몸을 곧추세우고 미간을 찌푸리며 주변을 살펴보았다.

"어떻게 해야 하지?"

초교는 인상을 쓰고 생각에 잠겼다. 자신은 전투력을 상실했고, 이대로 있으면 결국 죽게 될 것이다. 유일한 출로는 이책을 넘기거나 미끼로 써서 자신은 이 혼란스러운 판세에서 벗어나는 것이었다. 그렇게 하면 자신은 안전하게 탈출할 자신이 있었다.

초교는 곁에 앉아 있는 남자를 곁눈질했다. 이책도 미간을 찌푸린 채, 평소와는 달리 진지하고 엄숙한 표정으로 생각에 잠겨 있었다.

초교는 구세주가 아니었다. 사람을 구하는 것도 결국 자신의 능력 범위 안에서 해야 하는 것이다. 불의를 보고 참지 못하는 성격이더라도, 자신의 생명이 위협받는 순간이라면 어떤 선택을 해야 하는지는 분명했다.

게다가 이책이 죽으면 연순에게는 이익이다. 초교는 자신이 해야 할 일을 알고 있었다. 반드시 그렇게 해야 했다. 이치대로라면, 분명히 그렇게 해야만 했다. 초교의 어깨에는 더 무거운 짐이 얹혀 있었다. 그리고…… 그녀를 기다리고 있을 사람도 있었다. 그 사람에게 그녀의 생명은 아주 소중할 것이다. 초교는 그 사람을 위해서라도 살아서 돌아가야만 했다.

초교는 마음의 결정을 내리고, 다리에 묶어 놓은 비수를 울적하게 어루만졌다.

"교교!"

그때 이책이 갑자기 고개를 돌리더니, 진지한 표정으로 나지막하게 말했다.

"내가 가서 저들을 유인할 테니, 너는 기회를 봐서 도망치도록 해. 조심해야만 해!"

초교는 당황하여 눈을 크게 떴다.

이책은 외투를 벗어 그녀의 몸에 덮어 주고, 허리춤에서 금속으로 만든 긴 통을 꺼내 그녀에게 쥐어 주었다.

"나는 무공을 할 줄 모르기 때문에 부황께서 나를 위해 이런 것을 만들어 주셨지. 여기 실이 보이지? 이 실을 잡아당기면 바늘 50개가 날아갈 거야. 아주 독한 독액에 담갔던 바늘이라, 스치기만 해도 죽게 된다고 하더군. 세 발 연속 쏠 수 있으니, 조심해서 갖고 있다가 정말 위험한 순간에만 쓰도록 해."

초교는 멍하니 그 금속 원통을 받고, 도저히 이해할 수 없다는 눈빛으로 이책을 바라보았다. 그녀는 정말로 이 남자가 무슨 생각을 하는지 알고 싶었다.

"하하, 갑자기 나를 사랑한다는 것을 깨닫기라도 한 거야?"

이책은 갑자기 새하얀 치아를 드러내며 활짝 웃더니, 초교의 어깨를 두드렸다.

"괜찮아, 진황에 돌아가서 다시 이야기해 보자고. 너에겐 아직 기회가 있을 테니까."

"전하!"

초교가 떠나려는 남자를 잡고 나지막하게 말했다.

"이 물건을 가져가세요. 저는 쓰지 못할 거예요."

"나도 쓰지 못할 거야. 사실 나 그거 제대로 쓸 줄 모르거든. 그게 그렇게 대단하다는 이야기를 들으니까 실수로 나 스스로에게 쏠까 봐 무서워서 못 쓰겠더라고. 만약 정말 내가 나에게 쏘면 끝장 아니겠어? 일단 네가 나 대신 써 봐. 괜찮으면 돌아가서 더 많이 만들라고 할 테니까."

초교는 미간을 찌푸리며 입술을 가볍게 앙다물었다가, 마침내 손을 내려놓고 나지막하게 말했다.

"몸조심해요."

이책은 미소 지었다.

"너도. 돌아가면 너에게 무술을 배울 거야."

초교가 고개를 끄덕였다. 이책은 몸을 일으키더니 비틀거리며 가시나무를 헤치고 시끄러운 발걸음이 들리는 곳을 향해 가기 시작했다.

"잠깐! 칼을 가져가요!"

그러나 이책은 돌아보지 않고 그저 대강 손만 흔들 뿐이었다. 차고 맑은 달빛이 남자의 손에 들린 울퉁불퉁한 돌멩이를 비춰 주었다. 그 돌에 얼룩덜룩하게 묻은 핏자국이 또렷하게 보였다. 남자의 옷은 찢어지고 발걸음은 비틀거리고 있었다. 변당 태자의 품격은 전혀 보이지 않고, 마치 곤경에 처한 거지처럼 보였다.

초교는 그런 그의 뒷모습을 바라보며, 손에 쥐고 있던 비수를 놓아 버리고 말았다.

제12장 온 세상이 도미茶蘼[*] 빛깔

여명 직전, 대지는 아직 어둠에 덮여 있었다. 희미한 빛 아래 잔잔하게 파도치는 호수는 맑고 차갑다 못해 창백해 보이기까지 했다.

이책이 떠난 지 세 시진이 넘었다. 그들은 아직도 긴박하게 추격해 오고 있었고, 그들의 발소리는 명을 재촉하는 원혼들의 그것처럼 들렸다. 초교의 어깨는 피로 물들고, 입술은 하얗게 질려 있었다. 연거푸 벌어진 전투에다 부상을 입은 채 도망치다 보니 거의 탈진한 상태였다. 그러나 적들의 냄새를 맡은 그녀는 분연한 의지력으로 몸을 일으키고, 민첩한 표범처럼 눈을 가늘게 떴다.

---

* 맥문동과 같은 꽃. 백합목에 속한 꽃으로 5~8월에 자줏빛 꽃이 핀다.

초교는 어둠 속에서 빠르게 밀림을 빠져나와 장장 한 시진 동안 멈추지 않고 계속 달렸다. 먼 곳 산봉우리에는 시뻘건 불빛이 가득했다. 산등성을 따라 구불구불 이어진 검붉은 횃불은 마치 사신의 낫과 같아 보였다. 그 낫이 초교에게 다가오고 있었다.

초교는 그들과 자신 사이의 거리와 속도를 계산한 후, 제 어깨의 상처를 살펴보았다. 피를 너무 많이 흘려 머리가 어지러웠다. 그녀는 머리를 가볍게 문지르며, 마침내 그 자리에 주저앉아 눈을 감았다.

갑자기 새 소리가 들려와 초교는 재빨리 눈을 떴다. 몸이 상당히 가벼워져 있었다. 그녀는 튀어 오르듯 몸을 일으켰다.

나뭇잎 사이로 아침 햇빛이 그녀의 얼굴에 따뜻하게 내려앉았다. 코끝에 얼음처럼 차가운 이슬방울이 투명하게 맺혀 있었다. 종달새 몇 마리가 구름을 뚫고 나뭇가지 끝에 앉아 호기심 어린 눈으로 그녀를 바라보며 지저귀고 있었는데, 그 노랫소리는 성금궁에서 가장 뛰어난 악사의 연주보다도 듣기 좋았다.

초교는 자신이 이렇게 오랫동안 잠을 잘 거라고는 생각하지 못했기에 당황했다. 그녀는 제 이마를 짚어 보았다. 과연 타오르는 숯처럼 뜨거웠다. 목도 시큰시큰 쑤시고, 호흡도 곤란했다. 이렇게 목숨이 경각에 달린 순간에 병이 나고 만 것이다.

다행히도 추격자들은 아직 그녀를 찾아내지 못한 것 같았다. 초교가 안도의 한숨을 내쉬었을 때, 갑자기 발걸음 소리가 들렸다.

"깼나?"

제갈월이 겨울의 아침햇살을 받으며 밀림 깊은 곳에서 걸어 나왔다. 그는 어두운 자줏빛 금포를 입고 있었는데, 진황성의 부유한 공자들 사이에서 최근 유행하는 형태로, 옷의 폭도 넓고 소매도 컸다. 금박을 두른 비단이 층층이 겹쳐 있고, 자색의 주단 위에는 복잡한 꽃무늬를 그려 넣었는데, 햇빛 아래 그 색채가 더욱 찬란해 보였다.

먹처럼 검은 머리는 등 뒤로 묶어 내리고, 긴 눈썹은 위로 날아가는 듯하고, 가을 물처럼 깊은 눈은 마치 차가운 호수 같았다. 그의 목은 여자처럼 희고 깨끗했고, 입술은 검붉은 빛깔이었다. 그는 턱을 살짝 들어 올린 채 냉담한 눈길로 그녀를 바라보고 있었는데, 빛을 등지고 있어서인지 아니면 숲에 서 있어서인지, 마치 생명이 없는 석상처럼 느껴졌다.

똑같이 화려한 의상이라도 제갈월이 입으니 이책과는 확연하게 다른 느낌이 들었다. 제갈월은 요사스럽게 느껴질 정도로 아름다웠고, 보고 있노라면 마음이 끌리지 않을 수 없었다. 그러나 그 두 눈에 어린 차가운 살기를 보면, 그 누구라도 마음이 끌린다 해서 그에게 친밀하게 굴지 못할 것이다.

초교는 이 초대하지 않은 손님을 바라보며 물었다.

"어째서 여기 있는 거지?"

"태자는? 도망쳤나? 죽었나? 아니면······."

제갈월이 가볍게 눈썹 끝을 들어 올리며 담담하게 물었다.

"네가 죽였나?"

초교는 그의 질문에 대답하지 않고 곧장 물었다.

"여기 온 지 얼마나 되었지?"

"네가 죽은 것처럼 자기 시작했을 때부터 여기 있었지. 물 마시겠어?"

제갈월이 허리춤의 물병을 흔들었고, 초교가 말없이 자신을 바라보자 물병을 내려놓았다.

"왜 도와준 거지?"

제갈월이 냉소하며 그녀를 비스듬히 바라보았다.

"내가 도와주었다고 생각하나?"

그는 가슴 앞에 팔짱을 낀 채 느긋하게 나무줄기에 몸을 기대고는 그녀를 바라보며 웃었다.

"성아, 너는 내가 누구라 생각하는 거냐? 조승? 연순? 그 좁은 곳에 갇혀 10여 년 동안이나 눈이 먼 것처럼, 천하에 여인이라고는 너 하나밖에 없다고 생각하는 그들과 내가 같다고 생각하는 건가? 아니면 ……."

그는 몸을 살짝 앞으로 내밀고 그녀를 똑바로 바라보며 그윽하게 말했다.

"내가 이 세상에서 제일가는 바보라 생각하는 것이냐. 그래서 너에게 다시 한 번 속아 넘어갈 거라고?"

그는 냉소하며 하늘을 바라보았다.

"나는 그저 이책이 또 무슨 미친 짓을 벌이는지 보러 온 거다. 겸사겸사 너와 연순이 어떻게 재수 없는 일을 당하는지 보고 싶기도 했고. 하늘이 너희들을 도와주고 있는지는 몰랐지.

번거롭게도 이 재미있는 연극을 망쳐 버리는 장애물이 있었을 줄이야."

초교는 몸을 일으켰다. 상처는 그럭저럭 견딜 만했다. 그러나 고열로 인해 현기증이 심했다. 그녀는 하룻낮과 하룻밤 동안 아무것도 먹지 않은 상태였고, 얼굴은 눈처럼 창백했다. 그래도 그녀는 나무줄기를 짚고 가늘게 숨을 내쉰 후, 몸을 돌려 밀림을 향해 걷기 시작했다.

"이대로 가는 건가?"

제갈월이 눈썹을 치켜세우더니 발걸음을 옮겨 따라왔다. 바로 이때, 초교가 무심하게 몸을 돌렸다. 휙, 날카로운 소리와 함께 흰 빛 한 줄기가 허공을 가르고 날아갔다. 제갈월은 마치 참새처럼 왼발에 힘을 주고 하늘로 뛰어올랐다.

흰 빛은 그의 뺨을 스치고 지나가 단단한 돌에 사납게 박혔다. 제갈월의 검은 머리카락 몇 가닥이 허공 속에 유유히 흔들리며 땅에 떨어졌고, 그의 왼쪽 뺨에 상처가 남았다. 바람이 스쳐 가자 상처에서 검붉은 피가 배어 나오기 시작했다. 아주 가늘고 곧게 난 상처인지라, 제갈월의 얼굴은 마치 봄의 버들잎에 베인 창호지 같아 보였다.

초교가 얼음처럼 차가운 목소리로 말했다.

"내가 당신을 죽일 수 없으리라 생각하지 마."

제갈월은 얼굴의 핏자국을 닦으며, 아무렇지 않다는 듯 냉소했다.

"너에게 그런 능력이 있을까?"

차가운 바람이 숲을 뚫고 불어와 제갈월의 화려한 소매를 스쳐 갔다. 초교는 고요한 눈으로 말없이 수년에 걸친 숙적을 바라보았다. 그녀는 마침내 칼자루를 잡고 조금씩 검을 뽑으며 천천히 말했다.

"기왕 이리 되었으니, 당신과 나의 은원을 오늘 매듭짓기로 하지."

제갈월이 긴 소매를 휘두르니, 손 위에 패검이 놓여 있었다. 그는 검을 뽑지 않고, 그저 검집으로 초교를 가리키며 말했다.

"원한다면 좀 놀아 주지."

초교의 손목은 떨리고 있었다. 그녀는 억지로 힘을 내어 검을 잡고 앞으로 달려 나갔다. 그러나 바로 그때 현기증이 별안간 엄습해 왔다. 초교는 신음 소리 한 번 내지 못하고, 제갈월이 있는 방향으로 쓰러지고 말았다.

"그녀를 내려놔라!"

열이 넘는 흑의인이 숲 속에서 튀어 올랐다. 우두머리인 듯한 자는 입에 대나무로 만든 관을 물고 있었는데, 제갈월이 움직이지 않자 볼을 부풀렸다. 대나무 관에서 소의 털만큼이나 가느다란 침이 쏟아져 나와 순식간에 제갈월의 가슴 쪽으로 향했다.

제갈월이 소매를 한 번 떨쳐 내자 10여 개의 은침이 옷자락에 튕겨 나갔다. 은침이 푸른빛으로 빛나는 것이, 독에 담갔던 것 같았다.

제갈월은 마침 혼절한 초교를 품 안으로 끌어당겼다. 그녀의 안색은 점점 더 창백해지고, 예닐곱 개의 은침이 박힌 왼쪽 어깨에서 검은 피가 배어 나오기 시작했다.

제갈월은 인상을 썼다. 사정이 좋지 않게 돌아가고 있었다. 그때 초교의 허리춤에 금속 원통이 매달려 있는 것이 보였다. 제갈월은 바로 판단을 내렸다. 그가 적들을 조준하고 실을 당기자, 곧 참혹한 비명이 몇 번 울려 퍼졌다. 제갈월은 이 틈을 타서 초교를 안은 채 멀리 사라졌다.

잠시 후 초교가 정신을 차리고 보니, 자신은 제갈월의 등에 업힌 채 밀림 속을 빠르게 달리고 있었다. 등 뒤에서 바람 소리가 끊이지 않고 들려왔다. 아무래도 누군가에게 행적이 발각당한 것 같았다. 어깨는 마비되어 이제 고통조차 느껴지지 않았고, 왼팔 전체도 감각을 잃은 것 같았다. 초교는 이를 악물고 외쳤다.

"내려놔!"

제갈월은 아무 말도 듣지 못한 것처럼, 검으로 길을 막고 있는 가시나무를 잘라 냈다.

"제갈월, 나를 놔줘!"

"시끄럽군!"

제갈월은 발걸음을 멈추고 그녀를 나무줄기에 내려놓은 후 차갑게 말했다.

"죽고 싶은가? 그것도 괜찮지. 하지만 그 전에 이책이 어디 있는지 말해 줘야겠어."

"나도 몰라!"

제갈월이 냉소했다.

"모른다고? 그럼 방법이 없군. 네가 가장 싫어하는 것이 무엇이었더라? 아마 사람에게 빚지는 것이었지? 어떻게든 네가 나에게 아주 커다란 빚을 지게 만들어야겠군. 이번 생 내내 갚아도 모자랄 정도의 빚을."

스산한 바람이 빽빽한 밀림을 스쳐 갔다. 마치 야수가 나지막하게 헐떡이고 있는 것 같았다. 갑자기 벼락이 쳤다. 우르릉, 낮은 천둥소리가 두 번 깔리더니 곧 큰비가 쏟아지기 시작했다. 초교는 나무줄기에 기대앉은 채, 있는 힘을 다해 그를 노려보았다.

"제갈월, 이렇게 나에게 매달리는 이유가…… 설마 나를 좋아해서는 아니겠지?"

제갈월이 입 끝을 들어 올려 미소 짓더니, 입술을 그녀의 귓가에 단단히 붙이고 쉰 목소리로 말했다.

"네가 이리도 나에게 빚지는 것을 두려워하는 것은, 혹시 네가 나를 사랑하게 될까 두려워서는 아닐까? 장래에 나를 사랑하여 네 형제자매들의 복수를 하지 못하게 될까 봐 말이야."

초교가 차갑게 답했다.

"그렇게 생각하는 것이 마음 편하다면, 당신이 죽기 전까지는 그렇게 생각하도록 내버려 둬 줄게."

제갈월이 소리 내어 웃었다.

"피차 마찬가지. 네가 만약 내일도 살아 있다면, 내가 다시 한 번 너에게 말해 주마. 네가 얼마나 가소로운지."

"제갈월! 내가 살아 있는 한, 분명 당신이 후회할 날이 올 거야."

"제 목숨도 제대로 지키지 못하는 사람이 어떻게 나를 후회하게 만들 건지, 나야말로 정말이지 보고 싶군."

초교는 음울하게 눈을 빛내며 나지막하게 말했다.

"언젠가는 내 손으로 당신을 죽일 거야."

제갈월이 무시하듯 말했다.

"언젠가는? 이 말은 너무 자주 들은 것 같은데. 성아, 좀 더 새로운 말은 없나?"

이때 족히 1백은 넘을 듯한 사람들이 조심스럽게 접근해 오고 있었다. 그들 모두 복면에 검은 옷을 입고 장도를 빼어 든 상태였다. 거대한 몸집의 사냥개가 제일 앞에서 오고 있었고, 사람들 모두 한 걸음마다 조심스럽게 주변을 관찰하며 서서히 다가오고 있었다.

초교가 가볍게 웃었다.

"정말 빨리도 오는군. 제갈월, 유언이 있다면 지금 해 둬. 내가 만약 기분이 좋으면 나중에라도 제갈가에 전해 줄 테니까."

"그건 내가 너에게 해야 할 말인 것 같군. 저들이 나를 죽이러 쫓아온 것은 아닌 것 같으니."

초교가 차갑게 코웃음 쳤다.

"그들이 그런 것까지 분별할 수 있을 거라 생각해?"

"그걸 분별할 수도 없을 정도라면, 살려 두어도 쓸모없는 이들이겠군."

사냥개가 갑자기 사납게 짖기 시작했다. 흑의인들이 발걸음을 멈췄다가 모두 함께 두 사람이 있는 방향으로 달려왔다.

휙, 날카로운 소리와 함께 제갈월이 장검을 뽑아 들었다. 차가운 빛이 하늘을 향해 번쩍이더니 허공을 가르며 날아온 화살들을 막아 냈다. 달려들던 사냥개도 아울러 반으로 갈라놓았다. 사냥개의 선혈이 사방으로 튀면서 피 몇 방울이 그의 장포에 튀었는데, 그 검붉은 핏자국이 마치 요염한 도화 같았다.

"가자!"

흑의인들이 외치며 달려 나왔다. 매서운 칼날이 짙은 어둠을 베기 시작하고, 빽빽한 화살비가 허공을 가르며 날아왔다. 사방이 온통 스산하기만 했다.

번쩍하는 검광 속에, 머리 두 개가 동시에 하늘로 날아갔다. 제갈월은 마치 번개가 번쩍이는 하늘을 두려움 없이 날아다니는 참매처럼, 하늘 가득 찬란한 검화를 피워 냈다.

목이 잘린 시체 두 구는 여전히 앞으로 돌격하는 자세를 취하고 있다가, 제갈월과 몸이 엇갈리는 순간, 쿵 소리와 함께 진흙탕 속에 쓰러졌다. 그들의 피가 사방으로 튀며 온 세상을 도미화 빛깔로 물들였다.

제갈월이 다시 원래의 자리로 돌아왔다. 검날이 빈틈없이 춤을 추는 가운데, 하늘을 어둡게 덮으며 날아오는 화산이 전부 땅에 떨어졌다.

초교는 제갈월의 뒤에 서 있었다. 독으로 인해 상반신 전체가 시큰했고, 검을 잡고 있는 오른손도 기력을 잃은 상태였다. 두 다리도 힘이 풀려, 의지력으로 버티고 있는 것이 아니라면 분명 예전에 땅에 쓰러졌을 것이다.

제갈월이 차갑게 코웃음 쳤다.

"내가 이렇게 덕행을 쌓고 있는데, 뭘 버티고 있는 거지?"

초교는 숨만 겨우 쉬면서 말했다.

"당신이 상관할 필요 없어!"

"내가 만약 여기 없었다면 너는 예전에 죽었을 텐데. 아직도 무슨 원수를 갚겠다는 타령인지. 허풍만 떠는 것이 부끄럽지 않나?"

바로 이때, 날카로운 화살 한 대가 날아왔다. 그 화살은 교묘한 각도로, 거의 지표면에 붙다시피 날아와 위로 솟구치며 제갈월의 등을 노렸다. 초교는 눈썹을 치켜세우며 재빨리 제갈월을 끌어안고 옆으로 쓰러졌다.

날카로운 칼날 몇 개가 그림자처럼 풀숲을 베어 왔다. 제갈월이 그 칼자루를 진동시켜 땅에 비스듬히 꽂아 넣고는 허리를 비틀어 초교를 안은 채 몸을 세우는 순간 화살이 그의 어깨를 스쳐 갔다.

"정신을 똑바로 차리지 않으면, 오늘 여기서 함께 죽게 될 거야!"

초교가 그렇게 외치자 제갈월이 말했다.

"너도 죽는 게 무서운가?"

초교는 이를 악물고 검을 뽑아 적을 막았다. 허장성세의 고함도 없었고, 쓸데없이 번잡한 초식도 없었다. 그녀의 동작은 명쾌한 동시에 모두 치명적인 살초였다.

우르릉, 천둥소리가 크게 울렸다. 비가 억수같이 내리고 있었다. 1백이 넘는 자객이 피가 섞인 진흙을 밟으며 두 사람을 단단히 포위했다. 함성 소리도 고함 소리도 들리지 않았다. 모든 것은 천둥소리와 폭우에 묻혀 버리고 말았다. 얼음같이 차가운 빗물 속에서, 그림자들이 번개처럼 뛰어 올라 서로 엇갈렸다. 선혈이 사방으로 튀고, 몸에서 잘려 나온 사지며 핏덩이들이 차갑게 굳어 가고 있었다.

자객들의 심장도 두근거리며 뛰고 있었다. 피가 소리 없이 끓어올랐다. 방금 끝낸 이 한 차례 교전이 모두의 간담을 서늘하게 만들었다. 초교와 제갈월이 서로 등을 맞대고 공격 자세를 취하고 있는 동안, 자객들은 원을 이루어 두 사람을 포위하더니, 천천히 뒷걸음질 쳤다.

자객들의 우두머리가 고개를 끄덕였다. 자객들은 잇따라 손으로 등허리 쪽을 만지더니, 곧 두 자 안 되는 길이의 표창을 꺼내 일렬로 배치했다.

제갈월이 가라앉은 얼굴로 정색하고 말했다.

"조심해."

"죽여라!"

우두머리가 별안간 외치며 두 사람을 향해 창을 휘둘렀다.

찰나의 순간, 1백이 넘는 사람들이 동시에 손을 움직였다. 셀 수 없이 많은 짧은 창들이 사방팔방에서 은빛 곡선을 그리며 초교를 향해 날아왔다.

"비켜!"

제갈월이 초교를 밀쳤다. 동시에 그의 장검이 용처럼 신음
하며 짧은 창 두 자루를 쪼갰다. 제갈월의 팔에 한 줄기 피가
흐르는 것이 보였다.

그 모습을 본 초교가 눈썹을 치켜세우며 달려 나갔다. 그러
나 바로 그 순간, 휙 소리와 함께 은백색의 화살이 갑자기 날아
왔다. 그리고 바로 그 뒤를 따라, 칠흑같이 검은 옷을 입은 남
자가 내려와 뱀이라도 된 것처럼 초교의 가느다란 허리를 꽉
잡더니 몸을 돌려, 하늘 가득 창이 날아오는 것도 아랑곳하지
않고 똑바로 뛰어올랐다!

자객들이 깜짝 놀라 재빨리 고개를 들고 활을 쏘았으나, 남
자가 허공 속을 유성처럼 스쳐 가는 것만이 보일 뿐이었다. 남
자의 손에 들린 장검에서 흐르는 빛이 하늘을 가득 채우며, 빽
빽한 화살을 막아 내고 있었다. 그는 갈고리를 연거푸 여기저
기 던져 가며 숲 속을 빠르게 빠져나가고 있었다.

차가운 바람이 불어왔다. 초교는 공중을 가로질러 스치며
아래에 있는 이들을 바라보았다. 제갈월은 무엇에도 구애받지
않는 태도로 싸우고 있었다. 그의 화려한 장포는 피로 얼룩지
고, 그의 두 눈은, 그의 두 눈만은 여전히 맑게 빛나고 있었다.
맑게 빛나며 냉담하게 그녀를 바라보고 있었다. 설백으로 빛나
는 검날은 차가운 연못처럼 제갈월의 그윽한 눈동자 속에서 흔
들리고 있었다.

갑자기 번개 같은 빛이 끊임없이 번쩍였다. 자객들이 고개를 들어 보니, 무수한 갈고리가 하늘을 가르며 날아다니고 있었다. 복면을 하고 검은 옷을 입은 자들이 빠르게 날아와 하늘에서 내려왔다.

"주군께서는 먼저 가십시오!"

아정이 단칼에 상대의 목을 베어 내며 크게 외쳤다.

검은 옷을 입은 사내 몇 명이 앞으로 나와 막 땅에 착지한 초교와 연순을 보호했다. 새하얀 칼날이 빠르게 공격해 오는 가운데, 수십의 말발굽이 진흙 속을 달렸다.

"가자!"

연순이 나지막하게 말했다. 그의 목소리는 기쁜 것인지 노한 것인지 분간하기 어려웠다. 연순은 초교의 허리를 끌어안고, 말 위로 뛰어올라 채찍을 휘둘렀다.

"저들을 잡아라!"

적들이 큰 소리로 외쳤고, 자객들이 몸을 날려 왔다. 그러나 연순은 차갑게 코웃음 치며 검을 휘둘러 자객 하나의 숨통을 끊었다. 삽시간에 선혈이 솟구쳤고, 다른 자객의 눈으로 피가 튀었다. 그자가 약간 허둥거리는 사이에 날카로운 화살이 날아와 가슴에 박혔다.

쿵, 거대한 소리가 들리자 연순은 별안간 말고삐를 잡았다. 말이 앞발을 세우더니 두 다리로 힘차게 자객 두 명의 가슴을 차 버렸다. 찰나의 순간, 자객들의 늑골이 부러지며 열 자 밖으로 날아가 다른 자객 네 명의 몸 위로 떨어졌다.

자객의 우두머리는 도저히 상대가 되지 않는다는 것을 깨닫고, 허리춤에서 원통을 꺼내 허공에 대고 발사했다. 연푸른 불꽃이 발사되어 사방을 뒤덮었다.

"꽉 잡아!"

연순이 나지막하게 말하더니, 말고삐를 높이 들고 나는 듯이 달리기 시작했다!

등 뒤에서 무수한 말발굽 소리가 추격해 왔다. 초교는 연순의 품에 안겨 있었다. 매서운 바람이 양쪽에서 스쳐 갔다. 하늘을 가득 채운 비바람은 미친 듯이 흩날렸지만, 그녀의 몸에 와 닿는 것은 얼마 되지 않았다.

그녀는 연순의 어깨 쪽으로 고개를 돌려 보았다. 보이는 것은 검은 구름으로 뒤덮인 하늘뿐이었다. 밀림과 산비탈 사이로 말발굽 소리가 이따금씩 들렸다. 대체 얼마나 많은 적들이 포위하고 있는 것일까. 저들 중 누가 진황성의 대군일까. 그리고 누가 검은 옷의 자객들일까. 초교로서는 도무지 분별할 수 없었다.

초교가 방금 탈출해 온 방향에서는 도검이 부딪치는 소리가 쟁쟁하게 울려 퍼졌고, 나무들은 마치 뿌리 뽑히는 것처럼 격렬하게 요동치고 있었다.

"주군이 오셨다!"

앞에서 갑자기 짧은 외침이 들리더니, 복면한 사내들이 그들과 어깨를 스치고 지나갔다. 눈길이 마주칠 때마다 그들은 공손하게 고개를 숙이며 무기를 꺼냈다. 차가운 빛을 내뿜는 비수며 무지개와 같은 장검, 그들은 조금의 망설임도 없이 초교에게 따라붙은 자객들을 베어 나가기 시작했다.

"주군, 정면입니다!"

"주군, 서쪽 80보에 적이!"

"주군, 남쪽에 누가 있습니다!"

"주군, 서북쪽에도 누가!"

"주군, 동쪽에 누가 기다리고 있습니다!"

한 무리, 또 한 무리, 사람들이 달려와 초교와 연순을 엄호했다. 연순은 안색 하나 변하지 않고 한 손으로 말을 부리며 다른 한 손으로 품 안의 초교를 강하게 끌어안았다. 점차 시끄러운 소리들이 등 뒤로 멀어져 갔다.

빽빽한 숲이 돌연 사라지고, 파도와 같이 흔들리는 초원이 눈앞에 나타났다. 초교의 손바닥은 선혈로 흠뻑 젖어 있었다. 그녀가 긴장한 채 물었다.

"상처 입은 거야?"

연순은 여전히 복면을 쓴 채로 말을 타고 있었다. 그는 고개를 숙이고 눈을 실처럼 가늘게 뜨더니 말했다.

"이책은 어떻게 됐지?"

초교는 고지식하게 대답했다.

"도망쳤어."

어둠 속에서 연순이 눈썹 끝을 격렬하게 치켜들었다. 그는 음울한 눈빛으로 불이 활활 타오르는 밀림을 바라보다가, 결국 고개를 돌리고 손을 흔들며 차갑게 말했다.

"돌아가자."

"기다려!"

초교가 서둘러 말했다.

"제갈월이 왔어. 아직도 저 안에 있어."

연순은 가볍게 눈썹을 치켜들며 물었다.

"내가 돌아가길 바라는 거야, 아니면 이 기회를 타서 그의 목숨을 취하기를 바라는 거야?"

초교는 멍해지고 말았다. 그녀의 마음이, 갑자기 철저하게 무너지고 말았다.

연순이 계속 말을 이었다.

"우리는 신분을 드러낼 수 없다. 시간이 없으니 이번 한 번만 그를 모르는 체하기로 하자."

말발굽 소리가 울려 퍼지는 가운데, 초교는 연순의 품 안에 안겨, 연순의 넓은 어깨 너머로 그 흔들리는 숲을 바라보고 있었다. 그녀의 눈에 비친 하늘은 침울했고, 마치 먹물이라도 떨어질 것처럼 짙어 보였다.

제13장 돌을 던져 하늘을 놀라게 하니

홍천 고원의 봄은 항상 늦게 시작된다. 변당, 회송이라면 이미 꽃이 흐드러지게 피었을 텐데, 대하는 여전히 매서운 봄추위에 떨고 있었다. 때로 코를 자극하는 향을 품고 있는 차가운 바람이 서북에서 불어오곤 했는데, 연순은 그 향이 바로 화운화 향이라고 말했다.

변당의 태자와 관련된 일은 복잡하게 뒤얽혀 어디서부터 풀어 나가야 할지 모를 지경이었다. 초교가 태자를 때린 일, 사람들이 살해당한 일, 관리들은 이런 중대한 일들을 의도적으로 숨기고 있었다. 초교가 몸에 입은 부상으로 인해 한 달 동안 침상에 누워 있기만 했어야 했던 것이 아니라면, 이전에 있었던 모든 일들이 악몽에 지나지 않는다고 여겼을 정도로 사방은 고요하기만 했다.

초교의 증언을 들은 연순도, 이 복잡한 살해 사건의 전모를 도저히 풀 수가 없었다. 며칠 밤낮을 생각해도 핵심에 도달할 수 없었기에, 연순은 결국 대동회를 총가동하였다.

열흘이 지난 후, 결국 연순은 옳고 그름을 확신할 수 없는 답안 하나를 추론해 냈고, 그것을 들은 초교는 모골이 송연해졌다. 그녀는 이 답안이 진짜가 아니기만을 간절히 바랐다.

"원인을 찾을 수 없으면 결과로부터 거슬러 올라가는 것도 좋은 방법이지. 이번 일의 결과는 일단 대하가 이책을 제대로 지키지 못했다는 이유로 화젯거리가 된 것이지. 비록 효기영과 녹영군이 총출동하여 이책을 암살하려 했던 자들 3천 이상을 일망타진했지만 말이야. 대하는 변당과의 관세 협정에서 상당히 양보를 할 수밖에 없었어. 그리고 변당 국내에서는 태자 암살 시도로 인해 광범위하게 조사를 벌이고 있지. 군사력이 있는 제후 열 이상이 이번 일에 연루되었고, 서남의 번왕 셋은 병권을 빼앗길 가능성이 높다더군. 그리고 정말 기이한 일이 무엇인지 알겠어? 이책의 수하들이 상처를 입었지만, 죽은 자는 한 명도 없다더군. 정말 불가사의한 일이지. 열 배도 넘는 적에게 기습당했는데 단 한 명도 죽지 않고, 결국 태자도 살아 돌아왔다는 것이 말이야. 변당의 태자가 정말로 운명에 모든 것을 내맡긴 거였을까? 그랬다면 그의 운이 정말 좋다고 밖에는 할 말이 없어. 하지만 나는 그렇게 생각하지 않아. 불가능한 답안을 모두 배제하고 난 후 최후에 남는 답안, 그것이 비록 아무리 불가능해 보일지라도 결국은 진실이겠지."

연순은 마차 안 부드러운 방석에 기대 몸을 옆으로 눕히고, 머리로 이마를 받친 채 담담하게 웃었다.

"아초, 이번에는 정말 운이 좋았다. 만약 네가 정말 이책을 죽이려 했다면, 아마 네가 지금 여기 있을 수 없겠지."

초교는 미간을 찌푸리며 그날의 상황을 세세하게 회상해 보았다. 그러나 그녀는 여전히 믿을 수 없었다. 연순이 말한 대로 이 모든 것이 정말로 이책의 음모였다면, 이책이라는 남자는 정말 너무나 무서운 사람이었다.

이 사건에 흥미를 느낀 것은 연순 한 사람만이 아니었다. 태의가 막 떠난 후, 궁에서 초교를 부른다는 명이 내려왔다. 연순이 그녀를 장평문까지 바래다주었지만, 더 이상은 들어갈 수 없었다. 초교는 마차에서 내려, 길을 안내하는 궁인의 뒤를 따라 앞쪽의 낭하로 들어가 전전前殿으로 향했다.

이른 시간이었기 때문인지 성금궁 안은 조용했다. 짙은 남색 하늘에는 흰 새가 빙빙 돌고 있고, 서늘한 바람이 불어와 초교의 소매가 나비처럼 춤을 추었다.

"백白 공공!"

젊은 태감이 갑자기 향장전香樟殿 방향에서 뛰어나와, 길을 안내하던 나이 든 태감을 향해 숨을 몰아쉬며 말했다.

"백 공공, 숙의국의 진秦숙의께서 돌아가셨어요!"

"뭐라고?"

백 공공이 대경실색하여 손에 들고 있던 총채도 땅에 떨어뜨리고 우물거렸다.

"어찌 된 일이냐?"

"숙의국 사람 말로는, 서선방西膳房에서 올린 대추 떡을 드시더니 갑자기 쓰러지셨다고 합니다. 이미 내무원 사람이 궁에 들어갔습니다."

"어떻게 이런 일이 있을 수 있지?"

늙은 태감이 인상을 썼다. 그는 초교 쪽으로 고개를 돌렸다. 초교가 먼저 말했다.

"공공께서는 일을 보러 가 보시지요. 전전까지 가는 길은 저도 알고 있으니까요."

"그래 주시면 감사하지요."

늙은 태감은 초교에게 예를 행한 후 젊은 태감에게 말했다.

"어서 가자."

초교는 궁에서 오래 생활했기 때문에, 후궁의 마마들이며 태감들에 대해 잘 알고 있었다. 황제는 결코 호색하지 않았다. 궁에 있는 여인들 중 누구를 특별히 총애하거나 냉대하거나 한 적도 없었다. 초교는 어렴풋하게 숙의국의 진숙의를 떠올렸다. 이름은 명선明善, 타인의 주목을 끄는 것을 좋아하지 않는 조용한 사람이었다. 항상 상의방尚義坊에서 책을 빌려 읽고 있었던가. 그런 조용한 사람조차 재난을 피하지 못하는 곳이 황궁이었다.

초교는 더 이상 생각하지 않기로 했다. 향장전을 돌아가니 팔거명八渠明 호수가 나왔다. 호반에 버드나무가 가지를 드리워 짙은 녹색이 보기 좋게 펼쳐져 있었다. 미풍이 서서히 불어오자 호수의 푸른 물결이 일렁였다. 그녀의 옷도 바람에 따라 표표히 흩날리자 초교는 자신도 모르게 쾌활한 마음이 들었다.

빠른 걸음으로 영화각榮華閣을 지나, 다시 전전의 복문福門까지 걸어간 다음, 지나다니는 사람이 적은 옆길로 빠졌다. 붉은 칠을 하고 황금빛 기와를 올린 낭하를 걸어가노라니 가산이며 푸른 물이 보이고, 온갖 꽃이 흐드러지게 피어나는 것이 보였다. 흰 옷에 먹과 같이 검은 머리카락을 늘어뜨린 초교도 풍경과 어울려 매우 청아해 보였다.

바로 그때, 처참한 비명 소리가 들려왔다. 초교는 발걸음을 멈추고 고개를 들어 보았다. 하늘에서 눈처럼 새하얀 수리 한 마리가 쿵 소리와 함께 바닥에 떨어졌다. 날카로운 화살이 수리의 배를 꿰뚫고 있는 상태였다.

사람들의 발걸음 소리가 시끄럽게 다가왔다. 초교는 미간을 찌푸리며 손을 뻗어 회랑 가장자리에 있는 궁문을 열어 재빨리 몸을 숨겼다. 그러나 안으로 들어가 문을 닫자마자 갑자기 누군가가 그녀를 습격해 왔다. 칼과 같이 맹렬한 장풍이 밀려왔다.

상대방의 힘이 너무 셌기 때문에 초교는 그를 제대로 보지 못한 채 제압당하고 말았다. 그러나 그녀는 빠르게 반응했다. 재빨리 몸을 돌려 손목을 잡고, 반사수盤蛇手의 수법으로 상대방의 목을 조였다.

그러나 초교가 손을 쓰는 그 순간, 길고 얼음처럼 차가운 손바닥이 그녀의 눈처럼 새하얀 목을 꽉 조르기 시작했다. 번개와 같은 솜씨였고, 두 사람의 힘은 비등했다.

문과 창문이 모두 꽉 닫혀 있어 빛이라고는 전혀 없었기에 서로의 얼굴을 제대로 볼 수 없었다. 두 사람의 얼굴과 형체는 어둠 속에 숨겨져 있었다. 그저 예리한 눈빛 속 반짝임만이 어렴풋하게 보였다. 마치 두 마리 야수가 좁은 길에서 만난 것 같았다.

서로를 제압했다 해도 서로 악랄한 수를 쓰지는 않았다. 거의 동시에, 두 사람은 암묵적으로 약속이라도 한 것처럼 손에 힘을 풀었다. 그리고 상대가 자신과 똑같이 행동하는 것을 보고, 그들은 다시 함께 손을 내려놓았다. 마침내 서로를 마주 보며 서 있게 되었지만, 공기 중에는 여전히 일촉즉발의 긴장감이 남아 있었다.

"운 언니, 또 이리 하시다니요."

바깥에서 부드러운 목소리가 들려왔다. 푸른 비단에 봉황을 수놓은 조복을 입고, 황금빛 꽃을 조각한 관을 쓰고 있는 여인이 궁인들에게 둘러싸인 채 천천히 걸어오고 있었다. 구름처럼 넘실거리는 소매에 날렵하게 조인 허리, 복숭아처럼 발그레한 얼굴과 유월의 호수 같은 눈이 보기 드문 미인이었다.

"언니와 나는 자매 사이나 마찬가지인데, 동생이 되어서 언니가 커다란 잘못을 범하는 것을 어찌 그냥 두고만 보겠어요?"

궁인들이 녹나무로 만든 긴 의자를 떠메어 왔다. 서귀비는 소매를 떨치며 천천히 의자에 앉아 담담하게 미소 지으며, 흰 수리의 몸에 묶여 있는 서신을 펼쳐 보았다.

"후궁의 여인이 궁 밖의 사람과 사적으로 소식을 통하는 것은 대죄이거늘. 육궁을 수년 동안 관리한 언니께서 모르실 리 없겠지요? 어찌하여 이런 잘못을 범하셨을까?"

과거 황조에서 가장 존귀했던 여인은 짙은 자줏빛에 금박을 장식한 화려한 옷을 입고 정원 중앙에 서 있었다. 황후 목합나운, 그녀의 얼굴은 여전히 고귀한 기색을 전혀 잃지 않고 있었다. 그저 살짝 여위고 창백해 보일 뿐이었다.

목합나운은 목을 꼿꼿하게 세운 채, 등 뒤의 궁녀들에게 나지막하게 말했다.

"가자."

"멈춰요."

목합나운은 마치 듣지 못한 것처럼 계속 걸어갔다. 내시 몇 명이 바로 앞으로 달려 나가 그 앞을 가로막았다.

"황후 마마께서는 걸음을 멈추시지요. 귀비 마마께서 하실 말씀이 있으시답니다."

찰싹, 목합나운이 사납게 내시의 얼굴을 때렸다. 대하의 황후는 봉황 같은 눈을 날카롭게 빛내며 차갑게 외쳤다.

"네 신분이 무엇이더냐? 어찌 감히 본 궁의 앞을 막아서느냐?"

내시는 멈칫하더니, 쿵 소리가 나도록 땅에 꿇어앉았다. 10년에 걸쳐 황후의 자리에 있었던 목합나운이었다. 그녀에게는 그동안 쌓아 온 위엄이 있었다. 아랫사람들은 모두 덜덜 떨며 아무 소리도 내지 못하고 있었다.

그러나 서귀비만은 차가운 눈길로 냉랭하게 말했다.

"언니의 봉황 같은 위엄은 여전하고, 풍채도 전혀 변함이 없으니, 정말이지 기뻐하며 축하드릴 일이로군요."

목합나운은 얼음같이 차가운 얼굴로 말했다.

"나는 너와 친숙하게 지낸 바 없으니, 서로 간에 정이라 할 만한 것도 없지. 본 궁은 과거에도 너를 두려워한 적 없고, 지금도 너를 안중에 둘 생각이 없다. 궁 안의 여인들이 흥성하고 쇠퇴하는 것은 본래 항상 있는 일이지. 모두 적이 될 수밖에 없는 신세니, 너도 언니니 동생이니 같은 칭호로 달콤하게 부를 필요 없다."

서귀비가 미소 지으며 말했다.

"운 언니의 성격은 정말이지 타오르는 불과 같아, 마음속 생각을 거침없이 털어놓으시니, 동생은 정말이지 언니를 점점 더 좋아하게 되는걸요."

"감당하기 어렵구나. 본 궁은 일이 있으니, 너와 어울려 한담을 나누지는 못하겠다."

목합나운은 말을 마치자마자 몸을 돌려 자리를 떠나려 했다.

"잠시만!"

서귀비의 고운 얼굴이 차가워졌다. 그녀는 천천히 몸을 일으켜 손 안의 서신을 들어 보이며 나지막하게 말했다.

"해명하실 생각이 없으신가요?"

"죄를 뒤집어씌우려고 한다면, 어찌 그 핑계가 없겠느냐?"

목합나운은 차갑게 코웃음 치며 느릿느릿 말했다.

"네가 그러고 싶다면 황상께 가져다 드리려무나. 황상께서는 현명하시니, 영명한 결단을 내리실 것이다."

"하지만 나는 언니의 해명을 듣고 싶군요."

목합나운이 천천히 몸을 돌렸다. 봉황의 눈이 서귀비를 주시했다. 서귀비는 황가의 고아한 기운이 자신을 압박하는 것 같아 움찔했다. 목합나운이 긍지 높은 표정으로 쌀쌀하게 미소 지었다.

"내가 너였다면, 오늘 결코 이런 식으로 행동하지 않았을 것이다."

서귀비는 그녀가 이런 말을 할 줄은 몰랐기에 잠시 할 말을 잃고 말았다.

목합나운이 계속 말했다.

"궁 안 여인의 지위가 무엇으로 결정되는지 아느냐? 첫째로는 세가 출신인지가 중요하고, 둘째로는 제왕의 총애를 받았는지가 중요하고, 마지막으로는 자손을 이었는지가 중요하지. 서귀비, 너와 나는 같은 해에 입궁하여 함께 소숙小淑에서 시작하였지. 저 세 가지 모두 네가 나보다 못할 것이 없었거늘, 어찌하여 10년 전 나는 황후가 되고 너는 지금까지도 일개 귀비인지, 그 이유를 생각해 본 적 있느냐?"

서귀비의 안색이 차가워졌다. 그녀의 얼굴에는 더 이상 웃음기가 남아 있지 않았다. 목합나운은 나지막하게 말을 이었다.

"그것은 네가 너무나 아둔했기 때문이다. 사소한 일을 할 때에도 잔꾀를 부리고, 식견이 좁은데도 허풍을 떨고 나서는 것을 좋아하지. 지금 네 얼굴은 소인이 기회를 얻었을 때의 바로 그 표정을 짓고 있구나. 그러나 너는 결국 아무것도 이루지 못할 것이다. 네가 가진 행운은, 그저 훌륭한 곳으로 시집을 온 것과 능력 있는 형제가 있다는 것뿐이다."

"대담하게도!"

서귀비 곁에 있던 궁녀가 큰 소리로 외쳤다.

목합나운 뒤에 있던 여관이 큰 소리로 외쳤다.

"너야말로 대담하다! 황후 마마께서 네 주인과 이야기를 하고 있는데, 너와 같이 비천한 노비가 어찌 감히 소리를 내느냐?"

목합나운은 궁인들끼리의 다툼은 듣지 못한 척 말을 이었다.

"목합가는 이미 무너졌다. 내가 너라면 지금 이곳에 있지 않을 것이다. 너에게는 지금의 나보다는 난헌전蘭軒殿의 그 여인이 더 위협적일 테니 말이다."

목합나운이 입가를 들어 올리며 조소했다.

"황상께서 위씨 문벌이 목합씨가 되도록 용인하실 것이라 생각하느냐? 목합씨가 무너졌다 한들, 본 궁은 황상께 있어 가장 훌륭한 배필이었다. 너는 평생 황후가 되어 보지 못할 것이다. 위씨 문벌이 아무리 영광된 자리에 오른다 해도, 너는 그저 황궁 내 일개 비에 지나지 않을 것이다. 그러하니 앞으로는 예의와 도덕을 배우고, 나설 때와 물러설 때를 구분하며, 너보다 높은 이를 만나면 예를 갖추는 법을 익히도록 하여라. 대하의 황후는, 나 목합나운 한 사람만이 얻을 수 있는 지위란다. 과거에도 그러했고, 지금도 그러하며, 장래에도 그럴 것이다. 네가 아무리 탐을 내도 소용없다. 마음을 죽이려무나."

거센 바람이 불어와 목합나운의 자줏빛 옷자락을 말아 올리고, 아름다운 머리카락이 폭포처럼 쏟아져 내렸다. 목합나운은 마흔이 넘은 나이였지만, 얼굴에 기운이 넘쳐 서른 정도로밖에 보이지 않았다. 또한 몸매며 행동거지에는 고귀함과 꿋꿋함이 충만해 있었다.

서귀비는 그 자리에 그대로 선 채 멀어져 가는 목합나운의 뒷모습을 바라보았다. 그녀는 음울한 눈길로 바닥에 무릎을 꿇고 있는 내시를 노려보더니, 곁에 있는 궁인에게 나지막하게 명령했다.

"저자를 끌어내. 죽여라."

"마마!"

내시가 경악하여 무릎을 꿇은 채 큰 소리로 외쳤다.

"마마, 용서해 주시옵소서!"

그러나 서귀비는 고개를 돌리지 않고 빠른 걸음으로 정원 안으로 사라졌다. 회랑에는 참새가 지저귀는 소리만이 들리고, 호수는 그윽하게 온화한 빛을 반사하고 있었다.

방문이 열리고 바깥에서 빛이 쏟아져 들어왔다. 초교가 살며시 눈을 뜨고 제 곁에 있는 남자를 바라보았다.

키가 큰 남자가 우아한 자세로 서 있었다. 검은 매를 수놓은 어두운 붉은빛 옷을 입고 있었고, 입술도 짙은 붉은빛이었다. 남자가 천천히 초교를 돌아보았다.

차가운 바람이 그들 사이를 스쳐 갔다. 별과 같이 빛나던 남자의 눈길이 얼음처럼 차가워졌다. 그의 눈에는 이제 어떤 감정도 떠올라 있지 않았다.

이 남자는 계속 이럴 것이다. 언제나 이렇게 차가울 것이다.

초교는 천천히 뒤로 두 걸음 물러나 평온한 얼굴로 남자를 바라보았다. 마치 예전에 알지 못했던 사람을 보는 것처럼.

초봄의 바람이 오래전의 기억들을 되살리고 있었다. 얼음처럼 차가운 공기 속으로 먼지와 같은 기억들이 흩날리고 있었다. 잠시 후, 그들은 동시에 눈을 돌려 각자의 앞을 바라보았다. 그들은 그렇게 어깨를 스치고 지나가 각자의 길을 가기 시작했다.

처음부터 지금까지, 그들은 같은 길을 갔던 적이 없었다. 운명은 때때로 그들을 희롱하듯 우연한 만남을 안배해 주었다. 그러나 아주 짧은 순간의 만남이었을 뿐이고, 그들은 결국 이렇게 서로의 어깨를 스치고 지나가, 유성처럼 각자의 궤도를 타고 광활한 별의 바다 속으로 사라져 버리는 것이다.

"도련님."

내시처럼 꾸민 남자가 앞으로 다가와 나지막하게 말했다.

"준비가 끝났습니다."

무성한 죽림 안, 붉은 옷자락이 바람에 흔들렸다. 제갈월은 미간을 찡그린 채 오래도록 아무 말도 하지 않았다. 날씨는 덥지 않지만, 하인은 급히 뛰어오느라 이마에 땀을 흘리고 있었다.

향을 반쯤 태울 시간이 지난 후, 제갈월이 마침내 고개를 끄

254

덕였다.

"시작하라."

차가운 바람이 불어오고, 성금궁 안에는 피비린내가 풍기기 시작했다.

초교가 막 전전에 도착했을 때, 한 인영이 왔다 갔다 하며 광장 위에 대량의 자근화紫瑾花를 늘어놓고 있었다. 연순은 우아한 자세로 멀리서 그녀를 기다리고 있었다.

초교가 빠르게 두어 걸음 걸어가자, 연순도 그녀를 보고 미소 지으며 다가왔다.

"교교!"

놀랍게도 이책 역시 곁에 있었다. 그는 초교를 발견하자 힘차게 손을 흔들었다.

초교가 혐오스러운 표정을 짓기도 전에, 갑자기 날카로운 종소리가 온 황궁에 울려 퍼졌다. 모든 이들이 경악하여, 고개를 들어 사방전斜芳殿 쪽을 바라보았다.

"자객이다! 황후 마마께서 훙서하셨다!"

태감이 울음 섞인 날카로운 목소리가 마치 상가의 종처럼 전전 앞 광장에 울려 퍼졌다. 모든 이들이 대경실색하였다. 검은 군복을 입은 시위들이 쏟아져 나와, 파도가 밀려가듯 사건이 발생한 사방전을 향해 달려갔다.

광장에 있던 이들은 한참 동안 경악하고 있었다. 어디서인지 모르게 울음소리가 시작되었고, 곧 모든 이들이 멍한 표정으로 새까맣게 몰려들어 울기 시작해, 울음소리가 성금궁 상공에 메아리쳤다.

목합씨 출신의 나운 황후, 과거 칠대문벌의 수장이었던 목합 일족 출신으로, 열세 살에 입궁하여 서른에 황후의 자리에 올랐던 여인. 봉황의 인장을 10년 동안 지녔으며, 육궁이 모두 복종하였고, 그녀에게 거역하는 자는 없었다.

초교는 즉시 흙빛이 된 얼굴을 들어 연순을 보았다. 그의 눈에도 똑같은 경악과 공포가 떠올라 있었다.

지금 황후가 죽은 그 궁전은 바로 초교가 막 걸어 나온 곳이었다. 만약 황후 시해가 조금만 더 일찍 벌어졌더라면, 그녀가 지금 여기 산 채로 서 있을 수 있었을까?

조종이 아홉 번 울리니, 모든 병사들이며 궁녀들, 태감, 혹은 왕공대신, 문무백관이 후궁 쪽을 향하여 다 함께 참배하였다.

황궁 안은 죽음과도 같은 적막에 싸여 있었다. 항상 시끌벅적하던 전전조차 일시에 모든 소리를 잃은 것 같았다. 종소리가 잠시 멈추었다가, 다시 맑게 울리기 시작했다.

먼저 한 사람이, 그 다음 두 사람이, 열 사람이, 백 명이, 천 명이, 모든 이들이 가지런히 무릎을 꿇고 사방전이 있는 방향을 향해 머리를 조아렸다.

초교는 그저 입만 벌리고 있었다. 그녀의 머릿속에 목합씨 일족을 대표하는, 황후의 자리에서 대하의 절반을 장장 10년에 걸쳐 장악하고 있던 무서운 여인이 떠올랐다. 그녀의 단호한 말이 귓가에 들리는 것 같았다. 대하의 황후는, 나 목합나운 한 사람만이 얻을 수 있는 지위란다. 과거에도 그러했고, 지금도 그러하며, 장래에도 그럴 것이다.

그 목소리가 아직도 귀에 쟁쟁한데, 사람은 이미 죽어 버렸다. 이 영광으로 가득 찬 듯 보이는 황궁 안에, 대체 어떤 무서운 칼날이 숨어 있는 것일까?

거대한 통곡 소리가 하늘을 뚫고, 자금문 밖 멀리까지 퍼져 나갔다.

백창력 778년 5월 9일, 황후가 훙서하다. 백관이 자금문 밖에서 통곡하고, 만민이 애통해하며, 온 나라가 상복을 입다. 5월 16일, 태경가太卿街를 통해 능으로 갈 때, 수레와 말이 10여 리에 걸쳐 이어지다. 서회왕西懷王은 효를 다하기 위해 관직에서 물러나고, 관이 가는 길을 계속 함께 하여, 구은산九隱山 황가의 능침으로 향하다.

역사상 목합나운 황후는 이렇게 얼마 되지 않는 기록으로 남았다. 장례는 화려하게 치러졌으나, 사후에 새로운 봉호를 더해 주는 일은 없었다. 사망 원인에 대해서도 모두 입을 다물고 이야기하지 않았고, '훙薨' 한 글자로 과거 번창하였던 목합의 일맥이 정말로 역사의 무대에서 퇴출되었음을 표시하였다. 장로회의 칠대세가 중 남은 여섯은, 목합씨가 사라진 후 비어 버린 자리로 인해 많은 세가 대족의 의심 어린 눈길을 받고 있었다. 그리고 이런 눈길은, 목합나운의 죽음으로 인해 더욱 공공연한 것이 되었다.

목합 황후가 출상하던 그날, 초교는 황궁 서남쪽의 고루에
서 있었다. 하얀 능라 비단이 흩날리며 공허한 하늘을 가리고
있었고, 모든 것은 한바탕 화려한 꿈속의 풍경 같았다.

연순도 그녀의 곁에 서 있었다. 그의 눈빛은 담담했고, 어떤
기분도 드러내지 않고 있었다. 그러나 그가 몸을 돌려 떠난 후,
초교는 방금 그가 잡고 있던 난간에 다섯 손가락의 흔적이 뚜
렷하게 찍혀 있는 것을 발견했다.

어떻게 잊을 수 있겠는가. 처음으로 연북 고원에 들어왔던
철기병은 바로 목합 일맥에 속한 병사들이었다. 또한 어떻게
잊을 수 있을까. 차가운 물 속에서 죽어 간 연홍초를. 연홍초는
굴욕을 당한 후 원한 때문에 눈조차 제대로 감지 못했다.

목합씨 일맥의 마지막 권력자가 죽었다. 연북과 목합씨의
피맺힌 원한은, 마침내 피비린내 속에 일단락되었다.

앵가원으로 돌아오는 길, 초교는 칠황자 조철을 발견했다.
젊은 황자는 연푸른 금포를 입고, 요대와 소매에만 흰 천을 두
르고 있었다. 황궁 전체의 눈길이 몰려 있는 지금으로서는 지
극히 적절하지 않은 차림새였다.

조철은 평온한 안색으로 원산정 안에 서 있었다. 하늘 가득
가느다란 안개비가 내려, 그의 얼굴은 제대로 보이지 않았다.
초교는 우산을 펴고 살짝 고개를 들어 보았다. 비가 그녀의 신
발과 치맛자락도 살짝 적시고 있었다.

조철은 서쪽 하늘을 바라보고 있었다. 진황성의 서쪽에는
구릉지대를 이루고 겹쳐 있는 고원이 있다. 대하의 선조들은

바로 그 산맥에서 나왔다고 했다. 그들은 말을 달리고 채찍을 휘두르며, 선혈과 신념으로 이 광활한 국토를 개발했고, 혼란한 홍천 고원을 하나의 정권 아래 복종하게 하였다. 대하 사람들은 자신들이 죽은 후 영혼이 고향으로 돌아가, 그 붉은 대지에서 긴 잠을 잘 거라고 믿고 있었다.

대하 황조의 지하 황릉은 서북의 구은산 아래 있었다. 백성들 사이에서 대대로 내려오는 전설에 의하면, 그 산 위에 거대한 신묘가 있는데, 고래 기름으로 밝힌 등이 밤과 낮을 가리지 않고 영원히 타오른다 하였다.

가느다란 비가 기름종이로 만든 우산을 때렸다. 초교의 흰 치맛자락이 조용히 흔들리고 있었다. 초교는 꽃나무 사이로 들어섰다.

목합씨의 세력을 제한하기 위해, 황제는 칠황자 조철이 출생하자마자 문화각 대학사의 딸인 원비元妃에게 보냈다. 원비는 대하 황제가 평생에 걸쳐 유일하게 총애했던 비였다. 그녀는 본래 변당, 물이 많은 고장 출신으로, 대단한 가문 출신은 아니었지만 17년 동안 황제의 깊은 애정을 받았다. 그러나 조철이 17세가 되던 생일, 원비는 궁녀들이 보는 앞에서 호수에 몸을 던져 자진하였다.

원비가 죽은 정확한 원인을 아는 이는 아무도 없었다. 궁중에 전해지는 이야기로는 목합 황후가 질투히여 음모를 꾸며 원비가 자진하게 만들었다고 했다. 그러나 황제는 이 일에 대해 어떤 반응도 보이지 않았다. 원비가 죽은 후에도 그는 평소대로 조정에 나갔고, 평소대로 정무를 처리했다. 영명한 군주의 품격에 완벽하게 부합하는 행동이었다. 그러나 그 후로, 그는 더 이상 어떤 비빈도 새로 들이지 않았다.

조철 역시 양모의 죽음으로 인해 생모와의 거리가 점차 멀어졌다. 마침내 점차 정치에 대한 의견이 맞지 않아 모계 혈족과 반목하게 되었고, 유배나 다름없는 임무를 띠고 변경으로 떠나게 되었다. 그때, 그에게 구원의 손길을 내어 주는 이는 단한 사람도 없었다.

그러나 바로 그러하였기 때문에 목합씨가 몰락한 후 그의 동생인 조각, 순아 공주의 기세가 떨어진 것에 비해 그는 어떤 영향도 받지 않고 평소대로 병사들을 이끌 수 있었다. 수많은 경우, 표면에 보이는 것들이 반드시 진짜인 법은 아니다.

초교는 몸을 돌렸다. 더 이상 젊고 전도유망한 황자의 쓸쓸한 그림자를 보고 싶지 않았다. 이 깊은 황궁 안 모두는 자신만의 비애를 지니고 있다. 또한 자신만의 잔인함도 지닐 수밖에 없다. 초교의 눈 안에도 너무 많은 세월의 풍파가 담겨 있었다. 그녀는 이제 이 화려한 황궁 아래의 어두운 고통을 더 이상 눈에 담지 못하게 되었다.

앵가원으로 돌아오니, 연순이 매화 숲 정자에서 술을 마시고 있었다. 근 몇 년 동안 그는 항상 냉정했고, 모임 때문에 필요한 경우가 아니라면 거의 술을 마시지 않았다.

초교는 낭하에 앉아 청삼을 느슨하게 걸친 연순을 바라보았다. 문득 마음이 쓰라려 왔다. 아주 오래전 어느 오후, 소년은 악몽에서 깨어나 그녀의 손을 잡고 물었었다.

'아초, 나는 언제야 안심하고 취할 수 있을까?'

그때의 그들은, 안심하고 술 한 모금 마실 용기조차 없었다. 지금 그들은 술을 마실 만한 용기가 생겼다. 그러나 어깨 위에 너무 많은 책임을 지고 있어, 더 이상 안심하고 술잔을 들어 올릴 수 없었다.

연순은 결국 두 잔 만에 술잔을 내려놓았다. 미풍이 스쳐 가자, 하늘 가득 매화가 분분하게 떨어졌다. 청삼을 입은 남자의 먹처럼 검은 머리가 춤을 추었다. 남자는 두 눈을 감은 채 고개를 들었다. 하얀 매화 꽃잎이 그의 얼굴에 떨어졌다. 그의 옷자락이 마치 새의 날개처럼 펄럭거렸다.

초교는 그에게 다가가지 않고 먼 곳에 서서 조용히 바라보았다. 세상에는 타인이 결코 이해할 수 없는 감정이 있고, 타인이 대신 짊어질 수 없는 원한이 있다. 초교와 연순처럼 친밀한 관계라 하더라도, 그녀는 결코 연순의 원한을 대신 감수할 수는 없었다.

초교가 할 수 있는 일은 그저 멀리서 바라보다가, 비가 오면 제 손에 들린 우산을 건네주는 일 정도일 것이다.

제국에서 가장 존귀한 여인은 죽으며 거대한 바위를 남겼다. 그 바위가, 보기에는 평온하던 호수의 얼음을 깨고 있었다.

모두의 예상과는 달리, 서귀비는 순리대로 목합나운의 자리를 이어받지 못했다.

목합나운의 죽음을 전해 듣고 서귀비가 즐거워했던 순간도 잠시, 수많은 의심의 화살이 위씨 문벌을 조준했다. 서귀비는 가장 큰 혐의를 받았고, 서기국, 내무원, 대시부의 관원들이 주마등처럼 서운전을 드나들었다.

이레 동안의 조사에도 아무 물증이 나오지 않았지만, 그렇다고 해서 모든 이들이 서귀비에 대한 의심을 거둔 것은 아니었다. 후궁에서 서귀비의 지위는 급격하게 떨어졌다. 어사대에서 글줄깨나 쓰는 이들은 연일 위씨 문벌의 죄상을 폭로하는 상소를 올리고 있었다.

대신 난헌전의 헌비軒妃가 근거 없이 득세하게 되었다. 연속해서 사흘 동안 시침을 들더니, 나흘째 되는 날 귀비로 책봉되어, 서귀비를 제외하면 품계가 가장 높은 비가 되었다. 또한 봉황의 인을 대리하여, 목합 황후의 장례 의식을 계획하고 진행하는 전권을 가지게 되었으니, 엄연하게 후궁에서 일인자라 할 만했다.

헌귀비는 뒷배경이 없던 원비나 몰락한 세가 출신의 목합나운과는 달랐다. 그녀에게는 아주 찬란한 성씨가 있었다. 바로 수백 년에 걸쳐 내려온 오래된 씨족의 성씨로, 그녀는 강력한 가문의 뒷배를 업고 있었다. 그녀의 본명은 바로 제갈난헌이었다.

정세가 급변했다. 제갈씨는 삽시간에 위씨 문벌과 어깨를 나란히 하는 대가 중 하나가 되었다.

대하 황제의 이번 수연은 풍랑 없이 지나갈 수는 없을 듯했다. 목합 황후의 장례가 끝나고 나니, 황제의 탄생일까지는 겨우 사흘이 남아 있었다. 그날, 황제는 자신이 가장 사랑하는 딸을 연북의 세자에게 시집보내 사혼을 완성할 생각이었다.

모든 활은 현을 팽팽하게 당기고 있었다. 진황성에 일촉즉발의 긴박한 분위기가 흐르고 있었다.

5월 17일, 용맹스러운 기병 한 무리가 진황성의 고요함을 깨트렸다. 수연을 축하하기 위해 서북 파도합 가문에서 보낸 사자들이 도착한 것이다.

파도의 가장 어린 동생인 파뢰巴雷는 성에 들어오자마자 큰 소리로 통곡하며, 자미광장으로 달려가 국모의 조상 앞에서 눈물 콧물 흘리며 통곡하였다. 그 후, 그는 성금궁의 부름을 받았다. 존귀한 황제 폐하가 그의 충성심과 애국심에 감동하여 직접 그를 접견하기로 결정한 것이다.

파뢰가 조정에 들어가는 것을 신경 쓰는 사람은 없었다. 진황성의 관료들이 보기에, 파도합은 이미 전성기가 지나간 이였으니 특별한 임무를 맡을 리 없었다. 또한 목합씨가 무너진 후 파도합은 서북의 야만족이라는 이유로 다른 가문들에게 배제당하는 상황이었다. 황제가 파뢰를 만나는 것은, 단지 사람들의 인심을 사려는 것일 뿐이라고 모두 생각하고 있었다.

성금궁의 어서방에서 황제는 파뢰를 장장 한 시진 동안 접견하였고, 그동안 시위들은 아무도 접근하지 못하도록 문가를 지키고 있었다.

파뢰가 성금궁에서 나왔을 때는 이미 깊은 밤이었다. 거센 바람이 휘도는 구외주 거리에서 젊은 파뢰 장군은 앙천대소했다. 지나가던 행인들이 미친 사람을 보는 듯한 표정으로 그를 힐금거리고, 몰래 미간을 찌푸렸다.

그날 밤, 제갈월과 막 수도로 돌아온 위씨 문벌의 위서엽은 모두 서북 참매의 봉인이 있는 서신을 받았다.

제갈목청은 한참 동안 서신을 들여다보다가 곁으로 치워 버리고 천천히 고개를 저었다.

"병에 걸려 외출하기 불편하다고 하여라."

제갈월이 미간을 찌푸리며 물었다.

"무엇 때문입니까?"

제갈목청이 가라앉은 목소리로 말했다.

"우리의 목적은 이미 달성되었다. 또 다른 문제가 파생되는 것은 좋지 않아. 지금은 가문의 세력을 키워야 할 때다. 난헌도 궁중에서 아직 시간이 필요해."

"우리가 이 일을 해낸다면, 황상께서도 우리를 더욱 신임하시게 될 것입니다."

제갈목청이 미간을 찌푸리며 낮은 소리로 말했다.

"월아, 아직도 모르겠느냐? 황상께서 우리를 신임하시고 아니고는, 우리가 나라를 위해 어떠한 공헌을 했는가로 결정되는 것이 아니다. 제갈 일맥이 어떠한 실력을 지니고 있느냐가 더 중요한 것이다. 몽 장군은 대대로 나라에 충성을 바쳤지만 지금 그저 일개 장령에 불과하고, 봉지도 재력도 가진 것이 없지 않느냐. 황가와 세가는 권력을 나누어 가졌기에 어차피 조화를 이룰 수 없다. 이 점은 아비가 너에게 아주 여러 번 이야기했던 것 같구나."

"하지만……."

"이 일은 더 이상 말할 것 없다. 오늘부터 폐문하고 손님을 사절하도록 해라. 우리는 앉아서 사흘 후의 결과를 기다려 보자."

제갈월의 말은 제갈목청에 의해 끊기고 말았다. 사실 제갈월은 이렇게 말하고 싶었다. 만약 파뢰, 그 어리석은 자가 일을 제대로 처리하지 못한다면, 연순이 정말로 살아서 진황성을 떠나 연북으로 돌아가 즉위한다면, 그렇다면 진황성은 어떻게 되겠습니까? 대하는 어찌 되는 것입니까? 천하는 또 어찌 될까요? 자신의 이익 때문에 이 사나운 호랑이를 풀어 주게 된다면, 우리는 대체 어떤 재난을 만들어 내게 되겠습니까?

그는 말하고 싶었다. 부친은 이미 늙었노라고. 부친의 눈은 그저 가문의 득실과 이익만을 따지고 있었고, 천하의 대세를 판단하지 못하고 있었다. 나라가 존재하지 않는다면, 제갈 일맥이 어찌 존재할 수 있을까?

그리고 그가 정말로 가 버린다면 그녀는 어찌 되는 것일까? 그녀도 진황성을 떠나 멀리 연북으로 가 버리는 것일까?

그나마 다행인 것은, 파뢰는 멍청이에 불과하지만 위서엽은 쓸 만한 인재였다. 위씨 문벌은 권세를 잃었으니 어떻게든 다시 일어서려 할 것이다. 그러니 위서엽은 부득이하게 이 기회를 잡겠지.

제갈월은 천천히 고개를 들고 중얼거렸다.

"위서엽, 절대로 나를 실망시키지 말아 다오."

다음 날, 위서엽은 무사 열여덟을 이끌고 진황성에 있는 파도의 저택으로 갔다. 그리고 하루를 기다렸으나 제갈월은 오지 않았다.

파뢰와 위서엽은 처음 만났지만 서남의 군영에서 일을 한 적이 있다는 공통점 때문에 서로 낯설어하지 않았다. 자리에 앉자마자, 파뢰는 즉시 자신의 뜻을 설명했다. 새로이 권세를 얻은 제국의 젊은 귀족, 파뢰는 입 끝을 가볍게 들어 올리며 사악한 미소를 지었다.

"제갈가는 나라를 위해 충성을 다할 좋은 기회를 포기하는 군. 보아하니, 높은 자리에 오를 기회는 우리 형제에게만 떨어질 모양이오."

위서엽의 안색은 음울했다. 그는 파뢰와 너무 많이 치근거리고 싶지 않은 듯, 바로 중요한 화제로 들어갔다.

"제 성격이 거칠어 말을 잘하지 못하니, 중요한 이야기부터 묻겠습니다. 장군께서는 계획이 있으신지요?"

파뢰는 득의만만하게 웃었다.

"있소."

"상세한 내용을 듣고 싶습니다."

전체적인 임무는 소규모의 군사 정변 같았다. 사흘 후, 황제의 수연이 있는 밤, 성 안에 주둔하고 있는 효기영의 제7사단과 제9사단이 서북 파도합 가문의 군대에 들어가 서북군으로 변장하고, 파뢰와 함께 연북의 행렬을 포위하여 공격하게 되어 있었다. 파뢰는 직접 지휘를 맡아 일체의 저항을 분쇄할 것이고, 반역자를 잡아 바로 베어 버릴 것이라고 하였다. 간신을 베고 나면 천하는 태평해지리라며 파뢰는 껄껄 웃었다.

위서엽은 성금궁의 생각을 이해할 수 있었다. 이 일을 할 수 있는 사람은 적지 않았지만, 서북의 파도합 가문이 가장 적임자였다.

이 임무는 규모와 기세가 크긴 하지만 겉보기에는 개인적인 보복에 가까운 인상을 풍겼다. 서북의 파도와 연북의 은원 관계를 생각하면 누구도 이 안에 다른 모의가 있으리라 의심하지 않을 것이다. 사건의 자초지종이 어떻게 풀이될지는 일목요연했다. 파도는 연순이 공주를 취한 후 연북으로 돌아가 왕위를 이을 것을 걱정하여 자신의 동생을 보내, 진황성에서 무고한 연북의 세자를 모살했다는 누명을 쓸 것이다.

그 후, 황제는 공평하게 일을 처리할 것이다. 서북군을 크게 꾸짖고, 파뢰 장군을 구류하겠지. 그리고 열흘이나 보름 정도 지난 후에, 파뢰가 반성의 뜻을 보였다며 무죄로 석방해 줄 것이며, 상징적으로 배상금을 어느 정도 거둘 것이다. 그때가 되면 그 누구도 이미 후손이 끊긴 연북을 위해 정의를 부르짖지 않을 것이다.

제국의 목표는 천하 사람들에게 이것이 그저 사적인 은원 문제이며 국가와는 무관하다는 사실을 알리는 것이었다. 자신의 딸을 하가시키려 했던 황제는 더더욱 어떤 관련도 없어 보여야 하는 것이다.

위서엽의 마음속에 한 오라기 혐오감이 일어났다. 그러나 그는 여전히 미간을 찌푸리고 나지막하게 말했다.

"위씨 문벌이 죽음을 각오한 병사 3백을 내어 장군을 따르게 하겠으니, 장군 마음대로 부리시지요."

몰락한 세자 하나를 상대하는 데 그리 많은 군대가 무엇 때문에 필요하겠는가. 파뢰는 흐흐 웃으며 말했다.

"좋소. 그럼 소장께서는 외곽에서 구원병들을 숙청하고 막는 것을 책임져 주시오."

위서엽은 온화하게 미소 지었다.

"장군께서 발탁해 주심에 감사드립니다."

5월 18일, 깊은 밤.

초교는 지도를 앞에 두고, 이틀 후 있을 혼례 의식을 반복하여 검토하다가 마지막에 나지막하게 말했다.

"다른 부분은 다 괜찮아. 하지만 성의 남쪽, 여기 조묘朝廟에서 의식을 치르는 이 부분은 안심이 되지 않아."

연순은 눈썹 끝을 치켜세우며 그녀에게 계속 말하라고 눈짓했다.

"의식에 따르면, 당신은 조묘에 가서 조상께 제사를 올려야 해. 그 다음에 다시 예관을 따라 황궁으로 돌아가 공주를 맞이해야 하지. 이때 당신을 호위할 사람들은 예부에서 뽑아 온 관병들일 텐데, 믿을 만하지 않아. 만약 누군가가 이 길에서 당신을 가로막으려 한다면, 분명 큰일이 벌어질 거야."

연순이 지도를 보며 가라앉은 목소리로 말했다.

"이곳은 지세가 넓고, 서남진부사西南鎭府使가 있는 곳과 가깝지. 마치 물고기와 용이 뒤섞여 있는 것과 같은 형세야. 이곳에서 일단 군대를 일으키려면 반드시 대군이 출동해야 해. 그리고 서남진부사와 우리는 꽤 인연이 있으니, 여기서 나를 죽이려 들 만큼 대담하지는 못할걸."

초교는 고개를 저으며 천천히 말했다.

"반드시 만반의 준비를 해야만 해. 불가능해 보이는 곳일수록 착오가 생기기 쉬운 법이야. 그리고 당신과 내가 모두 알듯이 서남진부사가 연북과 당신에게 충성을 다한다는 확신은 없어. 우리가 방어할 방법을 생각해야만 해."

연순은 고개를 끄덕이며 지도를 들고, 전투가 벌어질 만한 상황과 대응책을 고민하기 시작했다.

초교도 지필을 꺼낸 뒤 책상에 엎드려 적어 내려가기 시작했다.

향을 하나 피울 시간이 흐른 후, 두 사람은 동시에 몸을 일으켜 각자의 종이를 교환했다. 그리고 한번 훑어본 후, 갑자기 두 사람은 웃기 시작했다.

솥을 깨트리고 배를 침몰시키자!* 배수의 일전이다!

만약 대하의 황제가 감히 이 하책을 쓴다면, 진황성 전체가 스스로를 전송하는 장면을 보게 될 것이다!

이틀이 별다른 파란 없이 지나갔다. 5월 20일 아침 일찍, 진황성 전체는 성대한 환락에 빠졌다. 진홍빛 비단이 자금문 앞에서부터 구외주 거리를 지나 동성문까지 이어졌다. 대하 황제가 거리에 모습을 드러내자 제도의 관리들, 상인들, 백성들은 거리를 가득 채운 채 앞다투어 머리를 조아리며 절하고, 높은 소리로 만세를 불렀다. 그야말로 웅장하고 화려한 태평성세의 그림이었다.

대하 황제의 수연을 맞아, 살인을 저지른 자들을 제외하고는 모두 사면을 받았다. 자미광장에는 사면받은 죄수들이 빽빽하게 무릎을 꿇고 있었다. 황제의 수레가 근처를 지나가자 이들은 즉시 큰 소리로 만세를 부르며 황제의 은혜에 감사하였다.

문무백관과 각 번지에서 올라온 사절들은 자금문 앞에 무릎을 꿇고 있었다. 후에 그들은 황제의 수레를 따라다니며 백성들의 의식을 함께 누렸다.

황제의 행렬은 오후까지 지속되었다. 성금궁 내에는 성대한 연회가 벌어졌다. 저녁 무렵이 되자 불꽃이 하늘을 가득 채웠

---

* 결사의 각오로 싸움에 임한다는 뜻으로, 《사기 항우본기史記 項羽本紀》에서 항우 項羽가 진秦나라 군사와 싸울 때, 강을 건넌 후 밥솥을 부수고 배를 침몰시키고 다시는 돌아가지 않을 결심을 하였다는 고사에서 유래함.

고, 색색의 등이 높이 걸렸다. 수많은 무희들이 광장에서 화려하게 춤을 추었고, 음악 소리는 널리 퍼져 황성 전체에 두루 들렸다. 백성들의 환호성은 하늘을 진동하게 했고, 그 기세는 사람을 놀라게 할 정도였다.

자미광장에서 사람들이 환호성을 지르고 있을 때, 성의 남쪽 조묘로 가는 길에서는 화려한 의복을 입은 인마가 예법에 따라 느릿느릿 움직이고 있었다.

내성의 기쁜 분위기와 달리 성의 남쪽 조묘, 이 금역은 고요함 속에 깊이 묻혀 있었다. 멀리서 환호성이 끊이지 않고 들려와 이곳의 죽음 같은 적막을 더욱 돋보이게 했다. 어두운 달빛 아래 진홍빛 등불이 길 양쪽에서 반짝이고, 연순은 진홍빛 길복을 입은 채 마차 안에 앉아 살짝 눈을 감고 조용히 때를 기다리고 있었다.

꽈당 소리와 함께 마차가 멈칫하더니 서서히 멈췄다. 연순은 눈을 뜨고 미간을 살짝 찌푸렸다. 그 순간 마음 깊은 곳에 있던 최후의 머뭇거림마저 사라져 버렸다.

"무슨 일이냐? 왜 멈춘 것이냐?"

대오를 이끌던 예관이 앞으로 나가 묻자, 한 젊은 무술 교위가 빠른 걸음으로 달려와 마차 안의 연순과 예관에게 말했다.

"세자 저하, 예관 대인, 조묘의 경비대가 우리가 마차에서 내려 검문받을 것을 요구하고 있습니다."

"대체 무슨 소리냐? 이것은 예법에 맞는 제사다. 열흘 전에 이미 확인 절차까지 마친 것을…… 공주 마마의 혼례를 막으려 들다니, 저들은 대체 어느 부대 소속이냐? 살고 싶지 않다더냐?"

무술 교위가 괴로운 얼굴로 말했다.

"대인, 저도 그렇게 말했습니다. 그러나 그들은 여전히 검문을 고집하고 있습니다."

"세자 저하, 소인이 앞에 가서 보고 오겠습니다."

마차 안에서는 아무 소리도 들려오지 않았다. 예관은 연순이 묵인했다고 생각하고, 교위와 함께 자리를 떠났다. 예관은 마차 안의 사람이 이미 귀신도 모르게 그 자리를 떠난 다음이라는 사실을 알지 못했다.

공기 중에 이미 살기가 감돌고 있었다. 마치 죽은 시신에서 나는 썩은 내처럼 진한 살기였다. 대오의 전방, 예관들과 조묘의 경비들이 얼굴을 붉히고 핏대를 세우며 다투기 시작했다. 곧 주먹질이라도 할 것 같은 태세였다.

그때 높은 건물 뒤에서 전사들이 올라탄 전마들이 나타났다. 전마들의 말발굽은 모두 면포로 싸 놓았기에 아무 소리도 나지 않았다. 아정이 말에서 내려 연순에게 전마를 끌고 와서 나지막하게 말했다.

"저하, 모든 준비가 끝났습니다."

연순이 고개를 끄덕이며 말 위에 올라타더니 서남진부사를 향해 나는 듯이 달리기 시작했다. 서남진부사는 제국이 연북에서 뽑아 온 야전군으로 장기간 진황성에 머무르고 있었으며 인원은 1만 이상이었다.

그들은 연순의 수하는 아니었다. 그러나 그들은 연순과 같은 연북 출신이었다. 연순은 이미 그들을 한배에 끌어들이기로 작정한 다음이었다.

일단 연순은, 그저 구원을 요청할 셈이었다.

한편, 예관들과 조묘 경비대가 다투고 있던 대오의 전방에서 갑자기 도광이 번쩍였다. 조묘 경비대의 통령이 큰 소리로 외쳤다.

"시작하라!"

고함 소리와 함께 조묘의 경비대는 칼을 뽑았다. 솜씨가 민첩하고 행동에 힘이 가득한 것을 보아 결코 조묘의 경비대가 아니라, 오랜 기간 전쟁터를 누빈 군인들이 분명해 보였다.

"연북의 반역자를 주살하라!"

자객들이 고함을 지르고 칼을 휘두르며 사납게 달려왔다. 예관들은 창졸간에 방어선을 구축한다고 구축했지만 허약하기가 종이로 만든 풍등 수준이라, 순식간에 돌파당하고 말았다. 대오를 이끌던 예관은 이제야 겨우 정신을 차리고 큰 소리로 외쳤다.

"자객이다!"

그도 무장 출신이었다. 그는 허리춤의 칼을 빼어 들고 있는 힘을 다해 적을 상대하며, 충성을 다해 직분을 지키겠다는 듯 소리쳤다.

"저하를 지켜라! 대열을 정리하고! 구조를 요청……."

그러나 말을 채 끝내기도 전에 날카로운 칼날이 들이닥쳤다. 강철로 만든 칼날이 떨리는 소리를 내자 불티가 사방으로 튀었고, 그의 목구멍에서 선혈이 솟구쳤다. 그는 목소리가 잠긴 채 시신이 되어 피웅덩이 속으로 쓰러질 수밖에 없었다.

마차에 타고 있던 예관들은 마차에서 내릴 틈도 없이 그저 참혹한 비명 소리를 지를 수밖에 없었다. 화살비가 쏟아져 마차에 빽빽하게 꽂혔는데, 그 모습은 마치 고슴도치 같았다.

마차 안은 아주 좁아 피할 곳이라고는 없었다. 비명 소리며 애걸하는 소리가 진황성 서남쪽 상공에 메아리쳤다. 듣는 이의 머리끝까지 저려 올 정도로 무서운 광경이었다.

그러나 잔인한 도살자들은 조금도 동요하지 않았다. 그들은 땅 위에 엎드려 작은 쇠뇌를 치켜들고, 강하게 현을 당기고 활을 쏘았다. 날카로운 화살이 줄지어 날아와 마차의 벽을 꿰뚫었고, 무고한 예관들이 화살에 맞아 핏덩이로 변하고 있었다. 간혹 힘이 좋은 궁수가 쏜 화살은 마차의 벽 두 개를 꿰뚫었는데, 그렇게 마차 반대편으로 나온 화살의 화살촉에는 보기만 해도 몸서리쳐지는 붉은 선혈이 방울방울 떨어지고 있었다.

마차를 지키던 이들도 칼을 빼어 있는 힘을 다해 반격했다. 화살을 활에 메겼으나, 상대의 속도가 너무 빨랐다. 조준할 틈도 없이 활을 쏘아야 하니 어둠 속에서 누구를 맞힐 수 있을 리 만무했다. 더군다나 이들은 전투에 능하지 않은 예부의 경비대였다. 그들은 어쩔 수 없이 활을 바닥에 버리고, 칼을 뽑아 전투에 응했다.

고함 소리가 하늘을 가득 채우는 가운데 바닥에 흐른 피가 진흙과 뒤섞였다. 여덟 필의 전마가 어깨를 나란히 하고 갈 수 있는 넓은 거리에서, 양측의 전사들이 서로 뒤엉켜 고함을 치며 싸우고 있었다.

좁은 길에서 만나면 용감한 자가 이기는 법! 그들은 이미 상대의 이름이나 내력을 물을 여유도 없었다. 그들이 할 수 있는 것은 그저 칼을 높이 들고 사납게 상대의 머리를 베는 것뿐이었다.

그러나 적이 너무 많았다. 연순을 호위하던 사람들은 마치 격류에 휘말린 볏짚처럼, 눈 깜빡할 사이에 거대한 파도에 휩쓸려 그림자조차 찾을 길 없게 되었다.

사기를 잃은 고함은 마치 나지막하게 깔리는 천둥처럼 길가에 메아리쳤다. 이 모든 것을 배경으로 진황성 중앙에서는 한 번, 또 한 번의 환호성이 울려 퍼지고, 경축 불꽃이 하늘을 가득 채웠다. 그러나 시끌벅적하게 기뻐하는 이 모습은 바로 학살의 고함 소리를 가리기 위한 것이었다. 진황성의 그 누구도 화려한 연회 뒤에서 이런 학살이 공공연하게 벌어지고 있다는 사실을 상상조차 하지 못하고 있었다.

예부의 병사들은 분노하여 반격했지만 적은 너무 많았고, 파도처럼 사방팔방에서 쏟아졌다. 그 흉악한 얼굴들이며 피를 탐하는 눈빛은, 마치 사람의 마지막 희망마저 물어뜯는 야만스러운 야수와도 같아 보였다.

"반격하라! 맞서 싸워라! 제국이 곧 우리를 지원하러 올 것이다!"

그러나 그들은 모르고 있었다. 적들은 그들이 굳게 믿고 있는 제국이 보낸 것이며, 지원도 원병도 없을 거라는 사실을. 그들은 버림받은 이들이었고, 제국의 이익을 위해 순장될 운명이었다.

그들은 거의 적의 머리에 붙어 활을 쏘았다. 화살이 떨어지자 열 근이 넘는 무게의 활을 망치처럼 이용하여, 적의 머리에서 뇌수가 튈 정도로 사납게 내려쳤다. 그리고 어지러운 칼에 베여 쓰러졌다. 온 거리는 피비린내 나는 혼전에 빠져들었고, 쌍방은 처참하게 서로를 죽고 죽이고 있었다. 비명 소리와 통곡 소리가 끊임없이 울려 퍼졌다.

연순의 마차는 이미 화살에 빽빽하게 맞아 벌집이 된 상태였다. 누구도 그가 아직 살아 있으리라고 기대하지 않았다. 마침내 연순을 호위하던 2백이 넘는 병사들이 몰살당했다. 반항하든 투항하든, 모두 잔인하게 도살당했다.

연순을 호위하던 마지막 병사가 숨을 거두는 바로 그 순간, 진황성의 중앙에서 갑자기 성대한 불꽃이 폭발했다. 오색찬란한 불꽃 아래 거대한 환호성이 해일처럼 용솟음치며, 이곳의 죽음 같은 적막과 대조를 이루었다.

파뢰가 성큼성큼 걸어 나와 마차 앞에서 혼비백산한 수하를 밀쳐 냈다. 마차 안에는 화려한 옷을 입은 젊은 남자가 비스듬히 앉아 있었다. 그의 몸에는 화살이 빽빽하게 박혀 있었다. 그는 파뢰를 보자 입에 담고 있던 피가 섞인 침을 뱉었다. 무슨 말인가 하려는 듯 입을 벌렸지만, 결국 아무 말도 하지 못하고 찢어질 듯 기침을 했다.

파뢰는 파랗게 질려 얼음처럼 차가운 목소리로 물었다.

"연순은?"

청년은 무시하듯 웃었고, 파뢰는 분노하여 칼을 빼어 들고 청년의 목을 베어 버리고 말았다.

수하들은 당황하여 창백한 안색으로 부들부들 떨었다.

"장군……."

파뢰는 자신의 부하들에게 차갑게 말했다.

"8백이 포위하여 공격했고, 외곽에서 3백이 수비하고 있었다. 무기도 훌륭한 것들로만 충분히 준비했는데, 너희가 일부러 놓아준 것이 아니라면 어떻게 사람이 도망칠 수 있다는 말이냐? 내가 너희들을 대체 무엇에 쓴다는 말이냐?"

"장군, 저희가, 저희가 외곽에서 포위 중인 위 소장이 있는 곳에 가서 살펴보겠습니다. 아마도 그들이 잡았을 것입니다."

"그렇군."

파뢰는 즉시 고개를 끄덕이며 만분의 일의 희망을 품고 말에 올랐다. 그러나 바로 그 순간, 하늘을 진동시키는 말발굽 소리가 갑자기 울려 퍼졌다.

온 대지가 삽시간에 격렬하게 요동치기 시작했다. 파뢰는 당황하여 고개를 들었다. 어둠이 내려앉은 거리 끝, 빽빽한 횃불들이 서서히 접근해 오고 있었다. 횃불들은 점차 모여 번쩍이는 빛의 띠가 되었다. 파뢰 앞으로 다가오고 있는 것은 뜻밖에도 용맹한 기병 군단이었다!

"서남진부사! 연북군!"

파뢰는 자신도 모르게 소리치고는 재빨리 몸을 돌렸다.

"어서 도망쳐!"

그러나 아무리 도망친들 이미 늦었다. 두 다리로 네 다리를 가진 전마보다 빠르게 뛸 수는 없으니, 이것은 이제 전투가 아니라 명실상부한 학살이었다.

"나는 서북 파도합 가문의 파뢰 장군이다! 나는 황제 폐하의 명을 수행 중이다!"

파뢰는 수하들의 호위를 받으며 도망치면서도 있는 힘을 다해 자신의 신분을 높이 소리쳤다. 그러나 아무도 그의 말을 귀담아 듣지 않았다.

방금 연북의 세자에게 불려 온 관병들은 모두 눈에 핏발을 세우고 있었다. 연세성이 몰락한 이후, 연북 출신인 서남진부사도 진황성에서 한 등급 낮은 취급을 당했다. 녹영군, 효기영의 병사들은 그들을 괴롭히고 모욕했으며, 성을 지키는 금군에게도 백안시당해야 했다. 이제야 가까스로 큰 공을 세울 기회를 잡은 셈이니, 자객이 하는 말 따위는 귀에 들리지 않았다. 감히 진황성 안에서 이런 대규모의 암살을 꾀하다니, 정말이지 살기가 귀찮은 놈들임이 분명했다.

병사들은 대갈일성을 지르며 수중의 칼을 휘둘렀다. 그리고 가장 크게 외치고 있는 머리부터 베어 갔다.

한바탕 사나운 비바람이 내리듯 기병들은 도망치는 이들을 사납게 추격했다. 사람이 추격하지 않는 곳에는 화살이 쏟아져 도망치는 살수들을 쓰러뜨렸다. 말발굽은 도망치는 이들을 잔인하게 짓밟았고, 그들은 마침내 모두 고깃덩어리로 변하고 말았다.

인과응보가 이리 빠를 줄이야. 향 한 개 피울 시간이 끝나기도 전에 살육자들은 눈 깜빡할 사이에 또 다른 도살의 칼날 아래 희생의 제물이 되었다.

말발굽 소리가 하늘을 진동시키는 가운데 어둠 속에서 기병은 파도처럼 계속 솟구쳤다. 그들이 가는 곳마다 반항하는 이들을 모두 빠르게 평정했다. 진홍빛 길복을 입은 연순은 병사들에게 둘러싸인 채 차가운 얼굴로 말 등 위에 앉아 있었다. 그는 매와 같은 눈길로 전장을 살펴보며, 차갑고 단단한 입술 끝을 살며시 올리고 있었다.

"세자 저하!"

서남진부사의 부통령 하소賀蕭가 말을 달려왔다.

"세자 저하, 자객을 모두 베어 버렸습니다. 도망친 이는 하나도 없습니다."

연순은 고개를 끄덕이며 미소 지었다.

"하 통령의 공이 심히 크다. 연순은 목숨을 구해 준 은혜를 결코 잊지 않을 것이다."

하소는 고개를 저었다.

"저하께서 말씀이 과하십니다. 진황성을 안전하게 지키는 것은 본래 말장의 책임입니다. 더군다나 지하와 시남진부사는 모두 연북 출신이니, 더욱 수수방관할 수 없지요."

연순이 웃으며 말했다.

"통령의 공로는, 본 왕이 분명하게 황상께 보고 올리겠다. 하 부통령이 '부' 자를 곧 떼어 버릴 수 있을 것 같군."

하소는 무척 기뻐하며 웃었다.

"저하께서 발탁해 주심에 감사드립니다!"

"통령!"

이때, 참장 하나가 앞으로 다가와 하소의 귀에 대고 소곤거렸다.

"일이 이상하게 돌아가는 것 같습니다."

당황한 하소가 고개를 돌려 나지막하게 물었다.

"무엇이 이상하다는 말이냐?"

참장은 당황한 눈빛으로 속삭였다.

"오셔서 좀 보시지요."

하소는 연순에게 인사한 후 참장을 따라 자리를 떠났다. 그리고 참장이 가리키는 시신을 하나하나 자세히 살펴보자, 심장이 점점 차갑게 얼어붙기 시작했다. 마침내 파뢰의 시신을 보았을 때는 눈앞이 컴컴해져 말에서 떨어질 뻔하였다.

파뢰는 잘난 척하는 것을 좋아하는 성격이었다. 그가 성에 들어올 때 요란한 행렬을 벌였기 때문에 성에 있는 백성들 대부분이 그의 얼굴을 보았다. 하소 역시 당시 현장에서 질서를 유지하는 임무를 맡았으니 파뢰의 얼굴을 모를 수 없었다. 그 익숙한 얼굴이 가슴에 화살을 맞은 채 벌렁 나자빠져 있는 것을 보자, 하소는 그저 피를 토하고 싶은 심정이었다.

겨우 정신을 차린 젊은 부통령은 여전히 망상에 빠져 있었다. 아마 서북의 파도합 가문이 독자적으로 암살을 하려 한 것일 게다. 연북의 세자를 제거하려고 말이다. 파도와 연세성 사이의 은원은 대륙 전체가 오래전부터 알고 있는 사실이 아닌가.

그러나 수많은 효기영 병사들의 시신을 보았을 때, 하소는 사실을 인정하지 않을 수 없었다. 이제 자신 앞에 남은 것은 죽음밖에 없었다.

효기영 병사들이 서북 파도합 가문의 옷을 입었다 해도, 항상 진황성에 상주하는 서남진부사 병사들은 그들을 한눈에 알아볼 수 있었다. 항상 효기영 통령의 뒤꽁무니나 따라다니면서 서남진부사 군중에 와서는 횡포하게 굴던 개자식들이니 말이다.

어쨌든 이들을 보고 나니, 하소는 이 암살이 정말 제국의 명을 받은 주살이었음을 깨닫고 멍해지고 말았다. 그렇다면 병사들을 이끌고 제국의 병마들을 죽인 자신은, 연북의 세자를 구출한 자신은 어떤 결말을 맞게 될 것인가?

그 순간, 하소에게는 단 한 가지 생각밖에 없었다. 연순을 잡아 공을 세워 속죄해야 한다. 그러나 그 순간, 연순의 목소리가 울려 퍼졌다.

"나를 죽이려 한 자는 대하의 황제다."

일순간, 모든 이들이 그 자리에서 굳어 버리고 말았다.

연순은 말 위 높은 곳에서 수많은 병사들을 훑어보았다. 그리고 하소의 얼굴을 응시하며 담담하게 말했다.

"하 통령, 너를 연루시켜 매우 미안하다. 너희 서남진부사가 연북 출신만 아니라면, 나를 잡아가는 것만으로도 재난은 피할 수 있겠지."

하소는 꿈에서 깨어나고 말았다. 그는 눈을 크게 뜨고, 도저히 그 속을 헤아릴 수 없는 연순을 바라보며 정신을 차렸다.

서남진부사는 이미 돌아갈 길이 없었다. 만약 다른 부대였다면, 파뢰와 효기영의 병사들을 죽인 것은 사정을 몰랐기 때문이라는 설명으로 넘어갈 수 있을 것이다. 그러나 서남진부사는 제국에게 누차에 걸쳐 연북의 반당들을 숨겨 주고 있는 것이 아닌가 의심받고 있었다.

아무리 생각해도 서남진부사가 목숨을 구할 방법은 없어 보였다. 제국은 결코 그들을 놓아주지 않을 것이고, 장로회도 그들을 그냥 두지 않을 것이다. 성금궁의 명이 떨어지는 순간, 그들에게 남은 것은 죽음뿐이리라.

하소는 붉어진 눈으로 눈앞에 있는 홍포를 입은 잘생긴 남자를 바라보았다. 지금 이 순간 그의 머릿속에 미친 듯이 울리는 말이 있었다. 그는 전부 알고 있었다! 고의로 우리를 죽음의 길로 인도한 것이다!

그러나 하소는 그 말을 입 밖으로 단 한 마디도 내뱉지 못했다. 잠시 후 그의 눈에 어린 살기는 점차 사라지고, 목숨이 경각에 달린 자의 광기로 바뀌기 시작했다.

이곳에는 지금 1만 명이 넘는 사람들이 모여 있었다. 영리한 자들은 즉시 이 일의 원인과 앞으로 다가올 결과를 알아차리고, 세상이 텅 비는 듯한 공포를 느꼈다. 사람들은 고개를 들어 하소를 바라보고, 연순을 바라보았다. 혹은 하늘을 바라보고 쓸쓸하게 자신의 앞날에 대해 생각했다.

하소는 갑자기 말에서 뛰어내려, 제 뒤에 있는 병사들을 향해 두 손을 높이 들고 큰 소리로 외치기 시작했다.

"형제들이여! 8년 동안이나 하지 못했던 말들을, 이제야 할 때가 되었다! 그해, 창란왕의 반란을 물리친 것이 누구였느냐? 성금궁으로 달려가 죽음을 각오하고 황제를 구출하였던 것은 또 누구였던가? 또 백마관 만 리 밖에서부터 달려가, 제국의 장로들과 관리들을 구출한 것은 누구였더냐? 연북 고원에서 견융에 맞서 싸운 것은 누구였으며, 그 북쪽의 야만인들을 쫓아내고 우리의 부모와 처자식을 지킨 이가 누구였는가? 바로 연북의 왕, 연세성 대왕 전하였다! 그러나 충신이 최후에 얻은 것이 무엇이었는가? 전하의 가문이 참살당하고, 목이 베여 사람들 앞에 전시되었다! 8년 동안, 우리 연북의 군인들은 진황성에서 온갖 굴욕을 맛보았지만, 그래, 그것은 참을 수 있었다. 효기영과 녹영군의 개자식들에게 무시당하면서도 우리는 모두 참아냈다! 그러나 지금, 제국이 연세성 대왕 전하의 유일한 혈맥에게까지 손을 뻗쳤다. 비열한 수단으로 우리 연북의 세자 저하를 제거하려 했다. 연북의 군인들이여, 형제들이여, 우리가 아직도 참아야 하는가?"

"참을 수 없다!"

갑자기 벽력같은 외침이 울려 퍼졌다. 병사들은 손에 들고 있던 칼과 창을 높이 들며 소리를 질렀다. 귀에 못이 박히도록 들어 왔던 연세성의 무적 신화가, 다시 한 번 병사들의 피를 끓게

했다. 여러 해에 걸쳐 받아 왔던 굴욕도 부글부글 끓고 있었다.

"형제들이여! 우리는 연북의 군인이다. 오늘 밤, 우리는 제 국의 음모자를 죽일 것이다. 우리는 이미 세자 저하와 같은 배 에 올라탔다. 만약 세자 저하께서 계시지 않으면, 우리에게도 앞날은 없다! 그냥 이대로 앉아서 죽음을 기다릴 것인가?"

"그럴 수 없다!"

"우리는 죽을 수 없어!"

"황제는 은혜를 잊고 의리를 저버렸다! 우리를 다스릴 자격 이 없다!"

"혼군의 망령된 명을 따를 수 없다! 반역을 일으키자!"

마지막 말을 누가 외쳤는지는 알 수 없었지만, 모든 이가 삽 시간에 죽음과 같은 적막에 빠져들었다.

그러나 마침내 누군가가 이 말을 다시 외쳤고, 그 뒤를 따라 마치 거대한 불이 들판에 번져 가듯 수많은 목소리가 이구동성 으로 외쳤다.

"혼군의 망령된 명을 따를 수 없다! 반역을 일으키자!"

"연북의 전사들이여!"

연순이 말 위에 앉아 엄숙한 눈빛으로, 아래에서 두 손을 들 고 있는 수많은 병사들을 바라보았다. 그의 눈이 서서히 가늘 어졌다. 그는 단호한 목소리로 외쳤다.

"부친께서 누명을 쓰신 지도 이미 8년이다. 연북은 몰락하 고, 더러운 이들에게 짓밟혔다. 연북 전사들의 영광은, 부패한 제국의 손에 의해 훼멸되었다! 우리 모두 제국에 충성을 다한 신하들이었다. 우리는 변경을 지켰고, 북쪽의 야만인과 싸웠으며, 제국 내륙의 평화를 지켜 왔다. 그러나 사치에 눈이 먼 황제와 제국의 장로들은 누가 변경에서 전사했는지, 누가 뜨거운 피로 나라를 지키기 위해 강철의 장성을 건설했는지 잊고 말았다! 눈보라를 무릅쓰고 견융족을 관외로 몰아낸 이들이 누구였더냐! 제국이 위기에 처했을 때 나라를 재난에서 구한 것은 누구였는가? 그들은 모두 잊고 있다. 우리였다는 것을, 그들은 잊고 있다!"

"우리였다!"

병사들이 이구동성으로 외쳤다.

"바로 우리, 연북이었다!"

"그렇다! 우리였다!"

거친 바람이 불어오자 연순의 옷자락이 사납게 펄럭였다. 젊은 남자는 몸에 걸친 진홍빛 길복을 찢어 버렸다. 그러자 그 안에 입고 있던 먹처럼 검은 전포가 드러났다. 검은 전포 위에 황금빛 휘황찬란한 매가 수놓여 있었는데, 바로 연북의 전투 깃발, 철응기鐵鷹旗의 황금 매였다!

연순이 외쳤다.

"황제는 우매하여 충신을 버리고 간신을 높이 여긴다! 그들은 우리의 공을 잊은 것도 모자라 살수를 보냈다! 우리는 공은 있되 죄는 없으니, 결코 이런 처사를 따르지 않을 것이다!"

"저항하자! 죽는 한이 있더라도 따르지 않겠다!"

수많은 목소리들이 이구동성으로 외쳤다.

"반역을 일으키자! 죽기를 각오하고 따르지 않겠다!"

연순이 허리에서 장검을 뽑아 들었다. 거센 바람이 그의 칠흑빛 전포를 펄럭였고, 황금빛 참매는 언제라도 날개를 떨치고 하늘로 날아오를 것처럼 맹렬하게 날갯짓했다. 8년 동안 유폐 당했던 젊은 세자가 사자와 같은 노호성을 질렀다.

"전사들이여! 나를 따르라! 연북으로 돌아가자! 우리에게 다른 선택은 없다, 오로지 반란뿐이다. 오늘, 우리 연북은 제국에서 독립할 것이다!"

"독립하자! 연북으로 돌아가자!"

격동에 찬 고함 소리가 하늘을 꿰뚫었다. 이와 동시에, 거대한 불꽃이 하늘에서 작렬했다. 피가 끓는 병사들에게, 하늘에 가득 찬 불꽃은 마치 화려한 봉화처럼 보였다.

바로 그 순간, 초교는 앵가원에서 검은 장포를 입고 밤하늘을 바라보고 있었다. 그녀 뒤에서는 같은 색의 옷을 입은 무리가 서서 조용히 때를 기다리고 있었다.

마침내 새하얀 매가 하늘을 가르며 날아와 그녀의 어깨에 내려앉았다. 초교는 서신을 읽은 후 잠시 미간을 찌푸렸다가, 마침내 얼굴을 활짝 폈다. 그녀는 길게 심호흡한 후 나지막하게 말했다.

"가자. 부패한 자들의 심장을 파내, 새로운 정권의 제물로 삼자!"

잠시 후, 정원에는 초교 외에는 아무도 남지 않았다.

제14장 어전에서 혼약을 파기하다

"공주 마마!"

화려한 궁정 예복을 입은 여관이 당황한 안색으로 빠르게 달려왔다. 머리를 높게 틀어 올리고, 옷소매에 세밀하게 수놓은 푸른 난새로 보아 지위가 높은 여관임에 분명했다. 그녀는 소녀의 팔을 잡고 황망하게 말했다.

"의식이 곧 시작되는데 어째서 아직도 여기 계신가요? 예부의 하 대인, 송 대인, 육 대인이 모두 공주부에서 공주 마마를 기다리고 계세요. 폐하께 작위를 받은 부인들도 여럿, 지금 백합당百合堂 앞에 무릎을 꿇고 기다리고 계시고요!"

"묘苗."

진홍빛 길복을 입은 소녀가 어쩔 줄 몰라 하며 여관의 손을 잡았다.

"어쩌지? 이미 시간이 되어 가는데, 오라버니가 아직도 오지 않으니. 혹시 무슨 일이라도 있는 것은 아닐까?"

여관은 이제 스물을 넘긴 나이였지만 매우 성숙해 보였다. 그녀는 위로하듯 조순아의 어깨를 감싸고 부드럽게 말했다.

"백성들이 모두 기뻐서 환호성을 지르고 있어요. 당연히 길이 막힐 수밖에 없지요. 조금 늦는 거야 있을 법한 일이죠. 공주 마마께서 조금도 걱정하실 필요 없어요."

조순아는 입술을 깨물었다. 마음 깊은 곳의 근심이 아무리 해도 사라지지 않았다. 그녀는 너무 많이 생각하지 말자고 스스로를 다잡으며, 여관의 뒤를 따라 후궁으로 향했다.

어둠 속에서 여관의 얼굴은 서서히 일그러졌다. 황가의 예법은 각 절차마다 고정된 시간이 있었다. 게다가 보통 백성이 어떻게 감히 황가의 수레를 막겠는가. 그녀들이 모르는 어떤 변고가 생겼음이 분명했다.

그때 말 한 필이 급하게 궁문을 향해 달려왔다. 조순아가 즉시 고개를 돌렸다. 말에 타고 있는 병사는 아주 낭패한 모습이었는데, 말을 급하게 몰다가 궁문을 지키던 시위들에게 제지당했다.

"황상께 보고드릴 아주 중요한 일이 있으니, 들어가게 해 주시오!"

그러나 시위들은 끄떡도 하지 않고 병사의 앞을 가로막았다.

"폐하께서 어필로 쓰신 문서나 영패를 내보여라."

병사는 얼굴 가득 땀을 흘리며 울부짖다시피 외쳤다.

"아주 중대한 일이란 말이다! 시간을 놓치면 네 머리가 열 개여도 다 베기에 부족할 것이다!"

"무슨 일이냐?"

조순아가 미간을 찌푸리며 몸을 돌려 궁문 앞으로 다가갔다.

"공주 마마?"

조순아의 차림을 본 병사는 바로 그녀의 신분을 알아차리고, 빠르게 달려와 조순아의 귀에 대고 절박하게 말했다.

"공주 마마, 큰일 났습니다! 연북의 세자 연순이 성의 남쪽에서 반기를 들어, 서남진부사의 병마를 이끌고 황성으로 오고 있습니다!"

조순아의 손에 들려 있던 방한용 토시가 바닥에 떨어졌다. 천자의 총애를 받는 금지옥엽의 안색이 창백하게 질리고, 입술도 보랏빛으로 변했다. 조순아는 너무 놀란 나머지 단 한 마디도 하지 못했다.

"그들이 이미 장로회와 제도부윤의 관아로 향하는 도로를 장악했습니다. 그런데 장로회의 대인들이며 장수들은 모두 아직 궁에 있으니, 공주 마마, 가능한 한 빨리 보고를 올려야 합니다! 공주 마마? 마마?"

"아, 그래, 네 말이 옳다."

조순아는 굳은 목을 간신히 움직여 고개를 끄덕이고는, 공포에 질린 표정으로 천천히 뒤로 물러섰다. 그러더니 간신히 평온함을 유지하며 말했다.

"나를 따라오너라."

병사는 기뻐하며, 공주의 뒤를 따라 안으로 들어가려 했다. 그런데 궁문을 지키는 시위가 미간을 찌푸리며, 대담하게 앞으로 나와 나지막하게 말했다.

"공주 마마, 이리 하시면 규칙에 어긋납니다."

"규칙은 무슨 규칙이란 말이냐?"

여관이 인상을 쓰며 외쳤다.

"공주 마마께서 사람을 들이시는 데 네놈의 비준이라도 받아야 한다는 말이냐? 대체 누구의 수하기에 이리 대담하게 구느냐!"

"묘, 그러지 마."

조순아가 여관을 말린 후, 창백한 얼굴로 몸을 돌려 내궁의 방계대전方桂大殿 쪽으로 걷기 시작했다. 오늘 밤의 혼례 의식이 거행될 곳이었고, 지금 만조백관이 그녀를 기다리고 있는 곳이었다.

몇몇 사람이 조심스럽게 조순아의 뒤를 따라 궁문으로 들어갔다. 문을 지키던 시위들은 그들과 눈짓을 주고받았다. 차가운 바람이 처절하게 처마 사이로 불어오고 있었다.

춘화각, 자미랑을 거쳐 성현문을 지나니 바로 어화원이었다. 하늘은 이미 칠흑처럼 어둡고, 사방에는 풍등이 반짝이고 있었다. 죽음 같은 적막이 내려앉은 어화원에서 조순아가 갑자기 발걸음을 멈췄다. 그녀의 얼굴이 어찌나 창백한지 곁에 있던 이들이 다 놀랄 정도였다. 그러나 그녀는 아무렇지도 않은 듯 그 병사를 손짓해 불렀다.

"이리 오너라. 할 말이 있다."

병사가 서둘러 앞으로 나와 허리를 굽히고 공손하게 고개를 조아렸다. 조순아가 앞으로 걸어가더니, 그 병사와 달라붙다시피 가까워졌다. 뒤에 있던 여관이 그 장면을 보고 인상을 찌푸리며 한마디 하려 했을 때, 갑자기 참혹한 비명이 들려왔다.

병사가 갑자기 몸을 일으키며 공주의 배를 사납게 걷어찼다. 공주는 바닥을 굴렀고, 화려한 옷도 회랑에 걸려 크게 찢어지고 말았다. 여관이 대경실색하여 큰 소리로 외쳤다.

"자객이⋯⋯."

그러나 그 말이 끝나기도 전에, 그녀는 병사가 온몸에 피 칠갑을 한 채 그 자리에서 경련을 일으키고 있는 것을 발견했다. 조순아는 엉망이 된 모습으로 기다시피 하여 몸을 일으켰는데, 마치 어린 강아지 한 마리가 앞으로 기어가는 것 같았다. 그녀의 손에는 황금빛 비수가 들려 있었다. 조순아는 이를 악물고 다시 한 번 비수를 병사의 가슴에 내리꽂았다!

선혈이 사방으로 튀고 검붉은 핏물이 뚝뚝 떨어졌다. 핏물에서 피어오르는 따뜻한 온기며 비린내가 공기 속으로 퍼져 나갔고, 공주의 옷이며 얼굴도 온통 피투성이였다. 그러나 공주는 여전히 계속 칼을 휘두르고 있었다. 칼이 피범벅이 된 살을 찌르는 소리가 듣는 이의 간담을 서늘하게 했다!

"공주 마마! 마마!"

여관은 얼이 빠진 채 울면서 기어가 조순아를 끌어안고, 있는 힘을 다해 그녀의 손을 잡아당기며 계속 외쳤다.

"죽었어요, 이미 죽었어."

툭 소리와 함께 비수가 땅에 떨어졌다. 조순아는 두 눈을 크게 뜨고 맥이 풀린 듯 주저앉았다. 그녀의 손과 발은 모두 심하게 떨리고 있었다.

"내가 사람을 죽였어, 내가……."

"공주 마마, 대체 무엇 때문에 이러신 건가요? 저자가 마마께 무례한 짓이라도 저질렀나요?"

"묘!"

조순아가 그녀의 손을 잡고 붉어진 눈으로 나지막하게 말했다.

"어서 성을 빠져나가야 해. 성의 남쪽으로 가서 오라버니를, 연 세자를 찾아서 말해 줘. 충동적으로 굴지 말고, 바보 같은 행동을 하지 말라고. 스스로 멸망을 자초해서는 안 된다고. 오라버니가 원해서 하는 행동이 아니야. 나는 알아, 나는 다 알고 있다고. 나는 이제 그를 핍박하지 않을 거야. 그리고 지금 내가 부황께 가서 말씀드릴 거야."

"공주 마마, 대체 무슨 말씀이세요?"

"어서 가!"

조순아가 힘차게 몸을 일으키며 말했다.

"어서 그를 찾아서 나의 말을 그에게 전해라. 내가 지금 부황께 가서 명을 청하겠다고. 나는 그에게 시집가지 않아. 그를 억지로 괴롭히지 않을 거야."

"공주……."

"묘, 부탁해."

조순아의 눈에서 커다란 눈물방울이 계속 떨어져 내렸다. 그녀의 얼굴은 백지처럼 창백하고, 입술은 보랏빛으로 변해 있었으며, 두 눈에는 핏발이 가득 서 있었다. 젊은 공주는 입술을 꽉 깨문 채, 울음소리를 내지 않기 위해 억누르고 있었다. 조순아는 두 손으로 여관의 팔뚝을 꽉 잡고 있었는데, 손톱이 여관의 살을 파고들 것만 같았다.

여관도 결국은 나이가 아직 많지 않은 여인이었고, 놀란 나머지 울면서 계속 고개를 끄덕였다.

"공주 마마, 안심하세요. 제가 반드시 연 세자 저하께 전해 드리겠어요."

"고마워."

조순아는 눈물을 닦으며 고개를 끄덕였다.

"어서 가 다오. 궁 밖은 지금 아주 혼란스러우니, 조심해서 움직이고."

"예, 공주 마마. 안심하세요."

두 사람은 짧은 대화 후, 각각 몸을 돌려 남북의 두 방향으로 빠르게 걸어갔다.

차가운 바람이 땅 위의 먼지며 나뭇잎들을 말아 올리는 가운데 여관은 서둘러 오솔길을 따라 뛰어갔다. 그러나 막 가산을 돌았을 때, 새하얀 칼날이 사납게 그녀를 그었다. 그녀는 누가 자신을 베었는지조차 제대로 보지 못한 채 피를 흘리며 쓰러졌다.

어둠 속에서 남자 몇 명이 천천히 걸어 나왔다. 우두머리는 바로 방금 성문 앞에 서 있던 시위였다.

"우干 형, 순아 공주는……."

"상관없다. 그녀는 결코 말하지 않을 테니까."

남자는 결연한 표정으로 나지막하게 말했다.

"죽기를 각오하고 북쪽 성문을 봉쇄하라. 그리고 서문으로 가서 아가씨를 맞이한다."

깊은 밤, 효기영의 정 부장은 아직 꿈속에 빠져 있었다. 남영에서 병사들과 술을 마신 후 돌아와 풍만한 기녀를 끌어안고 달게 자는 중이었다.

"대인! 대인, 일어나십시오!"

당번병이 다급하게 그의 팔을 흔들었다. 정 부장은 인상을 쓰며 눈을 뜨고 경비병에게 말했다.

"나를 깨우다니, 제대로 된 설명이 있어야 할 거다."

"대인, 서남진부사의 화華 통령이 오셨습니다. 굉장히 급한 태도로, 중요한 일이 있어 찾아오셨다고 합니다."

"화걸華傑이?"

정 부장은 재빠르게 몸을 일으키고 나지막하게 물었다.

"무엇 때문에 왔다더냐?"

"속하는 알지 못합니다. 다만 화 통령의 표정을 보니, 큰일이 벌어진 것 같습니다."

"가 보지."

정 부장은 옷을 입고 성큼성큼 침실을 나섰다. 젊은 기녀는 천천히 눈을 떴다. 그녀의 예리한 시선은 마치 은빛 여우 같았다.

"정 장군, 깨셨군요."

"화 통령을 오래 기다리게 했소이다. 이 깊은 밤에 방문이라니, 무슨 일이신지?"

화걸은 서남진부사의 통령으로서, 관직상으로는 조철, 조제 등과 같은 등급이었다. 그러나 서남진부사가 본래 힘이 없기 때문에, 그가 통령 노릇을 한다 해도 별다른 세력이 있는 것은 아니었다. 정 부장은 비록 일개 부통령으로 그보다 관직은 한 등급 낮았지만, 결코 화걸을 어려워하지 않았다. 그는 짧게 예의 바른 말을 건넨 후 바로 본 주제로 들어갔다.

"정 장군, 큰일이오!"

화 통령이 당황한 안색으로 말했다.

"연순이 반란을 일으켰소. 서남진부사의 1만 관병을 데리고 성금궁을 공격하러 갔다오. 지금은 이미 장수가에 도착했다 하오!"

"뭐라 하셨소?"

정 부장은 대경실색하여 몸을 일으키고, 찢어지는 목소리로 물었다.

"우리 군의 하소 부통령이 전군을 이끌고 연순에게 붙어 버렸소. 그리고 파뢰 대인을 따르던 효기영 두 사단의 병마를 몰살시켰다 하오. 나도 막 군에서 수하에게 통보를 받고 나서야 알게 되었소. 이미 성금궁, 부윤의 아문, 그리고 남북 군기처에 사람을 보냈소. 그리고 녹영군에도 통보하였소. 정 장군, 어서 병마를 집결하시오. 더 꾸물거리면 늦을 것이오."

정 부장은 너무 놀란 나머지 아직도 자신의 귀에 문제라도 생긴 게 아닐까 의심할 지경이었다. 그는 연달아 고개를 끄덕였다.

"알겠소. 화 통령, 당신의 충성과 용기는 분명 제국의 표창을 받을 것이오."

"표창?"

화걸은 쓰게 웃었다.

"내가 바라는 건 그저 공을 세워 속죄하는 것뿐이오. 목 위에 붙은 머리라도 보존하기 위해 말이지."

정 부장은 입술을 움직여 무슨 말인가 하려 했으나, 결국은 아무 말도 하지 않았다. 그도 이미 화걸의 암담한 미래를 짐작하고 있었다.

"먼저 가겠소. 녹영군에도 한번 들러야 할 것 같아서 말이오. 정 장군, 서두르시오. 시간이 긴박하니. 우리는 이미 한 걸음 뒤떨어져 있는 상태라오. 제도의 안위가 당신의 어깨에 달려 있소."

정 부장은 정자세를 취하고 답했다.

"장군의 기대를 저버리지 않겠소."

정 부장은 갑자기 이 '화콧물'이라는 별명을 가진 겁약한 통령에게 존경심이 생겼다. 그는 화걸의 그림자가 문가에서 사라지는 것을 바라보다가, 방으로 돌아와 갑옷을 챙겨 입고, 당번 병에게 나지막하게 말했다.

"각 영의 참장들에게 재빨리 대막사 앞으로 집합하라고 통보 하라. 집합 호각을 불고, 전군에게 명을 기다리라고 전달하라."

당번병이 고개를 끄덕이며 답했다.

"예!"

그러나 말이 막 떨어지자마자, 당번병이 갑자기 눈을 크게 떴다. 그의 눈이 툭 튀어나오더니 참혹한 비명을 지르며 입가 에서 피를 흘리기 시작했다. 정 부장이 황망한 눈으로 바라보 니 날카로운 화살이 당번병의 가슴을 꿰뚫고 있었다. 흉악한 화살촉이 당번병의 심장이 있는 곳에 뾰족하게 나와 있었는데, 마치 피를 탐하는 날카로운 이빨처럼 보였다.

쿵 소리와 함께 당번병이 쓰러졌다. 그 뒤에는 풍만한 기녀 가 서 있었다. 그녀는 여전히 교태를 부리는 듯 생긋 웃더니, 손에 든 작은 활을 당겼다.

화살이 날아왔다. 이렇게 근거리에서 날아오는 화살을 피할 방법은 없었다. 정 부장은 눈을 휘둥그렇게 뜬 채 화살이 자신 의 심장을 꿰뚫는 것을 지켜보았다. 체력이 급격하게 줄어들 고, 비명을 지를 여유조차 없었다. 피가 가슴에서 꽃을 피우고, 정 부장은 답답하게 신음하며 아직 체온이 남아 있는 침상 위 로 쓰러졌다.

기녀의 얼굴에서 웃음기가 사라졌다. 그녀는 재빨리 옷을 챙겨 입고 장막의 발을 걷었다. 장막 밖 하늘 높이 크고 둥근

달이 걸려 있었다. 여자는 허리춤에서 신호탄을 꺼내 하늘을 향해 발사했다. 푸른빛 화염이 공중 높은 곳에서 터지며 눈부시게 찬란한 빛을 냈다. 그러나 사혼이 있는 경사스러운 밤, 하늘을 가득 채운 불꽃놀이 덕에 그 누구도 이 신호탄을 의심하지 않았다.

눈에 띄지 않는 민가 안, 눈과 같이 하얀 옷을 입은 여자가 정원에 서 있었다. 그녀는 고개를 들고 하늘에 퍼지는 쪽빛 화염을 바라보았다. 그녀는 냉정한 얼굴로 부하들에게 명령했다.

"어떤 대가를 치르는 한이 있더라도 한 시진 내로 녹영군, 효기영, 그리고 남북 군기처, 이 네 곳의 군영을 무력화시켜라."

하집과 혜예 등이 나지막하게 대답했다. 그때 변창이 달려왔다.

"우 아가씨, 궁 안은 일체 태평합니다. 동북 양쪽의 성문을 모두 장악했고, 초 아가씨의 계획은 성공적입니다."

"그래."

우는 고개를 끄덕였다.

"화염 계획은, 이제부터 시작이다."

달은 물과 같이 차갑게 땅 위에 맑은 빛을 흩뿌리고 있었다. 이 밤, 진황성 전체가 기쁨과 즐거움 속에 빠져 있었다. 그러나 아무도 눈치채지 못하는 사이, 야수는 제국의 늑골에 흉악한 발톱을 찔러 넣기 위해 천천히 다가서고 있었다.

대동회가 수년에 걸쳐 심어 두었던 밀정들이 계획대로 행동을 개시했고, 제국 내의 연락망은 끊겨 버리고 말았다. 본래 평등과 평화, 박애를 숭상하던 대동회가 날카롭고 무서운 이를 드러내고, 초교와 우, 두 사람의 계획에 따라 피비린내 나는 학살을 시작하였다. 제국은 무수한 인재들을 잃었고, 그 손실이 얼마나 막대한지는 계산할 수 없을 정도였다.

효기영 제2사단 참장 왕백양은 잠을 자던 중 강제로 비상을 주입당해 독살당했다.

녹영군의 부통령 맹강은 자신의 첩에게 밧줄로 목이 졸려 죽었다.

녹영군 제3사단, 제5사단, 제9사단의 참장 여양, 소건, 호연성 세 사람은 술을 마신 후 길에서 자객의 습격을 받아 날아온 화살에 맞아 죽었다. 그들이 이끌고 있던 서른 명의 호위병 역시 전원 몰살당했다.

북군기처의 군장 설세걸은 자신의 저택 화장실 안에서 죽었는데, 원인도 불명이고 흉수도 잡지 못했다.

남군기처의 우물에는 독이 퍼졌다. 그날 밤 군영에 있던 모든 이들은 몸이 마비된 채 정신을 잃었다. 누구도 그들의 동향을 깨닫지 못했고, 사흘 후 난이 끝난 후에야 그들이 중독되었다는 사실이 알려졌다. 그러나 그때, 남군기처의 병사들은 이미 반 이상이 세상 사람이 아니었다.

한 시진 후, 검은 옷을 입은 인마가 황성의 서문으로 들어갔다. 문을 지키던 이들은 마치 이들을 보지 못한 것처럼 아무 소리도 내지 않았다.

"좌구, 저하께 말씀을 전해 올려라. 모든 일이 계획대로 되었다고."

"예, 아가씨."

충성스러운 수하가 황성을 떠났다. 초교는 피비린내가 밴 검은 야행복을 벗고 그 안의 화려한 연푸른빛 비단옷을 드러낸 후, 빠른 걸음으로 꽃 덤불 속에 숨겨져 있던 가마를 향해 걸어갔다. 가마꾼들은 가마를 들어 올리고 한 마디 말도 없이 앞으로 성큼성큼 걸어갔다.

잠시 후, 가마는 방계대전의 궁문 앞에 멈췄다. 성 밖 어둠 속에서는 살육이 끊이지 않고 있건만, 이 황성은 여전히 사치의 바다 속을 헤엄치고 있었다. 바깥과 이곳의 거리는 그렇게나 멀었다.

"아가씨, 도착했습니다."

시종이 고개를 숙이며 느릿느릿 말했다.

초교는 가마에서 내렸다. 그녀의 눈은 물과 같이 맑고 투명하게 앞을 바라보고 있었다. 그녀는 몸을 곧추세우고, 조금의 두려움도 없이 대전 쪽으로 발걸음을 옮겼다.

"아가씨."

나지막한 목소리가 갑자기 등 뒤에서 들렸다. 네 명의 가마꾼이 나란히 땅에 무릎을 꿇고 있었다. 초교가 발걸음을 멈추자 가마꾼이 감정을 억누르려는 듯 천천히 말했다.

"앞날은 예측하기 어려우나, 아가씨께서 가실 길은 분명히 험할 것입니다. 원컨대 아가씨께서는 대동을 위해, 그리고 저하를 위해 스스로를 소중히 여겨 주십시오."

초교의 몸이 살짝 떨렸다. 이름 붙이기 어려운 기분이 가슴에서 울렁이기 시작했다. 수년 동안의 기대와 기다림이 마치 거대한 불처럼 그녀의 마음을 불태우고 있었다. 비바람이 몰아치던 고난의 세월은 그녀의 눈을 맑게 빛나게 했다. 그 고통의 세월 때문에 그녀는 등을 꼿꼿하게 세우고 두 어깨로 완강하게 모든 것을 짊어져 왔다.

그녀는 굳게 믿고 있었다. 자신에게는 그 험한 길을 굳세게 걸어갈 능력이 있다고.

지금 이 순간은, 이미 신념과도 무관하고 대동과도 무관했다. 모든 것은 그저 최초의 그 약속 때문이었다.

'우리 함께 연북으로 돌아가지 않을래?'

'우리 함께 연북으로 돌아가자!'

휘잉, 거센 바람이 그녀의 치맛자락을 펄럭였다. 초교는 고개를 높이 들고 방계대전을 바라보며 굳건하게 발걸음을 내디뎠다!

온 대전에 사치스러운 향기가 가득했다. 무희들은 가느다란 허리와 긴 소매를 너울거리며 춤을 추었고, 백관들은 두셋씩 모여 술을 마시며 이야기를 나누고 있었다. 연회의 주역은 아직 등장하기 전이었고, 연회도 아직 정식으로 시작되지 않았다. 황제도 하루 종일 진황성 곳곳을 다녔기 때문에 안에서 휴식을 취하고 있었다. 그래서인지 대전의 분위기는 약간이나마 홀가분해 보였다.

초교는 신분이 낮았기 때문에 정전에는 들어갈 수 없었고, 편전의 구석에 앉을 수밖에 없었다. 늘어선 기둥 사이로 전각 안 사람들이 시끌벅적하게 움직이는 것이 보였다. 대하 황조는 표면적으로는 번영하고 있었고, 그것을 남김없이 드러내고 있었다.

"아가씨."

아리따운 목소리가 갑자기 들려왔다. 초교가 고개를 돌려 보니 여리고 사랑스러운 소녀가 자신의 옆자리에 앉아 있었다. 연분홍 나비가 수놓인 화사한 옷을 입은, 고요하고도 수려한 분위기를 풍기는 소녀였다. 그녀는 온화하고 예의 바른 말투로 물었다.

"어느 가문의 천금이신지 모르겠군요? 저는 하락씨 출신이랍니다. 부친께서는 하락장청 되시지요. 아가씨의 이름은 무엇인가요?"

소녀는 생김새도 온유했고, 초교를 바라보는 눈길도 부드러웠다. 초교는 예의 바르게 고개를 끄덕이고 작은 소리로 답했다.

"저는 연 세자 저하의 친위대, 초교입니다."

"오, 그…… 초 아가씨였군요."

소녀는 초교의 말을 듣자 웃고 있던 얼굴이 굳어졌다. 비록 여전히 예의 바르게 대답하고 있었지만 태도는 확연하게 냉담해졌다. 소녀는 옆에 앉은 소녀며 귀부인들에게 말을 걸면서, 심지어 몸조차 일부러 틀어 앉았다. 혹시라도 자신이 초교와 함께 자리하고 있다고 오해받을까 두려운 모양이었다.

잠시 후, 곁에 있던 이들이 모두 그 소녀에게서 초교의 신분을 들은 모양이었다. 온갖 시선이 날아왔다. 혐오하는 듯한 시선, 무시하는 시선……. 여인들의 눈길에는 아주 복잡 미묘한 여러 가지 감정이 뒤섞여 있었다.

초교는 태연하게 자리에 앉아 가볍게 미소 짓고 있었다. 세력 있는 이에게는 친근하게 굴고 그렇지 못한 이에게는 야박한 인정이라면 이미 익숙했다.

그녀는 맑은 차 한 잔을 스스로 따라 마셨다. 양쪽의 귀부인들은 그녀가 술잔을 드는 것을 보고 그녀가 사람들 앞에서 술을 마신다 여겨 더욱 무시하는 눈길을 보냈다. 점차 경멸을 담은 속삭임이 그녀의 귀에까지 떠들썩하게 들려오기 시작했다. 대부분은 하등한 천민이 교양이 없다는 내용이었다. 그녀들은 목소리를 기가 막힐 정도로 잘 통제하고 있었다. 그녀들의 목소리는 초교의 귀에는 들릴 정도였지만, 누가 무슨 말을 했는지 분별하기는 어려울 정도로만 높았다.

초교는 신경 쓰지 않고 있었다. 그러던 중, 그녀의 귓가를 어지럽히던 귀부인들의 목소리가 갑자기 사라졌다. 그녀의 찻물 위로 어두운 그림자가 비쳤다.

초교가 천천히 고개를 들어 보니 제갈월이 짙은 자줏빛 장포를 입고 어두운 그믐달*을 수놓은 요대를 맨 채 그녀 앞에 서 있었다. 검은 머리카락은 같은 빛깔의 비단 끈으로 느슨하게 묶어 등 뒤로 늘어뜨리고 있었다.

초교가 앉아 있던 전각과 주 전각 사이에는 맑은 연못이 있었다. 바람이 못 위로 불어와 묵란향이 춤추듯 퍼지고, 맑은 향이 제갈월의 옷자락을 스쳤다.

전각에 있던 소녀들은 모두 넋을 잃고 제갈월을 바라보았다. 초교 근처에 앉아 있던 소녀들은 모두 한미한 씨족 출신이었다. 그녀들에게 칠대문벌은 황족만큼이나 높아 보이는 이들이었고, 아마 평생 동안 옷깃조차 스쳐 볼 수 없을지도 모를 이들이었다. 초교가 앉아 있던 전각과 주 전각 사이에는 그저 맑은 연못 하나가 있을 뿐이었지만, 연회에 참석하기 위해 사방에 거금의 뇌물을 찔러 주어야 했던 소녀들에게 있어 그 연못은 도저히 뛰어넘을 수 없는 천연의 요새와 같았다.

게다가 바로 제갈월이었다. 칠대문벌 중에서도 최근 가장 두각을 나타내고 있는 제갈가의 적계 귀공자인 제갈월. 소녀들의 마음이 동하지 않을 리 없었다.

제갈월은 담담하게 주변을 둘러보았다. 초교는 눈썹을 치켜세우며, 제갈월이 지금 이곳으로 온 것이 어떤 변수가 될지 고민하기 시작했다. 그러나 그는 그녀의 고민을 아는지 모르는지, 뜻밖에도 그녀 옆자리로 향했다.

---

* 헤어진 부부를 상징한다.

하락가의 아가씨는 감격한 나머지 얼굴이 붉게 달아올랐다. 그녀는 허둥지둥 자리에서 일어나다가 그만 자리에 놓여 있던 찻잔을 건드리고 말았다. 찻물이 그녀의 치마 위로 쏟아졌고, 소녀는 어쩔 줄 몰라 하며 치맛자락을 말아 쥔 채 어색하게 제갈월에게 자리를 양보했다. 소녀의 얼굴은 이미 붉다 못해 새빨갛게 달아올라 있었다.

제갈월은 그런 그녀에게 눈길 한번 주지 않고 바로 자리에 앉았다.

"제갈 공자님, 차……, 차를 드세요."

하락가의 아가씨가 전전긍긍하면서도 놀라고 기쁜 기색을 숨기지 못한 채, 모든 이들의 시기 어린 눈빛을 받으며 제갈월에게 찻잔을 내밀었다.

제갈월은 말없이 손을 내밀어 찻잔을 받아, 소녀를 쳐다보지도 않고 단숨에 차를 다 마셔 버렸다. 주변에서는 갑자기 온갖 이야기를 주고받기 시작했다. 제갈가의 넷째 공자가 뜻밖에도 하락가 아가씨의 차를 받아 마시다니, 대체 이것은 어떤 의미란 말인가?

하락가의 아가씨는 꽃처럼 화사하게 웃었지만 행동은 여전히 부자연스러웠다. 그녀는 치맛자락을 잡은 채 천천히 제갈월 근처에 앉았다. 얼굴은 부끄러운 나머지 새빨갛게 물들어 있었지만, 동시에 자랑스러운 기색도 드러내고 있었다. 하락가의 아가씨는 느릿느릿 제갈월에게 다가가 교태를 부리듯 속삭였다.

"제갈 공자님께서는 진황성에 돌아오신 지 얼마 안 되셨지요?"

제갈월은 대답하지 않았지만, 소녀는 아랑곳하지 않고 말했다.

"지난번 사냥 대회 때도 공자님과 저는 얼굴을 스친 인연이 있었지요. 그러나 거리가 너무 멀었는데……, 공자님께서 아직도 저를 기억하실 줄은 상상도 못했어요."

제갈월은 계속 아무 말도 없이 손에 백옥으로 만든 찻잔을 꼭 쥔 채 미간을 찌푸리고 있었다.

이 전각은 주 전각과 달리 좌석 간의 거리가 매우 좁았다. 다른 자리에 앉은 세가의 아가씨들은 비록 각자 끼리끼리 대화를 나누고 있었지만, 모두 정신을 딴 데 팔아 버린 듯 동문서답을 하고 있었다. 모두 귀를 쫑긋 세우고 제갈월의 동정을 살피고 있는 듯했다.

하락가 아가씨의 얼굴에 난감한 빛이 어렸다. 그녀는 가볍게 입술을 깨물더니, 목소리를 더욱 부드럽게 가다듬고 작은 소리로 말했다.

"제갈 공자님, 제 이름은 하락비何洛非랍니다. 가부께서는 예부소축礼部小祝이신 하락장청입니다."

"다른 이와 함께 앉으면 불편하시겠소?"

제갈월이 갑자기 고개를 돌려 물었다. 소녀는 당황한 표정을 지었다. 한순간에 과분한 총애를 받게 되니 놀랍고도 기쁜 듯했다. 제갈월이 다시 한 번 물었다.

"다른 이와 함께 앉으면 불편하시겠냐고 물었소."

하락비는 정신을 차리고 재빨리 손사래를 쳤다.

"아니에요, 비아는 당연히 불편하지 않아요."

"오, 그거 잘됐군."

제갈월이 고개를 끄덕이더니 고개를 들어 자신이 걸어온 방향을 바라보더니, 손을 들어 자신을 보고 있는 소녀에게 손짓했다.

"이리 와 보시겠소?"

새빨간 옷을 입은 소녀가 아름답게 웃으며 걸어와, 미소 지으며 물었다.

"공자께서 저를 부르셨나요?"

"그렇소."

제갈월이 고개를 끄덕이며 물었다.

"다른 이와 함께 앉으면 불편하시겠소?"

하락비는 그저 멍하니 바라보기만 했다. 아직도 이게 어찌 된 일인지 감을 잡을 수 없었다. 그 새빨간 옷을 입은 소녀가 오히려 상황을 파악한 듯, 웃는 얼굴로 하락비를 슬쩍 바라보더니 말했다.

"귀하디귀한 제갈가의 공자께서 부탁하시는데, 소녀가 어찌 불편하게 여기겠어요."

제갈월이 말했다.

"그렇다면 이 아가씨를 데려가 주시기를 부탁드리겠소."

하락비는 당황하여, 도저히 이해할 수 없다는 듯 외쳤다.

"공자님……."

"좋아요!"

새빨간 옷의 여자는 교태를 부리듯 웃으며 하락비의 팔을 잡아끌었다.

"아직도 하늘에서 과자라도 떨어질 거라 생각하는 거예요? 가요."

하락비의 얼굴이 새빨갛게 달아오르더니, 이를 꽉 악문 채 빨간 옷의 여자에게 끌려갔다. 눈에는 눈물이 차올라 거의 울음소리를 낼 지경이었다. 방금까지 그녀와 대화를 나누며 즐거워하던 소녀들은 입을 가리고 냉소했다. 모두 타인의 불행을 즐거워하고 있었다.

방계대전은 대하 황궁에서 가장 큰 정전이었다. 물가의 정자가 서른여섯, 조각과 그림으로 장식한 회랑은 1백이 넘었으며, 서로 구불구불하게 연결되어 전각을 지키고 있었다. 유리로 만든 기와며 두공을 댄 처마 등은 매우 정교했고, 휘황찬란한 정전에서는 방계라는 이름의 술의 신을 모시고 있었다. 그러므로 방계정전이라 이름하고, 사방에 네 개의 커다란 편전을 세웠다. 정전과 편전 사이에 맑은 물이 흐르는 수로가 서로 연결되고, 물가에 피어난 난초는 그윽한 향을 뿜어내는 가운데, 사죽 소리가 푸른 물결처럼 아득하게 들려왔다.

이때, 연회의 분위기는 이미 무르익어 있었다. 만조백관은 이미 대부분 자리에 앉아 있었고, 편전 역시 평소와 달리 시끌벅적했다. 초교가 앉아 있는 전각은 특히나 제갈월을 보려는 사람들의 기웃거림으로 인해 더욱 시끄러웠다. 그러나 제갈월은 자신이 화제의 초점이 되었다는 사실을 전혀 모르는 것처럼, 담담하게 차를 마시고 있었다.

그때, 정전에서 호각 소리가 들려왔다.

"변당의 황태자 전하, 칠황자님, 십삼황자님의 수레가 도착했습니다!"

방계대전에 앉아 있던 모든 손님들이 앞다투어 고개를 들었다. 이 뒤죽박죽인 풍류공자, 변당의 태자는 진황성에 온 이래 단 하루도 조용히 지나간 날이 없었고, 좋은 일이라고는 단 한 번도 한 적 없었다. 그야말로 일세의 방탕아라면 가지고 있을 모습을 완벽하게 체현하고 있는 인물이었다.

오늘 연회의 중요성을 의식해서인지 이책은 비교적 장중해 보이도록 묵란 무늬가 있는 붉은 금포를 걸치고 있었는데, 여전히 잘난 척하는 기색은 있었지만 조금쯤은 듬직해 보이기도 했다. 그는 금관 아래로 머리를 묶고 만면에 미소를 띤 채 의기양양한 표정을 짓고 있었다. 모르는 사람이 보았다면 오늘 혼례를 치르는 사람이 그인 줄 알았을 것이다. 그의 곁에 있는 조철과 조숭은 그런 그와 대비되어 더욱 우울해 보였다.

조철은 생모가 막 세상을 떠난 참이었으므로 화려하게 꾸미지 않고 갈색 비단옷을 입고 있었는데, 미간을 살짝 찌푸리고 있는 것을 보니 이책 곁에 있는 것이 견디기 힘든 것 같았다. 아마 자신의 의지로 이책과 함께 있는 것은 아닐 것이다.

이책은 소리 내어 웃으며 예를 행했다.

"늦었소이다. 여러분의 양해를 구하오."

요란한 음악 소리가 들리고, 가무가 펼쳐졌다. 악사들이 환영의 곡조를 연주했다. 이책 등은 자리를 안내하는 궁인을 따라 이미 안배된 자리로 향했다. 그는 자리에 앉자마자 곁에 있는 조철에게 바싹 다가가더니, 머리를 기웃거리며 사방을 둘러보았다.

"교교는? 어디 있습니까?"

조철이 미간을 찌푸렸다.

"교교가 누구입니까?"

"칠황자님 장막 아래 있는 그 여자."

이책이 기뻐서 춤이라도 추듯 손짓했다.

"아주 사납게 나에게 몇 번이나 주먹질했던 그 여자 말입니다."

조철은 이해할 수 없다는 표정으로 이책을 바라보았다. 조철은 이제 그가 피학 경향이 있어 매일 누군가에게 얻어맞지 않으면 온몸이 편하지 않은 것인가 의심하고 있었다. 어쨌든 조철은 고개를 저었다.

"오늘은 대하의 국연입니다. 초교의 신분으로는 아마 이 전각에 오지 못할 것입니다."

"제 주인이 혼사를 치르는데도 오지 못한다고?"

이책은 머리를 흔들며 탄식했다.

"불쌍한 교교. 연순이 아내를 얻으니, 분명 어디선가 상심해서 몰래 눈물을 흘리고 있겠지. 아, 그래, 십삼황자, 교교를 보았는지요? 연순 곁에 있는 그 예쁘고 젊은 여자, 나를 때렸던 그 여자 말입니다."

조숭은 본래 황제의 명에 따라 이책과 동석하게 된 것이 불만이었다. 그런데 이책이 초교를 언급하니 그의 안색은 더욱 나빠졌다. 조숭은 고집 세게 고개를 돌린 후 차갑게 말했다.

"모릅니다."

이책은 몇몇 사람에게 다시 묻고 아무도 모른다는 것을 확인하자, 갑자기 자리에서 일어나 고개를 돌리며 사방을 돌아보았다. 거대한 대전에서 하인들이나 무희들을 제외하면 그만이 우뚝하니 서 있었다. 삽시간에 사람들의 이목이 그에게 쏠렸다. 이책이 또 무슨 비상식적인 행동을 할지 궁금한 눈초리였다. 조철과 조숭도 깜짝 놀라, 이책이 또 사람들을 놀라게 할 행동을 하지나 않을지 두려워하고 있었다.

방계대전에 앉아 있는 자가 고작 수백일 리 없었다. 바깥에 있는 네 개의 편전에도 인파가 가득이었다. 이책은 한 바퀴 돌아보더니, 미간을 찌푸린 채 깊은 생각에 잠겼다. 그러더니 갑자기 단전에 기를 모으고 큰 소리로 외쳤다.

"교교!"

그의 목소리가 어찌나 컸던지 음악 소리가 다 묻힐 정도였다. 악사들은 경악한 나머지 계속 연주하는 것조차 잊어버릴 정도였다. 음악 소리가 끊기자, 대전 전체가 바늘 떨어지는 소리도 들릴 만큼 고요해졌다. 모든 이들이 왕의 옥좌에 돼지가 앉아 있는 것을 보듯, 괴이한 눈길로 이책을 바라보았다.

피식, 갑자기 가벼운 웃음소리가 들렸다. 초교가 돌아보니 제갈월이 도전하듯 그녀를 보고 있었다. 마치 그녀가 망신당하는 것을 즐거워하는 것 같았다.

"교교, 어디 있는 거야?"

변당의 태자가 계속 큰 소리로 외쳤다. 마치 대전 전체가 자기 것인 양 다른 이의 시선은 전혀 신경 쓰지 않는 태도였다.

"교……."

"됐어요, 그만 불러요. 여기 있으니까."

초교가 냉정한 얼굴로 일어났다. 수년 동안 호랑이 굴에서 거하며 이미 단련된 그녀였기에 어떤 감정도 드러내지 않고, 그저 담담하게 대답했다.

"하하, 네가 와 있을 줄 알았지."

이책이 손바닥을 부딪치며 크게 웃었다. 그리고 다른 이들에게 고개를 돌리고 말했다.

"다들 계속하시지요, 나를 신경 쓰지 말고. 악사는? 계속 연주하라!"

이책은 옷자락에 술잔이 끌리는 것도 개의치 않고 좌석을 뛰어넘어, 대전을 가로질러 초교에게 뛰어왔다. 전각에 있던 귀족 소녀들이 잇따라 초교에게 놀라움과 의심이 뒤섞인 눈길을 보냈다.

"교교, 술을 마시고 있는 거야? 술로 근심을 달래려고 하면 더 우울해질 뿐이야!"

초교는 미간을 찌푸렸다. 이렇게 타인의 이목을 끌면 오늘 밤의 일에 절대적으로 불리했다. 게다가 지금은 이미 행동을 시작할 때에 가까워지고 있었다. 이책을 상대할 시간은 없었다. 초교가 냉담한 표정으로 나지막하게 말했다.

"태자 전하께서는 고귀한 신분이시니, 이렇게 예의를 돌아보지 않고 행동하셔서는 아니 됩니다. 자리로 돌아가시지요."

"교교, 나 정말 감동했어. 넌 항상 나를 생각해 준다니까."

이책이 눈웃음을 쳤다. 그의 눈은 실처럼 가늘어져 마치 여우처럼 보였다. 그는 초교 곁에 앉으려 했지만, 초교가 자리 중앙에 앉아 그에게 자리를 조금도 내어 줄 의사가 없는 것을 보고는 코를 문지르며 곁의 좌석으로 갔다. 그리고 어느 가문의 아가씨일지 모르는 소녀에게 웃음을 띠고 말했다.

"미인이시군요. 자리를 양보해 주실 수 없을는지요?"

그 소녀는 열서넛 정도로 보였다. 아직 어린 소녀가 이런 방탕아를 만나 보았을 리 만무했다. 소녀는 얼떨떨한 표정으로 자리에서 일어났다.

이책은 미사여구를 늘어놓으며 자리에 앉았다. 대전의 예법을 맡은 궁인들이 황급하게 황금 잔이며 그릇을 가져와 이책 앞에 서둘러 펼쳐 놓았다.

초교는 어쩔 수 없이 한숨을 쉬었다. 지금 그녀가 있는 전각은 방계대전보다도 시끌벅적했다. 대전에 있는 이들의 시선이 이책을 따라 움직이다가, 마침내 제갈월이 이곳에 앉아 있는 것을 발견했기 때문이었다. 온갖 소곤거림이 높은 천장 위로 메아리치기 시작했다.

"제갈 넷째 공자, 당신이나 나나 정말이지 안목이 있는 사람들이군요. 자, 거배합시다. 연 세자가 마침내 혼례를 치르는 것을 경축해야지요."

이책이 초교를 사이에 두고 머리를 불쑥 내밀더니 제갈월에게 잔을 흔들며 열정적으로 말했다.

제갈월은 담담하게 웃더니 역시 잔을 들어 응대하고는, 한마디 말도 없이 술잔을 비웠다.

그때였다. 대전 앞에서 북소리가 들려오고, 황금색 예복을 입은 대하의 황제가 천천히 걸어 들어왔다. 초교는 사람들을 따라 절을 했다. 살며시 고개를 들어 보니 황제는 말라 보였고, 머리카락은 반백이 되어 있었다. 그러나 고개를 살짝 숙이고 있어 얼굴은 똑똑하게 보이지 않았다.

이책은 초교 곁에 서 있었다. 그는 타국의 사자고, 태자라는 존엄한 신분이었으므로 무릎을 꿇고 절하는 예를 행할 필요가 없었다. 만조백관들이 높은 소리로 만세를 외치는 동안, 이책이 초교에게 소곤거렸다.

"무서워하지 마, 그냥 노인일 뿐이니까. 우리 집안 노인네도 저래. 다 연기라고."

만약 가능하다면, 초교는 정말로 다시 주먹을 휘둘러 이책을 흠씬 때려 주고 싶었다. 그러나 아쉽게도 이 생각은 머릿속에서만 흘러가도록 남겨 두어야 했다.

예를 행한 후 사람들이 자리에 앉자, 황제가 몇 마디 인사말을 하더니 초교가 앉아 있는 전각으로 눈길을 돌렸다.

"이 태자는 어찌 그쪽에 앉아 있는가? 짐이 안배한 자리가 마음에 들지 않던가?"

"그럴 리가요, 그럴 리가."

이책은 대강 얼버무렸다.

"여기가 더 시원해서 이리로 왔습니다. 여기 앉아 있는 것이 더 편하군요."

황제가 고개를 끄덕였다.

"그럼 제갈월, 그대가 태자가 불편하지 않도록 짐 대신 살펴 도록 하라."

이 말은 제갈가의 체면을 세워 주기 위한 것이었다. 제갈월이 나지막하게 답했다.

"신, 명을 받들겠습니다."

황제가 드디어 혼례를 언급했다.

"연 세자의 수레는 내성에 들어왔는가?"

관원 하나가 앞으로 나와 말했다.

"폐하께 보고드립니다. 아직 성문 수비군의 보고를 받지 못하였습니다."

황제가 가볍게 인상을 썼다.

초교의 심장이 두근거리기 시작했다. 그녀는 귀를 세우고 황제가 하는 말을 들었다.

"오늘은 짐의 생일일 뿐 아니라 딸을 시집보내는 날이기도 하지. 짐은 연순이 어렸을 때부터 자라는 모습을 봐 왔다. 딸을 그에게 보내기로 결정하니 아주 안심이 되더군. 여기 있는 모두는 제국의 팔다리나 마찬가지다. 연북의 일맥이 당초 병사를 일으켜 바람을 일으켰다 하나, 연순, 이 아이만은 짐이 계속 아껴온 바였다네. 오늘 이후 연북은 새로운 연왕을 맞이할 것이니, 모두 같은 마음으로 우리 대하의 명성과 위엄을 키워 나가세."

"연북의 세자는 놀라운 재주를 지녔으니, 분명 현명한 군주가 될 것입니다."

"폐하께서 자애로우셔서 과거의 잘못을 묻지 않으시니, 연 세자도 분명 폐하께 진심으로 감읍하여 죽기를 각오하고 충성을 다할 것입니다."

"순아 공주 마마는 현숙하고 아름다우시니, 연 세자는 하늘의 복을 입은 것이나 마찬가지이온데, 모두 폐하의 은덕이옵니다. 필연적으로 나라에 보답할 것입니다."

"폐하의 인자함이 이와 같으니, 우리 대하가 오랜 역사 속에서 가장 흥성한 시기를 맞이하고 있는 듯하옵니다."

세상 모든 것을 이기더라도 아첨하는 말만은 이길 수 없다고 했던가. 사람들의 입에서 황제를 찬양하는 말들이 줄줄이 흘러나왔다. 초교는 말없이 대전 안을 한 바퀴 둘러보았다. 과연 파도합 가문의 사람들은 보이지 않았다. 이상한 것은 회송의 장長공주 역시 모습을 드러내지 않고 있다는 점이었다.

이때, 푸른 옷을 입은 시위가 편전으로 들어와 초교의 귓가에 작은 소리로 속삭였다. 초교가 고개를 끄덕이자 시위는 곧 물러났다.

이 모습을 본 이책이 즉시 고개를 들이밀고는 마치 아주 오랜 친구라도 되는 양 속삭였다.

"교교, 저자는 누구야? 너에게 무슨 말을 한 거야?"

초교는 이책을 바라보며 얼굴을 찌푸렸다. 한마디 하려다, 생각해 보니 이책에게는 무슨 말을 하건 다 쓸데없는 소리가 될 것 같았다. 초교는 차라리 고개를 돌리고 아무 말 없이 무시하기로 했다. 그러나 이책은 굽히지 않고 계속 고개를 들이밀며, 초교를 사이에 두고 제갈월에게 말했다.

"제갈 형은 아시는지?"

제갈월이 담담하게 답했다.

"태자께서도 모르시는 것을 소인이 어찌 알겠습니까?"

이책은 고개를 끄덕였다.

"그도 그렇군."

바로 그때, 전각 밖에서 갑자기 여자의 울음소리가 들려왔다. 전각에 있던 모든 이들이 잇따라 고개를 돌려 바깥을 바라보았고, 황제도 눈썹을 치켜세우며 나지막하게 물었다.

"밖에 누구냐?"

시위가 이마의 식은땀을 훔치며 뛰어 들어와 무릎을 꿇고 절하며 대답했다.

"폐하께 보고드립니다. 바로…… 바로 공주 마마이십니다."

모든 이들이 당황했다. 초교는 방금 떠난 수하에게 들은 바가 있어 희미하게나마 그 이유를 추측하고 있었다. 그러나 상황을 모르는 대하의 황제는 미간을 찌푸리며 말했다.

"순아? 그 애에게 무슨 일이라도 있는 것이냐?"

"공주 마마께서는, 마마께서는…… 급한 일이 있어 폐하를 뵈어야겠다고 하셨습니다."

그때 황제의 곁에 있던 서귀비가 차가운 얼굴로 날카롭게 외쳤다.

"혼사를 치르는 날에 예법도 잊고 대체 무슨 행동이란 말이냐? 어서 데리고 돌아가 연 세자가 성에 들어오기를 기다리라고 전해라."

"순아가 기다리다 겁이라도 났나 보지요."

서귀비의 차가운 외침과 달리, 헌귀비는 입을 가리고 미소지으며 부드럽게 말했다. 헌귀비는 물과 같은 눈빛으로 황제를 응시하며 다시 한 번 속삭였다.

"순아는 이제 겨우 열여섯이잖아요. 아마 조금은 무서울 것입니다."

그러나 서귀비는 계속 냉랭하게 말했다.

"황가의 공주가 되어서 이렇게 예를 잃으면 대체 체통이 어찌 될까? 여봐라, 공주를 데려가지 못하겠느냐? 공주를 돌보는 유모며 하인들에게도 후에 책임을 묻겠다."

서귀비의 말을 들은 헌귀비는 갑자기 눈물이 그렁하여, 부드러운 목소리로 말했다.

"목합 황후 마마께서 가신 지 얼마 되지 않았는데, 마마의 따님에게 이리 대하시다니. 서 언니는 자매들 앞에서 부끄럽지도 않으신가요?"

"부황! 순아가 드릴 말씀이 있습니다!"

갑자기 문밖에서 높은 외침이 들려왔다. 대전에 있던 이들은 깜짝 놀라 어쩔 줄 모르고 바깥을 바라보았다. 모두 안색이 변한 채 온갖 상상의 나래를 펼치고 있었다. 황제는 한참 망설이더니, 마침내 나지막하게 명했다.

"들라 하라."

조순아는 화려한 진홍빛의 혼례복을 입고 있었다. 빠르게 뛰어왔기 때문인지 머리는 난잡하게 흐트러지고, 아름답고 가냘픈 얼굴은 창백하게 질려 있었다.

모든 이들이 대전을 주시했다. 밤바람에 펄럭이는 조순아의 붉은 혼례복은 마치 피눈물을 흘리는 나비처럼, 산산이 부서지는 듯한 처연한 아름다움을 품고 있었다.

"부황!"

조순아는 갑자기 쿵 소리가 나도록 바닥에 무릎을 꿇더니, 머리를 땅에 세게 부딪치며 낭랑한 목소리로 외쳤다.

"부디 사혼을 거두어 주세요, 순아는 시집을 가고 싶지 않습니다!"

조순아의 말이 떨어지자마자 자리에 있던 모두가 경악했다. 삽시간에 방계대전 전체가 죽음과 같은 적막에 휩싸였다. 한참 동안의 침묵이 흐른 후, 거대한 웅성거림이 동시에 퍼져 나갔다. 그 웅성거림은 마치 출렁이는 파도처럼 온 하늘에 물안개를 말아 올려, 조순아의 연약한 그림자마저 파묻어 버렸다.

"제멋대로 굴기는!"

서귀비가 아름다운 얼굴을 차갑게 굳히며 코웃음 쳤다.

목합 황후는 이미 죽었다. 이번에 조순아가 시집을 가기만 하면 후궁의 모든 일은 그녀가 장악할 수 있을 터였다. 그런데 지금 공주가 공공연하게 이런 말을 꺼내니 극도로 화가 날 수밖에 없었다.

조순아는 땅에 무릎을 꿇은 채 고개를 들었다. 그녀의 얼굴은 창백하고 눈은 붉어진 상태였다. 그녀는 다시 한 번 땅에 머리를 부딪치고, 여전히 같은 말을 반복했다.

"부황, 부디 명을 거두어 주세요, 순아는 시집을 가고 싶지 않습니다."

서귀비가 눈썹을 치켜세우며 차가운 목소리로 말했다.

"연북 세자의 행렬이 이미 성문 밖까지 와 있고, 천하에 사혼을 포고 내린 것이 한 달 전인데, 이제 와서 각국 사절들 앞에서 시집을 가고 싶지 않다고 하다니? 목합 언니께서 너를 이리 가르쳤더냐?"

"고인은 이미 세상을 떠났으니, 서 언니는 더 이상 죽은 이를 놀라게 하지 마세요."

제갈난헌의 봉황 같은 눈이 가늘어졌다. 그러더니 그 복숭아 같은 얼굴을 들어 조순아에게 가볍게 미소 지으며 달래듯 말했다.

"순아, 부황과 헤어지기 섭섭한 게지. 이해할 수 있단다. 하지만 그저 시집을 가는 것뿐이지 않니. 시집을 가더라도 언제든지 궁에 돌아와 황상을 뵐 수 있단다."

"아니에요, 순아는 그런 것이 아닙니다. 순아는 그저 시집

을 가고 싶지 않습니다. 부황께서 명을 거두도록 저를 도와주
세요."

조순아는 땅에 무릎을 꿇은 채 천천히 고개를 들었다. 그녀
의 두 눈에는 눈물이 그렁그렁했지만 표정에는 평소에 보기 힘
든 단호함이 서려 있었다.

"여봐라, 공주를 데려가라. 화장이며 옷차림을 다시 정리하
고, 연북의 수레가 오기를 기다리도록 하라."

대하의 황제는 조순아를 한 번 쳐다보지도 않았다. 휘황찬
란한 등불 속에서 황제의 얼굴은 모호하게 보여 표정을 알 수
없었다. 다만 황제의 목소리는 마치 방금 조순아가 한 말을 듣
지 못한 듯 매우 평온했다.

궁인들이 종종걸음으로 대전에 들어와 조순아의 팔을 잡아
끌었다.

"놓아라!"

조순아는 궁녀를 밀치고, 땅에 엎드린 채 앞으로 기어갔다.
그녀의 눈에서 하염없이 눈물이 흘렀다. 그녀는 손으로 눈물을
훔친 후, 어린 시절부터 두려워하는 동시에 존경해 왔던 부친
을 직시했다. 그녀의 목소리는 떨리고 있었지만 동시에 가슴을
펴기 위해 노력하고 있었다.

"부황, 명을 거두어 주세요."

"순아!"

조철이 인상을 쓰며 나지막하게 외쳤다.

"대체 이게 무슨 행동이냐? 야단법석 떨지 마라!"

만조백관도 기이한 표정을 짓고 있었다. 거대한 방계대전 안에는, 바깥에서 불어오는 바람 소리만이 휘돌 뿐이었다.

"오라버니."

공주가 붉어진 눈으로 조철을 바라보았다.

"오라버니도 순아를 도와주세요. 순아는 시집가고 싶지 않아요. 저와 함께 부황께 부탁드려 주세요."

"일곱째야, 네 여동생을 데려가거라."

조철은 미간을 찌푸린 채 아주 짧은 시간 동안 멈칫하더니, 결국은 고개를 끄덕이고 조순아를 잡아끌며 나지막하게 말했다.

"소자, 명을 받들겠습니다."

"부황!"

조순아가 갑자기 큰 소리로 외치며 고개를 들었다. 수정처럼 투명하고 맑은 눈물이 줄줄 흘러내리고 있었다. 그녀는 구슬피 울면서 말했다.

"소녀를 도와주세요. 소녀를 서황으로 시집보내셔도, 남강으로 보내셔도 좋아요. 변경에 화친의 제물로 보내셔도 좋습니다. 제발, 어서 명을 내려 주세요!"

"순아, 이러지 마라. 오라비와 가자!"

"부황!"

조순아는 조철을 밀친 후 고집스럽게 땅에 머리를 짓찧었다. 한 번, 또 한 번, 그녀가 땅에 머리를 부딪치는 소리가 대전에 울려 퍼졌다.

"부황, 제발 부탁드립니다. 어서 사혼을 거둬 주세요. 제발,

제발 명을 내려 주세요."

황제는 조순아를 돌아보지 않고 음울한 안색으로 조철에게 외쳤다.

"일곱째야!"

조철은 미간을 찡그린 채 마침내 조순아를 잡아 일으켜 대전 밖으로 데리고 나갔다. 지금까지 울음소리를 내지 않으려고 참고 있던 조순아가 갑자기 큰 소리로 울면서 외치기 시작했다.

"부황, 제발 어서 명을 내려 주세요. 부황, 순아는 시집가지 않겠어요. 부황, 제발……."

조순아의 이마에서 흘러내린 선혈이 한 방울, 한 방울, 새하얀 들소 털로 만든 깔개 위에 떨어졌다. 방계대전 전체에 죽음과 같은 적막이 감돌고 있었다. 사람들은 모두 감히 고개도 들지 못하고 그저 조심스럽게 상석에 앉아 있는 황제를 곁눈질할 뿐이었다.

"순아는 항상 황상께 효성스러운 딸이었지요. 황상께서는 너무 노하지 마시어요. 여자아이잖습니까. 집을 떠나기 싫어 저러는 것뿐이랍니다."

헌귀비가 이리 말하자 모든 이들이 갑자기 이구동성으로 찬성하기 시작했고, 분위기는 삽시간에 시끌벅적해졌다. 상서국의 최 대학사가 머리를 흔들며 만족스럽게 외쳤다.

"공주 마마께서는 인과 효를 겸비하셨으니, 정말로 얻기 어려운 분입니다. 효성스러운 딸들은 울면서 시집간다는 이야기가 예전부터 있어 왔지요. 공주 마마의 이러한 행동은, 그야말로 대의의 표상이라 할 것입니다."

"폐하께서 인자하시어, 공주 마마와 황자님들께 애정이 더욱 깊으시지요. 자식들 입장에서는 황궁을 떠나면 황상의 가르침을 항시 경청할 수 없을 것이니, 저리 상심하는 것도 자연스럽지 않겠습니까."

"지극히 옳고 지극히 옳소이다. 분명 그러한 것입니다."

제15장 할포단의割袍斷義 [*]

 장내가 소란해져 아무도 편전을 주시하지 않는 틈을 타서 초교는 조심스럽게 몸을 일으켰다. 그러나 그녀가 막 몸을 일으켰을 때, 누군가가 그녀의 옷자락을 잡았다.

 고개를 숙인 채 술을 마시던 제갈월이 천천히 고개를 들고 그녀를 바라보았다. 그의 입가에 묻은 붉은 포도주가, 그 검붉은 입술이며 얼굴에 흐르는 사악할 정도의 매력을 더욱 돋보이게 하고 있었다. 그는 가볍게 입을 열더니, 말끝을 삼짝 올리며 나지막하게 물었다.

 "어디 가려는 거지?"

 초교는 반쯤 웅크리고 앉았다. 그리고 제 얼굴을 세갈월의

_____

* 교제를 끊다, 절교하다는 의미의 고사성어.

눈 가까이까지 들이댄 후 조소했다.

"제가 넷째 공자님과 이리 친밀한 관계였던가요? 너무 참견하시는 것 같지는 않으신지?"

제갈월도 몸을 앞으로 내밀었다. 그의 코끝이 초교의 얼굴에 닿을 것 같았다. 제갈월의 따뜻한 숨이 초교의 뺨을 간질였다.

"연회가 끝나지 않았는데 중간에 자리를 뜨는 것은 무례한 일이지."

"내가 무례를 저지른들 뭐 어때서?"

초교의 눈에 조소하는 빛이 어렸다. 그녀는 냉담하게 말했다.

"이곳은 대하의 황궁이지 당신의 청산별원이 아니야. 넷째 공자님의 손은 어째서 항상 이렇게 길게 뻗어 있는 걸까?"

말을 마친 초교가 아래쪽으로 제갈월의 손목을 잡고 재빠르게 뒤집어 그의 손바닥이 땅을 짚게 만들고, 자신의 옷자락을 빼냈다.

제갈월의 먹처럼 검은 눈이 가늘어졌다. 그가 냉담하게 웃었다.

"길이 평탄하지 않으면 밟는 사람이 생기는 법. 내가 유달리 쓸데없는 일에 참견하기를 좋아하는 사람이라서."

제갈월은 다섯 손가락을 동물의 발처럼 세워 한 바퀴 돌리더니, 마치 미꾸라지처럼 초교의 손에서 빠져나가 다시 그녀의 옷자락을 잡아끌었다.

"몇 년 보지 못한 사이에 성정이 많이 변했군. 나는 당신이 자신과 상관없는 일에는 꿈쩍도 않는, 무정하고 냉혈한 사람인 줄 알았는데."

초교는 두 손가락을 가로로 세워 제갈월의 팔꿈치를 매섭게 훑어 내리더니, 재빠르게 혈을 찍어 그의 팔을 돌려놓았다.

"냉혈이니 무정이니 하는 표현을 내가 감히 네 앞에서 써도 되는 것인지 모르겠군. 내가 아무리 노력한들 너보다 냉혈하거나 무정할 수 없을 테니."

두 사람은 긴 탁자 보 아래에서 맹렬하게 손을 주고받았다. 다행히도 대전 안은 온통 기쁜 분위기였기에 누구도 편전 쪽으로 눈길을 돌리지 않았다.

"하하, 둘이 무슨 이야기를 하는데 그렇게 재미있어 보이는 걸까. 나도 좀 끼워 주지."

이책이 갑자기 두 사람 뒤로 뛰어오더니 만면에 웃음을 띠고 얼굴을 들이밀었다.

초교는 차가운 눈초리로 이책을 흘깃 보고는, 바로 고개를 돌려 제갈월에게 미소 지으며 말했다.

"소녀는 화장실에 가려 하는데, 제갈 공자님께서도 함께 가실 생각이신지요?"

제갈월이 멈칫했다. 그녀가 남자의 면전에서 화장실을 언급하며 도망치는 방법을 쓰리라고는 상상도 못했던 것이다. 계속 냉정해 보이던 그의 얼굴이 일그러지며 눈과 같이 하얀 얼굴이 뜻밖에도 붉어졌는데, 그 모습은 오히려 그의 매력과 아름다움을 더욱 더해 주었다.

초교는 몸을 일으켰다. 기분이 무척 상쾌한 나머지, 그녀는 자신도 모르게 손을 내밀어 제갈월의 뺨을 가볍게 두드리며 낮은 소리로 웃었다.

"저를 따라오지는 마시어요. 신분을 생각하셔야 하니까요. 공자님 같은 칠대문벌 출신의 귀공자께서 일개 평민의 뒤를 쫓아다니시면, 그 체통이 어찌 되겠습니까?"

뺨을 두드리는 듣기 좋은 소리가 울려 퍼지자 제갈월의 얼굴이 더욱 붉어졌다. 그가 버럭 화를 내며 무슨 말을 하려 했을 때 초교는 이미 편전을 나가 어두운 밤의 장막 속으로 사라진 뒤였다.

사방팔방에서 온갖 기이한 시선이 쏟아지고 있었다. 각 가문의 아가씨들 모두 경악하여 입을 가리고 있지 않은 사람이 없었다. 모두 당황한 표정으로 제갈월을 바라보는 모습을 보니, 그녀들 모두 방금 있었던 일을 계속 보고 있었음에 분명했다.

저 높디높은 제갈가의 넷째 공자가 비천한 천민에게 희롱을 당하다니.

"기회는 쉽게 오는 것이 아닌데!"

초교에게 희롱당하는 기회를 얻으려 해도 얻지 못하는 변당의 태자만이 부럽다는 눈길로 제갈월을 바라보았다.

제갈월은 갑자기 이 변당의 태자가 왜 그리 사람들의 미움을 사는지 깨달았다. 그는 혐오스러워하며 고개를 돌리고는, 무료한 표정으로 대전 안의 가무를 지켜보았다.

막 전문을 나섰을 때였다. 초교가 미간을 찌푸리며 고개를 돌렸다. 이책이 금포의 아랫자락을 들고 몰래 그녀의 뒤를 따라오고 있었다. 이책은 부끄러운 듯 손을 비비 꼬며 말했다.

"밖이 어두우니, 내가 함께 가 주려고."

초교가 눈썹을 추켜세웠다. 이책이 서둘러 뒤로 두어 걸음 물러서며 방어하는 듯한 자세를 취했다.

"그냥 밖에서 기다릴 거야."

"어디서 기다린다고요?"

초교는 입가에 웃음을 띠고 물었다. 그녀의 웃는 얼굴은 달콤하고 사랑스러웠지만 말투에는 살기가 배어 있었다.

이책은 솜털마저 꼿꼿하게 서는 것 같아 즉시 손을 내저었다.

"여기, 여기 서서 기다릴게."

초교의 표정이 부드러워졌다. 그녀는 발꿈치를 세우고 손을 뻗어 이책의 머리를 쓰다듬으며 꽃처럼 웃었다.

"착해라. 말을 잘 듣는군요."

그러나 이책은 환하게 웃는 초교를 보며 평소의 냉정한 표정보다 더 무서워 보인다고 생각하고 있었다.

초교는 연순의 심복이니, 사람들의 경계심을 늦추려면 연순의 혼사에 반드시 참석해야만 했다. 초교는 재빠르게 오솔길을 밟아 원래 계획한 곳을 향해 걸어가며 마음속으로 조순아에게 감사했다. 조순아가 아니었다면 다른 이들의 시선을 받지 않고 나오기 위해 고생을 꽤 했을 것이다.

초교는 손가락을 입에 댔다. 어두운 밤, 처절한 밤 올빼미의 울음소리 같은 맑은 신호음이 갑자기 울려 퍼졌다.

황성의 각 구석에 숨어 있던 그림자들이 즉시 행동을 시작했다. 그림자들에게 어두운 밤은 최고의 보호막이었다. 초교는 입가에 슬며시 차가운 미소를 떠올렸다.

"진황, 지옥에 온 것을 환영한다."

초교는 민첩한 표범처럼 어두운 회랑의 오솔길을 따라 뚫고 지나갔다. 매서운 바람이 그녀의 귓가에 불어왔는데, 마치 어두운 밤에 숨어 있는 야수가 스쳐 가는 것 같았다. 초교는 마침내 서안문의 전초방에 도착했다.

전신관은 침상에 누워 다리를 꼰 채 한가롭게 휘파람을 불고 있었다. 초교는 더 이상 머뭇거리지 않고 재빨리 문안으로 들어갔다. 전초방의 전신관이 인기척을 느꼈을 때는 이미 그녀가 사납게 손을 쓰고 있었다.

초교는 팔을 한 번 휘두른 후 왼손으로 전신관의 놀란 입을 꽉 막았다. 그녀가 오른손을 가볍게 들어 올리자 차가운 빛이 번쩍였다. 그리고 가볍게, 그리고 천천히 상대의 목을 그었다.

그녀는 상대의 목을 깊이 찌른 후 칼날을 다시 잡아 뺐다. 어떤 화려한 기교도 부리지 않았다. 살인이 이렇게 간단할 수도 있는 것이다.

전신관의 목에 붉은 상처가 나타나더니 핏방울이 배어 나오기 시작했다. 초교는 손에서 힘을 풀었다. 전신관이 목에서 후, 후, 하는 신음을 내뱉자 갑자기 상처가 찢어지며 검붉은 피가 용솟음쳤다. 피는 점점 더 많이 흐르기 시작했고, 전신관의 동공이 점차 커지더니, 곧 몸에 힘이 풀린 듯 땅에 쓰러졌다. 검붉은 피가 빠르게 흘러나와 침상을 가득 적셨다.

초교는 이불을 끌어 남자의 몸에 덮어 준 후 문밖으로 나와 다음 목적지로 향했다.

이것이 바로 그녀와 대동회의 임무였다. 궁 안과 궁 밖에서 동시에 공격하여 제국의 연락망을 마비시키는 것. 그들은 진황성을 깊은 잠에 빠진 죽음의 성으로 만들 생각이었다.

한 시진 동안, 대동회의 자객들은 수많은 성과를 올렸다. 성 밖 하늘에 연이어 푸른 신호탄이 올라갔고, 황성 안에서도 계속 '밤 올빼미'의 울음소리가 들렸다.

초교는 천천히 한숨을 내쉬고 조용한 어화원에 쭈그리고 앉았다. 손가락으로 마지막 금을 그을 생각이었다. 지표면에는 이미 빽빽한 바를 정正 자가 그려져 있었다.

오늘 밤, 너무 많은 사람이 이유 없이 생명을 잃었다. 그들의 직위는 각각 달랐고, 심지어 평생 얼굴 한 번 본 적 없는, 어떤 교집합도 없었던 이들도 있었다. 그들 중에는 제도의 수비를 맡은 연락병들도 있었고, 제7군의 고급 군관도 있었으며, 성문을 수비하는 군졸도 있었고, 마도위도 있었으며, 외성에서 일을 처리하는 통신병이나 소방국의 당직 병사며 당직 태감이었던 손운복孫蕓朴, 그리고 각 성문 앞에서 임무를 수행하던 보초병들이 있었다.

대동회의 주요한 취지는 대륙의 정의를 수호하고, 대동 사회를 건설하여 노예제를 뿌리 뽑아 사람들의 평등을 이루는 것이었다. 그러므로 손에 천하의 대세를 좌우할 힘이 충분하다

할지라도 그들은 결코 함부로 살계를 범해서는 아니 될 사람들이었다. 그렇기 때문에 겉보기에는 마구잡이로 죽인 것 같아도 실제로 마구 죽인 것은 아니었다.

초교는 죽이지 않아야 할 자는 죽이지 않았고, 죽여야 할 자를 놓치지도 않았다. 상대를 제거하면 어떤 결과가 나올 것인지 그녀는 아주 정확하게 알고 있었다. 그녀의 살인은 일종의 예술과도 같았다. 그녀의 손에 수많은 비단실이 매여 있었고, 그녀는 이제 조금씩 실을 거둬들일 작정이었다.

그러나 초교가 몸을 일으켰을 때, 끝없는 밤을 배경으로 키가 큰 그림자 하나가 서 있는 것이 보였다. 맑고 차가운 달빛이 그의 몸에 내려앉아 차가운 은빛 광선을 펼쳐 내고 있었다.

"훌륭하군."

어둠 속의 남자가 냉담한 목소리로 말했다.

남자를 발견한 직후의 경악은 바로 지워 버렸다. 초교는 침착하게 주변을 살피고 다른 이가 있는지 없는지를 살폈다.

"살필 필요 없다. 다른 사람은 없으니까."

제갈월이 앞으로 다가왔다. 달빛 아래 자줏빛 금포가 아련해 보였다. 그의 잘생긴 얼굴은 심지어 조금은 여자처럼 보일 정도로 아름다웠지만, 두 눈은 얼음처럼 차가웠다. 제갈월이 천천히 앞으로 다가와 나지막하게 물었다.

"또 어디로 갈 생각이지? 또 누구를 죽일 생각이냐?"

초교는 음울한 안색으로 차갑게 한마디를 토해 냈다.

"비켜!"

"순진하긴!"

제갈월이 차갑게 코웃음을 쳤다.

휙 소리와 함께 초교가 바람처럼 움직였다. 바로 위를 향해 주먹을 날리며 허리를 한 번 틀자, 그녀의 몸은 나뭇잎처럼 빠르게 위로 솟구쳤다.

제갈월은 그녀가 바로 손을 쓰리라고 생각하지는 않았으나, 즉각 반격했다. 두 사람은 절묘한 초식을 주고받으며 순식간에 막상막하로 싸우기 시작했다. 쿵 하는 소리가 두 번 들렸을 뿐인데 두 사람의 주먹은 이미 서로를 스치며 지나갔다. 서로가 서로의 가슴을 타격했고, 두 사람 모두 자신도 모르게 신음 소리를 내며 동시에 두 걸음 물러서서 다시 대치 국면을 이루게 되었다.

"연순의 반란은 성공할 수 없다. 파뢰와 위서엽이 이미 천라지망을 펼쳐 놓았어. 제국에 대적하는 역적에게 남은 길은 죽음밖에 없다."

초교는 차갑게 코웃음 치며 손등으로 턱에 흐르는 땀을 닦고 차갑게 말했다.

"노비!"

제갈월이 가라앉은 목소리로 물었다.

"뭐라고?"

"제갈월, 나는 예전에는 당신이 안하무인에 제 잘난 맛에 사는 귀족 가문의 공자일 뿐이라 여겼지. 그런데 오늘 알게 되었네. 당신은 조씨 일가의 노비, 사냥개에 지나지 않는다는 걸."

제갈월의 안색이 파랗게 질렸다.

"나는 조씨 일가에 충성하는 것이 아니라 대하에 충성하는 것이다."

"그게 무슨 차이가 있지?"

초교는 냉소했다.

"간신이니 역적이니 하는 허튼소리는 그만두시지. 승자는 왕이 되고 패자는 역적이 되는 법 아닌가? 후에 당신의 이름이 사서에 적힐 때, 당신이 부역을 일삼던 주구走狗로 적히지 않을 거라고 어떻게 확신하지? 역사는 그저 승리자의 말을 기록할 뿐인 것을."

"그를 그렇게나 믿는 건가."

제갈월이 차갑게 웃었다.

"그렇다면 나도 눈을 크게 뜨고 구경해 보지. 연순이 대체 이 진황에서 어떻게 도망치는지."

초교는 눈을 가늘게 뜨고 살기를 드러냈다.

"아마 당신에게 그럴 기회는 없을 거야."

그들은 살기를 내뿜으며 다시 서로 초식을 주고받았다. 초교가 비수를 뽑아 들었다. 달빛 아래 두 사람이 빠르게 움직이자 마치 두 개의 그림자가 꽃 덤불 속에서 힘차게 뛰어오르는 것처럼 보였다.

"그와 함께하는 한, 조만간 너도 죽게 될 것이다!"

제갈월은 비수를 든 초교의 손목을 낚아채고 무자비하게 덮쳐 왔다.

"관심이야 고맙지만, 일단 당신 스스로나 살피는 것이 좋을 걸!"

초교가 하늘 높이 뛰어올라 몸을 틀어 사납게 제갈월의 어깨를 발로 차더니, 검을 뽑아 찔러 넣으려 했다. 정이라고는 전혀 남아 있지 않은 듯한 태도였다.

"나쁜 짓을 많이 저지르면 결국 죽음을 자초하게 된다. 내가 너에게 악랄한 수를 쓰게 하지 마라!"

"우리는 본래 불구대천의 원수인데, 피차 손에 정을 남겨 둘 필요가 없지."

그때 갑자기 난잡한 발걸음 소리가 들려왔다.

"거기 누구냐!"

두 사람은 멈칫했다가 즉시 서로에게 향했던 손을 거둬들였다. 그리고 바로 함께 왼쪽의 무성한 꽃 덤불 속으로 뛰어들었다. 그러나 두어 걸음 걷자마자 초교는 두 사람이 같은 방향으로 가고 있다는 사실을 깨닫고 바로 제갈월을 한 대 때렸다.

"동쪽이다! 어서 가자!"

궁정 시위들이 빠르게 접근해 왔다. 제갈월은 미간을 찌푸리며 공격해 오는 초교의 손목을 잡고 나지막하게 물었다.

"죽고 싶은가? 이 상황에서도 싸우려 들다니?"

초교는 눈썹을 들어 올리며 노한 소리로 물었다.

"대체 왜 나를 쫓아오는 거지?"

제갈월도 화를 냈다.

"누가 너를 쫓는다고?"

"바로 앞이다, 어서!"

퍽, 초교가 제갈월의 정강이를 발로 찼다. 제갈월이 분노한 눈빛으로 날카롭게 외쳤다.

"물불을 가리지 못하다니, 제정신이 아니군!"

초교는 반쯤 땅에 쭈그리고 앉은 채 차갑게 답했다.

"죽어라고 매달리기나 하는 야비한 남자!"

"어서!"

목소리가 가까워졌다. 이미 열 보 정도의 거리였다. 두 사람 모두 깜짝 놀라 동시에 손을 거두고 옆으로 몸을 굴려 무성한 꽃 덤불 속으로 숨었다.

"어디지?"

"두목, 잘못 들은 거 아니요?"

무리를 이끄는 시위가 신중하게 고개를 저었다.

"아니야, 내가 분명 검은 그림자를 여럿 보았다."

"고양이겠지. 이 정원에는 고양이가 많으니."

"그럴 리가. 내가 직접 보았단 말이다."

우두머리가 나지막이 말했다.

"모두 사방을 뒤져라. 오늘 밤은 폐하의 수연이니, 절대로 어떤 문제도 생겨서는 아니 된다."

"알겠소!"

사람들은 점차 멀리로 사라졌다. 두 사람은 여전히 경계심에 가득 찬 눈빛으로 신중하게 밖을 살펴보았다. 마침내 시위들이 보이지 않게 되었다.

갑자기 퍽 소리와 함께 제갈월의 아랫배에 격렬한 고통이 덮쳐 왔다. 그가 반격하기도 전에 초교의 몸이 갑자기 그를 위에서 내리눌렀다. 제갈월은 그녀가 이때 손을 쓰리라 생각지 않았기에 미처 손쓸 새도 없이 당하고 말았다. 그녀의 솜씨가 얼마나 대단한지, 제갈월은 정신을 잃을 것 같았다.

초교가 다시 한 번 무릎으로 그의 배를 잔인하게 찼고, 제갈월은 고통스러운 나머지 하마터면 비명을 지를 뻔했다. 그리고 정신을 차렸을 때 그는 이미 포승에 묶여 있었다.

"당신이 방금 그들을 부르지 않은 점을 감안해서, 오늘은 당신을 죽이지 않겠어."

초교가 몸을 일으켰다. 그녀의 눈이 제갈월을 차갑게 응시하고 있었다.

"제갈월, 당신은 8년 전 나를 고발하지 않았고, 덕분에 나는 살아남을 수 있었어. 그래, 나는 당신에게 빚을 진 셈이야. 하지만 그게 당신과 나 사이의 원한을 없앨 수는 없어. 당신은 귀족이지. 귀족인 당신에게 있어 노비 몇을 죽인 것은 별일 아니겠지만, 그들은 나에게 정말로 소중한 사람들이었어. 그리고 당신이 그때 연순을 쏘았지. 당신 때문에 우리는 진황성을 벗어날 수 없었고, 그 후 8년 동안 유폐되어 괴로운 나날을 보내야 했지. 당신과 나는 시작하는 순간부터 대립할 수밖에 없는 운명이었던 거야. 우리는 영원히 타협할 수 없고, 이건 결코, 절대로 바뀌지 않을 거야. 제갈월, 내가 오늘 당신을 죽이지 않는다고 해서 다음번에도 당신을 죽이지 못하지는 않을 거야.

그러니 다음에 나를 만나면, 그때는 조심하는 게 좋을 거야."

제갈월의 안색이 새파랗게 질렸다. 그는 극도로 노여운 표정으로 그녀의 뒷모습을 바라보다가 갑자기 나지막하게 물었다.

"지금 황성을 나가면 너에게 남은 것은 죽음뿐인데, 이후 나를 어떻게 죽일 생각이지?"

초교가 고개를 돌리더니, 제갈월을 향해 찬란하게 미소 지었다.

"당신은 연순이 어떤 사람인지 모르지. 어쨌든 나는 내가 죽을 거라고 생각지 않아. 아니면 우리, 도박을 하나 할까?"

제갈월은 차갑게 초교를 바라보며 조소했다.

"당신은 우리가 진황성을 빠져나가지 못하고 죽어 제대로 땅에 묻히지도 못할 거라고 믿고 있겠지. 하지만 나는 확신하고 있어. 우리는 진황성을 빠져나갈 거야. 그것도 그냥 나가는 것이 아니라, 깃발을 흩날리고 북을 치면서 나갈 거야. 서몽에 사는 사람 전부가 알 수 있도록, 연북의 백성 모두가 알도록 말이야. 그들의 왕이 돌아왔다는 것을!"

그 순간, 초교의 얼굴은 광채를 발하고 있었다. 마치 찬란한 햇빛 아래 서 있는 것처럼. 그녀는 기적 같은 광휘를 발하며, 이 칠흑 같은 어두운 밤에 그렇게 빛나고 있었다.

초교가 품고 있는 것은 온 마음을 다한 신뢰였다. 그녀는 아무것도 의심하지 않았다. 걱정하지도 않았다. 그녀는 완벽하게 확신하고 있었다. 그리고 제갈월은, 찬란하게 웃고 있는 초교를 보며 차라리 눈을 감고 싶었다. 그녀의 미소가 눈에 거슬려

참을 수가 없었다. 그는 그렇게 빛나고 있는 그녀가 사무치게 원망스러웠다.

어째서 그녀가 저렇게 신뢰하는 사람이 자신이 아니란 말인가?

초교는 그를 바라보며 자신만만하게 외쳤다.

"제갈월, 지켜보라고!"

이 밤은 제갈월의 일생에서 도저히 잊을 수 없는 순간이 되었다. 그 후 수년이 흐른 후에도 그는 때때로 이 밤 초교의 표정을 떠올리곤 했다. 자신만만한 그녀의 목소리는 끊임없이 그의 귓가에 메아리쳤다. 제갈월, 지켜보라고!

그는 정말로 지켜보았다. 지켜보기만 했다. 그녀는 마치 한바탕 바람처럼, 한 조각 구름처럼 경쾌하게 그의 곁에서 멀어져 갔다. 그는 그렇게 떠나가는 초교를 지켜보았다.

8년 전의 그 밤, 그녀는 그에게 외쳤다.

'제갈월, 임석을 죽인 대가를 치르게 될 거야!'

그녀는 언제나 자신이 한 말을 지키는 사람이었다. 그가 믿고 있던 세상이 변하여, 혼란스러운 난세의 격류가 그들이 살고 있는 땅을 말아 올리고, 그들의 걸음걸이를 어지럽히고, 그리하여 그들이 한때 꾸었던 꿈을 버릴 수밖에 없게 된 후, 그는 항상 후회하며 그 밤을 기억하곤 했다. 그 순간 그가 그 후에 벌어질 모든 일을 알았더라면, 그는 초교가 떠나도록 가만히 지켜보았을까? 아무 말도 없이 그녀가 떠나게 두었을까?

그러나 이 세상에 만약이라는 것은 존재하지 않는 법이다.

그래서 오늘, 이 밤, 그는 조용히 차가운 덤불 속에 누워 초교가 이동 속으로 사라져 가는 것을 지켜보았다. 그녀는 마치 긍지 높은 봉황처럼 그의 시선에서 사라지고 있었다. 그가 존재하지 않는 또 다른 넓은 세계를 향해 걸어가고 있었다.

이 세상에 아름다운 것이 가득하다 하더라도, 화염과 비교할 수 있는 것은 없는 법이거늘.

"폐하!"

갑자기 전각 밖에서 다급한 목소리가 울려 퍼졌다. 환관 하나가 종종거리며 달려와 쿵 소리가 나도록 땅에 무릎을 꿇고 울음 섞인 목소리로 말했다.

"폐하, 공주 마마께서, 공주 마마께서……."

"순아에게 무슨 일이라도 생긴 것이냐?"

조숭이 몸을 일으켜 노한 소리로 외쳤다.

늙은 환관이 딱한 안색으로 크게 외쳤다.

"공주 마마께서, 도망쳤습니다!"

"뭐라고?"

서귀비가 눈썹을 추켜세우며 날카롭게 물었다.

"어찌 도망쳤다는 말이냐? 대체 어디로? 너희들은 그렇게 많이 있으면서 공주가 도망치도록 바라만 보았다는 말이냐? 정말 쓸모없는 것들 같으니라고."

"노비가 죽을죄를 지었습니다, 노비가 죽을죄를 지었습니다!"

늙은 환관이 큰 소리로 울기 시작했다.

"폐하께서는 용서해 주십시오!"

혼례가 시작될 참인데 신부가 도망을 쳤으니, 사람들은 그저 서로 흘깃거릴 뿐 아무 말도 하지 못했다.

조철이 몸을 일으켰다.

"시끄럽다. 일단 공주가 언제 도망쳤는지, 어디로 도망쳤는지부터 상세하게 이야기해 보거라."

그 늙은 환관이 막 입을 열었을 때, 갑자기 바깥에서 징소리며 호각 소리가 울려 퍼졌다. 그 소리가 어찌나 날카로운지, 듣는 사람들 중 전율하지 않는 자가 없었다.

"바깥에 무슨 일이냐?"

황제가 미간을 찌푸리며 나지막하게 물었다.

"보고드립니다!"

푸른 옷을 입은 시위가 들어오라는 명도 기다리지 않은 채 달려 들어와 큰 소리로 외쳤다.

"황제 폐하, 귀비 마마, 황자님과 여러 대인들 모두 안전한 곳으로 피하셔야 합니다. 황궁에 불이 났는데, 그 기세가 대단하여 도저히 제어할 수 없을 지경입니다."

"불이 났다고?"

삼황자 조제가 당황하여 믿을 수 없다는 듯 말했다.

"어디에 불이 난 것이냐? 소방국은 무얼 하고 있지? 어째서 불을 끄는 이들이 보이지 않느냐?"

"이미 소방국에 사람을 보냈습니다. 그러나 지금까지도 아무 답이 없습니다. 노비도 어디에서 불이 시작되었는지는 모릅니다. 다만 도처에 이미 불이 넘실거리고 있습니다. 폐하, 어서 피하십시오. 불이 곧 방계전까지 번질 것 같습니다."

"대담하군!"

조제가 차갑게 소리쳤다.

"손운복, 소방국 책임자가 일을 하지 않고 있다는 말이지!"

"형님, 지금 누구의 책임인지 이야기하는 것은 아무 의미가 없습니다. 부황, 불의 기세가 위급하니 빨리 이곳을 떠나시는 것이 좋을 듯합니다."

조철이 나지막하게 말했다.

대하의 황제는 미간을 찌푸린 채 고개를 끄덕이며 몸을 일으켰다. 양편에 있던 환관이 다급하게 달려와 부축했다. 그러나 황제의 옷에 진 주름을 제대로 펴기도 전에 또 한 번 다급한 외침이 들려왔다. 한 병사가 바닥에 무릎을 꿇고 큰 소리로 외쳤다.

"황상, 방계대전을 떠나셔서는 아니 되옵니다. 바깥은 안전하지 않습니다. 수많은 자객이 황궁에 잠입했고, 이미 육십이 넘는 사람들이 죽었습니다. 지금도 시신들이 계속 늘어나고 있습니다!"

이 말을 듣자, 안 그래도 대경실색했던 백관들은 더욱 당황하여 서로 수군거리기 시작했다.

조철이 미간을 찌푸리며 물었다.

"어떤 자들이 살해당했느냐?"

병사가 대답했다.

"어림군 통령인 하 참장, 서문 수비장인 육 참장, 남문 수비장인 우 통령, 그리고 각 초병대의 보초병들, 소방국의 책임자인 손운복 대인, 서남문에서 보초를 서던 병사들……."

병사가 보고하는 명단을 들으며, 조철은 자신도 모르게 몽전을 바라보았다. 그 자리에서 군대 경력이 가장 많은 몽전 역시 조철을 바라보고 있었다. 두 사람은 서로의 눈에서 표현하기 어려운 공포를 발견했다.

암살당한 이들은 얼핏 보기에는 서로 아무 관계도 없어 보였다. 그러나 세세하게 분석해 보면, 이 수십 명의 죽음은 극도로 정밀하게 모반의 경로를 만들고 있었다. 바로 제국의 중간층 지휘 장령들을 일거에 뿌리 뽑는 동시에, 황성의 군대를 단숨에 무력화시킨 것이다. 제국의 고위층들이 명령을 내린들 이제 그 명을 병사들에게 전달할 방법이 없었다. 제국의 지휘 계통은 완벽하게 마비된 셈이었다. 이 밤, 대체 무슨 일이 벌어지고 있는 것일까?

"보고드립니다!"

다시 한 번 외침 소리가 들려왔다. 모든 이들이 온몸을 떨었다. 사람들은 이제 조건반사처럼 보고를 하러 오는 통신병들을 두려워하기 시작했다.

병사가 입을 열기도 전에 조제가 먼저 물었다.

"또 누가 죽었느냐?"

병사는 멈칫하더니, 망연자실한 듯 고개를 저었다.

"아닙니다."

사람들이 즉시 안도의 한숨을 내쉬었다. 그러나 바로 그때, 병사가 다시 입을 열었다.

"황제 폐하, 큰일 났습니다! 궁 밖 자미광장, 서남의 조묘, 대안사, 구외주 거리, 적수 남부, 서직문의 화용시, 서민거, 동고완시, 동안의 군영, 남교학부……, 모두 이유 없이 큰불이 났습니다. 게다가 도적들이 사방에서 불을 지르고 강도질을 하고 있습니다. 점포에 들어가 살인과 방화를 저지르는 바람에 구외주 거리는 지금 혼란하기 짝이 없는 상황이고, 사상자는 셀 수가 없습니다. 대강 계산하기에는 3만 정도가 이 혼란에 참여하고 있는 것 같습니다."

이 이야기를 듣고 나이가 많은 신하 몇은 놀란 나머지 거의 기절할 뻔했다.

조숭이 노하여 말했다.

"대체 무슨 일이냐? 누가 반란이라도 일으킨 것이냐? 효기영은? 녹영군은? 서남진부사는? 모두 죽기라도 했다는 말이냐?"

"십삼황자님께 보고드립니다. 송 참장이 황성 병사 수백을 데리고 질서를 유지하려 하던 중에, 이 혼란한 상황을 만든 자들이 모두 보통 백성이라는 것을 발견했습니다. 그들 중에는 그 지역 불량배들도 있고, 태학의 학생도 있으며, 외지에서 온 거마행의 호송원도 있었습니다. 게다가 물건을 강탈당한 백성들이 자신의 물건을 되찾겠다며 함께 참여하고 있습니다. 아, 각 수비대 소속의 병사들도 있습니다."

"수비대 소속의 병사들이 강도짓을 하고 있다고? 목숨이 아깝지 않은 모양이지?"

통신병의 얼굴에 식은땀이 가득했다.

"삼황자님, 수비대의 병사들도 처음에는 질서를 유지하려 했습니다만, 결과적으로 사람들에게 강도를 당했습니다. 그들 중 누군가는 화가 나서 미칠 지경이 되었지요. 물론 돈을 보고 눈이 뒤집힌 자도 있었습니다. 또 누군가는 공포에 질렸고요. 그들은 군복을 벗고 강도짓을 하기 시작했습니다. 동란이 너무 커진 나머지, 수비대 병사 수백으로는 아무 소용이 없었습니다! 황자님, 효기영과 녹영군에게서는 전혀 소식이 없습니다. 서남진부사의 인마도 보이지 않습니다. 송 참장은 이번 동란이 절대로 우연이 아니라고 주장하고 있습니다. 누군가가 고의로 소란을 일으키고 안에서 선동한 것이 분명하다고요. 황상, 송 참장 말로는 동란이 점점 더 커지고 있고, 점점 더 많은 백성들이 참여하고 있다고 합니다. 만약 진황성의 모든 백성들이 끼어들게 되면 그때는 통제할 방법이 없습니다. 빠르게 결단을 내리셔야 합니다!"

모든 시선이 삽시간에 황제에게로 쏠렸다. 황제는 높은 곳에 서서 음울한 안색으로 오래도록 아무 말도 하지 않았다.

"폐하! 폐하!"

일련의 외침이 갑자기 들려왔다. 온몸이 피범벅이 된 병사가 마치 피 웅덩이에서 기어 나온 듯한 모습으로 달려왔다.

모든 이들이 전율했다. 도저히 숨길 수 없는 거대한 공포가 엄습해 왔다. 그들은 바깥에서 달려온 통신병을 그저 바라보기만

했다. 나서서 한마디라도 할 용기가 있는 사람은 이미 없었다.

조철이 미간을 찌푸리며, 그러나 여전히 냉정한 표정을 유지하며 날카롭게 물었다.

"무슨 일이냐?"

"연순이 반란을 일으켰습니다! 그가 서남진부사의 대군을 이끌고 공격해 왔습니다. 녹영군, 효기영, 제7군, 제9군, 16영의 병마들, 제도부윤아문의 연락은 모두 끊긴 상태고, 도로도 전부 막힌 상태입니다. 성의 모든 연락이 전부 차단된 상태고, 살아 돌아온 자가 없습니다. 남문, 북문, 동문은 모두 적들이 점거한 상태입니다. 12사, 19사, 26사의 사위장들이 지금 병마를 이끌고 황성 앞에 와서 지원 중이지만, 폭도로 변한 백성들에게 가로막혀 있습니다. 구외주 거리 바깥쪽의 도로마저 진입이 불가능한 상황입니다. 연순은 현재 이미 자금문 밖을 공격하고 있고, 송 참장 한 사람이 그곳에서 막아 내는 중입니다. 현재 황성의 수비군은 3천이 되지 않으니, 아마 오래 지탱하지 못할 것입니다!"

사람들의 머리 위에서 천둥이 한바탕 꽝음을 내며 폭발한 것만 같았다. 나이 든 대신들은 제대로 서 있지도 못하고 즉시 자리에 주저앉고 말았다. 사람들의 안색은 창백해져 혈색이라고는 하나도 없었다. 이 하늘이, 정말로 뒤집어지려는가?

대하의 황제는 천천히 눈을 감았다. 인정하지 않을 수 없었다. 파뢰와 위서엽을 이용한 계획은 완전히 실패했다. 천 명의 인마를 보내 새장 속의 새를 죽이려 하였으나, 그 새장 속의 새가 완벽하게 공격을 방어하고 반격하는 중이었다. 심지어 그 난리를 이용하여 서남진부사까지 자신의 수하로 끌어들였다. 장장 8년 동안, 자신은 대체 어떤 물건을 곁에 두고 키워 내고 있었던 것일까?

늙은 황제는 마음속으로 낮게 탄식했다. 세성, 내가 어찌 잊고 있었을까. 그 애가 네 아들인 것을!

대하 황조 전체에서, 나아가서는 서몽 대륙 전체에서, 대하 황제 조정덕이 연북의 세자를 온전하게 연북으로 돌려보내리라 믿는 사람은 없었다. 또한 연북의 세자가 순응하며 계속 황궁에 갇혀 있으리라고 예상하는 사람도 없었다. 모든 사람들이 그때 형장에서 제국의 군대와 싸우려 들었던 연순이라면, 분명 도망가기 위한 계획을 세우리라고 생각하고 있었다. 예를 들자면 독을 먹어 얼굴을 바꾸고, 빈민이나 백성의 모습으로 진황성을 몰래 빠져나가는 유의 계획 말이다. 연순은 상갓집 개처럼 대하의 병사들에게 수천 리를 추격당하리라. 그러다가 운이 좋으면 목숨을 건져 어딘가에서 이름을 바꾸고 살아가든가, 혹은 하릴없이 음모를 꾸미다가 삶을 마칠 수도 있을 것이다. 물론 운이 나쁘면 제국 군대의 손에 죽어 뼈조차 남기지 못할 것이다.

그들의 눈에 비친 연북의 세자는 기껏해야 그런 수작이나 부릴 수 있는 존재였다. 대하 황제의 감시 아래 그렇게 오랜 세월을 보냈는데, 대단한 능력을 가질 수 있을 리 없지 않은가.

연순은 언제나 공손하고 온순했다. 평범하여 눈에 띄지 않앗고, 행동 역시 보통 사람 같았다. 그런 그가 이런 일격을 가하리라고는 아무도 생각하지 못했다. 연순은 하루아침에 벽력같은 기세로 움직이기 시작하여 배수의 일전을 펼치며 수많은 병사들을 일으켰다. 피비린내를 풍기며 모반을 일으키고, 제국의 장령들을 암살했다. 그리고 조금의 망설임도 없이 진황성을 불태워 민란을 선동하고 황성을 공격하고 있었다. 마치 죽을 자리에 들어가야 비로소 살 수 있다는 듯이, 호랑이 굴 깊숙하게 들어오고 있었다.

연순, 연북의 사자왕 연세성의 아들. 과연 연세성의 이름에 부끄럽지 않은 아들이었다. 깊은 계책에 강한 인내심, 그리고 대담함까지 갖추었으니 세상 제일의 광인이라 해도 좋으리라.

"보고드립니다!"

쿵 소리가 들렸다. 통신병이 하나 더 들어오자, 연로한 최대학사가 더 이상 견디지 못하고 두 눈을 까뒤집으며 혼절한 것이다.

"아주 경황이 없구나! 시끄럽기 짝이 없고! 또 무슨 일이냐? 연순이 쳐들어오기라도 했느냐?"

병사가 당황하여 대답했다.

"칠황자님의 말씀에 대답드립니다. 그렇지 않습니다."

"그럼 왜 이리 허둥거리느냐?"

"황상, 노비는 소식을 전하러 왔습니다. 어서 이곳을 빠져나가셔야 합니다. 거대한 불길이 이곳까지 오고 있습니다!"

이 밤, 진황성 전체가 초토화되었다. 도처에 고통스러운 비명 소리가 가득했다.

진황성은, 정말로 인간의 지옥으로 변해 버렸다.

———————◆———————

"도련님! 노비가 계속 찾아다녔습니다요!"

주성이 허둥지둥 제갈월의 포승을 풀며 나지막하게 말했다.

"어르신께서 도련님을 찾아오라 하셨습니다. 어찌나 급히 몰아대시는지, 노비는 죽는 줄 알았습니다. 어서 가시지요. 지금 궁 안 도처에 불이 났습니다."

제갈월이 미간을 찌푸린 채 나지막하게 물었다.

"주성, 밖에서 대체 무슨 일이 벌어진 것이냐?"

"연 세자가 반란을 일으켰습니다! 서남진부사의 병마들을 이끌고 황성을 공격하고 있습니다. 백성들은 모두 미쳐서 반란을 일으키겠다고 떠들고 있고요. 효기영과 녹영군, 다른 군대도 모두 마비되었습니다. 전혀 연락이 닿지 않습니다. 12사 쪽은 오지 못한답니다. 그야말로 아주 난리지요!"

제갈월은 가라앉은 표정으로 말했다.

"일단 저택으로 돌아가야겠다. 제갈가의 군대를 이끌고 반란을 평정해야겠어."

"도련님, 어르신께서는 도련님께 경거망동하지 말라고 하셨습니다. 다른 가문도 아직 반응이 없으니 우리도⋯⋯."

"지금 손을 쓰지 않으면 늦어!"

제갈월은 대로하여 눈마저 붉어진 채 외쳤다.

"부친께서는 대체 무슨 생각이시란 말이냐? 지금 이 순간에도 아웅다웅하며 암투나 벌이시려는 건가? 내가 파뢰, 그 아둔한 자는 결코 연순을 죽일 수 없다고 말씀드렸건만!"

주성이 당황하며 말했다.

"어르신께서는 장로회가 이 일을 처리할 수 있다고 하셨습니다. 이 일은 도련님의 직권 범위 밖의 일이니, 끼어드실 필요가 없다고요."

"장로회?"

제갈월은 화가 극에 달한 나머지 오히려 웃기 시작했다.

"그들이 대체 무얼 안단 말이냐. 그들이 아는 것은 아귀다툼을 벌이고 서로 궁지에 빠트리는 것뿐이다. 그저 재물을 수탈하고 암투나 벌이는 것만 아는 자들, 이익이나 취하려 하는 자들이지. 국가의 흥망이 걸려 있고, 대하의 생사가 걸려 있는 이 상황에서 그리 한가하게 굴 시간이 어디 있다더냐! 주성, 어서 비켜라!"

"도련님."

주성이 창백한 얼굴로 부들부들 떨며 말했다.

"그리할 필요가 있겠습니까? 다른 가문은 모두 출병하지 않는데, 만약 우리 제갈가만 병사들을 이끌고 나간다면, 다른 이들이 어찌 생각하겠습니까?"

"다른 이들이 어찌 생각하는지 알 게 뭐냐!"

제갈월이 미간을 찌푸리며 냉소했다.

"나라가 존재하지 않는데 가문이 존재할 수 있다더냐? 대하가 멸망한다면 제갈가는 어디로 갈 수 있겠는가? 나는 조씨 황족을 위해 이러는 것이 아니다. 나는 진황의 백성들을 위해, 대하의 백성들을 위해 이러는 것이다!"

"그…… 그렇게 위급한 상황입니까? 어르신께서는, 황성의 성벽은 견고하니 10만 대군이 사흘 연속 공격해 온다 해도 막아 낼 수 있다고 하셨습니다. 그리고 바깥의 난민 정도야 한 시진이면 막아 낼 수 있다고요. 12사의 사위장들이 도착하면 연순의 인마는 곧 무너지게 될 것이고, 이것은 그저 작은 반란에 지나지 않는다고요."

"작은 반란이라고?"

제갈월이 차갑게 말했다.

"다들 연순을 바보로 여기고 있군. 그가 원병이 와서 포위를 풀 때까지 사투를 벌이고 있을 것 같으냐? 그는 바로 도망칠 거다. 진황성이 혼란에 빠진 틈을 타서. 그때가 되면 누구도 추격할 수 없겠지. 이렇게 치밀한 사고력에 원한으로 가득 찬 자가 진황을 탈출하여 연북으로 돌아간다면, 어떤 결과가 나올 것 같으냐? 그는 연세성보다 만 배는 무서운 자다."

"도련님!"

"놓아라!"

그때 몽둥이 하나기 제갈월의 미리를 타격했다. 제갈월은 얼굴을 찌푸리며 땅 위에 쓰러져 혼절하고 말았다.

"도련님, 죄송합니다. 어르신의 분부입니다."

주성은 천천히 고개를 저었다.

"도련님의 말씀은 모두 옳습니다. 옳고말고요. 하지만 우리는 문벌입니다. 문벌에는 문벌만의 규칙이 있는 법이지요. 게다가 도련님은, 그저 연 세자를 제거하고 싶으신 것이 아닌지요?"

초교는 진황에서 8년을 살았지만 이런 광경은 처음이었다.

도처에 살인과 강도가 횡행했다. 슬프게 울부짖는 소리며, 미친 듯한 웃음소리와 큰 소리로 퍼붓는 욕설이 가득했다. 불, 강탈, 그리고 피비린내. 과거의 양민들은 모두 도덕과 인의의 껍질을 벗고 흉악한 야수로 변해 있었다.

폭도들은 길가 상점의 문을 비틀어 열고 들어가, 울면서 애걸하는 상인을 살해했다. 상인의 아들이 그 장면을 보고 칼을 들고 폭도를 죽였다. 그 후 피로 얼룩진 공간을 보며 미친 듯이 웃으며 방 밖으로 달려 나가, 다시 미친 이들의 행렬에 합류했다.

모두 함께 노략질을 하고 닥치는 대로 베어 죽였다. 누군가는 상점으로 들어가 손에 잡히는 것이라면 모두 가지고 나왔다. 가져갈 수 없는 것은 모두 던져 버리고, 불태웠다. 이것은 이제 이익을 얻기 위한 강탈이 아니라, 그저 순수하게 파괴하고 싶은 욕망의 배설이었다. 어디를 보아도 누군가가 사람을 죽이고 있었고, 누군가가 죽임을 당하고 있었다. 도처에 엉망이 된 시체들과 활활 타오르는 화염이 가득했다.

절망의 공기와 미칠 것 같은 기분이 진황성 상공 위를 감돌고 있었다. 짙은 죽음의 기운이 온 황성에 자욱했다. 이게 바로 연순이 말했던, 그들을 위해, 12사와 19사를 저지하기 위해 하늘에서 내려온다던 신의 병사들인가?

갑자기 온몸이 떨려 왔다. 초교의 손과 발이 얼음처럼 차가워졌다. 그들은 진황성에 불을 지르고 혼란을 만드는 계책을 세웠다. 그러나 그 결과가 이렇게 참혹하리라고는 전혀 생각하지 못했다. 너무 많은 이들이 미쳐 버렸고, 너무 많은 이들이 죽었다. 너무 많은 무고한 이들이 이 일에 깊숙하게 연루되어 버렸다.

사람들은 절망 속에서 연유를 알 수 없는 재난을 맞이했고, 누군가의 도발 아래 폭도가 되어 환호하고 경축했다. 그렇게 진황성 전체가 아비지옥으로 빠져들었다. 열화에 불타오르는 진황성은 더 이상 살아날 수 없을 것만 같았다. 오랜 세월에 걸쳐 고압적인 통치하에 신음하던 진황의 백성들이 마침내 철저하게 붕괴되고 있었다.

"아가씨!"

말 한 필이 빠르게 달려왔다. 거리에 있던 백성들이 깜짝 놀라 허둥대며 흩어졌다. 말을 타고 있는 사람은 아정이었는데, 온몸에 피를 뒤집어써서 이미 무슨 색의 옷을 입었는지조차 알 수 없을 정도였다.

"세자께서 자금문에서 물러 나와 서문으로 향하고 계십니다. 함께 가시지요."

초교는 말없이 고개를 끄덕였다. 마음 깊은 곳 어지러운 생각은 억누르고 아정의 뒤를 따랐다.

그녀의 뒤로 격렬한 울음소리가 들려왔다. 울음소리는 초교가 가는 길 내내 끊이지 않았다.

자미광장을 돌아가니 연북의 철응기가 붉은 빛 가득한 밤하늘 속에서 사납게 펄럭이는 것이 보였다. 검은 철갑을 입은 군인들이 자미광장 앞 거리에 살기등등하게 서 있었다. 그 가운데 흑포를 걸친 남자가 말 위에 단정하게 앉아 있었다. 옥처럼 새하얀 얼굴에 별처럼 찬란하게 빛나는 눈동자, 준수한 외모에 품위 있는 모습은 마치 칼집에서 뽑아낸 보검 같았다. 거대한 살기와 날카로운 빛을 쏟아 내는 보검!

초교가 갑자기 멈춰 섰다. 그녀는 마치 처음 보는 사람을 보는 듯한 표정으로 연순을 물끄러미 바라보고 있었다. 초교 뒤에 있던 아정이 당황하여 물었다.

"아가씨, 어째서 가지 않으시는지요?"

"아, 아무것도 아니다."

초교는 속삭이듯 대답했다. 그녀의 목소리는 낮게 가라앉아 아정조차 제대로 들을 수 없을 정도였다. 그러나 100보 밖에 있던 남자가 갑자기 초교가 있는 방향으로 고개를 돌렸다. 그의 두 눈이 반짝이기 시작했다.

연순의 얼굴에 떠올라 있던 냉혹한 표정은 순식간에 사라졌다. 그는 미소 지으며 빠르게 말을 달려왔다.

"아초!"

8년의 세월을 함께 보내는 동안 초교는 그가 이렇게 기분 좋게 웃는 것을 본 적이 없었다. 어쩐지 계속 토기가 밀려왔다. 그러나 초교는 억지로 그 어수선한 상념들을 전부 내던져 버렸다.

괜찮다. 백만의 시신을 밟고서라도, 피로 바다를 이루고 칼로 산을 이룬다 해도 나는 그와 함께 갈 것이다. 지금 어떻게 그런 일까지 생각할 수 있겠는가. 그가 곁에 있는 한, 그가 행복하기만 하다면, 우리가 서로를 바라보며 웃을 수 있다면 나는 만족할 수 있을 것이다.

초교는 명랑하게 웃으며 말을 달려 앞으로 달려 나갔다. 그러나 바로 그때, 자금문 방향에서 말발굽 소리가 들려왔다. 초교와 연순 모두 깜짝 놀라 소리가 들려오는 방향을 바라보았다. 대체 지금 어느 누가 대담하게 궁에서 빠져나온다는 말인가?

"순 오라버니!"

진홍빛 혼례복을 입은 소녀가 말 위에서 뛰어내려 연순의 앞을 가로막았다. 소녀의 눈은 붉게 부어오르고 얼굴은 공포에 질려 있었다. 소녀는 조리 없이 말하기 시작했다.

"이러지 마, 이래서는 안 돼. 순아가 시집가지 않으면 되잖아. 순아가 괴롭히지 않을게, 어서 가! 부황께서 오라버니를 죽일 거야. 아냐, 가면 안 돼. 어서 부황께 가서 잘못을 인정해야 해. 오라버니, 순아가 잘못했어. 순아가 정말 잘못했어!"

연순은 미간을 찌푸리며 상황을 이해할 수 없다는 듯 초교를 바라보았다. 초교의 심장이 천천히 아래로 가라앉기 시작했다. 그녀는 차마 조순아의 흐트러진 머리며 창백한 얼굴을 처다볼 수 없었다. 지금까지 조순아에게 느꼈던 미운 마음도 삽시간에 사라져 버렸다. 이 바보 같은 공주는 아직까지도 상황을 파악하지 못한 것일까?

"오라버니, 바보 같은 짓 하지 마!"

조순아는 갑자기 무력하게 땅에 주저앉아 두 손으로 얼굴을 감쌌다. 오늘 밤, 그녀는 정말이지 피곤해 죽을 지경이었다. 그녀의 손가락 사이로 커다란 눈물방울이 뚝뚝 떨어져 새빨간 혼례복 위로 떨어졌다.

"연순, 이 미친 놈! 감히 반란을 꾀하다니! 내가 오랫동안 너를 친우로 보아 왔던 것까지 저버리면서, 대체 무슨 짓을 하고 있는 것이냐?"

다시 한 필의 전마가 갑자기 달려왔다. 짙은 녹색의 금포를 입은 조숭이었다. 조숭은 조순아를 발견하자 노한 얼굴로 외쳤다.

"순아! 이리 오지 못하겠느냐! 어찌 역모를 일으킨 자와 함께 있는 것이냐!"

조순아는 당황하여 어쩔 줄 몰라 하며 몸을 일으켜 조숭을 바라보더니, 두려운 표정을 버리지 못하면서도 모든 이들이 깜짝 놀랄 만한 행동을 했다. 그녀는 천천히 연약한 두 팔을 벌려 연순과 어두운 군대를 자신의 등 뒤로 보호하며, 고집스럽게 고개를 저었다.

"오라버니, 그런 것이 아니에요. 그는 그저 나를 아내로 맞고 싶지 않아서, 그저 부황께 항의하고 싶어서……."

"바보!"

조숭이 노하여 소리쳤다.

"그가 원하는 것은 연북의 군권이다! 이 바보야!"

조순아는 인상을 쓰며 창백한 얼굴로 속삭였다.

"군…… 군권?"

"믿지 못하겠다면 그에게 직접 물어보든지!"

조순아는 나무토막처럼 굳어 버리더니 천천히 팔을 내렸다. 그녀는 느릿느릿 몸을 돌려 눈을 커다랗게 뜨고, 믿을 수 없다는 듯 작은 목소리로 물었다.

"순 오라버니, 열셋째 오라버니가 나를 속이고 있어. 순 오라버니는 반란을 일으키려는 것이 아니었어, 그렇지? 그저 부황께 옳고 그름을 가려 달라고 하려 했던 거야, 그렇지?"

차가운 바람이 땅을 사납게 쓸며 처량하게 울부짖었다. 조순아는 유난히 작고 말라 보였다. 그 작은 얼굴에 혈색이라고는 전혀 없었다. 그녀는 마치 인생에 마지막 남은 희망을 바라보듯 연순을 바라보고 있었다.

연순은 미간을 가볍게 찡그리며, 마침내 나지막하게 답했다.

"내가 모반을 일으키려 한 것은 하루 이틀 일이 아니다. 너와는 아무 관계도 없다. 나는 본래 너를 아내로 맞을 생각이 없었다."

"배은망덕한 짐승 같으니라고! 다시 말해 보아라!"

조숭이 허리춤에서 칼을 뽑아 들었다. 진녹색 금포는 마치 사나운 매가 웅장한 날개를 활짝 펴듯 차가운 바람 속에서 펄럭였다. 언제나 대범하고 선량하던 사내가, 얼굴 가득 살기를 품고 대하 황족의 기세를 순식간에 그의 몸에 부활시키고 있었다!

연순 역시 과거의 평화롭고 온순한 표정을 버리고, 얼음처럼 차가운 얼굴로 조숭을 노려보았다.

남자의 등 뒤로 먹과 같이 어두운 밤이 펼쳐져 있었다. 그의 발굽 아래, 진황성 전체가 부들부들 떨고 있었다. 연순의 귓가에는 그 부패한 성금궁이 썩은 나무가 무너지듯 무너져 내리는 소리가 들리고 있었다. 그는 천천히 입가를 들어 올리고, 칼날처럼 차가운 목소리로 말했다.

"배은망덕이라고? 연북과 대하 사이에 어떤 은의가 있었기에?"

조숭은 차게 코웃음 치고, 쉰 목소리로 외쳤다.

"부황께서는 너를 10년 동안 자신의 소생처럼 보아 주셨다. 너를 연북의 왕에 책봉하였을 뿐 아니라, 순아를 너의 배필로 주시려 하셨지. 이게 커다란 은혜가 아니란 말이냐? 너는 배은망덕하다. 너는 나를 배신하고 제도의 백성들을 학살했다. 이리의 새끼는 길들이기 어렵다더니, 연순, 너의 그 마음은 베어 마땅하다!"

차가운 바람이 불어왔다. 연순이 갑자기 냉소했다.

"10년 동안 나를 자신의 소생처럼 대했다고? 상신 고원의 백골들이 아직 있고, 구유대 위의 선혈도 아직 마르지 않았다. 조숭, 그것이 너희 조씨 황족이 말하는 지극한 은혜인가?"

조숭이 멈칫하더니 곧 눈썹을 추켜세우며 말했다.

"연북왕이 반란을 일으켰기에 제국의 군대가 출정하였던 것이다. 그것은 정의로운⋯⋯."

"됐다!"

연순이 도저히 참을 수 없다는 표정으로 냉정하게 소리쳤다.

"더 이상 이야기할 필요 없다. 역사는 승리자의 이야기를 기록할 뿐이지. 누가 옳고 그른지는 후세 사람들이 마음대로 평하게 두면 되는 것, 우리가 여기서 쟁론할 필요는 없을 것이다. 조숭, 너와 수년에 걸쳐 사귀었던 정을 생각하여 오늘은 너를 놓아주마. 돌아가 네 부친에게 전하라. 나 연순이 반란을 일으켰다고."

바로 이때, 성 남쪽의 폭죽 가게에 누군가가 불을 붙였다. 우르릉 소리와 함께 하늘 가득 폭죽이 터졌고, 천지를 붉게 물들이며 삽시간에 오색찬란한 빛을 내뿜기 시작했다. 연순의 눈은 마치 하늘 위에 뜬 샛별과 같이 생기가 넘쳤다. 또한 강철처럼 단단하게 빛나고 있었다. 8년의 계획, 하루아침의 행동. 대하가 이런 세찬 분노를 감당할 수 있을까?

"너!"

"조숭!"

여자의 맑은 목소리가 갑자기 들렸다. 초교가 말을 달려 앞으로 나와 나지막하게 말했다.

"돌아가요."

"아초?"

조숭이 상처받은 듯 얼굴을 찌푸렸다.

"너도 나와 적이 될 셈이냐?"

초교는 조승의 얼굴을 바라보았다. 그의 뒤로 불바다가 된 진횡성이 보였다. 마치 이 모든 것이 한바탕 꿈과 같이 느껴졌다. 시간이 그녀를 빠르게 스쳐 갔다. 그녀는 순식간에 오래전의 그날로 되돌아갔다. 눈 덮인 매화 숲, 비취빛 금포를 입은 소년이 명랑한 목소리로 초교를 불렀다.

'바로 너다, 널 부른 거라고!'

그러나 눈 깜빡할 사이에, 수년에 걸친 참혹한 피바람의 기억이 밀려왔다 사라졌다. 초교는 고개를 들고, 단호한 눈빛으로 말 위의 청년을 바라보며 또렷하게 말했다.

"저는 황자님과 적이 되고자 생각한 적은 없습니다. 8년 동안 도와주셨던 정은, 영원히 잊을 수 없겠지요."

조승의 안색이 조금이나마 풀어지더니 서둘러 말했다.

"그럼 됐다. 아초, 나와 함께 돌아가자. 그와 가지 마라. 내가 너를 대신해 부황께……."

"하지만, 저는 대하 제국 전체의 적이 되려고 합니다."

초교가 단호하게 말했다. 조승은 얼이 빠진 것처럼 그녀를 바라보았다. 초교는 말을 달려 연순의 곁에 가서 섰다.

"황자님께서는 저의 입장을 이해해 주실 수 있을 것입니다. 저는 결코 변한 적이 없으니까요."

"그래."

조승이 처연하게 미소 지었다. 그의 두 눈이 핏빛으로 붉어졌다. 조승이 쉰 목소리로 말했다.

"내가 눈이 멀었던 거구나."

그가 칼을 휘둘렀다. 바닥에 깔린 푸른 벽돌 위에 새하얀 금이 생겨났다. 조승이 냉정한 얼굴로 날카롭게 외쳤다.

"오늘 이후, 나 조승과 너희 두 사람의 관계는 끊어졌다. 후에 전장에서 만난다면 우리는 더 이상 친우가 아닌 적일 것이다! 순아, 따라오너라!"

인형처럼 굳어 있던 조순아가 갑자기 고개를 들더니, 눈물 어린 눈으로 새하얀 작은 손을 뻗었다. 연순의 신발이라도 붙들고 싶은 것 같았다.

그러나 연순은 가볍게 인상을 쓰더니, 말을 채찍질해 뒤로 물러났다. 조순아의 손이 움켜쥔 것은 허공이었다. 그녀는 새하얗고 부드러운 손을 공중에 뻗은 채 한참을 서 있었다. 그녀의 손에는 붉은 혈흔이 묻어 있었다.

그 피는 그녀가 죽인 통신병의 피였다. 그녀 평생의 첫 번째 살인이었다.

조순아가 갑자기 땅에 무릎을 꿇더니 입을 벌려 토하기 시작했다. 화려한 혼례복 위에 오물이 튀어 100년의 화합을 상징하는 원앙을 더럽혔다. 그녀는 시큼한 신물이 올라올 때까지 토해 낸 다음에야 창백한 작은 얼굴을 들었다.

"어째서 이렇게 되었지?"

그녀의 눈에서 눈물이 후두둑 떨어져 내렸다. 그녀는 마치 겨울날 버려진 작은 강아지 같아 보였다. 그녀의 목소리에는 사람들을 몸서리치게 할 만한 슬픔이 배어 있었다. 조순아는 그 처연한 목소리로 마치 주변의 모든 이들이 존재하지 않는 것처럼, 이 거리에 그녀 홀로 있는 듯 중얼거렸다.

"모두 니를 탓해 줘. 다 내가 잘못했어, 순 오라버니. 어째서 그때, 부황께서 연씨 일족을 베실 적에 순아가 오라버니 곁에 있지 않았을까? 항상 후회했어. 그때 내가 곁에 있었다면, 연왕 전하를 구할 수는 없었다 해도 순 오라버니는 지킬 수 있었을 텐데. 오라버니가 다른 이에게 괴롭힘을 당하지 않도록 할 수 있었을 텐데. 하지만 그때 나는 너무 어렸어. 모후께서 나를 대전에 가둔 채, 내가 아무리 울부짖어도 나를 밖으로 내보내 주시지 않았지. 소도小桃가 나를 위해 궤짝을 받쳐 주었고, 우리 두 사람은 위로 기어 올라가 기와를 깨고 방의 지붕을 통해 빠져나가려고 했었어. 하지만 내가 그만 지붕에서 떨어져서 모후께서 깜짝 놀라셨지."

조순아가 갑자기 훌쩍거리기 시작했다. 그녀의 목소리는 떨리고 있었고, 눈물은 점점 더 거세게 흐르고 있었다.

"그 다음에…… 그 다음에 소도는 궁에서 맞아 죽었어. 나, 나는 직접 보았어. 그 애의 허리가 잘리는 걸. 그 애가 입에서 계속 피를…… 피를…… 아주 많이 흘리고, 내 신발까지 적셨지. 그게 너무 뜨거워서, 마치 불타는 것처럼 뜨거워서."

그녀는 울음을 토했다.

"순 오라버니, 나는 정말 쓸모없는 사람이야. 나는 그 후로 다시는 도망칠 엄두를 내지 못했어. 최초의 2년 동안은, 오라버니를 보러 갈 용기도 낼 수 없었어. 무서웠어. 나는 소심했고, 그냥 계속 악몽을 꾸고 있었어. 소도의 피가 계속 흐르고,

내가 그 핏물 속에 잠기고, 그 핏물이 내 목까지, 내 입까지, 내 눈까지 모두 빨갛게 차오르고."

조순아는 두 손으로 자신의 어깨를 꽉 끌어안고 두려운 듯 머리를 움츠렸다. 마치 정말로 핏물 속에 빠져 있는 것 같았다. 그녀는 입술을 깨물고 고개를 들었다. 눈물이 줄줄 흘러내렸다.

"하지만 순 오라버니, 반란 안 하면 안 될까? 부황께서는 오라버니를 죽이실 거야. 순아는 아무것도 원하지 않아. 오라버니를 괴롭히지 않고, 나를 맞아 달라고 하지도 않을게. 그저 오라버니가 행복하게 살기만 하면 돼, 순아가 볼 수 없는 곳에서라도. 그저 오라버니가 잘 살고만 있으면."

연순이 미간을 찌푸리더니, 조순아의 눈을 보지 않고 고개를 돌렸다. 그의 얼굴 옆선은 유달리 냉정하고 단단해 보였다.

"순아! 이리 오너라!"

조숭이 분노하여 날카롭게 외쳤다.

그러나 쿵 소리와 함께 조순아는 땅에 무릎을 꿇고 몇 걸음 앞으로 기어갔다. 그러고는 손을 높이 뻗어 연순의 금포 자락을 잡아당기며 큰 소리로 울기 시작했다.

"순 오라버니, 반란 일으키지 마. 부탁이야!"

조숭의 두 눈이 분노로 불타올랐다. 그가 외쳤다.

"순아, 무슨 짓이냐?"

말을 마친 그는 말을 달려 앞으로 니왔다. 대동회의 전사들이 나란히 앞으로 한 걸음 달려 나와 연순을 보호하며, 이구동성으로 차갑게 기합을 외쳤다!

"순 오라버니, 부탁이야! 부황께서는 오라버닐 죽이실 거야. 군대를 보내 오라버닐 죽일 거라고!"

조순아가 땅에 엎드린 채 대성통곡했다. 그러나 연순은 아무런 감정도 느끼지 못하는 것처럼, 옷자락을 그녀의 손에 맡겨 둔 채 하늘만 바라보았다. 차가운 바람이 불어와 그의 검은 머리카락과 검은 금포를 흔들었다. 완강한 얼굴에 날카로운 눈썹을 가볍게 치켜세우고 있는 그는 마치 어둠 속에 서 있는 석상처럼 보였다.

바로 그때였다. 먼 곳에서 맹렬한 교전 소리가 들려오고, 금빛 화염이 성의 남쪽에서 폭발했다. 연순과 초교는 진지한 표정으로 동시에 고개를 들었다.

"19사가 마침내 왔군! 연순, 만약 다른 이들까지 너와 함께 죽게 하고 싶은 것이 아니라면, 반항하지 말고 투항하라!"

조숭이 검을 휘둘러 대동회의 무사 하나를 밀쳐 내고 날카롭게 외쳤다.

"연순, 시간이 없어."

연순이 고개를 돌리고 천천히 고개를 끄덕인 후 말 머리를 돌렸다. 그리고 조금도 주저하지 않고 성의 남쪽을 향해 달려갔다. 땅에 주저앉아 있던 조순아는 바로 균형을 잃고 땅에 쓰러졌다. 초교와 검은 갑옷을 입은 전사들은 연순의 뒤를 따라 빠르게 말을 달렸다.

초교가 돌아보니 땅 위에 반쯤 엎드린 채 울고 있는 조순아의 모습이 보였다. 그리고 조숭, 젊은 사내가 제 여동생 곁에 몸을 꼿꼿하게 세우고 있었다.

조숭이 손에 장도를 쥔 채 말에 올라탔다. 차가운 바람이 그의 옷자락을 스쳐 갔다. 그의 검은 머리카락이 흩날리는 것조차 그렇게나 적막하고 외로워 보였다.

8년 간의 사귐은 거울 속 꽃과 물속의 달처럼, 자허와 오유 선생의 일처럼 거짓말로 변해 버리고 말았다.

내가 연순을 따라 성금궁에 들어가던 그 순간, 이미 오늘의 결과는 결정되어 있었지. 조숭, 당신의 그 마음을 내가 마침내 저버리고 말았네.

"이랴!"

초교는 날카롭게 외치며 미친 듯이 채찍질했다. 이 8년에 걸친 방랑의 세월을 단숨에 내버리려는 듯이. 그녀는 그저 앞을 바라보고 있었다. 그저 앞에서 달려가는 검은 매의 깃발만을 바라보고 있었다!

제16장 진황을 뚫고 나가다

　말로 형언하기 어려운 비리고 퀴퀴한 피 냄새가 훅 끼쳐 왔
다. 남안대가南安大街의 오합지졸 폭도들은 쉽게 무너졌다. 서
남진부사의 병사들은 최전방에서 날아오는 화살과 돌에 대항
하고 있었다. 19사의 사위장인 방백유는 손에 무거운 검을 들
고, 전신에 피를 뒤집어쓴 채 관병들을 이끌고 용감하게 맞서
고 있었다. 황가의 정규군은 도저히 막을 수 없는 쇳물 같았다.
그들은 천천히, 그러나 확고하게 진황성의 내성을 향해 진군했
다. 그들이 지나는 곳마다 모든 저항이 분쇄되고 있었다.
　척후병이 달려와 하나하나 불리해진 전투 상황을 보고했다.
연순은 말 위에서 침묵하며 아무 말도 하지 않았다. 표정도 고
요한 것이, 도대체 무슨 생각을 하는지 알 수 없었다.
　초교가 눈을 가늘게 뜨고 먼 곳을 바라보며 가라앉은 목소

리로 물었다.

"아직도?"

연순은 평온한 표정으로 고개를 저었다.

"아직 안 돼."

"사상자가 아주 많아. 그런데도 더 기다려야 한다고?"

"응, 더 기다려야 해."

초교는 깊이 심호흡을 하고 미간을 찌푸린 채 말했다.

"연순, 이대로 가면 서남진부사는 전군이 몰살당할 거야."

"12사와 36사의 사위장이 아직 밖에서 관망 중이야. 지금 우리가 후퇴하면 황성 안에 신예 부대가 있게 되는 거야. 그렇게 되면 우리는 연북으로 돌아가는 길을 절대로 뚫을 수 없어. 가는 길 내내 상갓집 개처럼 제국군의 추격을 받게 되겠지."

"하지만 이대로라면 우리 편 사상자가 너무 많아! 부상 입은 이들을 데리고 철수하려 하면, 역시 우리 전열에 큰 혼란이 있을 텐데."

연순은 미간을 가볍게 찡그리더니, 곧 고개를 저었다.

"안심해. 다 세워 놓은 계획이 있으니까."

"연순……."

"아초, 먼저 성을 나가도록 해."

초교는 멈칫했다가, 얼굴을 찌푸리며 나지막하게 말했다.

"그러지 않을 거야."

"아초."

하늘을 가득 채운 살육의 핏빛 속에서 남자는 온화한 얼굴로 부드럽게 말했다.

"먼저 성을 나가서, 적수에서 아정과 함께 강을 건너는 일을 준비해 줘. 아정의 일처리가 세심하지 못한 편이라 마음이 영 놓이지가 않아."

"그럴 수 없어."

초교가 고집스럽게 고개를 저었다.

"나는 당신과 함께 있을 거야."

연순은 일부러 정색하고 말했다.

"아초, 중대한 일을 두고 아이처럼 굴지 마."

"여기 격렬한 전투가 벌어지고 있어. 12사와 36사는 또 뒤에서 호시탐탐 노리고 있고. 내가 어떻게 여기에 당신 혼자 남겨 둘 수 있겠어!"

연순이 갑자기 웃었다.

"바보, 혼자라니 무슨 소리야. 서남진부사의 1만 병마가 함께 있는데. 나 때문에 걱정할 필요 없어."

초교가 명쾌하게 반박했다.

"서남진부사는 막 변절한 이들이야. 잠시 후에 다시 활시위를 당신에게 돌릴지 누가 알겠어. 어떻게 그들을 믿을 수 있어?"

"서남진부사를 믿을 수 없다면, 네가 남아 있다 해도 우리 둘 다 죽음에서 도망칠 수 없겠지. 아초, 사람을 쓸 때는 의심하지 말고, 의심이 들면 그 사람을 쓰면 안 되는 법이야. 이 말을 나에게 가르쳐 준 사람은 바로 너잖아."

초교가 의심스러운 표정으로 그를 바라보며 물었다.

"연순, 정말로 그들을 믿는 거야?"

"나는 그들을 믿지 않아. 하지만 나 자신은 믿지."

거대한 고함 소리가 들려왔다. 다시 한 번 맹렬한 공격과 반격이 반복되었다. 화살들이 솟아오르고 하늘이 피로 얼룩지는 가운데 검은 장포가 사납게 펄럭거렸다. 연순은 별처럼 예리한 눈빛으로 전방의 학살을 바라보며 천천히 말했다.

"저들에게는 나에게 의지하는 것 외에 다른 길은 없어. 저들이 죽음을 각오하고 싸우면 아직 살아날 기회는 있지만, 나에게 활시위를 돌리면 연북과 제국 양쪽에서 버림받는 반역자가 될 뿐이니까."

"하지만."

초교가 참지 못하고 말했다.

"살육이 너무 많아. 나는 당신의 인의에 흠집이 갈까 두려운 거야."

"인의?"

연순이 냉소했다.

"부친께서는 그때 인의가 너무 넘치셔서 연북 고원에서 돌아가셨지. 나는 결코 부친과 같은 길을 걷지는 않을 것이다."

그의 얼굴은 한순간 검은 안개에 덮여 있는 것 같았다. 초교는 당황하여 그를 바라보며 낮은 목소리로 불렀다.

"연순?"

연순은 미소 지으며 그녀를 바라보더니, 말 위에서 두 팔을 크게 벌려 그녀의 여윈 어깨를 끌어안았다.

"아초, 나를 믿어. 적수에서 나를 기다려 줘. 우리는 분명 함께 떠날 수 있어."

거센 바람이 불어왔다. 초교는 갑자기 조금 춥다는 생각이 들었다. 그녀도 두 손을 뻗어 연순의 허리를 꽉 끌어안고 울먹이며 말했다.

"연순, 당신에게 무슨 일이 생긴다면, 내가 당신을 위해 복수할 거야."

흐느끼는 듯한 바람 소리가 어두운 길을 스쳐 갔다. 먼 곳에서 들려오는 고함 소리는 순식간에 멀어진 것만 같았다. 젊은 연북의 왕은 한 손으로 초교의 턱을 잡아 올리고, 잔잔한 미소를 띠고 있었다. 뒤엉키는 서로의 눈길 속에 도저히 숨길 수 없는 깊은 애정이 담겨 있었다. 8년 간 서로 의지하고 생사를 함께했던 그 깊은 정이 골수까지 스며든 것만 같았다.

연순의 두 눈은 마치 깊은 연못 안 어두운 물처럼 그윽했다.

"아초, 내가 마음에 품고도 단 한 번도 하지 못했던 말이 있어. 그 말을 처음이자 마지막으로 할 테니까 잘 들어 줘. 고마워, 아초. 그 지옥에서 나와 함께해 주어서, 내 인생에서 가장 어두운 시기에 나를 포기하지 않아 주어서. 그 오랜 시간 동안 계속 내 곁에 있어 주어서 고마워. 아초, 만약 네가 없었다면 나는 아무것도 아니었을 거야. 아마 8년 전 눈 오는 밤에 이미 죽었겠지. 아초, 다시는 이런 말을 하지 않을 거야. 대신 이 고마운 마음을 내 평생을 걸고 갚아 갈 거야. 아초, 우리 사이에는 결코 말할 필요가 없는 말들이 있지. 서로 명백하게 알고 있기 때문에 입 밖에 낼 필요가 없는 말들. 아초, 너는 나, 연순의 사람이야. 너는 오직 나 한 사람만의 아초야. 나는 평생 너를 지켜 줄 거고, 너와 함께 떠날 거야. 8년 전 내가 너의 손을 잡았던 그날 이후로, 나는 단 한 순간도 너의 손을 놓을 생각을 한 적이 없어."

초교는 천천히 눈을 감았다. 밤바람은 바스락거리는 누에와 같고 그녀의 마음은 뽕잎과 같았다. 밤바람이 조금씩, 그녀의 마음을 갉아먹고 있었다.

연북, 화뢰원, 회회산…….

"연순, 나는 고향을 가져 본 적이 없어. 당신이 있었기에, 나는 당신의 고향을 나의 고향으로 삼을 수 있었어."

연순이 깊이 숨을 들이마신 후, 천천히 팔에 힘을 주었다. 마음 깊은 곳에 거대한 호수가 생겨난 것 같았다. 호수는 따뜻한 봄의 빛깔이었다.

"아초, 나를 믿어."

연순은 구체적으로 무엇을 믿어 달라고는 말하지 않았다. 그러나 아초는 이해할 것이다. 그리고 아초는 마음속으로 자신에게 말하고 있을 것이다. 믿는다고, 당연히 믿는다고. 연순을 믿지 않으면 대체 누구를 믿겠느냐고.

이 세상에 그들에게는 서로밖에 존재하지 않았다.

"아초, 아주 오랫동안 하고 싶었던 일이 있어."

하늘 높이 치솟은 불이 비추는 가운데 초교의 새하얀 볼이 살며시 선홍빛으로 물들어 있었다. 그녀는 고개를 들고는 부드럽게 웃으며 말했다.

"대체 뭘 기다리고 있는 거야?"

"하하!"

젊은 왕은 명랑하게 웃더니, 갑자기 고개를 숙였다. 그의 두 입술이 가볍게 초교의 꽃잎 같은 입술에 닿았다.

초교는 눈을 감고 자신의 감정이 끝도 없는 깊은 물 속으로 빠져들도록 내버려 두었다. 8년 동안의 사소한 여러 가지 일들이 마음속에서 끊임없이 요동치고 있었다. 먼 곳의 함성 소리는 하늘을 진동시키고, 가까운 곳의 칼은 불처럼 번쩍이며, 온 진황성 전체가 그들의 발아래에서 궁지에 몰린 야수처럼 슬픈 비명을 지르고 있었다. 휘황찬란한 성금궁에서 불길이 솟아오르고, 부패한 제국의 장로들과 문벌 귀족들은 믿을 수 없다는 듯 눈을 비비며 이 모든 것을 보고 있었다.

8년 전, 아무것도 가진 게 없었던 두 아이가 이런 일을 벌일 만큼 대담한 마음과 실력을 지니게 되리라 생각한 사람은 아무도 없었을 것이다.

8년이 지난 지금, 더 이상은 누구도 이 모든 것을 의심하지 않을 것이다. 과거의 어린 호랑이는 이미 성장했다. 그는 발톱과 이를 사납게 번쩍이며, 진황성의 성벽을 부수고 이 혼탁한 세상을 뚫고 나갈 것이다.

"아초, 나를 기다려!"

"응."

두 손을 풀고, 초교는 꽃처럼 웃었다.

"연북에서 말에게 풀을 먹이고, 회회산의 눈 위를 거닐며 설경을 구경해야지. 연순, 기다릴게!"

거센 바람이 불어왔다. 초교는 시위들의 보호를 받으며 서북 성문 쪽으로 말을 달려갔다.

연순은 말 위에 앉아 그녀의 그림자가 점차 어둠 속으로 사라지는 것을 지켜보았다. 밤하늘 아래, 그의 그림자는 고원 위에 곧게 자란, 굽은 흔적이라고는 전혀 없는 거대한 나무 같았다.

"역사는 세세한 내용까지 기록하지 않지. 역사는 결과만을 기록하고, 이 결과라는 것은 결국 승리자가 쓰게 되어 있는 법."

"세자 저하! 12사가 움직이기 시작했습니다. 36사의 병마도 이동하는 낌새가 있습니다!"

척후병의 말이 달려오자, 연순은 고개를 끄덕이며 누구에게도 들리지 않을 만큼 낮은 소리로 중얼거렸다.

"때가 되었군."

밤하늘에 밝은 빛 한 줄기가 번쩍였다. 눈부신 불꽃이 찬란하게 피어나고, 짙푸른 빛이 모든 이들의 눈앞에서 반짝였다.

황량한 들판 위를 한 부대의 인마가 빠르게 달리다가 그 불꽃을 보고 나란히 멈췄다.

"전면 반격이 시작되었군."

초교는 단단한 표정으로 마음속으로 빌었다. 연순, 무사해야 해.

"이럇!"

차가운 바람이 맹렬하게 불어왔다. 풀이 우거진 평원 위를 초교는 선두에 서서 적수를 향해 달려갔다.

높디높은 성루 위에서 남자는 완강한 얼굴로 의식의 술잔을 높이 들며 외쳤다.

"전사들이여! 연북의 명예가 그대들에게 달려 있다. 연북 고원 수많은 이들의 생사가 모두 우리 군 오늘의 일전에 달렸다. 연순이 여기에서 그대들이 개선할 때를 기다리겠다!"

수많은 병사들이 동시에 팔을 휘두르며 소리 높여 외쳤다.

"저하 만세! 연북은 결코 멸망하지 않는다!"

"연북은 승리한다!"

귀청이 터질 듯한 소리가 제국 상공에서 메아리쳤다. 물샐틈 없이 포위된 성금궁조차 이 고함 소리에 덜덜 떨 정도였다. 연순이 칼을 뽑아 휘두르며, 높은 건물에서 날카롭게 소리쳤다.

"연북의 매들이여, 이 대지에 날개를 펼치고 마음껏 날아가라. 더 이상 금빛 갑옷에 속박되지 마라. 연북의 전사들이여, 그대들의 칼로 진황의 얼뜨기들에게 알려 주자. 연북의 혼이라는 것이 대체 무엇인지!"

"연북의 혼!"

전사들의 피가 폭발하듯 끓어올랐다. 그들은 말 위로 뛰어올라, 자신들보다 몇 배는 되는 적들을 죽이기 시작했다. 거리마다 골목마다 처참한 시가전이 벌어졌다. 본래 약하기로 유명한 서남진부사의 병사들은 마치 한 무리 흉맹한 사자와도 같이 질주했다. 그들의 포효는 진황성 거리마다 울려 퍼졌고, 그들의 날카로운 칼은 적의 심장 깊숙이 박혔다.

"주군."

대동회의 혜예, 변창 두 사람이 갑옷을 입고 성루로 올라와 나지막하게 물었다.

"서남진부사가 혈로를 하나 뚫었습니다. 12, 19, 36사의 손실도 큽니다. 이제 성을 나가도 되지 않겠습니까?"

"아니다."

연순은 고개를 저었다.

"아직 부족해."

혜예와 변창은 서로를 바라보았다. 그들의 눈에는 일말이 걱정이 서려 있었다. 계획대로라면 지금쯤 철수해야 했다. 혹시 연순이 원한에 눈이 멀어 이성을 잃은 것은 아닐까?

"제국의 정예가 아직 존재하는 한 철수할 수 없다."

"정예라고요?"

변창이 의혹에 가득 차 물었다.

"속하는 이해할 수 없습니다. 효기영과 녹영군의 군관 모두 이미 존재하지 않고, 서남진부사는 우리에게 귀속되었으며, 12, 19, 36사의 사상자도 참담하게 많은 상태입니다. 우리 군은 이미 완벽한 대승을 거뒀습니다."

"군관이 없다는 것이 무슨 대수란 말이냐? 대하는 언제라도 군관 따위는 얼마든지 투입할 수 있다."

"저하의 뜻은 무엇입니까?"

연순은 먹색 장포를 입고 그 위에 흰 바람막이를 걸치고 있었는데, 눈처럼 흰 바람막이가 새벽 미명을 가르는 바람에 펄럭였다. 그 바람막이에는 날개를 펼친 매 한 마리가 수놓여 있었다. 연순은 수십 개의 횃불로 둘러싸인 높디높은 성루 위에 우뚝 서서, 얼음같이 냉랭한 시선을 보냈다.

"풀을 베면서 뿌리를 제거하지 않는다면, 봄바람이 불어올 때 풀이 다시 살아나기 마련이지. 대동회의 모든 전사들에게 진황성의 상무당으로 향하라고 분부를 내려라. 나는 대하 황조에 앞으로 3년 동안은 쓸 만한 장수가 없기를, 10년 동안 군대를 통솔할 만한 장수가 없기를 원한다!"

혜예와 변창은 당황하여 검은 장포를 펄럭이는 사내를 바라보았다. 본래 온화하고 침착하던 연순의 몸에서 끝이 없는 살육의 기운이 뿜어져 나오고 있었다. 그에게서 풍기는 피비린내와 살기가, 거세게 출렁이는 홍수처럼 용솟음치며 황성 전체를 덮고 있었다.

지금까지는 겨우 시작에 불과했다. 이 남자의 손에서 진황성이 파괴되려 하고 있었다. 세상을 멸망시키려는 칼날이 칠흑처럼 어두운 밤을 맹렬하게 긋고, 오래된 성의 상공 위에서 미친 듯이 으르렁거렸다.

세월이 흐르면 세상 사람들은 조정덕을 잊을 것이다. 대하를, 변당을, 회송을 기억하지 못할 것이다. 그러나 사서는 분명 이 남자에 대해서만은 많은 기록을 남기리라.

5월 20일, 연순이 반란을 일으키다. 상무당의 학생 3천을 죽이라 명령하다. 제국의 인재 대부분이 이 전투에서 사망하다.

새빨간 불빛이 밝게 비추는 가운데, 상무당 전체에 적막이 감돌고 있었다. 상황이 분명치 않은 데다 지도자도 마땅히 없었기 때문에, 제국의 인재들은 칼끝 뒤로 피하는 길을 선택했다. 그들은 수비대 병사들처럼 군영을 나가 질서를 정돈하거나 전투에 참여하지 않고, 여전히 안에서 진형을 갖추고 있었다.

삼경 무렵 갑자기 큰불이 일어났다. 문을 닫고 나가지 않고 있었으므로, 젊은 군관들은 불을 끌 가장 좋은 시기를 놓치고 말았다. 화염이 상무당 학부 전체에 거리낌 없이 퍼져 나갔다. 맹렬한 화염이 활활 타오르며 제국의 희망을 집어삼키고 있었다.

처참한 비명이 들려왔다. 몇몇 학생이 문을 열고 학부를 빠져나가려 하였으나, 그들을 맞이한 것은 진지를 정비하고 기다리던 연북 대동회의 무사들이었다. 빽빽한 화살비가 쏟아져 내려, 상무당에서는 단 한 사람도 도망치지 못했다.

사람들은 공포에 질린 눈으로 수년 동안 내내 눈에 뜨이지 않는 구석에 서 있곤 하던 연북 세자를 바라보았다. 연순은 등을 꼿꼿하게 편 채 사신과도 같이 미소 짓고 있었고, 규괴들은 공포에 젖어 비명을 질렀다.

"연순이다! 연순이 왔어!"

"연순이 왔다! 연북의 반역자가 왔다!"

모든 이들이 경황을 잃고 비명을 지르는 가운데, 아직 전장에 나가 본 적 없는 3천 정예 병마가 즉시 무너지고 말았다. 혜예는 세 번 전투를 벌일 것을 요청했고, 최후에, 연순이 담담한 어조로 천천히 말했다.

"적군의 투지가 이미 사라졌으니, 굳이 병사들로 상대할 필요 없겠지. 모두 불태워 버려라. 그리고 이곳에서 안에 있는 자들이 도망쳐 나오지 못하도록 지키면 되겠군."

"연순 이놈! 만약 그럴 만한 담이 있다면 나와 정정당당하게 한번 붙자!"

위씨 문벌의 젊은 세대인 소장 위서한이 날카롭게 외치더니 칼을 휘두르며 한 걸음 앞으로 나왔다. 그러나 곧 날카로운 화살에 목이 꿰뚫려, 눈을 크게 뜬 채 어지러운 불길 속으로 쓰러졌다.

연순은 심지어 그를 한 번 쳐다보지도 않고 말 위에 올라타 병마들을 정돈하며 나지막하게 말했다.

"효기영으로 가자."

오늘 밤 서남진부사는 반란을 일으켰고, 수비대 소속 관병들은 폭민과 난군 사이에서 죽었으며, 12, 19, 36사는 서남진부사와 전투를 벌이던 중 절반 이상 사상자를 냈다. 연순은 같은 수법으로, 제 몸을 지키기 위해 수수방관하던 제도 학부인 상무당, 효기영 남영의 병마, 제7군, 제9군의 병마 전부를 제거했다.

그 후 연순은 명쾌하게 남성 병마장을 열라고 명령했다. 그리고 화살비와 불로 인해 겨우 2천 명이 남아 있던 16영을 세미광장으로 몰아넣고, 말을 달려 그들에게 달려갔다. 1천8백이 넘는 사람들이 산 채로 수많은 말발굽에 밟혀 죽었고, 살아

남은 자들도 모두 부상을 입어 시체들로 가득한 광장에 쓰러져 슬프게 울부짖었다.

변창이 확실하게 끝을 내자고 청했으나 연순은 냉정하게 고개를 저었다.

"뒤처리는 조정덕이 하도록 남겨 줘야지."

사경 무렵, 하늘은 더욱 칠흑같이 어두워졌다. 진황성 전체가 엉망진창인 상태였고 군영에는 살아 있는 자가 적었다. 제도부윤아문에서 최후의 인마가 돌아왔다. 부윤아문의 관원들은 이미 한참 전에 몰래 도망쳤고, 그들은 아문의 병사들 백여 명을 죽이고 돌아왔다고 말했다.

이제 진황성 내에 무장한 병력은, 황성 내 송결이 이끄는 3천의 수비군과 지금 서남진부사와 교전 중인 3개 사위군만이 남은 상태였다.

"주군, 서남진부사에게 퇴각을 명하십시오. 성을 나가야 합니다."

"그래."

연순은 초토화된 진황성을 바라보며 천천히 고개를 끄덕였다.

"가야 할 때로군."

"그렇다면 속하가 서남진부사의 교전 지역에 가서 명을 전하겠습니다."

"멈춰라."

연순이 혜예를 보며 냉담하게 말했다.

"내가 언제 서남진부사와 함께 가겠다고 했느냐?"

혜예가 대경실색하여 그 자리에 멈췄다.

"주군?"

연순이 몸을 돌려 차갑게 말했다.

"서남진부사는 흉악한 적을 막아 내기 위해 용맹하게 헌신하고 있으며, 제국의 칼날을 막기 위해 남겠다고 자원했다. 그로써 연북의 다른 정예들을 보존할 수 있을 것이니, 일편단심으로 충성하는 의리가 있다 할 수 있겠군. 그야말로 군인의 본보기겠지."

혜예가 인상을 쓰며 급하게 말했다.

"그러나 주군……."

그러나 그가 말을 끝내기도 전에 변창이 그를 잡아끌고 입을 단단히 막았다.

"혜예 장군, 서남진부사의 충성을 의심하면 아니 될 말이다. 그들은 진황성에서 수년 동안 머물면서, 생사를 걸고 전투를 벌일 날만을 기다려 왔다. 우리에게는 전사들이 연북을 위해 충성을 바치겠다는 의거를 막을 권리가 없다."

연순의 눈빛은 평온했고, 말투도 평화로웠다. 그러나 그의 말은 날카로운 화살처럼 모든 이의 심장을 꿰뚫었다.

변창이 서둘러 말했다.

"주군의 뜻은, 서남진부사가 이렇게 나라에 충성을 다하겠다고 결심하고 있으니 군인의 본보기라 할 만하고, 우리도 이와 같이 귀감이 되도록 해야 한다는 것이지요."

그의 손은 혜예의 옷자락을 단단히 잡고 있었다. 혜예가 한 마디라도 더 할까 두려운 모양새였다. 변창은 연순이 방금 저지르는 살육을 보고 나니, 이 겉보기에는 평화로워 보이는 연순이 자신과 혜예도 동시에 베어 버릴 수 있다는 사실을 의심하지 않게 되었다.

"전군은 북성문으로 철수한다. 대군은 성을 나선 후 성문을 봉쇄하라."

연순의 명대로 무거운 성문이 닫히던 그 순간, 온 천지가 안색이 변했다. 12, 19, 36사와 죽음을 각오하고 일전을 치르던 서남진부사 모두 공포에 질려 아무 말도 하지 못하고 광활한 대지 위에 못 박힌 듯 굳어 버리고 말았다.

잠시 후, 절망에 찬 무수한 외침이 이구동성으로 들려왔다.

"저하! 우리도 있습니다! 우리도!"

"버림받았다! 저하가 우리를 배신했어!"

배신당했다는 공포가 삽시간에 자욱하게 퍼져 나갔다. 전사들은 참호를 빠져나와, 공포에 질려 울부짖으며 사방으로 도망치기 시작했다.

"어쩌지? 어쩌지? 우리는 버림받았어!"

반대로 제국 사위군은 사기가 올랐다.

"형제들, 나와 함께 가자!"

방백유 사위장이 날카롭게 외치며, 얼굴에 묻은 선혈을 닦고 앞으로 달려 나왔다.

"황성의 군대가 왔다! 황성의 원군이 왔다!"

19사의 병사들이 이구동성으로 소리 높여 외치며 황성 수비군의 선두에 선 남자를 바라보았다. 남자는 눈처럼 하얀 갑옷을 입고 손에는 푸른빛이 도는 칼을 들고 있었다. 검처럼 날카로운 눈썹에 별과 같은 눈, 위풍당당한 모습은 마치 융성한 시대의 전신처럼 보였다. 남자는 가시덤불을 헤치듯 장령들을 죽이며 다가왔다.

"칠황자님이다! 칠황자님의 원군이 왔다!"

조철의 황성 수비군 뒤편에서, 조상이 조양의 말고삐를 꽉 잡은 채 질책하듯 말했다.

"형님, 부황께서 형님께 출전하라 하신 것도 아닌데, 무엇 때문에 이 어수선한 전란에 참여하려 하십니까?"

조양은 날카로운 눈썹을 들어 올리며, 손에 패검을 쥔 채 동생에게 나지막하게 말했다.

"상아, 너는 영원히 땅에 엎드려 다른 이를 올려다보며 살고자 하느냐, 아니면 자신의 능력으로 일어나고자 하느냐? 네가 일어나 무언가를 이루려고 한다면, 지금 나와 함께 나가야 하는 것이다."

조상이 얼굴을 빨갛게 물들이며 말 위에 올라타더니 칼을 뽑아 든 채 큰 소리로 외쳤다.

"형님! 형님께서 어디를 가시건, 동생은 죽음을 무릅쓰고 형님을 따르겠습니다!"

조양은 고개를 끄덕이며 우뚝 솟은 성문을 바라보았다. 밖에서 격렬한 고함 소리가 들려왔다. 젊은 황자는 두 눈을 단호하게 빛내며 자신의 검을 들어 올렸다.

조양은 자신의 궁정 수비군을 이끌고 밖으로 나갔다. 그의 병사는 1백도 채 되지 않았다. 그러나 조양의 병사는 날카로운 칼처럼 서남진부사의 심장을 공격했고, 하늘을 핏빛으로 가득 채웠다. 혼란스러운 교전 중에 제국의 새로운 별이 천천히 떠오르고 있었다.

초교가 적수 강변에 도착해 보니 아정이 이미 기다리고 있었다. 강 건너편에 천 필이 넘는 전마가 준비되어 있었다.

아정은 초교가 홀로 오는 것을 보고도 놀라지 않고 그녀에게 강을 건너게 하려 했다. 초교는 말에서 내려 아정 등과 인사를 나눈 후 주변을 훑어보다가 갑자기 미간을 찌푸리며 나지막하게 물었다.

"아정, 여기 부교가 단 하나뿐인데, 서남진부사의 병사들은 1만이 넘어. 날이 밝기 전에 그들 모두 강을 건널 수 있을까?"

아정이 희미하게 웃으며 고개를 끄덕였다.

"세자 저하께서 분부하신 바입니다. 아무 문제 없을 터이니 안심하시지요. 속하가 먼저 아가씨를 건네 드리겠습니다."

그러나 초교는 움직이지 않았다. 그녀의 머릿속에 갑자기 무서운 생각이 떠올라, 얼굴이 삽시간에 창백해졌고 눈빛도 흔들리고 있었다. 아정이 물었다.

"아가씨, 왜 그러시는지요?"

초교는 즉시 표정을 가다듬더니 미소 지었다.

"아무것두 아니다. 먼저 수하들을 이끌고 건너도록 해라. 나는 연순을 기다리겠다."

아정이 미간을 찌푸렸다.

"그러나 저하께서 분부하시기를⋯⋯."

"더 이상 말하지 말고, 어서 먼저 강을 건너라."

아정은 초교와 연순의 감정을 알고 있었기에, 고개를 끄덕이고 더 이상 밀어붙이지 않았다.

반 시진 후, 동남쪽에서 갑자기 격렬한 외침 소리가 들려왔다. 초교는 마음속으로 두려움을 느끼며 즉시 말 위에 올라타고 동남쪽을 향해 질주했다.

"아가씨!"

아정이 깜짝 놀라 외쳤다.

"어디 가시는지요?"

"연순을 맞으러 간다!"

절반쯤 갔을 때, 한 무리 인마가 빠른 속도로 달려오는 것이 보였다. 모두 검은 옷과 검은 갑옷을 입고 있었고, 수는 5천 정도였다. 연북의 검은 깃발이 하늘에서 펄럭이며 춤을 추고 있었다. 초교는 기뻐하며 앞으로 달려 나가 연순을 맞이했다.

"아초!"

"연순."

초교는 웃으며 연순에게 물었다.

"괜찮은 거야?"

"다 잘되었다. 가자."

초교는 고개를 끄덕이며 무심하게 뒤를 흘깃 바라보았다.

"서남진부사의 병마는? 어째서 함께 오지 않은 거야?"

연순은 서남진부사의 병마가 자원하여 적에게 항거하기 위해 남았다는 허튼소리로 그녀를 속일 수 없다는 것을 알고 있었다. 그렇기 때문에 그저 웃으며 말했다.

"걱정할 필요 없어. 뒤에 따라올 테니까. 우리가 한 걸음 먼저 가면 돼."

"응."

초교는 조금도 주저하지 않고 연순을 따라 적수로 향했다.

모두 신속하게 강을 건너기 시작했다. 비록 부교 하나밖에 없었지만, 반 시진이 지나자 인마 대다수가 강을 건널 수 있었다. 초교는 연순 곁에 서서 부교를 건너는 대오를 바라보다가 고개를 돌려 먼 곳에서 붉게 불타는 진황성을 바라보고는 갑자기 감개무량한 듯 말했다.

"8년이야. 마침내 빠져나왔어."

연순도 손을 뻗어 그녀의 어깨를 감싸며 감동한 듯 말했다.

"아초, 고생했어."

초교는 눈동자를 별처럼 반짝이며 고개를 저었다.

"아니야. 연순, 당신은 나에게 삶의 목표를 주었고, 살아갈 동력을 주었어. 지난 8년 동안 우리는 서로에게 의지가 되는 존재였고, 서로를 지탱해 주었지. 서로를 돌보고, 상대를 위해 행동하고, 상대가 범하는 잘못을 메워 주었지. 그래, 우리가 그래 왔기 때문에 그 황성에서 하루하루 살아남을 수 있었던 거야. 우리는 서로에게 빚이 없어."

"그래, 우리는 서로에게 빚이 없지."

연순이 온화하게 웃었다.

"우리는 이미 하나였으니까. 화와 복을 함께 나누고, 생사를 서로에게 의탁하는."

"응."

초교가 천천히 고개를 끄덕였다.

"우리는 화와 복을 함께 나누고, 생사를 서로에게 의탁하지."

"저하, 인마가 모두 강을 건넜습니다. 이동할 수 있습니다."

아정이 뛰어와 보고했다.

"알았다."

연순이 고개를 끄덕였다.

"전군에게 출발하라고 분부를 내려라."

"연순!"

초교가 갑자기 소리쳤다.

"서남진부사의 병사들을 기다리지 않을 거야?"

연순은 고개를 저으며 미소 지었다.

"걱정할 필요 없어. 그들이 곧 우리를 따라올 테니까."

"다리를 무너뜨린다면, 그들은 어떻게 강을 건너지?"

연순은 이미 변명을 생각해 두었기에 천천히 설명했다.

"제도의 추격병은 겁낼 필요 없어. 그들은 관도를 따라 서마량西馬凉으로 와서 우리와 합류할 거야."

초교는 고개를 끄덕였다.

"아, 그렇구나. 그럼 가자."

막 두어 걸음 움직였을 때, 초교가 갑자기 눈썹을 치켜들며 자신의 허리춤을 만지더니 깜짝 놀라 외쳤다.

"당신이 나에게 준 대동회의 영패가 보이지 않아."

연순이 미간을 찌푸렸다. 그 영패를 잃어버렸다면 이만저만한 일이 아니었다. 그는 긴장했다.

"보이지 않는다고? 몸에 지니고 있지 않았던 것은 아니고? 조급하게 굴지 말고 잘 생각해 봐."

초교는 그 자리에서 제 온몸을 두루 뒤지다가, 갑자기 이마를 치며 말했다.

"나 진짜 바보 같네. 영패를 말 주머니 안에 넣어 두었어. 내가 가서 가져올게."

연순이 초교의 팔을 잡았다. 이유는 알 수 없었지만, 마음 깊은 곳에서 연유를 알 수 없는 공포심이 스멀스멀 배어 나오기 시작했다. 그가 서둘러 말했다.

"다른 사람을 보내 가져오라고 해. 너는 여기서 기다리고."

"말이 저렇게 많은데, 다른 사람을 보내면 어느 말이 내 말인 줄 어떻게 알겠어? 안심하고 여기서 기다려. 어서 가져올 테니까."

연순이 말릴 틈도 없이 초교는 부교로 뛰어갔다. 그리고 민첩한 몸놀림으로 재빨리 부교 위에 올랐다.

향을 절반쯤 피울 시간이 지나자 그녀가 강의 건너편에 도착했다. 연순은 사람들에게 명해 횃불을 밝히게 하고 강 건너편을 비췄다. 초교가 자신의 말고삐를 잡고 부교 근처에서 생각에 잠겨 있었다.

연순은 순간 멈칫했지만 곧 큰 소리로 외쳤다.

"아초, 찾았어? 어서 돌아와!"

초교가 갑자기 종이처럼 창백한 얼굴을 들더니, 예리하게 빛나는 눈으로 연순을 물끄러미 바라보았다.

찰나의 순간, 한 줄기 번개가 마음속에 내리꽂힌 것 같았다. 연순은 제 앞의 아정을 밀어 버리고 미친 듯이 부교를 향해 달려갔다.

그와 동시에 초교가 허리춤의 보검을 뽑았다. 그녀가 날카롭게 보검을 아래로 내리치자 부교를 연결한 매듭이 소리를 내며 끊어졌다. 부교는 곧 도도하게 흐르는 강물을 따라 떠내려가기 시작했다.

"아초!"

연순이 분노에 차서 날카롭게 외쳤다.

"무슨 짓이야?"

초교는 도도하게 흐르는 적수 강변에 서서 그를 바라보았다. 아름다운 머리카락은 폭포수처럼 흘러내리고, 두 눈빛은 검과 같이 날카로웠다. 그녀가 소리쳤다.

"연순! 당신이 방금 말했듯이, 당신과 나는 이미 하나야. 우리는 화와 복을 함께 나누고, 생사를 서로에게 의탁하지. 그러니까, 그래, 그렇기 때문에 나는 당신이 죄를 짓는 것을 그저 보고만 있을 수는 없어!"

연순은 적수로 뛰어들려 했지만 아정 등이 그를 잡았다. 연순은 계속 날카롭게 외쳤다.

"아초, 바보 같은 짓은 하지 마! 어서 돌아와!"

"연순, 수많은 이들이 당신을 추대하고자 하는 것은, 연북의 백성들이 모두 당신이 돌아오기를 학수고대하고 있는 것은, 연왕 전하께서 연북에 널리 인정을 베푸셨기 때문이야. 모두가 당신 부친의 인정을 기억하기 때문에, 제국에서 일곱 번이나 관원을 새로 파견했지만 그들 중 누구도 연북을 장악할 수 없었어. 그래, 제국에서 파견했던 관원들조차 연씨 가문의 위엄에 기대어 연북을 통치하는 수밖에 없었지. 연순, 나는 당신이 가업을 스스로 무너뜨리는 것을 이대로 지켜볼 수만은 없어!"

연순은 대로한 나머지, 평소의 냉정하고 온화한 모습을 완전히 잃고 날카롭게 외쳤다.

"아초, 당장 돌아와! 우리가 밧줄을 그쪽으로 댈 테니, 거기서 받도록 해. 당장 돌아와, 명령이야!"

초교는 고개를 젓고 말없이 말 위에 올라탔다.

"당신은 잘못을 범했고, 나는 반드시 그걸 메꿔야만 해! 연순, 우리 서마량에서 만나도록 해. 만약 내가 이틀이 지나도 합류하지 않으면, 먼저 사람들을 이끌고 연북으로 돌아가. 나는 서남진부사의 병사들을 이끌고 연북 고원으로 당신을 쫓아갈 테니까."

초교는 말을 마치자마자 칠흑같이 어두운 초원 위를 빠르게 달려가기 시작했다. 그리고 주인을 잃은 전마 5천 필이 그녀의 뒤를 따라, 우뚝 솟은 성벽을 향해 굉음을 내며 달리기 시작했다.

"아초……."

물은 넘실거리며 강변을 때리고, 물보라가 끊임없이 일어나는 가운데 거대한 파도가 용솟음쳤다. 남아 있는 남자는 끝없는 허공을 향해 초교를 다급하게 불렀다. 그의 목소리는 하늘을 뚫고 어두운 밤의 장막 아래 메아리쳤으나 답은 돌아오지 않았다.

이 세상은 놀이터가 아니고, '다시'라는 말은 결코 존재하지 않아. 내가 할 수 있는 일은 그저 조금이라도 빨리 세상을 제대로 돌려놓는 것뿐이야. 연순, 아마 오랜 세월이 흐르면 당신도 오늘 나의 행동을 이해하게 되겠지. 나는 당신의 여인으로서 덕을 베풀고 싶은 것이 아니야. 나는 그저…… 당신이 원한에 두 눈이 멀어 버리는 것을 보고 있을 수만은 없어. 그러니 나를 기다려 줘. 내가 그들을 이끌고 만 리 길을 가는 한이 있더라도, 반드시 당신에게 돌아갈 테니까.

"이랴!"

＊

"통령, 우리는 버림받았습니다!"

서남진부사 도처에 어쩔 줄 모르고 도망치는 이들이 있었다. 모두 미친 듯이 큰 소리로 울부짖었다. 그 울부짖음이 어찌나 날카로운지, 얼핏 들으면 사람이 내는 소리 같지 않았다.

절망이 사람들의 마음을 산산조각 내고, 사방팔방이 모두 적이었다. 그들이 갈 수 있는 곳은 어디에도 없었다. 고향에서 만 리 떨어진 이곳 진황에서 서남진부사의 병사들은 마침내 돌아갈 곳 없는 부랑아로 전락하고 말았다. 천지가 아무리 크다 한들 그들에게는 몸을 눕힐 땅조차 없었다.

누군가가 정신이 붕괴된 듯 슬프게 부르짖었다.

"왜! 무엇 때문에, 우리를 버린 거지?"

"죽여라! 하하, 죽여! 최후의 날이 온 거다! 함께 지옥으로 떨어지자!"

거대한 화염이 온 성을 불태우고 있었다. 살아날 길도, 살아날 문도 없었다. 병사들은 미쳐 가고 있었다. 그들의 마음이 무너져 내리고, 그들의 의지는 모래알처럼 흩어졌다. 진을 펼칠 수도 없었고, 전략을 생각할 여유도 없었다. 그들은 각자 보이는 대로 전투를 치를 뿐이었다.

진황성의 수비군은 그동안 압박당하던 상황에서 벗어나 마침내 악랄한 수단을 펼치기 시작했는데, 정말이지 극악무도했다.

눈이 닿는 곳이면 어디든 시체가 어지럽게 널려 있었다. 진황성의 수비군은 스물이나 서른 정도가 원을 만들어 가운데에 서남진부사의 병사들을 몰아넣고 칼로 마구 베며, 반역자들에 대한 무시무시한 증오를 쏟아 냈다.

조철은 말에 올라탄 채, 본디 안중에 두고 있지 않던 동생을 바라보았다. 젊은 조양은 온몸에 선혈을 뒤집어쓴 채, 여전히 잔혹해 보일 정도로 냉정한 눈빛으로 눈앞의 아수라장을 살펴보고 있었다.

"형님, 적들이 당해 내지 못하는 것 같습니다."

"그래."

조철이 고개를 끄덕였다.

"때가 되었다."

그러나 바로 그 순간, 조철이 전군에게 진격하라는 명령을 내리려 했던 그 순간이었다. 서북 성문 방향에서 한바탕 거대한 굉음이 들려왔다. 수많은 천둥소리가 동시에 울리고 있는 것 같기도 했고, 온 진황의 대지가 모두 떨고 있는 것 같기도 했다. 모든 이들이 경악하여 서북 방향의 하늘을 바라보았다.

우릉!

우르릉! 우릉!

우르릉! 우르릉! 우르릉!

격렬한 진동이 사람들의 뼈를 뚫고 척추 안으로 스며 들어갔다. 우주 전체가 눈앞에서 분노하고 있는 것 같았다. 모두 경악한 나머지, 전투를 벌이던 것조차 잊고 그저 소리가 들려오는 곳을 바라볼 뿐이었다. 연북 전사의 칼이 제도 수비군의 어깨 위에 놓인 채 휘두르는 것을 잊고 있었고, 제도 수비군의 칼도 연북 전사의 목에 닿은 채 베는 것을 잊고 있었다.

굉음과 함께 성문이 갑자기 부딪쳐 열렸다. 5천 필의 말이 굉음을 내며 바람같이 빠른 속도로 혼전을 벌이고 있는 인파를 향해 달려왔고, 즉시 대오에 거대한 돌파구를 만들어 냈다!

진황성의 시위들은 즉시 연순이 16영의 병마들을 도살한 방법을 기억해 내고는 안색이 창백해졌다. 두 다리마저 떨리고 있었다.

바로 이 순간, 여리고 작은 소녀가 검은 매가 수놓인 전투 깃발을 성벽 위에 단호하게 꽂았다. 소녀는 전투 깃발 아래 꼿꼿하게 몸을 세운 채 온 진황성에 대고 날카롭게 외쳤다.

"연북의 전사들이여! 너희들은 버림받은 것이 아니다. 나의 명을 들어라! 나에게 복종하라! 나와 함께 가자! 내가 너희들을 연북으로 데려가겠다!"

잠시의 침묵 후, 거대한 환호성이 삽시간에 해일처럼 울려 퍼졌다!

"연북으로 돌아가자! 연북으로 돌아가자! 연북으로 돌아가자!"

절망에 빠져 있던 이들은 생존의 마지막 지푸라기를 움켜쥐었다. 그들은 더 이상 막을 수 없는 조수와도 같이 서북의 하늘을 향해 외쳤다.

"일곱째 형님, 열넷째 형님, 저 사람이 누구인가요?"

조양은 초교를 바라보며 오래도록 아무 말도 하지 않았다. 조철은 말 위에 올라탄 채, 두 눈을 가늘게 뜨고 초교를 바라보며 천천히 입을 열었다.

"기억해 둬라. 저 여자는 장래 대하에 가장 큰 위협이 될 것이다. 우리가 잃은 땅을 수복하고 강산을 통일하려 할 때, 저 여자는 아마 쉽게 넘을 수 없는 높은 산이 되어 있을 것이다!"

하늘 가득 봉화가 빛을 발하고 있었다. 그날 이후로 온 대하 황조가 초교의 이름을 기억하게 되었다. 8년 전, 노비의 신분으로 대하의 황궁에 들어갔던 그녀는 이제 진황성 안에 남은 최후의 연북 무장 세력을 이끌고 진황성을 떠나 광활한 땅을 내달리고 있었다.

초교도 지금은 알지 못했다. 오늘 그녀의 행동은, 전멸의 위기에 처한 서남진부사의 병사들을 구하고, 새로운 연북 정권을 구원했을 뿐 아니라, 그녀 자신에게 속한 무장 세력을 처음으로 얻게 해 주었다는 사실을.

이 순간 서남진부사의 병사들은 마음속으로 이 아름답고 가냘픈 소녀에게 충성을 맹세하고 있었다. 이후로 그들은 그들의 주인을 따라 남북을 옮겨 다니며 싸울 것이다. 그들의 철기는 주인을 위해 온 서몽 대륙을 쓸어버리게 될 것이다. 그들은 결사의 각오로 스스로의 맹세를 지킬 예정이었다. 아무리 어렵고 고달픈 상황에 처한다 해도, 초교를 향한 충성심은 활활 타올라 평생 변하지 않을 것이다.

그날 밤, 초교는 수년 후 전 대륙 사람들에게 '수려왕秀麗王'이라는 칭호로 불리게 될 긴 여정의 첫 걸음을 내딛고 있었다.

제17장 사방에서 전투를 벌이다

백창력 778년 5월 20일은 그 누구에게도 도저히 잊을 수 없는 날이 되었다.

대하 제국의 진황성은 거대한 화재 한 번으로 절반 정도가 사라져 버렸다. 제국의 상징인 성금궁도 전부 불타 버리고 말았고, 성에 있던 무장 세력은 열 중 예닐곱을 잃었다. 진황에 주둔하고 있던 제국의 정예 병사 중 사망자만 17만에 달했다. 그중 서남진부사와 교전을 벌이다 죽은 자가 3만에 달했고, 여순의 도륙에 죽은 자는 7만에 달했다. 나머지는 모두 난민의 폭동에 휘말려 사망하였다.

그러나 여기서 끝이 아니었다. 동란 후 진황성의 경제는 거의 마비되었다. 6월이 되자 날이 따뜻해졌고, 채 매장하지 못한 시신들은 각종 전염병과 질병을 불러왔다. 건물 대다수는 화재 중에 잿더미가 되었고, 몸을 뉘일 곳 없는 난민들이 대량으로 발생했다. 부상을 입은 병사들조차 거리에 그대로 팽개쳐진 상태였다.

엎친 데 덮친 격으로 연이어 비가 왔고, 진황은 더 큰 재난에 봉착했다. 채 성 밖으로 내보내지 못한 시신들이 오수 속에 잠긴 채 하얗게 부어올랐다. 그 시신들은 곧 썩은 내를 풍기며 구더기가 들끓는 고깃덩어리로 변하고 말았다.

연순은 성을 나서기 전 제국의 양식 창고에 불을 지르는 것을 잊지 않았다. 양식을 파는 상인들 대부분도 동란이 일어난 그 밤, 모두 약탈당하고 말았다. 한순간에 진황성은 이재민을 구휼할 양식조차 구할 수 없는 지경에 이르렀다.

일주일도 지나지 않아 수많은 난민들이 기아로 죽어 갔다. 생사가 갈리는 순간, 본래 온순하던 백성들은 야만스러운 일면을 그대로 드러냈다. 궁지에 몰릴 대로 몰린 양민들은 심지어 무장한 군인이라도 홀로 있으면 과감하게 덤벼들어 약탈을 자행했다.

질서를 유지하기 위해 파견을 나갔던 소규모의 제국군 서른무리 이상이 흔적도 없이 사라졌다. 하루가 지난 후, 사람들은 길가의 하수구에서 이들이 지니고 있던 물건들을 발견할 수 있었다. 예를 들자면 군장, 비수, 칼, 장화, 견장 같은 것들, 그리고 좀 더 은밀한 물건들도 있었다. 내의라든가 소중하게 간직하던 주머니, 잘려나간 손과 발, 빠져나온 눈알, 그리고 새까맣게 그을린 백골 등⋯⋯.

진황성의 질서는 순식간에 무너지고 말았다.

보름 후, 미쳐 버린 난민들은 진황을 빠져나가 사방팔방으로 도망치기 시작했다. 그러나 조씨 황족은 눈앞의 상황을 되돌릴 만한 능력이 없었다.

조정덕은 폐허가 된 성금궁의 성루 위에서 어쩔 수 없다는 듯 쓴웃음을 지었다. 그리고 최후의 무장 병력을 이끌고, 송결 참장의 호위를 받으며 이 엉망진창이 된 성을 떠났다.

대하가 건국한 지 300년 만이었다. 진황성은 그동안 수많은 이민족의 칼날을 막아 왔다.

633년, 대하의 백위白威 황제는 8천 철기병으로 20만 견융 대군을 막아 내며 진황성을 한 달 동안 사수했다. 마침내 기다리던 제후와 세가의 구원병이 와서 견융족을 물리칠 수 있었고, 절망적인 상황에서도 결사의 각오로 물러나지 않았던 신화가 생겨났다.

684년, 제국 동부의 대귀족인 와룡씨가 제국을 배반하고, 백수관의 문을 열어 변당과 회송의 연합군을 국경 안으로 들였다. 적군은 진황성으로 오는 길 내내 전투를 벌였고, 마침내 진황성에서 30리도 떨어지지 않은 삼리파에 도착했다. 당시 대하의 황제는 동남쪽으로 순행을 나가 있었고, 진황에 남은 것은 겨우 여덟 살이던 태자 조숭명과 황후 목합구가뿐이었다. 당시 조정 백관들은 태자에게 피신할 것을 권했지만, 스물일곱이었던 목합구가는 여덟 살짜리 아들과 함께 성벽 위로 올라가, 제국이 적군을 물리치고 삼리파에 깃발을 꽂을 때까지 사흘 동안 내려오지 않았다.

741년 적호의 난이 있었을 때는 반란군이 진황성의 성문을 부수기도 했다. 그러나 조씨 황족들은 조금도 물러서지 않았다.

735년⋯⋯. 761년⋯⋯. 769년 ⋯⋯.

이렇게 오랜 세월을 완강하게 버텨 오던 진황성에서, 세상에서 가장 높은 고원 위에서 300년 동안 전혀 물러서지 않았던 긍지 높은 조씨 황족이, 마침내 6월 9일 아침, 굳게 지켜 오던 제국의 심장을 떠나 동북 지역의 성성聖城의 운도雲都로 물러났다.

후세의 사관들은 이 결정에 대해 수많은 비난을 던졌지만, 동시에 이 상황을 이뤄 낸 이의 대단함을 인정하지 않을 수 없었다. 이 위업을 이뤄 낸 이는 진황에서 8년 동안 인질로 잡혀 있었던 연북의 세자였다. 그는 단 한 사람의 힘으로, 5천 대동회의 도움을 받아, 견융족 20만 대군과 변당·회송연합군 58만 병사들, 그리고 반란군의 힘으로도 완성한 적 없던 기적적인 위업을 달성했다.

이때부터 연순의 이름이 온 세상에 널리 퍼졌고, 서몽 대륙 전체가 그의 이름에 떨게 되었다. 연북의 사자가 마침내 깨어나, 난세의 전화 속에 연북이 주도하는 시대를 시작한 것이다.

———➤

어슴푸레한 새벽, 진황의 성루에 호각 소리가 울려 퍼졌다. 태양이 지평선 위로 느릿느릿 솟아오르고, 하늘에는 안개가 자욱한 것이 곧 비가 내릴 것 같았다. 푸른 갑옷을 입은 전사 10여 명이 성루 위에 서서 먼 곳을 바라보고 있었다. 휑뎅그렁한 역로에는 사람의 그림자조차 보이지 않았다. 늙수그레한 병사가 낮게 탄식하며 호각을 내려놓고, 몸을 돌려 뒤로 걸어 갔다.

"아직도 오지 않았는가?"

의기소침한 목소리가 천천히 울려 퍼졌다. 노병은 깜짝 놀라 고개를 들었다. 스무 남짓한 눈앞의 사내는 잘생긴 얼굴 때문인지 더욱 젊어 보였다. 청년이 걸친 검은 바람막이가 안에 입은 군장을 가리고 있어 어떤 신분인지는 알 수 없었지만, 노병은 한눈에 그가 귀족 출신의 장군임을 알아볼 수 있었다.

"장군께 보고드립니다. 아직 오지 않았습니다."

젊은 남자는 말없이 고개를 끄덕였다. 그럴 줄 알았다는 듯한 태도였다. 그는 노병의 굽은 몸을 바라보았다. 쉰에 가까운 몸은 이미 군장을 걸치고 있는 것조차 힘겨워 보였고, 어깨 위에 수놓인 두 개의 달은 매우 낡아 보였다. 청년이 살짝 미간을 찌푸리며 물었다.

"19사는 황제 폐하를 따라 운도로 가지 않았는가? 너는 왜 가지 않았지?"

"장군, 소인은 너무 늙었습니다. 그렇게 먼 거리는 갈 수 없으니, 목숨을 구할 기회는 젊은이들에게 주어야지요."

노병이 나지막하게 탄식했다.

"저는 열네 살에 병사가 되었습니다. 마부에서 시작하여 계속 성문을 지켜 왔지요. 진황성을 지켜 온 지도 이미 30년이 넘었습니다. 진황성의 백성들이 모두 도망쳤다고 저도 그럴 수는 없습니다. 성문이 무너지지 않는 한, 저는 여기서 계속 기다릴 겁니다."

바다와 같이 깊은 청년의 두 눈에 물결이 출렁이는 것 같았다. 청년의 눈빛이 용광로 안에서 가열되는 날카로운 검처럼 빛났다. 그러나 노병은 청년의 표정을 살피지 않고 여전히 장황하게 이야기를 쏟아 내고 있었다.

"게다가 소인의 가족은 이번에 모두 죽었습니다. 저 혼자 운도로 간들 무슨 의미가 있겠습니까. 여기 남아 있는 것만 못하지요. 최소한 여기에서는 아는 사람을 찾을 수도 있고, 아무도 거두지 않은 이웃의 시신을 찾아 제가 거둘 수도 있으니까요. 사람은 어떻게든 땅에 묻혀 평안을 찾아야 하는 법입니다!"

청년이 고개를 숙였다. 그의 표정은 어딘가 슬프고 처량해 보였다. 그의 등 뒤에는 초토화된 폐허뿐이었다. 그 폐허는 과거 대륙에서 가장 번화한 건축물이 우뚝 솟아 있던 곳, 사람들이 끊임없이 오가던 곳이었다. 그곳에 있던 세상에서 가장 웅대한 성루와 탑, 가장 사치스러운 궁전들 모두 역사 속으로 사라져 버리고 말았다.

"장군."

노병이 고개를 들더니 긴장한 것처럼 손을 비볐다. 약간 불안한 모양이었지만, 청년의 표정이 온화한 것을 보자 결국 이해할 수 없었던 것을 질문했다.

"어째서 그렇게 많은 세가와 번왕들이, 단 한 사람도 진황성에 병사를 보내 지원하지 않는 것일까요? 제갈 어르신, 위 대인, 그들은 아예 자신의 영지로 돌아갔다고 하더군요. 제국이 분열될까요? 또 전쟁이 벌어질까요? 연 세자가 언젠가 다시 병사들을 이끌고 쳐들어올까요?"

"그런 날은 결코 오지 않는다!"

청년이 단호하게 말했다. 그의 목소리는 평온했지만 강력한 자신감이 묻어 나오고 있었다.

"제국은 결코 분열되지 않는다. 연북군이 쳐들어오지도 못할 것이다. 진황성은 결코 멸망하지 않는다. 언젠가는 떠났던 이들도 모두 돌아올 것이고, 진황성은 과거의 웅혼한 기상을, 과거의 화려한 모습을 되찾을 것이다!"

노병은 넋을 잃은 것처럼 눈앞의 청년을 바라보았다. 최근 들은 소문들로 인한 불안한 마음이 갑자기 해소되는 것 같았다. 이 순간, 그는 진심으로 눈앞의 청년 장군의 말을 믿고 있었다. 노인의 눈에 희망의 빛이 서리더니 흥분하여 물었다.

"정말입니까? 그들이 돌아올까요? 그럼 소인이 계속 성문을 지킬 수 있을까요?"

"그럴 수 있을 것이다."

청년이 고개를 돌려 살짝 웃으며 눈처럼 하얀 이를 드러냈다.

"내가 특별히 너에게 계속 성문을 지킬 것을 허락해 주마. 네가 백 살이 되더라도, 나는 사람을 보내 매일 너를 성문 앞으로 데려오게 할 것이다. 네가 만약 세상에 자손을 남긴다면, 나는 네 자손들에게도 우리 대하 황조의 문을 지키는 것을 허락하겠다. 진황은 결코 사라지지 않는다. 내가 이 세상에 살아 있는 한, 식언은 없다!"

말을 마친 젊은 장군은 주머니에서 불에 그을린 은패를 꺼냈다. 그 위에는 세밀하고 복잡하게 능소화가 새겨져 있었는데, 바로 대하의 국화였다. 불에 그을린 흔적이 있는 꽃무늬를 보니 신성해 보이기도 하고 동시에 처량해 보이기도 했다.

"이것, 신물로 삼아라."

노병은 크게 기뻐하면서도 마음속에 약간은 의심이 생겼는지, 청년을 바라보다가 완곡한 방식으로 질문했다.

"여쭙건대 장군께서는 어느 부대 소속이신지요? 소인이 장군의 존성대명을 알 수 있겠습니까?"

청년이 고개를 들었다.

"나는⋯⋯."

이때 태양은 이미 지평선 위로 떠올라, 방금 전까지만 해도 어둑어둑하던 하늘 가득 금빛이 쏟아지고 있었다.

"나는 효기영의 참군 통령이고, 이름은 조철이라 한다."

노병이 깜짝 놀라 눈을 크게 떴다. 한참 후, 그는 땅 위에 쿵 소리가 나도록 무릎을 꿇고 힘차게 고개를 숙이며 외쳤다.

"소인이 안목이 없어 칠황자님께 버릇없이 굴었습니다. 황자님께서는 소인을 이번 한 번만 용서해 주소서."

그러나 아무 대답도 들려오지 않았다. 노병이 고개를 들어 보니, 성루의 계단을 올라가는 꼿꼿한 뒷모습만이 보일 뿐이었다. 젊은 황자는 패검을 손에 들고 한 걸음 한 걸음 성벽 위로 사라졌다. 그 당당한 모습은 마치 전설 속에 나오는, 천지를 열 수 있다는 나무와도 같아 보였다.

은패가 햇빛을 반사하며 반짝였다. 노인은 제 앞, 청석을 깔아 놓은 땅 위에 놓인 은패를 하염없이 바라보았다. 은패 위에 활짝 핀 능소화는 마치 9월의 따뜻한 태양 같았다.

100년이 흐른 후 변당의 등연각에서 발견된 사서는 이 해의 상황에 대해 다음과 같은 기록을 남기고 있었다.

대동회 사건 이후, 조씨 황족은 널리 징집령을 내렸으나 각 문벌 귀족은 영지로 돌아갔으며 각지의 번왕은 아무도 응하지 않았다. 대하의 황제는 어쩔 수 없이 천도의 명을 내렸다. 황자 조철이 국문을 지켰고, 황자 조양이 자청하여 연북군을 추격하였다. 대하의 일맥은 이로부터 하락세를 걷기 시작해, 이미 거대한 국토와 팔방의 제후들을 다스리기 어려운 상황이 되었다. 변당은 인성무덕명지예민仁聖武德明智睿敏 황태자의 주선하에 일약 당대 제일의 대국이 되었고, 서몽 대륙 상업의 중심이 북방에서 남방으로 옮겨 오게 되었다. 대하의 상인들이 대규모로 변경을 넘어 변당으로 옮겨 왔던 것이다. 인성무덕명지예민 황태자의 하늘을 꿰뚫을 듯한 재능과 절정에 이른 지혜, 참으로 대단한 용기, 그리고 천하를 두루 비추는 의기는 그야말로 당대의 본보기라 할 만하며, 이러한 천하의 걸출한 인재를 황태자로 둔 것은 변당 만민의 커다란 행운이라 할 수 있었다······.

후세의 사가들은 뒷부분 이책 황태자에 관한 기록에 대해서는 상당히 의심을 품고 있었지만, 연순의 반란은 근본적으로 이책과 아무 관계가 없다고 여겼다. 또한 아주 많은 사가들이, 뒷부분의 이야기는 이책 황태자 자신이 추가한 것이라고 단호하게 기술하였다. 왜냐하면 사서 전후의 필적과 색이 완전히 달랐기 때문이다. 앞부분이 사람들로 하여금 감탄을 자아내는 극상의 필체로 쓰인 데 반해, 뒷부분의 필체는 막 글자를 배운 아이가 보아도 부끄러워할 정도의 글씨였기 때문이다.

그러나 뒷부분이 날조되었다 해서 앞부분의 진실성을 부인할 수 있는 것은 아니었다. 대동회의 복수 사건 이후, 거대한 대하 황조는 정말로 쇠락하고 있었다.

진황성이 100년에 한 번 만나기도 어려운 재난에 직면해 있을 때, 내륙에 최후로 남아 있는 연북의 대오는 구평산邱平山 일대에서 배회하고 있었다.

구평산 평원 위, 남루한 옷을 입었으나 눈빛만은 단호한 대오가 조용히 잠복한 채 출병하기 좋은 시기를 기다리고 있었다.

비록 각 문벌과 씨족이 진황성을 원조하지는 않았지만, 모두 연북의 반군을 주시하고 있었다. 이러한 상황에 초교는 겨우 연순이 서남진부사를 포기한 것을 마음에서 조금은 지울 수 있었다.

연씨 일가는 제국에 의해 참수당했으니, 연순은 본래 대하 황조와 한 하늘 아래에서 살 수 없는 원한이 있었고, 대동회는 대륙 전체가 공인하는 반란의 수괴였다. 나라를 배신했다는 죄명을 짊어지게 되는 것은 오로지 서남진부사 세력뿐이었다.

진황성에서 연순에게 버림받았던 이 무리는 삽시간에 전 제국의 공적이 되었다. 모든 이들이 반란군을 뿌리 뽑은 영웅이 되고 싶어 했기 때문이다. 초교 일행이 길을 가는 내내 기습을 몇 번 당했는지, 셀 수 없을 정도였다.

"아가씨."

하소가 조심스럽게 뛰어와 초교의 귀에 대고 속삭였다.

"척후 부대가 오고 있습니다. 명령을!"

초교는 고개를 숙이고 평온하게 말했다.

"조금 더 기다린다."

"아가씨, 이미 200보 거리도 안 되는 상황입니다."

"좀 더 기다린다."

"더 기다린다면 우리가 잠복하는 의미가 없어집니다."

"아직 시간이 되지 않았어."

하소가 무슨 말을 더 하려 했을 때, 먼 곳 참호에서 갑자기 홍백이 엇갈린 군기가 똑바로 올라갔다. 초교가 눈썹을 치켜세우며 날카롭게 외쳤다.

"시작!"

찰나의 순간, 고함 소리가 하늘을 울리며 수많은 칼날이 사납게 참호 밖으로 뛰어나갔다. 가까이까지 왔던 토벌군의 척후들은 갑자기 무서운 포위 상태에 빠졌다.

다시 한 번 필살기를 발휘한 셈이었다. 초교는 시간을 정확하게 계산하여 진세를 완벽하게 깔아 두었다. 경솔하게 포위망 안으로 들어온 적들은 공격을 받아 사분오열했고, 반 시진도 지나지 않아 전투가 끝났다.

사방팔방으로 도망간 적군들을 제거하지 않고 초교가 휘두르는 깃발에 따라 남아 있던 서남진부사 병사 4천이, 전력으로 토벌군을 향해 달려들었다. 대하의 도성을 훼멸시킨 후 나흘 동안 상갓집 개처럼 숨어서 도망쳐 다니던 서남진부사의 병사들이 마침내 활개를 치며, 구평산 평원 위에 긴 고함을 질렀다!

하늘에서 부슬부슬 비가 내리기 시작했다. 초교는 창백한 얼굴에 떨어진 빗방울을 닦았다. 그녀는 말 위에 앉은 채 소리가 나도록 보검을 검집에 집어넣고 단호하게 말했다.

"전사들이여, 철군한다."

병사들 사이에서 즉시 한바탕 혼란이 일었다. 단숨에 거둔 거대한 승리는, 나흘 동안이나 연속해서 추격당하던 병사들에게 너무나도 짜릿한 일이었다. 원수를 갚고 지난날의 치욕을 씻고 싶은 생각이 모두의 마음속에 있었다. 전투에서 승기는 한순간에 지나가기 마련인데, 이렇게 좋은 시기에 철수라니. 모든 이의 눈에 이해할 수 없다는 빛이 떠올랐다.

그러나 눈앞의 이 소녀에 대한 감사와 경외심 때문에 그들은 한 마디도 하지 않았다. 그저 눈빛으로만 찬성하지 않는다는 눈치를 보낼 뿐이었다.

"너희들이 무슨 생각을 하는지는 안다."

초교는 목소리를 가다듬고 높은 소리로 말했다.

"제국이 동요하고 있고, 사방팔방에서 불순 세력들이 난동을 부리고 있다. 사내라면 천하를 바로 세울 좋은 시기지. 우리의 사기는 높고 칼날은 날카로우니, 이렇게 좋은 시기에 쉽게 손에 넣을 수 있는 전투를 포기하는 것은 말도 안 되는 것 같겠지. 그러나 사정이 정말 우리가 보고 있는 것과 같을까? 결코 그렇지 않다! 제국에는 아직 수많은 세가와 대족이 있고, 수많은 번왕이 있으며, 충성스러운 군대가 있다. 그들이 잠시는 나라를 지키러 오지 않을지 모르나, 그것은 그저 현재의 일일 뿐이다. 일단 우리가 조씨의 무장 세력을 물리치면 우리는 대하 전체의 공적이 된다. 우리에게는 양식도 없고, 심지어 갈아입을 옷도 없다. 군마도 없고 약품도 없지. 우리가 전투에서 이긴다 해도 그 전투가 다음 전투를 불러온다면, 우리가 대체 얼마나 버틸 수 있겠는가? 우리가 지치는 순간이 오면 적들은 미친개처럼 우리를 물어뜯을 것이다. 아무리 흉포한 사자라도 지치면 사나운 개 여럿을 당해 낼 수 없는 법이다. 우리는 충분히 했다. 우리는 지쳤어. 그리고 우리는 돌아가야만 한다."

갑자기 누군가가 작은 소리로 흐느끼기 시작했다. 누군가는 그렇다는 말을 들을까 무서워하면서도 낮은 소리로 중얼거렸다.

"저하께서는 이미 우리를 버리셨잖아!"

"맞습니다, 아가씨. 우리는 돌아갈 곳이 없습니다."

"우리는 제국의 반역도인 동시에 연북에서 버림받은 존재들입니다. 우리는 어디로 돌아가야 합니까?"

"그런 시시한 엉터리 유언비어는 믿지 마라!"

초교가 엄숙한 표정으로 날카롭게 외쳤다.

"그것은 우리와 연북을 이간질하려는 음모일 뿐이다. 저하께서는 결코 너희들을 버리지 않으셨다. 연북의 왕은 영원히 자신의 백성들을 버리지 않는다!"

"하지만 저하께서는 우리를 데려가지 않으시고, 우리를 포위망 안에 버려두셨습니다. 우리 모두 똑똑하게 그 장면을 보았습니다."

"아니다! 저하께서는 너희를 버리신 것이 아니다. 저하께서는 나를 보내 너희들을 구하라 하셨다!"

"저하께서는 단 한 사람을 보내 우리를 구하라 하신 건가요?"

초교가 눈썹 끝을 들어 올리며 단호하게 말했다.

"하지만 나는 해냈지. 내가 너희들을 구해 냈다. 저하께서는 내가 할 수 있다는 것을 믿으셨어. 그래서 나에게 맡기신 것이다. 아무 의문도 없이!"

정적이 흘렀다. 그들로서는 이해하기는 어려운 일이었지만 사실이기는 했다. 이 연약해 보이는 소녀가, 단 한 사람의 힘으로 서남진부사의 4천 병사를 구했다. 그리고 그들을 이끌고 적들의 포위망을 뚫고 도망치는 데 성공했다.

"전사들이여, 더 이상 망설일 필요 없다. 우리는 전우들의 시체를 매장하고, 그들의 꿈을 마음에 품고 이곳을 떠나야 할 때다. 너희들이 쏟아 낸 뜨거운 피와 고향을 지키려던 마음을, 역사는 너희들의 충성을 기록할 것이다. 지금, 나와 함께 돌아 가자!"

초교가 나지막한 목소리로 말한 후 갑자기 허리를 굽혀 4천 병사들에게 깊이 절했다. 양쪽으로 흘러내리는 머리카락이 아 주 우아하고 아름다운 폭포 같았다.

사람들은 잠시 침묵하다가, 곧 모든 이들이 무릎을 꿇고 이 구동성으로 외쳤다.

"아가씨를 따르겠습니다!"

그날, 구평산 평원의 피비린내는 아주 멀리까지 전해졌다. 병사들은 초원 위를 포효하는 거센 바람처럼 낮게 외쳤다.

그들은 알지 못하고 있었지만, 방금 그들에게 패배한 군대 는 사실 서남진부사를 추격하던 토벌군이 아니었다. 그들은 조 양이 서북의 씨족 열한 곳을 연합하여 연북의 후방을 기습하기 위해 조성한 군대였다.

조양의 군대는 만반의 준비를 하고 있었다. 충분한 양식도 있었고, 양식을 운반할 백성도 징발한 상태였으며, 연북의 지 형도 상세히 연구하고, 가장 뛰어난 길 안내자도 찾아낸 참이 었다. 심지어 그 지역 출신의 척후병조차 이미 준비가 된 상태 였다. 그들은 주력 부대가 도착하기만 하면 바로 전투를 시작 할 수 있었다. 연순이 아직 연북으로 돌아가지 않은 틈을 타서 연북에서 입지를 굳힌다면, 그들에게는 7할의 승산이 있었다. 그러나 초교의 출현으로 모든 것이 틀어지고 말았다.

조양이 그 소식을 들었을 때, 그는 오래도록 아무 말도 하지 않았다. 그는 진황에 불이 타오르던 그 밤, 성루에 서 있던 그 그림자를 기억하고 있었다. 호리호리한 몸을 곧게 세운 그 모습은 마치 완강한 깃대 같아 보였다.

"황자님, 연북으로 들어가는 것은 이미 희망이 없습니다. 저 병마라도 기습해서 제거할까요?"

조양은 고개를 숙이고 한참 생각하다가, 마침내 평온하게 말했다.

"대어가 없는데 작은 새우 하나 잡은들 무엇하겠느냐?"

젊은 황자는 바로 몸을 일으켰다.

"운도로 돌아가자!"

바로 이때, 서마량 별애파別崖坡에 군영 하나가 고요하게 들어서 있었고, 장수의 영문 앞에는 칠흑같이 검은 철웅기가 펄럭이고 있었다.

우가 막사의 발을 열고 안으로 들어갔다. 그녀가 입을 열기도 전에 남자의 초조한 듯한 목소리가 들려왔다.

"들어오지 말라고 하지 않았던가?"

우는 멈칫하여 잠시 발걸음을 멈췄다가 곧 작은 소리로 말했다.

"주군, 접니다."

연순이 몸을 돌려 우가 다가오는 것을 보고 나지막하게 말했다.

"우 아가씨가 오셨군. 연순이 실례했네."

"주군께서 너무 예의를 차리시는군요."

우가 담담하게 웃었다.

"아정이 막 왔었나 보지요?"

연순이 고개를 끄덕였다. 그의 표정을 보니 매우 답답한 것 같았다.

"저하, 이미 열흘이 지났습니다. 떠나야만 합니다."

우가 말했다.

"연북은 지금 혼란에 잠겨 있습니다. 주군께서 돌아오신다는 소식을 듣고 각 방면의 세력이 서로 배척하고 있다고 합니다. 우리는 이미 너무 많은 시간을 허비했어요."

연순이 어쩔 수 없다는 듯 탄식했다.

"모두 알고 있다."

"주군께서는 당연히 알고 계시겠지요. 그렇다면 이것도 아실 것입니다. 만약 며칠 더 늦어진다면 어떤 결과가 빚어질지. 하지만 주군께서는 이곳을 떠나실 수 없겠지요. 하지만 주군, 저는…… 만약 초교가 여기 있었다면, 주군께서 이렇게 대국을 돌아보지 않으시는 모습을 보고 싶어 하지 않았을 거라고 생각합니다. 여기서 주군께서 맞아 주시지 않더라도, 초교의 능력이라면 안전하게 연북으로 돌아올 것이 분명합니다."

연순은 느릿느릿 고개를 들더니 의기소침하게 중얼거렸다.

"네가 하는 말은 나도 전부 알고 있다. 나는 그저 조금 걱정하는 것이다. 그녀가 왔을 때, 내가 여기서 그녀를 기다리고 있지 않으면 실망할까 봐."

"지금 뭐라고 하셨습니까?"

우는 당혹했다. 연순이 고집스럽게 이 위험한 곳에 전군을 묶어 놓은 채 서남진부사를 기다리는 이유가, 초교가 위험할까 봐 두려워서가 아니라고? 그저 초교가 도착했을 때 자신이 없으면 실망할까 두려워서라고?

"말로 내뱉고 나니 매우 우습게 느껴지는군."

연순이 자조하듯 웃으며 고개를 저었다.

"하지만 사람이라면 어리석은 일을 한 번은 하기 마련이지. 나도 그런 것을 피할 수 없는 사람인 모양이다. 나는 그녀를 속이고 서남진부사의 병사들을 버렸다. 비록 초교가 입 밖에 내지는 않았지만 마음속으로는 분명 나에게 화가 났을 것이다. 나는 그저 그녀에게 나 스스로를 해명하고 싶을 뿐이야."

우가 눈썹 끝을 들어 올렸다.

"하지만……."

"알고 있다."

연순이 그녀의 말을 잘랐다.

"오늘 밤이 지나도 그녀가 도착하지 않는다면 떠나기로 하지."

우는 탄식하며 고개를 끄덕였다.

"그러하시겠다면, 속하는 먼저 물러가겠습니다."

연순이 걸어 나왔다.

"내가 바래다주지."

막 막사를 나왔을 때, 갑자기 날카로운 검날이 번개처럼 빠른 속도로 습격해 왔다. 천둥 같은 날카로운 외침이 귓가에서 작렬했다. 그러나 연순은 순식간에 표범처럼 반응했다. 그는 처음에 살기가 덮쳐 오는 것을 느끼자마자 흐르는 물처럼 움직였다. 재빨리 몸을 일으켜 허리춤의 단도를 뽑아 앞에서 공격해 오는 검날을 막았다. 그 다음 다시 몸을 옆으로 살짝 비껴 튼 후, 절묘하게 필살의 일격을 피해 냈다.

"저하를 지켜라!"

우가 냉정하게 소리쳤고, 근처의 시위들이 동시에 달려 나왔다. 한바탕 시끄럽게 서로 맞잡고 싸우더니, 곧 자객을 잡았다.

연순은 사람들 사이에 서서 미간을 찌푸리며 눈앞의 남자에게 나지막하게 말했다.

"내가 말했을 텐데. 세 번째는 없다고!"

연순을 습격한 남자는 스물 전후였다. 과거 그의 잘생긴 얼굴에 서려 있던 햇빛 같은 기운은 이미 사라져 보이지 않았다. 대신 지금 그의 얼굴을 뒤덮고 있는 것은 날카롭고 스산한 기운이었다. 그는 냉랭하게 연순을 바라보며 외쳤다.

"주인을 배반하고 나라를 배신한 자, 누구라도 베어 마땅하다!"

"고집불통이군!"

연순이 차갑게 코웃음 쳤다.

"조숭, 이번이 마지막이다. 옛 정분을 보아 마지막으로 놓아

주겠다. 후에 다시 보게 된다면, 나는 결코 손에 정을 남겨 두지 않을 것이다!"

조숭이 냉소했다.

"연순, 네 심장은 강철로 만든 것이 아니었나? 진황성에서는 그렇게 많은 사람들을 죽여 놓고, 대체 무엇 때문에 나에게는 손을 쓰지 않지? 하지만 네가 오늘 나를 죽이지 않는다면, 장래에 분명 후회할 날이 있을 것이다!"

연순은 더 이상 그를 보지 않기 위해 고개를 돌렸다.

"그를 놓아주어라."

"순아는? 순아는 어디 있지?"

"조순아는 나와 함께 있지 않다."

조숭이 대로하여 소리쳤다.

"거짓말!"

연순이 냉정하게 말했다.

"이미 세력을 잃은 대하의 공주는 나에게 더 이상 아무 필요도 없다."

조순아가 연순에게 있지 않다는 사실을 이해한 듯, 조숭이 미간을 찌푸렸다. 그가 고개를 들더니 연순에게 낮은 목소리로 말했다.

"연순, 오늘 이후, 너와 나 사이의 사귐에는 더 이상 어떤 정도 남아 있지 않다. 후에 다시 만나면 나는 여전히 네 생명을 취하려 할 터이니, 너도 나에게 정을 남겨 둘 필요는 없다. 네가 나를 세 번 놓아주었으니, 언젠가 내가 너를 죽이는 날이 온다면, 나도 스스로 자진하여 이 목숨을 너에게 돌려줄 것이다. 그러나 연순, 진황에는 10만 백성의 시신이 거리에 누워 있다. 진황에 쌓인 피맺힌 원한만은 반드시 깨끗하게 계산하고 말 것이다!"

연순은 아무 말도 하지 않았다. 서마량의 바람이 그의 장포를 사납게 펄럭여, 마치 날아오르려는 커다란 새 같아 보였다. 연순은 평온한 표정으로, 어떤 동요도 없어 보였다. 그저 두 눈만이 거대한 바다처럼 검게 빛나고 있었다.

"그리고 아초."

조숭의 목소리가 갑자기 조금 흐려졌다. 그가 천천히 앞으로 걸어 나오더니 나지막하게 말했다.

"아초에게 꼭 할 말이 있어. 나 대신 그녀에게 전해 줘."

병사들은 그가 앞으로 다가오는 것을 보고 모두 손에 든 칼자루를 고쳐 잡았다. 그러나 연순은 초교의 이름을 듣자 살짝 몸을 돌려 조숭에게 다가갔다.

"네가 그녀에게 전해 줘. 나는……."

바로 이 순간, 연순의 가슴에 거대한 통증이 전해져 왔다. 조숭이 사납게 달려들어 손에 들고 있던 비수를 연순의 가슴에 꽂아 넣은 것이다!

"저하!"

"주군!"

"자객을 죽여라!"

조숭은 냉혹한 얼굴로 비수를 뽑더니 다시 한 번 연순의 심장을 향해 휘둘렀다.

다른 이들은 모두 멀리 있었다. 연순은 단도를 쥔 채, 발꿈치를 조금 움직여 재빨리 한 걸음 뒤로 물러났다. 안타깝게도 가슴의 상처에서 피가 너무 빠르게 흘러 그의 다리에 힘이 풀렸고, 조숭에게 거의 따라잡히고 말았다.

눈 깜짝할 사이에 조숭의 비수가 사납게 그의 심장을 찔러왔다. 연순의 손에 들린 단도가 즉시 위로 향했다. 살짝 잡아끌기만 하면 조숭의 목을 벨 수 있었다. 그러나 그 찰나의 순간, 과거의 모든 일이 눈앞에 펼쳐졌다. 고통스러운 세월, 순탄하지 못했던 과거, 궁지에 몰린 소년과 황가의 사랑받는 아들, 그 괴로운 세월의 우정.

전광석화의 순간, 연순이 손목을 꺾더니, 들고 있던 단도로 조숭의 손목을 긋고 어깨 쪽으로 사납게 베어 갔다!

뭔가 부러지는 듯한 소리가 나더니 조숭이 들고 있던 비수가 땅에 떨어졌다. 동시에, 핏물이 하늘로 용솟음치는 가운데 사람의 팔이 하나 떨어졌다!

"악!"

귀를 찢는 듯한 비명이 울려 퍼졌고, 조숭은 땅 위에 쓰러져 몸을 웅크린 채 팔을 끌어안고 발버둥 치고 있었다!

연순 역시 땅 위에 쓰러져 있었다. 그의 가슴에서도 피가 흘러내리고 있었다. 시위들이 서둘러 앞으로 달려 나왔고, 우가 무서운 얼굴로 명령을 내리려 했을 때, 근처 양식을 실어 둔 수레 안에서 흐느끼는 소리가 흘러나왔다. 그러더니 몸에 맞지 않게 큰 군장을 입은 작은 병사 하나가 통곡하며 앞으로 달려 나왔다. 놀랍게도 그 병사는 계속 연북군의 꼬리를 밟아 왔던 대하의 공주, 조순아였다!

우가 날카롭게 외쳤다.

"어서 의원을 모셔 와라. 그리고 저 두 사람을 베어 버려라!"

"잠시만!"

연순이 창백한 얼굴로 숨을 간신히 몰아쉬면서, 간신히 짜낸 듯한 목소리를 토해 냈다.

"그들을 놓아줘!"

사람들 모두 당황했다. 아정이 외쳤다.

"저하!"

"내가 말했다……. 그들을 놓아줘!"

아정이 계속 무슨 말인가 하려 하는데, 우가 바로 그를 제지했다. 그녀는 고개를 숙이고 연순에게 말했다.

"주군, 제가 저들을 진황성으로 돌려보내도록 안배하겠습니다."

연순이 천천히 고개를 끄덕이더니, 곧 머리를 늘어뜨리며 혼절했다.

"저하!"

아정이 큰 소리로 외쳤고, 몸을 돌려 칼을 들고 조승에게 달려갔다. 우가 재빨리 아정을 잡으며 날카롭게 외쳤다.

"너는 내가 저하께 실언하게 만들 셈이냐?"

아정은 억울한 듯 외쳤다.

"아가씨!"

"어봐라, 수레를 준비하라. 시위 열 명을 뽑아 저 둘을 돌려 보내라. 저자의 상처도 치료해 주어라. 가는 길에 죽는 일은 결코 없어야 한다."

시위들이 달갑지 않은 표정으로 우의 명을 따르러 갔다. 조순아는 공포로 인해 망연자실한 채, 온몸이 피범벅이 되어 혼절한 조승을 끌어안고 있었다. 이 연약한 소녀는 이미 놀라 넋을 잃은 것 같았다.

우는 사람들을 따라 막사 안으로 들어갔다. 그녀는 연순의 침상 곁으로 다가갔다. 연순은 미간을 찡그리고 있었는데, 안색이 창백한 것이 매우 위험한 상황 같았다.

군의가 불려 왔다. 연로한 그는 연순을 살펴보더니, 앞에 있는 이들을 훑어보고, 마지막으로 우의 얼굴에 눈길을 보내며 나지막하게 말했다.

"폐를 찔리셨소. 상처가 아주 깊어, 노부는 자신이 없소."

우는 노인을 보며 단호하게 말했다.

"주군께서는 결코 아무 일도 없으실 것이니, 선생께서 반드시 자신감을 가지셔야 합니다."

노인이 미간을 찌푸리며 한참 생각하더니, 마침내 탄식하듯 말했다.

"노부가 최선을 다하리다."

서마량 앞쪽 유하군柳河郡 관아의 역로에 한 부대의 인마가 조용히 기다리고 있었다. 하늘의 달빛은 슬프게 처량하고 사위는 온통 적막했다. 족히 만 명이 넘을 대오가 조용하게, 아무 말도 하지 않고 모두 동쪽으로 난 길을 바라보고 있었다.

우가 막사 안으로 들어가자 안에 있던 남자 몇이 즉시 몸을 일으켰다. 우는 미간을 찡그리며, 그러나 말투만은 평소처럼 평온하게 물었다.

"소식이 있나?"

"아직입니다."

유생처럼 청삼을 입은 남자가 몸을 일으켰다. 시원스럽게 생긴 얼굴은 약간 말라 있었고 안색도 살짝 누렇게 떠 있었다.

"아가씨는 걱정하실 필요 없습니다. 오 선생께서 우리를 이곳에서 기다리게 하신 것은, 아무 문제도 없으리라 확신하셔서일 테니까요."

"나는 복병이 있을까 걱정하는 것이 아니다."

우의 안색은 창백했다. 눈가도 검게 그늘져 있는 것이 아주 오랫동안 제대로 쉬지 못한 것 같았다. 그녀는 태양혈을 문지르며 자리에 앉아 나지막하게 말했다.

"우리 척후병들이 주변 30리 내는 모두 탐색 중이니까. 내가 걱정하는 것은 주군의 상태다. 사형이 늦지 않게 온 것이 천만다행이었지. 아니었으면 정말 저 돌팔이들이 무슨 쓸모가 있었을지 모르겠다!"

다른 이들의 얼굴에도 똑같이 어두운 기색이 퍼졌다. 연순은 중상을 입어서도 서마량을 떠나려 하지 않았다. 대오가 길을 반이나 갔으나, 혼수상태에 빠졌던 연순이 깨어난 후 억지로 수레에서 내려 말을 타고 별애파로 돌아갔다. 이 철혈의 주인은 이렇게나 고집스럽고 제멋대로였다. 모든 이들은 처음 보는 연순의 모습에 마음이 불안해질 수밖에 없었다. 그러나 모두 먼저 입을 열고 싶지는 않은 듯했다.

우가 한숨을 쉬며 청삼을 입은 남자에게 물었다.

"공유孔儒, 사형이 몇 명을 데려왔지? 타당하게 배치해 주었나?"

"3천을 데려왔습니다. 사실 지금 우리 모두 이미 연북의 관할지에 들어온 것이나 마찬가지입니다. 앞에 있는 유하군의 군수는 바로 우리 대동회의 서남전량사인 맹孟 선생이니까요."

우 아가씨가 궁금하다는 듯 물었다.

"맹 선생은 군수부 서당의 선생이 아니었나? 언제 군수가 된 거지?"

공유가 웃으며 답했다.

"유하군은 작은 군입니다. 아가씨께서 모르시는 것도 탓할 수 없지요. 진황성에서 파견한 지난번 연북총장은 그야말로 끝없이 욕심을 부리던 녀석이었고, 부임하자마자 관직을 돈에 팔기 시작했지요. 선생은 큰돈을 들여, 제도에서 연북으로 가는 길의 각 군현의 관직을 사들였지요. 모두 오늘을 위한 안배였습니다."

"아가씨!"

밖에서 갑자기 급박한 발걸음 소리가 들려왔다. 우가 서둘러 앞으로 한 걸음 나가 장막의 발을 걷어 올렸다. 변창이 말에서 뛰어내리며 숨을 몰아쉬었다.

"선생께서 우리에게 제자리에 주둔하고 있으라고 하셨어요. 저하와 함께 돌아오실 때까지."

우 아가씨는 미간을 찌푸렸지만, 마침내 고개를 끄덕였다.

"인마 2백을 이끌고 돌아가라. 만약 무슨 일이 있으면 빠르게 연락하고."

"예!"

변창이 자리를 뜨려 했을 때, 우는 갑자기 잊고 있던 한 가지 일을 생각해 냈다.

"변창, 아정이 대하의 십삼황자를 호위하는 일을 누구에게 맡겼지?"

우의 말이 떨어지자, 모든 이들의 안색이 즉시 나빠졌다. 심지어 문을 지키던 시위조차도 분노하는 표정을 드러냈다.

대동회의 회원들 중 일부는 빈한한 가문 출신이거나 몰락한 씨족, 혹은 신분이 낮은 평민 출신이었지만, 대부분은 지위가 낮은 노비 출신이었다. 대하의 신분 제도는 엄격했고, 항상 폭정을 행해 왔다. 백성과 조정은 분열되어 있었고, 낮은 계층에서 생활하는 사람들은 대하에 대한 원한이 깊었다. 지금 대하의 황자가 주인에게 중상을 입혔는데, 편안하게 떠나보낸다 하니 온 군영에 분노하지 않는 사람이 없었다.

변창이라고 해서 이 말이 지금 이 자리에서 나오는 게 어울리지 않는다는 것을 모르지는 않았다. 그는 일부러 대수롭지 않다는 듯 답했다.

"저도 잘 모릅니다. 아정이 돌아오면 아가씨께서 자세히 물어보시지요."

사람들의 생각과 다르게, 우가 눈썹을 치켜세우더니 날카로운 목소리로 말했다.

"쓸데없는 말을 하는군! 내가 만약 그가 돌아오기를 기다릴 거였다면 너에게 물을 이유가 있었을까?"

얼굴이 붉어진 변창이 긴장하여 손을 비볐다. 이제 그는 감히 대강 넘어갈 수 없어, 그저 웅얼거릴 수밖에 없었다.

"아마도 12영에서 열 사람을 뽑은 것 같습니다."

우가 계속 물었다.

"아정이 직접 뽑았나?"

"아?"

변창이 멈칫하더니 곧 애매하게 대답했다.

"그, 그렇겠지요."

"그렇다는 것이냐, 아니라는 것이냐?"

"그렇습니다."

변창이 즉시 말했다.

"그가 직접 뽑았습니다."

우는 길게 한숨을 내쉬며 안심했다는 듯 말했다.

"그랬다면 되었다."

"아가씨, 그럼 저는 이만 가도 되겠습니까?"

"가거라."

변창은 재빨리 막사를 떠나 군영 쪽으로 달려가, 분대 둘을 뽑아 서마량의 별애파로 달려갔다.

물처럼 차가운 달이 공기 속에서 더욱 쓸쓸한 빛을 발하고 있었다. 종종 아주 사소한 말들이 역사를 바꾸곤 한다. 말하는 자도 신경 쓰지 않고 듣는 자도 마음 깊이 담아 두지 않는 말들. 다른 중요한 일 앞에서 그 말들은 마치 거대한 강 속 한 알의 모래처럼, 전혀 신경 쓸 필요가 없어 보일 것이다. 그러나 아무도 신경 쓰지 않는 구석에서, 그 작디작은 모래가 홍수를 막기 위한 수문으로 기적처럼 흘러 들어가 수문을 무너지게 만드는 최후의 한 알이 되는 것이다. 수문이 무너져 홍수가 덮쳐 오면, 사람들은 놀라고 당황하여 하늘을 욕하면서, 그 재난이 자신들이 내뱉은 사소한 말들에서 싹을 틔웠다는 사실은 알지 못하는 것이다.

변창은 모르고 있었다. 그날 밤, 아정은 조승을 호위할 인마를 직접 뽑지 않았다. 아정은 연순이 기습당한 사건으로 당황한 나머지, 별로 중요해 보이지 않는 이 일을 자신의 부하에게 맡겼다. 그는 200근에 달하는 커다란 칼을 휘두를 정도로 무예가 뛰어난 무사였다. 이 사내는 아정이 별것 아닌 임무를 자신에게 맡긴 것은 자신의 능력에 대한 모욕이라고 생각했다. 그러므로 그는 손을 크게 휘두르며 높은 소리로 외쳤다. 원하는 자는 아무나 가도록 해라!

반평생 제국의 칼 아래에서 억압당하고 가족들이 비참하게 죽는 것을 지켜보았던, 대하 황조에 대한 원한이 바다처럼 깊은 전사들이 앞다투어 이 임무를 맡으려 들었다. 결국, 가장 단호한 태도를 보이는 강한 눈빛의 전사들이 이 특수한 임무를 맡게 되었고, 조승과 조순아를 진황성으로 돌려보내게 되었다.

여러 가지 우연이 겹쳐 역사를 만드는 경우가 있다. 만약 그날 아정이 이 일을 수하에게 대강 맡겨 버리지 않았다면, 혹은 일처리를 타당하게 할 만한 문관에게 맡겼더라면, 혹은 이 무사가 호위할 사람들을 자원자 중에서 고르지 않았다면, 차라리 아무렇게나 작은 부대 하나를 파견했더라면, 혹은 우가 한 마디만 더 물었더라면, 변창이 성실하게 대답했더라면…… 이 일의 결과가 아마 오늘처럼 되지는 않았을 것이다.

그러나 역사의 우연성은 또한 역사의 필연성이기도 하다. 당시 연순은 상처를 입었고, 아정은 연순의 측근으로서 그 책임을 벗어나기 어려웠다. 아정은 근본적으로 이러한 잡다한 일을 처리할 생각이 없었다. 또한 아정의 부하는 모두 연순의 안전을 지키고자 하는 용맹스러운 무사들로, 머리가 좋은 자는 본래 많지 않았다. 또한 오도애가 급작스럽게 도착하면서, 우와 변창은 본래 지니고 있던 경계심마저 잃고 말았다.

우연과 필연이 겹쳐, 서남의 대지에서 피할 수 없는 재앙이 천천히 뿌리를 내리고 있었다. 이 순간, 역사는 거대한 변화를 맞이하게 된다. 마치 거대한 강물이 굽이쳐 방향을 바꾼 후 그대로 다른 방향으로 향하는 것처럼.

본래 서로 잡았어야 했을 두 손은, 본래 나란히 했어야 할

두 어깨는, 본래 함께 틀어 올렸어야 했을 머리카락은, 그렇게 서로 짝이 될 기회를 잃고 말았다. 그리하여 아주 오랜 세월이 흐른 후, 세상의 모든 풍파를 겪은 두 눈이 다시 마주치게 되면, 사람들은 그제야 '세상 일이 사람을 농락하다'라는 말의 깊은 뜻을 깨닫게 되는 것이다.

제18장 세상 일이 사람을 농락하네

"주군."

푸른 바람막이를 입은 오도애가 천천히 산비탈을 올라왔다. 쾌활한 표정이었지만 귀밑머리에는 이미 서리가 내려 있었다. 발걸음은 여전히 매우 진중하고 목소리는 약간 쉬어 있었다.

"이곳은 바람이 아주 셉니다. 막사 안으로 들어가셔서 기다리시지요."

"그럴 필요 없다."

의기소침한 목소리가 천천히 울려 퍼졌다. 마치 차가운 바람이 숲을 스쳐 가는 것처럼 짙은 피로와 우울함이 배어 있는 목소리였다. 날씨는 별로 춥지 않았지만, 연순은 흰 모피로 만든 외투를 입고 있었다. 그의 목을 감싼 흰 담비의 꼬리가 종이처럼 창백한 얼굴을 더욱 창백해 보이게 했다. 그는 들것을 개조한 침대 형태의 긴 의자에 기댄 채, 다리에는 두툼한 흰 비단 이불을 덮고 있었다.

연순이 가볍게 탄식하듯 말했다.

"연북의 바람을 쏘이게 해 다오. 너무 오래되었다."

오도애는 그가 이야기한 오래라는 말이 의미하는 바를 알아차리고 고개를 끄덕였다.

"그렇습니다. 너무 오래되었지요."

연순이 갑자기 낮은 소리로 웃었다.

"진황에 있었을 때, 내가 늘 아초에게 말했었지. 연북의 바람은 달다고, 회회산에서 풍겨 오는 설련화의 향이 섞여 그렇다고 말이야. 그런데 지금 내가 그 향을 맡을 수 없으니, 그녀가 온다면 또 자신을 속였다고 하겠군."

지혜로운 대동의 군사가 나지막하게 탄식했다.

"주군의 기억 속의 바람은 달았겠지요. 그러나 지금의 연북은 이미 주군 기억 속의 연북이 아닙니다."

"그렇지. 옛 사람들도 모두 사라졌으니."

연순의 눈빛이 깊이 가라앉았다. 그는 앞에 펼쳐진 짙은 먹빛 같은 어둠을 바라보았다. 차가운 바람이 멀리 역로에서 불어와, 그의 이마 앞에 늘어진 검은 머리카락을 흩트려 놓았다.

"연북을 떠나던 그해를 기억하고 있다. 그때 나는 아홉 살이었지. 진황성에서 명이 떨어지기를, 각 지역을 지키는 빈왕은 모두 수도로 인질을 보내야 한다고 하였지. 그러나 번왕들 중 아무도 호응하지 않았고, 경왕 전하는 공개적으로 황제의 명을 반박하기도 했다. 그러던 어느 날, 황제가 부친께 사람을 보내 서신을 한 통 전했지. 부친은 그 서시을 읽은 후 한참 동안 침묵하셨어. 그리고 우리 형제들에게 말했지. '너희들 중 진황에 가고 싶은 사람이 있느냐. 단 1년뿐이다. 돌아온 후에는 우리 연북의 세자로 삼을 것이다.' 우리 중에는 가고 싶어 하는 사람도 없었고, 세자가 되고 싶어 하는 사람도 없었어. 그때 큰형은 꽤 자라 세상물정을 알고 있었기에 부친께 물었지. '부친과 황제 폐하는 형제가 아닌가요? 어째서 황제 폐하께서는 부친까지 경계하시는 건가요?' 부친께서는 아주 오래도록 침묵하셨지. 그 다음, 가라앉은 목소리로 말씀하셨어. '바로 형제이기 때문이다. 하지만 내가 그를 옹호하지 않는다면 누가 그를 옹호해 주겠느냐?' 그날, 나는 진황으로 가기로 결정했지. 그분은 나의 부친이시니, 내가 부친을 옹호하지 않는다면 누가 부친을 옹호해 주겠어?"

연순이 갑자기 쓰디쓴 웃음을 지었다. 그의 눈빛은 물처럼 온화했지만, 뼈에 사무칠 정도로 파란만장한 삶을 드러내고 있었다. 얼핏 보기에도 스물이 갓 넘은 청년의 눈빛이 아니라, 이미 수십 년의 세월을 겪어 온 노인의 눈빛 같았다.

"진황으로 가는 일은 화복을 점치기 어려웠지. 큰형과 작은형이 서로 앞다투어 가려 했어. 하지만 형들은 모두 관직에 있었기 때문에, 부친께서는 결국 나를 선택하셨지. 내가 가던 그날, 가족들은 모두 내 수레를 따라왔지. 추마령, 유하군, 서마량, 그리고 마지막으로는 이곳 별애파까지. 부친, 큰형, 누나,

작은형이 여기 함께 서 있었고, 그 뒤에는 수많은 연북의 전사들이 있었어. 그래, 맞아. 하늘에는 부친의 황금사자기가 펄럭이고 있었지. 한참을 가다가도 고개를 돌려 보면 누나가 몰래 눈물을 훔치는 것이 보였고, 작은형이 굵은 목소리로 나에게 조심하라고 외치는 것이 들렸지. 형은 진황이 연북보다 춥다며 나에게 손을 데울 화로를 주었고, 나는 그걸 5년 동안 썼지. 부친과 가족들의 부고를 들은 그날, 진황성의 관리들이 그걸 부숴 버리고 말았지만."

연순의 쓰디쓴 미소가 점차 냉소로 바뀌었고, 그의 말투도 점점 더 냉담해졌다.

"별애파, 별애파. 이 세 글자가 무슨 예언 같은 거였을까? 그날 헤어진 후 각자 하늘 끝과 바다 끝으로 간 것처럼, 멀리 떨어져 다시 볼 수 없게 되었으니. 오 선생."

연순이 고개를 돌리더니 담담하게 웃었다.

"대동회가 당신을 내게 보낸 것은, 내가 서남진부사의 그 병사들을 처리할까 봐 무서워서겠지."

오도애는 멈칫했다. 연순이 이 화제를 언급할 거라고는 생각지 못했기 때문이었다. 그는 미소 지으며 고개를 저었다.

"아닙니다. 주군께서 너무 생각이 많으셨습니다."

"하하, 정말 솔직하지 못하군."

연순이 웃으며 말했다.

"분명히 나를 말리라는 명을 받들고 온 것일 텐데. 하지만 이곳에 온 후에 서남진부사를 이끌고 있는 사람이 아초라는 말을 들으니 그런 걱정은 없어지고, 차라리 더 이상 입에 올리지 말고 흘러가는 대로 두자고 생각했겠지. 맞지?"

연순은 오도애의 대답을 기다리지 않고 계속 말했다.

"서남진부사, 나는 확실히 그들을 전멸시킬 생각이었어. 당초 그들을 진황에 남겨 둘 때, 그들을 이용해서 진황의 무장 병력을 잡아 둘 생각 외에도, 그들이 전멸하여 더 이상 내 눈에 뜨이는 일이 없기를 바랐거든. 하지만 아초가 그들을 구해 만리 밖에서부터 그들을 이끌고 돌아오고 있어. 하, 그들은 정말 명이 길기도 하지."

오도애는 기쁜 표정으로 웃었다.

"주군께서는 마음이 넓으시고, 인자하고 너그러우시지요. 주군께서 연북을 이끌게 되셨으니, 그야말로 연북의 흥복입니다."

"나에게 그런 실없는 말들은 하지 말도록. 당신도 내가 서남진부사를 이를 갈며 미워한다는 사실을 잘 알 테니까. 지금은 그저 어쩔 수 없을 뿐이지. 만약 아초가 만 리 밖에서 이끌고 온 병마들을 모조리 죽여 버린다면, 그녀는 칼을 뽑아 들고 나에게 죽기 살기로 덤벼들 테니까."

그 연약하지만 완강하고 고집 센 소녀를 떠올린 오도애는 자신도 모르게 웃어 버렸다. 그는 마른기침을 두어 번 하고 천천히 말했다.

"초교의 성격을 생각하면, 아주 가능성이 높은 이야기군요."

"그러나 이렇게 되면, 지하에 있는 연북의 망자들에게 얼굴을 들 수 없게 되겠지."

연순의 말투는 마치 바람이라도 부는 듯 극히 가벼웠다. 그러나 오도애의 얼굴에 피어나던 미소는 바로 그 순간 굳어 버리고 말았다. 연순의 평온한 말 속에 숨어 있는 뼈에 사무친 원한을 눈치채고 말았기 때문이었다. 짙은 피비린내가 몰려오는 것 같아 오도애는 몸서리를 쳤다.

　"주군, 비록 당시 서남진부사가 적에게 투신하기는 하였으나, 지금 군영에 노병은 대부분 이미 없는 상태이고, 또한······."

　"그런 군영에 있는 것만으로도 연북에 대한 불충이지!"

　젊은 왕의 얼굴은 단호했다.

　"그해 서남진부사가 진 앞에서 활시위를 돌려 대하에 투신했고, 부친께서는 산이 무너지듯 패하고 마셨다. 비록 배신했던 이들 대다수가 대동회의 복수로 죽었다지만, 이런 평판이 나쁜 군기에 입대하고 싶어 했던 이들이라면, 그 자신도 연북의 혈통을 얕보고 연씨 일맥을 배반한 것이나 마찬가지지."

　매서운 바람이 갑자기 불어왔다. 머리 위의 군기가 사납게 펄럭였다. 젊은 연순은 냉정한 얼굴로 느릿느릿 말했다.

　"반역은 가장 큰 죄! 절대로 용서할 수 없지! 어쨌든 나는 연북의 백성들에게 알게 해야만 한다. 어떤 이유에서건 배반하는 자는 죽을 수밖에 없다는 것을 말이야. 배반하는 자는 어떤 입장 때문이건, 어떤 연유건, 결코 하늘의 용서를 받지 못할 것이다. 만약 내가 오늘 서남진부사를 용서한다면, 내일은 두 번째, 세 번째, 네 번째, 그리고 백 번째 천 번째 서남진부사가 나올 것이다. 그리되면 연북은 과거의 실패를 다시 반복하게 될 것이며, 다시 한 번 피바다에 빠지게 될 것이다. 지금, 그들이 죽음의 우리에서 빠져나왔다면, 다시 한 번 자신들이 저지른 일에 대한 대가를 치러야 하지. 돌아오는 대로 그들을 서북 최전선으로 보내 버리겠어. 전부 선봉에 서게 할 것이다."

오도애는 미간을 찌푸렸다. 서북 최전선의 선봉이라고? 그곳에 보내는 것은 연북이 사형수들을 처리하는 방식이었다. 연북은 인구가 많지 않았기 때문에 항상 견융족의 습격을 받았다. 그러므로 연북은 대죄를 범한 자들을 결사대로 편입시켜 견융에 대항하게 하였다. 그곳에는 보급도 보내지 않았고, 지원도 보내지 않았으며, 무기와 장비도 보내지 않았다. 그곳에서 나오는 유일한 방법은 죽음뿐이었다.

"초교가 승낙하지 않을 것입니다."

"그녀는 알지 못할 것이다."

연순은 단호하게 말했다.

"아초는 겉으로 보기에는 강해 보이지만, 실제로는 선량한 사람이지. 적이라 해도 함부로 죽인 적은 없어. 그녀를 이런 일에 말려들게 해서는 안 돼. 반드시 내막을 아는 사람이어야 하고, 그녀에게 폐를 끼치지 않을 사람이어야 한다는 뜻이다."

이 말은 오도애에게 하는 말이었다. 오도애는 소리 없이 탄식하며, 마침내 더 이상 무엇인가를 되돌리려는 시도를 포기했다.

그때 한바탕 발걸음 소리가 들려왔다. 아정이 다가오더니 몸을 반쯤 굽히고 작은 목소리로 말했다.

"저하, 약을 드실 시간입니다."

연순은 약그릇을 받아 들고 고개를 젖혀 단숨에 마셔 버렸다. 검은 탕약이 입술 사이로 흘러내렸다. 연순은 흐르는 약을 흰 비단으로 닦아 낸 후 나지막하게 말했다.

"오 선생, 항상 백성의 옹호를 받을 생각만 하지 말도록 해. 백성들의 기대와 호응으로 치자면, 대하 황조 열 개가 온다 해도 대동회 하나를 당하지 못해. 그러나 대동회는 서몽 대륙에서 수백 년 동안 활동하면서도 여전히 그저 하나의 조직일 뿐, 정권을 만들어 낸 적은 없어. 그 의미가 무엇인지 아나? 대하가 홍천의 땅을 통치할 수 있는 이유는 백성들의 선택 때문이 아니다. 대하의 손에 칼이 들려 있기 때문이야."

"잘 알겠습니다."

연순이 입 끝을 들어 올리며 가볍게 웃었다.

"정말로 아는 건가?"

오도애는 더 이상 이야기하고 싶지 않아 화제를 돌렸다.

"주군, 날이 곧 차가워집니다. 만약 아가씨께서 아직 오지 않으신다면, 우리는 곧……."

"곧 너희들을 따라 유하군에 가서 상처를 치료해야겠지. 이미 백 번은 말하지 않았던가."

연순은 귀찮다는 듯 인상을 쓰며 고개를 돌리고, 어둠에 잠겨 있는 역로를 바라보았다.

"하지만 그녀는 분명 올 것이다!"

연순이 말한 대로, 이때 서남진부사는 이미 서마량에서 100리도 채 떨어지지 않은 곳에 도착해 있었다. 전사들은 며칠 밤을 계속 쉬지 않고 길을 재촉해 오고 있었다.

삼경 무렵, 밤이 점점 더 깊어 가고 있었다. 대군은 백석산 발치에 행장을 풀었다. 초교는 신중하게 굴기 위해 척후 서른 명을 서마량으로 보내기로 결정했다. 그들에게 연북군의 소식을 알아내고 연락할 방법을 찾아오라고 명한 후, 4천여 병사와 함께 자리에 앉아 모닥불을 피우고 마른 음식을 먹으며 조용히 기다리고 있었다.

며칠 동안 계속 비가 내렸기 때문에 초원은 매우 습했다. 하소가 모피로 만든 깔개를 하나 가져오더니, 약간 안절부절못하면서 초교에게 건네주었다.

"아가씨, 깔고 앉으시지요. 바닥이 찹니다."

"고마워요."

초교는 깔개를 받고, 이 젊은 군관에게 활짝 웃어 보였다.

"하 장군, 식사는?"

하소는 자리에 앉아 답답한 듯 말했다.

"어디 음식이 넘어가겠습니까."

초교는 눈썹을 치켜세웠다.

"무엇 때문이죠? 걱정이라도 있나요?"

하소는 한참을 생각하다가, 마침내 용기를 낸 듯 나지막하게 말했다.

"아가씨, 저하께서는 정말 우리를 용서하셨을까요? 연북이 정말로 서남진부사를 받아주겠습니까?"

"하 장군, 나를 믿지 못하는 건가요?"

하소는 서둘러 고개를 저었다.

"아가씨는 우리 군에게 커다란 은혜를 베푸셨지요. 아가씨가 아니었다면 우리들은 이미 이 세상 사람이 아니었을 것입니다. 어찌 아가씨를 의심하겠습니까."

"그렇다면 나를 믿어요. 내가 서남진부사의 병사들을 지키겠다고 말했으니, 결코 식언은 하지 않을 거예요. 나는 믿고 있어요. 연 세자는 결코 과거의 잘못은 묻지 않고, 당신들이 저질렀던 잘못을 용서할 겁니다."

초교는 진지한 표정으로 말했다.

"연북은 지금 큰 난리를 겪고 있으니 우리는 한마음으로 단결해야 해요. 그래야 외부의 비바람을 막아 낼 수 있을 테니까요."

"아가씨……."

"하 장군, 모든 사람은 도저히 풀기 어려운 마음의 매듭을 가지고 있고, 가끔 이성에서 벗어난 행동을 하게 될 때도 있어요. 과거 서남진부사가 연북을 배반했고, 후에 당신들은 핍박받아 서남진부사의 군영으로 편입되었지요. 당신들은 그 배신자들과 같은 깃발 아래에서 군역을 수행했으니 이것은 당신들의 치욕이지요. 하지만 사람들은 당신들을 오해하고 괴롭혔어요. 그런데 그것은 당신들이 충분히 강하지 못했기 때문에, 타인들에게 존중받을 이유를 만들지 못했기 때문이기도 해요. 하지만 지금은 이미 달라졌잖아요. 당신들은 진황성을 뚫고 나왔고, 서북 대륙을 종횡해 오는 동안 아무도 당신들을 당해 내지 못했어요. 당신들은 이미 무적의 군대가 되었고, 연북의 독립을 위해 생명과 피를 바쳤어요. 하 장군, 사람은 먼저 스스로를 중시해야 해요. 그래야 다른 사람의 존중을 받을 수 있으니까요. 연북의 관원들, 대동회의 수령들, 그리고 세자 저하께서 어떻게 생각하든, 스스로가 먼저 자신의 미래에 대해 희망을 가져야만 해요. 하 장군은 그들의 우두머리니, 하 장군이 먼저 일어나기만 하면 서남진부사의 전사들도 모두 일어날 수 있을 거예요!"

하소의 얼굴이 새빨갛게 달아오르더니, 갑자기 몸을 일으켜 쿵 소리가 나도록 땅 위에 무릎을 꿇고 큰 소리로 외쳤다.

"아가씨! 우리는 이미 의논을 끝냈습니다. 아가씨가 우리의 우두머리가 되어 주기만 한다면, 우리는 안심하고 연북으로 돌아갈 수 있습니다."

초교는 당황하여 서둘러 몸을 일으켰다.

"뭐 하는 거예요? 어서 일어나요!"

"아가씨! 승낙해 주시지요!"

말이 막 떨어지자마자 뒤에서 수많은 목소리가 그를 따르기 시작했다. 초교가 고개를 드니 전사들이 모두 일어서 있었다.

수많은 생사의 순간을 겪어 온, 두려움이라고 전혀 없는 사내들이 고향으로 돌아갈 때가 되자 머뭇거리고 있었다. 그들의 얼굴은 검게 타 있었고 옷은 피로 물들어 있었다. 그런 그들이 절실하게, 여리고 작은 초교를 바라보고 있었다. 그들의 눈빛 속에는 기대와 희망이 가득 차 있었다.

"아가씨, 아가씨의 재능은 출중하고, 불공평한 일을 보면 나서서 약자의 편을 드는 기개도 있으시지요. 생사도 돌아보지 않고 우리들을 구해 주셨으니, 우리는 당신에게 복종할 수밖에 없습니다. 우리는 마음으로도 감복하고, 입으로도 감복하는 것입니다. 게다가 우리는 당신의 깃발 아래서만 목숨을 부지할 수 있습니다. 더 이상 사양하지 말아 주십시오!"

"아가씨! 우리를 물리치지 마시지요!"

전사들이 나란히 무릎을 꿇으며 큰 소리로 외쳤다. 사내들이 강철 같은 무릎으로 산의 돌에 부딪치니, 마치 쿵쿵 울리는 전쟁터의 북소리 같았다!

초교는 거대한 바위 위에 서 있었다. 산꼭대기의 바람이 마치 맹렬한 칼처럼 그녀의 연약한 어깨 위로 불어왔다. 열정과 희망에 가득 찬 눈빛들을 바라보면서, 초교는 마침내 천천히 고개를 저었다.

"미안하다. 나는 승낙할 수 없다."

"아가씨!"

"어째서입니까?"

떠들썩한 고함 소리가 여기저기 울려 퍼졌다. 초교는 손을 뻗어 사람들을 조용히 시킨 후, 마침내 나지막하게 말하기 시작했다.

"그러나 나는 그대들의 생명을 보장한다. 서남진부사의 병사들이여, 그대들은 반드시 그대들이 쌓은 공적에 걸맞은 대우를 받게 될 것이다. 그러나 군인은 절대복종해야 한다. 언젠가 연북이 칼을 들어 내 머리를 베려 해도, 너희들은 망설이지 말고 ㄱ 칼을 휘둘러야 하는 것이다. 그래야만 너희들은 진정한 군인이 될 수 있는 것이다."

온 세상에 적막이 깔린 것 같았다. 하늘에서 쓸쓸한 달빛이 떨어지는 가운데, 초교의 옷은 밤바람을 타고 맹렬하게 춤을 추었다. 그녀는 다시 한 번 단호하게 말했다.

"나는 승낙하지 않지만, 그대들이 알아주었으면 하는 사실이 있다. 연북에 우두머리는 단 한 명뿐이고, 그대들도 그 한 사람에게 충성을 다해야 한다. 그 사람은 바로 연북의 세자, 연순이다."

외로운 달은 은빛으로 빛나고, 초교는 마치 선녀처럼 우아해 보였다. 병사들은 홀린 듯이 그녀를 바라보았다. 이 순간, 이 작디작은 여자에게 기적을 일으킬 힘이라도 있을 것 같은 느낌이 들었다.

"아가씨, 그럼 아가씨는요?"

"나? 나는 그대들과 함께 전투를 치를 것이다. 나에게도 나만의 소망과 이상이 있으니까."

"아가씨의 이상은 무엇인가요?"

초교가 입 끝을 살짝 들어 올렸다. 아주 만족스러워 보이는, 희망에 가득 찬 미소였다.

"내가 살아 있는 동안, 그가 천하에 군림하는 것을 보는 것이지."

물처럼 차가운 밤이었다. 칠흑같이 어두운 백석산 위, 저 멀리 북방에서부터 자유로운 바람이 겹겹이 둘러싼 숲을 뚫고 불어왔다. 초교의 견고한 신념을 담은 그 말은 바람 속에서 잘게 부수어져 끝이 없는 어둠 속으로 흩어졌다.

연북의 초원이여, 마침내 내가 가고 있다.

"아가씨!"

갑자기 외침 소리가 들렸다. 척후병 하나가 어깨 위를 피로 물들인 채 말을 달려왔다.

"형제들이 기습을 당했습니다!"

"기습이라고?"

하소가 힘차게 몸을 일으키고 큰 소리로 물었다.

"어떤 자들이냐? 상대 병마는 몇이나 되더냐?"

"겨우 일곱입니다. 내력은 모르겠습니다. 형제들이 입을 열기도 전에 그들이 무기를 들고 덤벼들었어요."

초교가 몸을 일으켜 나지막하게 말했다.

"가자, 가서 보도록 하지!"

서남진부사의 병사들은 말 위에 올라 초교를 따라 시끄럽게 달려갔다.

서른 명이 일곱 명을 상대한다면, 싸우지 않아도 승부는 정해져 있는 법이다. 초교 등이 도착했을 때, 서남진부사의 척후병들은 이미 그 일곱을 잡아 두고 있었나. 상대의 신분을 알 수 없어 바로 살수를 쓰지는 않은 모양이었다.

초교가 상대를 살펴보니 어딘가 익숙한 느낌이 들었다. 그녀가 입을 열기도 전에 그중 한 사람이 기뻐하며 외쳤다.

"초 이기씨!"

초교가 미간을 찌푸렸다.

"나를 아느냐?"

"저는 아정 호위장의 부하 송건입니다!"

"아정의 부하라고?"

초교는 상황을 깨닫고 다른 이들에게 말했다.

"우리 편이다. 오해가 있었어."

하소 등은 깜짝 놀랐다. 그들은 연북이 가까워 올수록 마음속으로 불안해하고 있었는데, 오자마자 연북의 부대와 충돌한 셈이니 두려울 수밖에 없었다. 그들은 서둘러 송건 등을 풀어 주고, 마치 친한 친구나 형제인 것처럼 친근하게 굴기 시작했다.

"그런데 너희들이 여기는 무슨 일이냐? 어째서 평복을 입고 있지? 임무 수행 중인가?"

초교의 질문을 들은 그들은 난감한 표정을 지었다. 송건이 한참 생각하더니 부자연스럽게 웃으며 말했다.

"아가씨, 우리는 임무를 수행하는 중입니다. 어서 서마량으로 가시지요. 세자 저하께서는 계속 모두를 기다리느라 아직도 서마량을 떠나지 않으셨습니다."

말이 떨어지자마자 모두 마음속으로 기뻐했다. 연 세자가 뜻밖에도 커다란 위험을 무릅쓰고 계속 모두를 기다렸다니, 연순이 정말로 서남진부사를 버릴 생각은 없었던 게 아닐까? 초교를 보내 그들을 맞이하려 했다는 말은 정말이었던 걸까?

그러나 초교의 얼굴에는 기쁜 빛이 떠오르지 않았다. 그녀는 미간을 찌푸리며 송건 등을 바라보다 나지막하게 물었다.

"어떤 임무를 수행 중이냐?"

"아가씨, 비밀 임무입니다."

송건이 얼버무렸다.

"감히 군복도 입을 수 없는 그런 임무입니다. 여기는 사람이 너무 많으니, 말씀드리기 곤란합니다."

"말하기 곤란할 것이 뭐가 있지?"

초교가 미간을 찌푸리며 날카롭게 말했다.

"세자 저하께서 그간 하신 일을 나에게 숨긴 적이 없는데, 내륙과 전쟁을 시작한 지금, 이렇게 수상한 차림으로 내륙을 향해 가면서 대체 무슨 임무라는 것이냐?"

초교가 갑자기 화를 내자 그들 모두 겁을 먹었다. 송건은 입술을 바르르 떨며 한참을 생각했지만, 마땅한 핑곗거리를 찾지 못했다.

"말해라! 너희들이 제도의 첩자는 아닌지!"

"아닙니다!"

초교가 허리춤의 보검을 뽑아 들었다. 봉황의 눈 같은 그녀의 눈이 얼음처럼 차갑게 번쩍였다.

"말해라! 그러한가?"

송건 등은 놀란 나머지 땅 위에 엎드려 큰 소리로 외쳤다.

"아가씨, 아닙니다! 저희는 아정 대인의 명을 받고 진황성까지 십삼황자를 호위해서 돌려보내고 있는 중입니다."

"십삼황자?"

초교의 안색이 크게 변했다.

"무슨 소리냐? 그가 어디 있다고?"

"그는…… 그는……."

"어디냐?"

얼음처럼 차가운 장검이 송건의 목을 겨누었다. 강철 같은 초교의 얼굴에 폭풍우가 밀려오기 전의 냉혹함이 가득했다.

"저…… 저기입니다."

초교는 차가운 표정으로 성큼성큼 앞으로 걸어갔다. 하소 등도 서둘러 그녀의 뒤를 따랐다. 두 병사가 앞의 풀숲을 헤치자 검은 동굴이 나타났다. 밝은 횃불을 비춰 안의 상황을 들여다본 후, 모든 이의 얼굴이 창백해졌다.

초교는 얼굴을 일그러뜨린 채 동굴 입구에 서서 보검을 손에 쥐고 있었다. 그녀의 가슴은 격렬하게 오르락내리락했다. 미친 듯한 살의가 그녀의 눈 속에서 용솟음치고 있었다. 마치 온 천지를 덮을 듯한 바닷물이 거세게 내달리며 모든 것을 무너뜨릴 것만 같은 기세였다.

옷을 벗고 있던 연북 병사 세 명이 깜짝 놀라 초교를 바라보며 덜덜 떨고 있었다. 그들 뒤에 있는 여인의 옷은 이미 갈기갈기 찢어져 있었고, 손과 발은 모두 묶여 있었다. 얼굴은 부어올랐고, 입가에는 핏물이 흐르고 있었으며, 머리카락은 마치 잡초 더미처럼 뒤엉켜 있었다. 몸에는 누군가가 주무르고 깨문 흔적들로 가득했고 하반신은 엉망진창이었다.

그녀는 마치 이미 죽어 버린 시체 같았다. 그녀가 느끼는 절망스러운 굴욕감을 초교도 느낄 수 있었다. 그녀의 눈물은 이미 말라 버린 듯, 눈가에는 그저 눈물이 흐른 자국만 남아 있었다.

그리고 동굴의 가장 구석진 곳에, 팔이 하나 없는 남자가 누워 있었다. 얼마나 발버둥을 쳤는지 남자의 손과 발을 묶은 포승은 온통 피로 젖어 있었다. 그는 이미 혼절한 상태였지만 그의 얼굴에는 여전히 격렬한 분노가, 천지를 멸할 듯한 절망과 격노가 담겨 있었다.

"너희 셋, 나와라."

초교의 목소리는 마치 끊어진 거문고의 줄처럼 쉬어 있었다. 주변의 병사들은 그 목소리를 듣고 모두 당황하여, 놀란 표정으로 그녀를 바라보았다.

초교는 평온하게 손가락으로 안에 있는 세 사람을 가리키며 고개를 끄덕였다.

"그래, 너희 셋 말이다."

세 사람은 겁에 질린 토끼처럼 옷을 끌어안고 뛰어나왔다. 서남진부사의 병사들이 그들을 위해 길을 열어 주었는데, 마치 그들에게서 전염병이라도 옮을까 봐 피하는 듯한 모양새로, 그들에게 눈길 한 번 주려 하지 않았다.

초교가 갑자기 날카로운 기합을 지르며 단칼에 그중 하나의 머리를 베었다. 선혈이 갑자기 용솟음치는 강물처럼 사방으로 튀어 올랐다. 다른 두 병사가 깜짝 놀라 칼을 들고 반격하려 했지만, 하소 등이 재빠르게 허리춤의 칼을 뽑아 그들을 둘러쌌다.

"하 장군."

초교는 남자의 시체를 밟고 성큼성큼 동굴 안으로 들어가며 침울하게 말했다.

"저 두 놈을 난도질해 죽이세요."

"예!"

뒤에서 격렬한 비명 소리가 들려왔다. 초교는 더 이상 그 장면을 지켜볼 기력이 없었다. 그녀는 풀 더미로 동굴 앞을 가린 다음, 정욕의 냄새로 가득 찬 동굴 안으로 들어가 조순아를 부축하며 찢어진 옷이나마 입혀 주려고 했다.

"아가씨! 우리를 용서해 주십시오! 악!"

두 병사가 고통스러워하며 용서를 구하는 소리가 들렸다. 생사가 갈리는 찰나, 죽음의 공포로 이성을 잃은 그들이 미친 듯이 외쳤다.

"저하께서 내리신 명령입니다. 우리는 그저 명을 받아 행했을 뿐입니다!"

"아가씨, 용서해 주세요!"

"아가씨……."

조순아의 눈에서 다시 눈물 한 방울이 흘러내렸다. 눈물은 그녀의 새하얀 피부를 타고 몸에 떨어져, 그 역겨운 흔적들 위로 흘렀다. 그녀는 마치 눈물만 흘리는 부서진 인형 같았다.

조순아의 머릿속은 텅 비어 있었다. 그 순수한 나날들은 마치 겨울의 바람처럼 날카로운 소리를 내며 그녀의 삶에서 떠나가 버렸다. 어린 시절의 아름다운 나날들은 마침내 그 무엇과도 비교할 수 없는 조소로 변해 그녀의 어리석음을 비웃고 있었다. 눈에서 눈물이 방울방울 흘러내렸지만, 그녀는 울음소리를 내지 않기 위해 입술을 꽉 깨물고 있었다.

초교는 바깥에서 들려오는 외침을 듣고 그대로 굳어 버리고 말았다. 겨우 정신을 다잡은 그녀가 다시 조순아에게 옷을 입혀 주려 했지만, 그 찢어진 천쪼가리로는 어떻게 해도 조순아의 몸을 가릴 수가 없었다. 초교는 자신의 외투를 벗어 그녀에게 입혀 주고, 그녀의 뒤로 돌아가 머리를 정돈해 주었다.

"일어설 수 있겠어요?"

초교가 목소리를 낮춰 물었다.

조순아가 마침내 반응을 보였다. 그녀는 고개를 들고 군장을 입은 초교를 바라보았다. 초교는 손을 내밀며 계속 말했다.

"내가 데리고 가 줄게요. 내가, 집으로 데려다줄게요."

갑자기 조순아의 눈에 짙은 원한의 빛이 사납게 번쩍이더니, 초교의 손을 잡고 입을 벌려 야수처럼 사납게 물어뜯었다!

초교의 손목을 타고 선혈이 흘러내렸다. 한 방울 한 방울, 전부 조순아의 옷으로 떨어졌다. 미쳐 버린 소녀는 온 힘을 다해 물어뜯으며 죽어도 놓으려 하지 않았다. 초교는 천천히 그 자리에 앉아, 다른 손으로 조순아의 어깨를 끌어안았다. 그녀의 눈에서도 눈물이 줄줄 흘러내렸다. 초교는 쉰 목소리로 소곤거렸다.

"미안해요. 미안해요."

"아…… 아악!"

짧은 훌쩍임 후, 조순아는 마침내 가슴을 찢을 듯이 통곡했다. 과거 황제의 사랑을 받던 딸이 비천한 잡초가 된 것처럼, 온몸에 천민들에게 짓밟힌 상처가 생겨 있었다. 그녀는 8년 내내 미워해 왔던 초교의 등을 끌어안은 채, 절망하여 미친 듯이 울부짖었다.

"어째서? 어째서 나에게 이렇게까지 하는 거지? 너희들을 죽일 거야! 죽일 거라고! 죽일 거야!"

초교는 미동도 없이 조순아의 주먹질을 받아 내고 있었다. 그녀는 피 웅덩이 속에 누워 있는 남자를 바라보았다. 그의 사나운 얼굴을, 찌푸리고 있는 짙은 눈썹을. 아무리 노력해도 이 남자를 그녀의 기억 속에 남아 있는 진녹색 금포를 입은 소년과 연결시킬 방법이 없었다. 그 소년과 함께한 시간들이 마치 거대한 폭풍우처럼 그녀의 머릿속에 스치고 지나갔다. 그 남자는 항상 즐거운 듯 싱글거리며 그녀에게 큰 소리로 말하곤 했다.

'아초, 내가 열여덟 살이 되면, 관아를 열고 저택을 지을 거야. 또 그때가 되면 왕비를 맞이할 수 있지!'

초교도 울음을 참을 수 없었다. 자신의 입을 가렸지만, 어떻게 해도 울음소리가 새어 나오는 것을 억제할 수가 없었다.

조숭, 조숭, 조숭…….

그날 밤, 사경 무렵부터 비가 내리기 시작했다. 조순아와 조숭을 마차에 태운 후, 초교는 광활한 초원으로 돌아왔다. 그녀 뒤로 서남진부사의 병사들이 전신에서 흉악한 기운을 내뿜으며 따르고 있었다. 송건 등은 공포에 질려, 마치 초라한 들개 같았다.

"조숭의 팔은 누가 자른 거지?"

"저하께서 베셨습니다."

초교가 미간을 찌푸리며 날카롭게 외쳤다.

"거짓말!"

"아가씨, 아닙니다!"

송건이 깜짝 놀라 얼굴 가득 눈물을 흘리며 큰 소리로 외쳤다.

"정말로 저하께서 베셨습니다. 그가 저하를 암살하려 하다가 저하께 팔 하나를 베인 겁니다. 우 아가씨께서 저들을 죽이려 하셨지만, 저하께서 허락하지 않으시고 우리에게 저들을 진황성으로 돌려보내라고 하셨습니다."

초교는 깊이 숨을 들이마시고, 나지막하게 말했다.

"저하께서 무엇 때문에 저들을 죽이지 않으셨느냐?"

"정 호위장 말로는, 아가씨께서 화를 내실까 두려워서라고 하셨습니다."

말을 마친 송건은, 초교가 다시 자신이 저지른 짓을 언급할까 두려운 나머지 서둘러 변명했다.

"하지만, 하지만 가는 길에 손을 쓴다면, 아가씨께서는 알지 못하실 테니, 화를 내지 않으실 거라고 하셨습니다."

세찬 비가 그녀의 머리카락을 적시고 있었다. 초교는 침울하게 물었다.

"정 호위장이 그렇게 말했다고?"

"그게…… 예, 예!"

하소는 초교의 안색이 좋지 않은 것을 보고 즉시 외쳤다.

"다시 한 번 허튼소리를 하면 노부가 너희들을 베어 버리 겠다!"

"다시 한 번 말할 필요는 없지."

초교는 고개를 들고 나지막하게 말했다.

"저들을 끌어내 전부 죽여 버려요!"

"속하는 허튼소리를 하지 않았습니다!"

송건이 울면서 외쳤다.

"아가씨, 우리들을 봐주십시오. 우리 중에 누구라도 대하 사 람들에게 참혹한 짓을 당하지 않은 자가 없습니다. 우리의 부 모며 아내와 자식, 형제자매들이 대하 관리의 손에 얼마나 많 이 죽었습니까. 만약 우리에게 손을 쓰게 하려고 한 것이 아니 었다면, 무엇 때문에 각 군영에서 우리를 뽑았겠습니까?"

"맞습니다!"

다른 병사도 큰 소리로 외쳤다.

"우리가 그를 괴롭힌들 또 어떻습니까? 우리가 대하의 공주 를 덮친들 또 어떻고요? 내 누이는 대하의 귀족에게 능욕을 당 했습니다. 내 부모가 관리에게 알리러 갔지만, 오히려 그 자리 에서 몽둥이에 맞아 죽었습니다! 우리가 무얼 잘못했기에!"

"그렇습니다! 아가씨, 우리가 무슨 죄를 지었지요? 왜 우리 를 처벌하시려는 겁니까?"

"내가 너희가 무슨 죄를 지었는지 알려 주마!"

갑자기 번개가 번쩍하며 천지간이 새하얗게 밝아 왔다. 초교는 고개를 돌려 마차를 가리키며 한 마디 한 마디 또렷하게, 천천히 말했다.

"왜냐하면 너희들의 부모를 죽인 자는, 너희들의 누이를 능욕한 자는, 너희들을 괴롭히고 박해한 자는 저들이 아니기 때문이다!"

참혹한 비명 소리가 들려왔다. 초교는 고개를 돌리지 않은 채 그저 조용히 마차를 바라보았다. 그녀의 발에 천 근이라도 되는 거대한 바위가 달린 것처럼 무거워, 도저히 앞으로 나갈 수가 없었다.

"아가씨!"

하소가 성큼성큼 걸어오더니 얼굴에 묻은 물을 닦아 내고, 투박한 목소리로 말했다.

"저 축생들은 도살해 버렸습니다."

"하 장군, 일단 다 함께 서마량으로 가세요."

초교는 창백한 안색으로 속삭였다.

"나는 함께 갈 수가 없어요."

"아가씨!"

하소가 깜짝 놀라 큰 소리로 외쳤다.

"왜 그러십니까?"

우르릉, 벼락이 울리고 호우가 쏟아졌다. 억수 같은 비가 얼굴을 때려, 다른 이에게 보이고 싶지 않은 눈물을 감춰 주었다.

"왜냐하면, 나에게는 반드시 해야 할 더 중요한 일이 생겼기 때문이에요."

아침 해가 떠오르고 비가 멎으니 천지간은 신선하고 상쾌했다. 모든 더러운 것들과 죄악이 비에 씻겨 나간 것 같았다.

별애파 위, 키가 큰 남자 하나가 온몸에 흰 모피를 걸친 채서 있었다. 창백한 얼굴에 먹처럼 검은 눈빛으로 조용히, 멀리 있는 수많은 산과 강을 바라보고 있었다.

"주군, 가셔야 합니다."

오도애가 연순 뒤에서 조용히 말했다.

연순은 말없이 먼 곳을 바라보았다. 차가운 바람이 불어오자, 허약해진 몸이 갑자기 격렬한 기침을 시작했다. 그 기침 소리는 무척이나 무거웠고, 공기 중에 피비린내까지 풍기는 듯했다.

"주군?"

"그래."

연순은 손을 내저으며 천천히 몸을 돌리고, 오도애의 부축을 거절했다. 그리고 기침을 하면서도 천천히 비탈을 내려가기 시작했다.

푸른 산이 겹겹이 겹쳐 있어 산마루 뒤는 보이지 않았다. 푸른 천을 덮은 마차가 천천히 앞으로 움직였다. 높디높은 하늘 위에서 눈처럼 새하얀 매가 슬피 울다가, 마차를 따라 점차 연북의 하늘을 떠났다.

제19장 지난 일은 꿈과 같아

황무지는 적막했다. 주변 100리까지 인가가 보이지 않았다. 잇따른 전란과 살육으로 인해 이곳은 초토화된 지 오래였다. 대군이 경계를 넘을 때마다 백성들은 좀 더 편안히 살 수 있는 다른 장소를 찾아 사방으로 도망가며 흩어졌다. 그러나 이 변화무쌍한 난세에 어디로 간들 과연 세외도원이 있을 수 있을까?

사흘 동안 계속 비가 쏟아졌다. 비가 멈출 기색 없이 너무 억수같이 내려, 마차는 할 수 없이 쇠락한 마을에 멈춰 섰다. 눈길이 가는 곳마다 검게 변한 폐허 아닌 곳이 없었다. 초교는 그래도 비교적 온전한 집을 찾아, 여전히 혼수상태인 조승을 업고 안으로 들어갔다. 그리고 재빨리 방을 청소한 후 깨끗한 마른 풀과 장작을 찾아 불을 피웠다. 반 시진도 되지 않아 방 안이 따뜻해지기 시작했다.

이 사람이 없는 지역은 천중川中으로, 초교가 서남진부사를 이끌고 지난 적이 있는 곳이었다. 또한 여기서 멀지 않은 곳에서 조양의 토벌군과 전투를 한 번 치르기도 했다. 이곳 백성들은 그 전투 때 놀라 도망친 듯, 양식과 옷을 제외하고 다른 것은 챙겨 가지 못한 것 같았다. 솥이며 그릇 등이 남아 있었고, 심지어 물 항아리 안에 깨끗한 물도 남아 있었다. 창고에는 겨울을 보낼 만큼의 장작도 남아 있었다.

초교는 따뜻한 물을 담은 그릇과 마른 식량을 들고, 방 안 구석에 홀로 앉아 있는 조순아에게 다가가, 그것들을 그녀에게 건넸다.

과거의 금지옥엽은 초교가 다가가도 머리조차 들지 않았지만, 그렇다고 초라한 음식을 거부하는 것도 아니었다. 그녀는 말없이 마른 식량을 받아 들고, 고개를 숙여 물을 한 모금 마셨다.

이곳까지 오는 내내 조순아는 계속 이런 모습이었다. 그녀는 예상 밖으로 초교에게 적의를 전혀 드러내지 않았다. 그녀는 말없이 초교의 지시에 따랐고, 주는 대로 먹고 마셨다. 길이 험하면 그녀는 초교와 함께 마차에서 내려 비를 맞으며 마차를 밀었다. 마른 장작이 없으면 초교처럼 차가운 물과 함께 삼키기 어려운 잡곡을 씹어 삼켰다. 얕은 내를 만나면 말에서 내려 물을 건넜고, 난민을 만나면 초교의 모습을 그대로 흉내 내어 칼을 들고 휘둘렀다. 그러나 그녀는 그러는 내내 거의 말을 하지 않았고, 조승을 제외하면 외부의 세계 그 어떤 것에도 흥미를 느끼지 못하는 것 같았다.

초교는 알고 있었다. 조순아는 자신에게 감사하고 있는 것도 아니었고 놀라서 넋이 나간 것도 아니었다. 그 굴욕을 겪은 후 이 소녀는 놀라운 속도로 성장하고 있었다. 무엇인지는 알 수 없었지만, 사람들이 눈치채지 못하는 구석 어딘가에서 이미 변화가 발생하고 있었다. 초교는 심지어 조금은 걱정스러운 기분도 들었다. 내가 지금 하는 행동이 혹시 또 다른 재난을 불러오는 것은 아닐까?

초교는 마른 식량을 잘게 부숴서 뜨거운 물 안에 넣고, 조숭의 입을 벌린 후 음식을 강제로 넣었다.

남자는 인상을 쓰고 있었고, 턱에는 까끌까끌한 수염이 새로 자라나 있었다. 연순이나 제갈월과는 달리, 예전의 조숭은 맑고 깨끗한 눈을 가진 사람이었다. 대신 눈썹이나 털은 매우 두껍고 거칠었기 때문에, 그가 화를 내면 작은 사자처럼 보이기도 했다. 그러나 짧디짧은 며칠 동안, 과거 햇빛처럼 빛나던 청년은 고통 때문에 몹시 수척해져 있었고, 안색도 백지처럼 창백했다. 그의 오른팔이 있어야 할 자리는 비어 있었고, 옷은 피로 물들어 있었다. 초교는 차마 더 이상 보지 못하고 고개를 돌렸다.

"음……."

갑자기 나지막한 신음이 들렸다. 계속 조용하기만 하던 조순아가 작은 짐승처럼 힘차게 몸을 일으키더니, 비틀거리며 조숭에게 다가왔다.

조숭의 얼굴에는 고통스러운 기색이 역력했다. 초교는 긴장

한 채 그의 곁에 반쯤 무릎을 꿇고 앉아 그의 손을 잡고, 소곤
거리듯 불렀다.

"황자님? 황자님?"

"바……보……. 가지 마!"

남자의 입에서 희미한 목소리가 흘러나왔다. 그는 여전히 두
눈을 꽉 감고 있었는데, 이마에는 푸른 힘줄이 돋아나 있었다.

"오라버니!"

조순아가 그의 몸에 달라붙으며 큰 소리로 외쳤다.

"오라버니, 순아가 여기 있어요. 어디도 가지 않아요!"

조순아에게 밀쳐진 초교가 참지 못하고 속삭였다.

"공주 마마, 상처를 건드리시면 안 됩니다."

"비켜!"

조순아는 사납게 고개를 돌렸다. 그녀는 매서운 얼굴로 혐
오하듯 냉랭하게 초교를 바라보았다.

"그와…… 가면…… 가면…… 죽을 거야……."

"오라버니."

조순아는 처량한 얼굴로 계속 고개를 끄덕였다.

"순아도 알아. 안심해."

조승의 얼굴이 기묘할 정도로 붉어 보이는 것이 열이 나고
있는 것 같았다. 초교는 곁에 서 있었지만, 어떻게 이 남매에게
가까이 가야 할지 알 수 없었다. 그녀는 차라리 둘만 남겨 두고
물을 끓이러 가기로 마음먹었다. 그러나 그녀가 막 몸을 돌렸
을 때, 조승의 쉰 목소리가 초교를 그 자리에 못 박아 놓았다.

"나…… 나도…… 지켜 줄…… 수 있어…… 아초……."

조순아는 바로 나무로 깎아 만든 인형이라도 된 것처럼 얼이 빠지고 말았다. 그녀는 창백한 안색으로 마치 귀신이 들리기라도 한 것처럼 고개를 돌려 초교를 바라본 후, 다시 고개를 돌려 혼수상태의 조숭을 바라보았다. 갑자기 그녀의 입술 사이로 쓴웃음이 배어 나왔다. 그녀는 다시 마른 풀을 깔아 놓은 구석 자리로 돌아가, 무릎을 끌어안고 고개를 다리 사이에 묻었다.

밤새도록 조숭은 계속 헛소리를 했다. 연순이 신의를 배반했다고 욕하기도 하고, 미친 듯이 순아를 부르며 빨리 도망가라고 외치기도 했다. 그리고 그가 가장 많이 입 밖에 낸 것은 초교를 향한 애걸이었다. 그는 고통스러워하며 초교에게 남아 달라고, 가지 말라고 간청하고 있었다.

땅에 선을 그으며 과감하게 자신과 모든 은의를 끊겠다고 했던 사내가, 이 큰비가 내리는 밤, 자신 안에 존재하는 모든 연약함과 부드러움을 내보이고 있었다. 그가 내뱉은 말 한 마디 한 마디가 칼처럼 사납게 초교의 심장을 갈가리 찢고 있었다.

하늘이 밝아 올 무렵, 조숭이 갑자기 잠에서 깨어났다. 초교는 밤새도록 그의 곁에 있었다. 그에게 물을 먹이고 열을 내리는 조치를 취하면서.

조숭이 눈을 뜬 것을 보고 초교는 기뻐하며 물었다.

"깨어났어요?"

눈을 감고 자고 있던 조순아도 그 소리를 듣고 깨어났다. 그러나 그녀는 눈을 뜨고 바라보기만 할 뿐, 가까이 다가오지는 않았다.

조숭은 망연자실한 눈빛을 하고 있었다. 심지어 자신이 어디에 있는지 모르는 것 같았다. 그는 초교를 보자 처음에는 놀라고 기쁜 표정을 지었다. 그러나 그의 눈빛은 곧 의혹으로 바뀌었고, 다시 안타까움, 원한, 분노 등의 감정이 하나하나 그의 검은 눈동자를 스쳐 갔다. 그리고 마지막으로는, 거대한 냉담함이 나타났다. 그의 눈빛은 마치 만고설산의 단단한 얼음처럼 차가워져, 그 눈빛을 보는 것만으로도 등줄기가 서늘해질 정도였다.

그의 눈을 바라보며, 초교는 다시 한 번 그들이 몇 년 동안 쌓아 온 우정을 되새길 수 있었다. 처음 만났을 때부터 친한 친구가 되었을 때, 그리고 최후의 순간까지, 그 모든 것들이 웅장한 궁궐의 담벼락 아래에서 완전히 무너지고 말았다.

이 순간, 초교는 깨달았다. 그녀는 지금까지도 마음속에 한 오라기 희망을 버리지 못하고 있었다. 그러나 그녀와 조숭은, 이제는 정말로 결코 친우가 될 수 없었다. 두 사람 사이에 상처는 이미 생겨 버렸고, 자신이 어떻게 메우려 해도 모든 것이 원래의 상태를 회복하는 것은 불가능했다. 마치 그의 잘려 나간 팔처럼.

"순아?"

조숭이 고개를 돌려 구석에 있는 조순아를 바라보았다. 그의 목소리는 녹이 슨 톱날처럼 쉬어 있었다. 그는 하나 남은 팔을 들어 그 연약한 소녀를 향해 뻗으려 했다.

조순아는 입술을 꽉 다문 채, 무릎을 꿇은 채 기어왔다. 그녀의 눈가는 붉어져 있었고 입술은 떨리고 있었다. 그러나 울음보다도 더 보기 힘든 웃음을 어떻게든 지으면서, 조숭의 손을 있는 힘을 다해 꽉 잡았다.

밖에는 비가 억수같이 내리고, 방 안에 피워 놓은 불은 탁탁 소리를 냈다. 이 재난을 겪고 살아남은 남매는 마치 두 개의 조각상처럼 서로를 바라보며 아무 말도 하지 않았다. 굳이 입 밖에 내지 않아도 될 수많은 말들이 서글픈 눈빛으로 변해 이 좁은 공간에서 교차하고 있었다.

"순아."

젊은 황자에게는 더 이상 예전의 태양 같은 반짝임은 없었다. 그는 이제 아주 늙은 노인 같았다. 그는 여동생의 손을 꽉 쥔 채 나지막하게 속삭였다.

"오라비가 미안하다."

조순아는 대답 없이 그저 있는 힘을 다해 고개를 저었다. 계속 참아 왔던 눈물이 마침내 흘러내렸고, 그녀가 고개를 저을 때마다 눈물은 양쪽으로 마구 튀었다.

초교는 천천히 몸을 일으켰다. 그들 중 아무도 초교를 보지 않았다. 이런 상황에서는 그녀의 그림자조차 거추장스러울 지경이었다. 오늘의 이 모든 일은 그녀에게도 어느 정도는 책임이 있었다. 그녀는 간접적인 도살자나 마찬가지였다. 도저히 부인할 수 없었다.

초교는 바닥에 둔 보검을 들고 낡은 돗자리 조각을 머리에인 채 문을 열고 밖으로 나갔다.

대문이 끼익 소리 내며 닫혔다. 밖에는 비가 억수같이 내리고 바람이 거칠게 불고 있었다. 마치 미쳐 버린 야수가 제멋대로 활개 치는 것 같았다.

돗자리를 머리에 이고, 그녀는 재빨리 말이 있는 우리로 달려갔다. 검은 전마가 그녀를 보고 다가오더니 기쁜 듯 킁킁거리고, 흥분한 듯 머리를 흔들었다.

초교는 몸에 묻은 빗물을 털어 내며 다가가 말의 목을 두드리고 담담하게 웃었다.

"너만은 아직 나를 환영해 주는구나, 그렇지?"

말이 그녀의 말을 알아들었는지는 알 수 없지만, 주인을 보자 기분이 좋은 듯 즐겁게 머리를 흔들었다.

"오늘 밤은 너에게 의지할 수밖에 없겠다."

초교는 웃으며 말에게 기대어 앉았다. 말은 그녀에게 몸을 꼭 붙이고, 아주 친밀하게 목으로 그녀의 팔을 비비댔다.

말의 등에 걸어 놓은 행낭에서 툭 소리가 나며 무엇인가가 떨어졌다. 초교가 주워 보니 작은 병에 든 독주였다.

그녀는 이미 오랫동안 술을 마시지 않았다. 그러나 그날, 서남진부사와 헤어지던 순간, 그녀는 자신도 모르게 하소에게서 한 병 챙겨 놨던 것이다.

바깥에 내리는 비는 점점 더 커지고 있었고, 온 세상은 잿빛으로 몽롱하여 떠오르는 아침 해조차 보이지 않을 정도였다. 방 안에서는 여전히 불을 피우고 있는 듯, 문에 바른 창호지 위에 두 사람의 그림자가 아른거렸다.

초교는 말 우리에 앉아, 한 다리를 구부려 말의 몸 위에 걸치고, 한 손에는 보검을, 한 손에는 술병을 든 채 목을 젖혀 마셨다.

독주가 목으로 들어가니 마치 불타는 것처럼 따가웠다. 그녀는 갑자기 폐조차 모두 토해 낼 것처럼 격렬하게 기침하기 시작했다. 말이 깜짝 놀라 허둥거리며 그녀를 바라보았다. 그녀는 기침하면서도 위로하듯 말의 목을 두드려 주었다.

"괜찮아……. 콜록콜록…… 괜찮아……."

말을 바라보며 웃고 있는 그녀의 눈에 눈물이 흐르고 있었다. 마치 구불구불한 시냇물처럼, 한 방울 한 방울 그녀의 격렬한 기침에 따라 끊임없이 흔들리며 흘러내리고 있었다.

큰비가 내리니 하늘과 땅의 구분이 없어 보였고, 날씨가 갤 것 같은 기색은 전혀 없었다. 칠흑 같은 폐허 속 초교의 그림자는 몹시 마르고 연약해 보였고, 이유 없이 매우 처량해 보였다.

새벽이 되자 마침내 비가 멈췄고, 안개 속에서 햇빛이 드러났다가 다시 빠르게 숨어 버렸다. 초교는 말에게 먹이를 먹인 후 집 문 앞으로 가 가볍게 문을 두드렸다. 그리고 쉰 목소리로 불렀다.

"일어났어요? 길을 가야 해요."

안에서 바스락거리는 소리가 들렸다. 초교는 한편으로 물러나 조용히 기다렸다.

잠시 후 문이 끼익 소리 내며 열리더니 조순아가 냉담한 표정으로, 그러나 평온한 어조로 말했다.

"오라버니가 너를 부른다."

초교는 고개를 끄덕이고, 그녀를 따라 방으로 들어갔다.

조숭은 볏짚 위에 앉아 있었다. 조순아가 빗겨 준 듯 머리는 단정하고 수염도 깎은 상태였다. 전날보다 훨씬 산뜻해져 있었다. 만약 텅 비어 있는 소매가 아니었다면, 지금까지의 모든 일이 그저 악몽이었다고 여길 수도 있을 것 같았다.

"가거라."

조숭이 냉랭한 눈빛으로 초교를 바라보았다. 어조는 평온했지만, 그 안에 사람을 천 리 밖으로 밀어내는 냉담함이 서려 있었다.

"더 이상 너를 보고 싶지 않다."

조숭이 이렇게 나올 것은 예상했던 바였다. 초교는 놀라지 않고 평온하게 대답했다.

"저는 그저 황자님께서 돌아가시는 것을 배웅하려는 거예요. 여기서 진황까지의 길은 아주 멀고, 황자님과 마마만 보내기에는 마음이 놓이지 않으니까요."

조숭은 눈썹을 들어 올렸다. 그의 눈빛이 칼처럼 초교를 베어 왔다.

"우리가 죽든 말든, 너와 무슨 상관이지?"

마치 칼로 심장을 도려 낸 것처럼 가슴이 답답해 왔다. 초교는 깊이 숨을 들이마신 후 계속 말했다.

"이곳 천중은 전란을 겪었어요. 도처에 강도로 변한 유민들이 있고, 각 씨족이며 번왕들이 모두 관망하고 있는 지역이라 각지의 무장 세력이 모두 빠르게 결집하는 중이에요. 그리고 지금 조씨 황권은 이미 위협적이지 않아요. 진황으로 돌아가기 전에는 결코 신분을 밝혀서는 안 됩니다. 천서구에 강도가 대단위로 모였다가 하투 일대로 달아났으니, 황자님과 마마는……."

"그만해."

조승이 귀찮다는 듯 인상을 쓰며 나지막하게 말했다.

"내가 말했지. 우리가 죽든 말든, 너와 무슨 상관이냐?"

누군가가 거대한 바위를 들어 자신을 꽉 누르고 있는 것 같았다. 초교는 깊이 숨을 들이마신 후, 한참 후에야 쉰 목소리로 말했다.

"황자님, 황자님께서 저를 미워하는 것은 알아요. 저도 제가 저지른 일이 어떻게 해도 속죄할 수 없는 죄라는 것을 알고요. 하지만 저는 황자님과 마마께서 죽으러 가는 것을 보고만 있을 수는 없어요."

조승이 눈썹을 치켜세우고 냉랭하게 웃으며 말했다.

"아초, 내가 예전에 너의 어떤 부분을 가장 좋아했는지 알아?"

초교는 당황하여 바로 고개를 들었다. 조승은 한 마디 한 마디 또렷하게, 천천히 말했다.

"내가 예전에 가장 좋아했던 너는, 그래, 바로 지금의 이런 모습이었지. 언제나 그렇게 자신만만한 모습. 자신이 어떤 지위에 있든, 어떤 신분이든, 어떤 상황에 처해 있든, 너는 결코 스스로를 낮추지 않고, 자신을 비하하지도 않으며, 결코 희망을 잃지 않았지. 언제나 그렇게 단호하게. 그래, 단호하게 자신의 능력을 믿고 있었지. 하지만."

조숭의 눈빛이 갑자기 어두워지더니 입가에 얼음처럼 차가운 기운이 맴돌았다.

"지금 나는 그런 네가 정말로 혐오스럽다. 거만하고, 자신이 잘났다고 생각하고, 언제나 구세주와 같은 표정을 짓고 있으니 말이다. 너는 네가 누구라고 생각하는 거냐? 네가 지금 무엇을 하고 있다고 생각하는 거야? 구제? 속죄? 무엇이든 좀 하고 나서 마음이 편해지면, 다시 그 축생의 곁으로 돌아가 너희만의 행복한 나날을 보낼 생각이냐?"

초교는 입술을 꽉 깨문 채 고개를 저었다. 무슨 변명이라도 해야 할 것 같았다.

"황자님, 저는……."

"꺼져! 다시는 내 앞에 모습을 보이지 마라!"

조숭이 노하여 외쳤다.

"이미 예전에 말했다. 너와 나 사이의 관계는 끊긴 지 오래다. 다시 보게 될 때는 네가 죽든지 아니면 내가 죽을 거라고 내가 말했지. 제국을 배반하고 백성을 학살했으니, 너는 백 번 죽어도 속죄할 길이 없다!"

"황자님……."

"꺼져!"

조숭은 분노했다. 초교는 그 자리에서 얼이 빠지고 말았다.

손과 발은 그녀의 의사와 상관없이 계속 떨리고 있었다. 그래도 그녀는 등을 꼿꼿하게 세우고 계속 나지막하게 말했다.

"황자님, 황자님과 마마께서 진황에 들어가는 것을 보면 바로 떠나겠어요. 황자님께서 저를 필요로 하지 않게 되면, 그리고 공주 마마도요. 앞으로의 길은 멀고 험해요. 황자님도 공주 마마에게 같은 일이 다시 발생하는 것을 원하지 않으시겠지요."

이 말을 들은 순간 조순아의 몸이 갑자기 굳어 버렸다.

조숭이 조순아를 돌아보더니, 여전히 고집스럽게 말했다.

"나는 내 여동생을 지킬 수 있다. 네 관심 따위는 필요 없다."

"오라버니⋯⋯."

"순아, 설마 원수에게 지켜 달라고 부탁할 정도로 유약해진 것은 아니겠지?"

조순아가 무슨 말인가 하려 하자 조숭이 날카롭게 소리쳤다. 조순아는 복잡한 눈길로 초교를 바라보더니, 입술을 가볍게 깨물고 더 이상 말하지 않았다.

반 시진 후, 초교는 조숭과 조순아가 탄 마차가 먼 길 위로 점차 사라지는 것을 지켜보았다. 갑자기 엄청난 피로감이 엄습해 왔다. 밤새도록 찬비를 맞았기 때문에 온몸에 열이 나고, 기의 제대로 서 있기도 힘들 지경이었다. 그러나 아침 해가 마침내 짙은 안개 사이로 비치기 시작했을 때, 그녀는 이를 악문 채 말 위에 올라 그들을 따라가기 시작했다.

그날부터, 그녀는 계속 조심스럽게 조숭의 마차 근처를 맴돌기 시작했다. 그들이 가는 길을 자신이 정하는 것이 불가능했기 때문에, 밤에 먼저 이동하여 그들을 위해 길을 정리해 놓는 수밖에 없었다. 유랑하는 난민을 만나면 그들을 쫓아 버리고, 강도를 만나면 일부러 자신의 행적을 드러내어 그들을 유인했다. 낮에는 그들에게서 한참 떨어진 곳에서 몰래 그들을 호위했다. 그녀의 말은 매우 빨랐기 때문에, 다행히도 계속 발견되지 않았다.

그러나 이렇게 나흘을 보내자 극도의 피로감이 몰려왔다. 몸이 좋지 않은 상태에서 매일 바람과 이슬을 맞으며 한데서 잠을 잤기 때문에, 초교는 마침내 돌이킬 수 없는 지경에 이르러 쓰러지고 말았다.

초교가 깨어났을 때, 밖에는 여전히 폭우가 쏟아지고 있었고, 그녀는 쇠락한 초가 안에 누워 있었다. 도롱이를 입은 조순아가 손에 이가 나간 그릇을 들고 있었다. 그 안에는 마른 양식이 두 조각 들어 있었다.

"먹어라. 만약 네가 죽으면 누가 우리를 호위해 주겠느냐?"

조씨 황족의 공주가 높은 곳에서 그녀를 굽어보고 있었다. 그녀의 안색은 평온했다. 조순아는 그릇을 바닥 위에 놓은 다음, 몸을 돌려 떠났다.

초교의 새하얀 얼굴 위로 한 줄기 진흙이 섞인 물이 튀어 구불구불 흘러내렸다. 그것은 마치 보기만 해도 무서운 상흔 같았다. 그녀는 조순아가 쏟아지는 빗속으로 사라지는 것을 바라보았다. 왜인지는 알 수 없었지만 초교의 눈에 한 오라기 따뜻함이 어리고 있었다.

이레 후, 마침내 우뚝 솟은 진황성이 새벽안개 속에 보일 듯 말 듯 나타났다. 이미 300년에 걸친 전화를 버텨 낸 서몽 대륙 북방의 제1의 도성은, 마치 깊은 잠에 빠진 수사자처럼 기복이 심한 홍천의 땅 위에 엎드리고 있었다. 자신이 8년을 보낸 이 성을 보자 초교는 갑자기 온몸이 피곤해졌다.

그녀가 말 머리를 돌려 서북으로 막 떠나려 할 때, 말발굽 소리가 등 뒤에서 들렸다. 초교는 고개를 돌려 눈앞의 사람을 바라보며 아무 말도 하지 않았다.

"갈 생각이냐?"

"네."

"그래도 그를 찾아가겠다고?"

"네."

"돌아올 건가?"

"모르겠어요. 돌아올 수도 있고, 돌아오지 않을 수도 있겠죠."

"하하."

조숭이 갑자기 큰 소리로 웃었다. 하나밖에 남지 않은 팔의 소매가 바람 속에 흔들렸다. 그 모습은 마치 날개 한 짝이 사라진 연처럼 기이해 보였다.

"봐라, 나는 정말이지 이렇게나 유약한 사내야!"

"황자님."

초교가 가라앉은 목소리로 말했다.

"마지막으로 보러 와 줘서 고마워요."

조숭이 쓰게 웃었다.

"네가 천 리를 마다 않고 고생하며 나를 바래다주었는데, 너를 한번 보러 오지도 않을 만큼 내 마음이 좁을 것 같으냐?"

거센 바람이 불어오자 누런 모래가 하늘 가득 날아올라 흩어졌다. 조승은 보통 평민이 입는 거친 옷을 입고 있었지만, 그에게서 풍겨 나오는 황족 특유의 귀한 느낌은 조금도 줄어들지 않았다. 그의 머리카락이 바람에 흩날려 춤을 추는 가운데, 조승이 차가운 어조로 천천히 말했다.

"하지만 이번 한 번뿐이다. 정말로 마지막이야. 후에 우리가 다시 만나면, 너는 나에게 더 이상 체면을 봐 줄 필요가 없다. 나 역시 너에게 정을 남겨 두지 않을 것이다."

초교는 천천히 고개를 저었다.

"저는 황자님을 죽일 수 없어요."

"그건 네 문제일 뿐."

조승이 냉정하게 말했다.

"누구든 제국을 배반한다면, 죽는 수밖에 없다."

그 말을 들은 초교는 양미간을 찌푸리며 고개를 들고, 한 마디 한 마디 또렷하게 물었다.

"황자님, 제국이란 무엇인가요?"

조승이 미간을 찌푸렸으나 초교는 나지막하게 계속 이야기했다.

"하늘의 섭리는 무엇이고, 왕의 법은 대체 무엇인가요? 조씨 일족만이 홀로 중요하고, 조씨 일족의 발언만이 산과 같이 높아 어떤 누구도 반항할 수 없는 그런 것인가요? 진황에서의 전투는 결코 죄가 아니에요. 거기엔 옳고 그름도 없고, 그저 승부만이 있었던 거예요. 황자님의 부친은 친우를 속이고, 연북을 학살하고, 연순의 가족들을 모두 죽였지요. 이 원한은 또 무엇으로 계산할 건가요? 8년 동안, 황자님께서 직접 본 암살과 모해는 또 얼마였죠? 황자님은 어떻게 감히 정의로운 듯 당당하게 조정덕이 연순을 보살핀 은혜가 바다와 같이 깊다고 말할 수 있나요? 딸을 시집보낸다든가, 혼사를 치른다든가, 그건 모두 사람들의 이목을 속이기 위한 연극에 지나지 않았어요. 그날 밤 반란을 일으키지 않았다면, 우리는 분명 파뢰와 위서엽의 손에 죽었을 거예요. 그리고 오늘 황자님이 볼 수 있는 것은 푸른 무덤 두 개, 황토 두 줌이었겠죠. 황자님은 계속 자신도 속이고 남도 속이고 있어요. 눈을 감으면 대하의 폭정이 보이지 않는 것처럼, 귀를 틀어막으면 세상 만민의 슬픈 비명이 들리지 않는 것처럼. 그리고 생각하려 하지 않죠. 어째서 작디작은 반란이 이렇게 거대한 대하 황조를 분열시키고 와해되게 만들었는지. 저는 제가 황자님의 믿음을 저버렸다는 사실을 결코 부인하지 않아요. 여러 해 동안 황자님께서 베풀어 주신 것을 생각하면 미안해요. 하지만 제국을 배반했다거나 이 전쟁을 일으켰다는 말에 대해서는, 나는 부끄러운 것이 하나도 없어요. 후회도 전혀 없고요. 황자님과 저는 처음부터 대립할 수밖에 없는 운명이었고, 조화를 이룰 가능성은 전혀 없어요. 모든 것을 다시 시작할 수 있다 해도, 나는 여전히 지금과 같은 선택을 할 거예요."

초교가 낭랑한 목소리로 말했다. 조승은 냉소하더니 고개를 흔들며 탄식했다.

"아초, 내가 정말 너를 잘못 보았구나."

"아니에요. 황자님께서는 그저 저의 전부를 알지 못했을 뿐이죠."

초교는 나지막하게 말했다.

"황자님, 이런 시대에 살게 된 것이 황자님과 저의 비극이죠. 물 한 방울의 은혜는 용솟음치는 샘으로 갚아야 하는 법. 8년 전, 궁지에 빠져 있던 저에게 연순이 구원의 손길을 뻗어주었어요. 제가 그를 따라 성금궁에 들어가기로 결정했을 때, 황자님과 저의 운명은 대립하도록 결정되었던 거예요. 황자님은 대하의 황자고, 저는 대하 황조를 전복시키기로 뜻을 세웠으니까요. 황자님과 제 사이는 언젠가는 결렬되어 전쟁터가 될 예정이었죠. 대하 황조 사람이라면 누구나 황제가 연순을 놓아주지 않을 거라는 사실을 알고 있었어요. 오로지 황자님 한 사람만이 아무 일도 없었던 것처럼 모호하게 시간을 보냈지요. 8년 동안 저는 계속 황자님께 암시를 주고 황자님을 멀리하려 했는데, 어찌하여 황자님은 시종일관 현실을 인정하지 않고, 순진하게 황자님의 부친이 연북의 물고기를 그물에서 놓아주리라고 믿고 있었던 건가요? 황자님, 저는 황자님을 속인 적이 없어요. 그러니 배반이라는 말은 더욱 어울리지 않아요. 하지만 저는 확실히 황자님께 상처를 주었지요. 수년에 걸친 황자님의 보살핌과 은정은 마음 깊숙한 곳에 기억하고, 언젠가 기회가 있다면 마땅히 보답할 거예요.”

“보아하니 모든 것은 내 자업자득이군. 너무 순진했어.”

조숭은 처량하게 웃으며 몸을 돌렸다.

“나는 결코 네가 나에게 보답하도록 놔두지 않을 것이다. 아초, 가거라. 나는 평생 다시는 너를 보고 싶지 않다.”

“조숭!”

초교가 갑자기 큰 소리로 외쳤다. 조숭은 말을 멈춰 세웠으나 고개를 돌리지는 않았다.

초교는 한참을 생각하다 깊이 숨을 들이마신 후, 간신히 나지막하게 물었다.

“연순의 상태는 어떤가요?”

조숭의 등이 갑자기 굳었다. 차가운 바람이 불어오고, 그의 눈길도 점점 더 냉담해졌다.

“궁지에 몰린 상황이 아니라면, 그는 절대로 황자님을 해치지 않았을 거예요. 중상을 입어 자신이 일을 처리할 수 없는 상황이 아니었다면, 그는 절대 그런 자들에게 당신들의 호위를 맡기지 않았을 거야! 황자님이 그에게 상처를 입혔지요? 치명적인, 아주 위급한 상처를. 맞나요?”

비록 의문의 형식으로 말하고 있었지만, 초교의 말투에 궁금해하는 빛은 없었다. 그녀는 아주 확신하듯 이 말을 내뱉고 있었다. 이것은 결코 가설이 아닌 결론이었다.

“그렇다!”

조숭이 초교를 등진 채 음산하게 말했다.

"그는 얼마 살지 못할 거다. 하지만 네가 서둘러 돌아간다면 그의 임종을 지킬 수 있을지도 모르지."

등 뒤에서 갑자기 아무 소리도 들려오지 않더니, 잠시 후 나지막한 헐떡임이 들려왔다. 아주 다급하게 억눌린 듯한 헐떡거림이었다. 한참 후, 쉬어 버린 목소리가 다시 들려왔다.

"알려 주어 고마워요."

등 뒤에서 말발굽 소리가 들렸다. 이별의 말 한 마디조차 없었다. 아니면 근본적으로 이별을 이야기할 필요가 없었던 것일까. 초교는 조급하게 말 머리를 돌려 서북 방향으로 나는 듯이 질주하고 있었다!

등 뒤의 사람이 이미 사라진 후에도 조숭은 여전히 그 자리에 멍하니 서 있었다. 말은 불안한 듯 발굽으로 땅을 긁고 있었다. 차가운 바람이 불어오고, 조숭의 소매가 허공 속에 춤을 추었다. 마음에는 처량함과 슬픔만이 가득했다.

아초, 네 말들, 한 마디 한 마디 진심이 아닌 것이 없는 그 말들을, 내가 어찌 그 의미를 모를 수 있을까? 8년 동안 그것들은 계속 내 마음속에서 발버둥 치며 맴돌고 있었지. 하지만 어째서일까, 나는 계속 너를 잡을 기회를 놓고 싶지 않았다. 나는 모르는 것이 아니라 인정하고 싶지 않았던 거야. 내가 더 노력하면 너를 내 곁에 남겨 둘 수 있으리라 믿고 싶었다. 나는 심혈을 기울여, 나 자신조차 이렇게 오랫동안 속여 왔지. 그래, 나 자신조차도 내가 만들어 낸 거짓말을 얼떨결에 믿어 버리고 말았다. 아초, 너도 알고 있을까? 제국이 무너질 것이다, 대하가 전복될 것이다. 나는 계속 연순이 대하를 배반하여 나라가 휘청거린다고 괴로워하지만, 실제로 내가 정말 괴로운 것은 네가 마침내 나를 버렸다는 사실이다!

이 모든 것을 예상 못했던 것은 아니지만.

사람을 죽여 우리를 구출하고, 만 리 길도 멀다 않고 호위하는 동안, 너는 단 한 마디도 묻지 않았다. 하지만 너는 모든 것을 알고 있었다. 그 모든 것을 다 알고 있었다. 네 마음속에 그렇게 확고한 신념이, 결코 흔들리지 않는 믿음이 있기 때문에!

아초, 나는 예전에 네 마음속에 있는 나와 그가 별다른 차이가 없을 거라고 여겼다. 그저 아주 약간만 차이가 난다고, 그 차이는 얼마 되지 않는다고. 하지만 이제 나는 내가 얼마나 잘못 생각하고 있었는지 알게 되었구나.

조숭은 고개를 들고 쓰게 웃으며 천천히 두 눈을 감았다. 변화무쌍하던 반평생이, 마침내 거울에 비친 꽃과 물속에 비친 달처럼 아무것도 아닌 것이 되어 버리고 말았다.

갑자기 다급한 말발굽 소리가 들려왔다. 조숭이 고개를 들어 보니 조순아가 조철과 손을 맞잡고 오고 있었다. 뒤를 따르는 대하의 병사는 족히 3백은 넘어 보였다.

"초교는?"

조순아는 가장 앞에서 말을 달려왔다. 그 사나운 눈길에는 과거 천진난만하고 연약한 소녀의 모습은 이미 사라지고 없었다. 지금의 그녀는 마치 예리한 비수 같았다. 조순아는 사납게 말을 세우고 큰 소리로 외쳤다.

"오라버니, 그녀는?"

"갔다."

"갔다고요? 어떻게 그녀를 그냥 보내 줄 수 있는 거지?"

대하의 공주는 눈썹 끝을 올리며 날카롭게 물었다.

"어느 쪽으로 갔나요?"

조숭이 침묵하자 조순아는 분노하여 큰 소리로 외쳤다.

"오라버니! 우리는 그들 때문에 이런 꼴이 되었어요. 오라버니는 이미 다 잊은 모양이군요. 그렇죠?"

"열셋째야, 그녀가 어느 쪽으로 갔느냐?"

조철은 바람에 흔들리는 조숭의 빈 소매를 바라보면서도 아무것도 묻지 않았다. 이미 조순아에게서 모든 이야기를 들은 것 같았다.

찰나의 순간, 8년 동안의 과거가 한꺼번에 머릿속에 떠올랐다 사라졌다. 마치 거대한 회오리바람이 밀려오는 것 같았다. 그는 여전히 그날을 기억하고 있었다. 여자아이는 하얀 해당화 무늬의 치마를 입고, 하얀 낙타털로 만든 작은 장화를 신고 있었다. 머리에는 비취와 진주로 만든 꽃을 두 송이 꽂고, 마치 꽃처럼 웃으며 자신에게 말했다.

'내 이름은 자허라고 하고, 오유라는 정원에 살고 있어요. 두 아주머니 밑에 있는 어린 시녀고, 매일 하는 일은 도련님과 소저들에게 진흙 인형을 빚어 놀아 드리는 거랍니다. 꼭 기억하셔야 해요.'

조순아는 눈썹을 치켜세우며 질책하듯 외쳤다.

"오라버니! 오라버니는 대체 조가의 사내가 맞나요?"

"저쪽."

조승이 손가락을 들어 초교가 떠나간 방향을 가리켰다. 말이 떨어지자마자 3백 인마가 즉시 앞으로 달려갔고, 눈 깜빡할 사이에 조승 근처에는 연기처럼 일어나는 먼지만이 남았다.

아초, 너와 나 사이에는 끝까지 자허오유만이 남아 있구나. 네 말대로 입장이 같지 않으니, 처음부터 나란히 설 가능성은 없었겠지. 너는 위험을 무릅쓰면서도 나를 바래다주었지만 나는 너를 떠나게 해 줄 수조차 없구나. 자허오유, 자허오유, 그날의 네 농담은 어쩌면 오늘의 일을 예언하고 있던 것일까.

외로운 바람이 불어오고, 온 세상은 그저 적막하기만 했다. 조승은 진황성을 향해 서서히 움직이기 시작했다. 그의 외로운 그림자가 어슷어슷 흔들리고 있었다.

"칠황자님, 앞에 보이지 않습니다."

척후병이 돌아왔다. 조철이 음울한 표정을 지으며 입을 열기도 전에 조순아가 먼저 말했다.

"초교가 타고 있는 말이 빠른 편이야. 당장 10로 중대를 보내 추격하게 해라. 초교가 아무리 대단하다 해도, 여자 혼자 몸으로 달리다 보면 밥도 먹고 물도 마셔야 할 테니, 조만간 따라잡을 수 있겠지. 그리고 즉시 전서구를 날려서 가는 길목에 있는 주, 부, 군, 현에 통지하도록 해. 그곳 병사들을 대량으로 죽였던 연북의 초교가 가고 있다고. 더군다나 다른 군사도 거

느리지 않고 혼자 가고 있다고 말이다. 이 천하에 초교를 뼈에 시무치도록 미워하는 사람이 결코 나 하나는 아닐 터이니, 수많은 이들이 우리를 대신하여 손을 쓰려고 할 것이다. 그녀 혼자 어떻게 천라지망을 뚫고 연북으로 돌아가는지 보고 싶군."

조철은 눈썹 끝을 살짝 들어 올리고 고개를 돌려 자신의 어린 동생을 바라보았다. 그가 얼굴을 찌푸리며 물었다.

"순아, 오는 길에 무슨 안 좋은 일이라도 있었니?"

조순아가 멈칫하더니, 긴장한 듯 고개를 들고 물었다.

"일곱째 오라버니, 왜 그런 것을 묻는 건가요?"

"네가 아주 많이 변한 것 같아서 말이다."

조순아의 눈길이 깊어졌다. 그 더러운 장면이 다시 한 번 머릿속에 떠올랐다.

"오라버니, 나는 변하지 않았어요. 그저 성장한 것뿐이에요."

조순아는 냉랭하게 웃으며 말하고, 말의 엉덩이를 채찍질했다.

"이랴!"

그녀가 말을 달려 앞으로 나아갔고, 조철과 다른 병사들도 그녀를 호위하기 위해 서둘러 뒤를 따랐다.

한참 후, 길옆 풀숲에서 여린 그림자 하나가 갑자기 일어섰다. 초교는 조순아가 사라진 방향을 한참 동안 바라보았다. 씁쓸한 마음이 들었다.

그녀의 생각대로였다. 조숭은 그녀를 팔아넘겼다. 그녀는 일부러 멀리 돌아가는 우회로를 선택했다. 만약 조숭이 초교가 간 방향을 말하지 않았다면, 조철 등은 분명 다른 길로 추격해 갔을 것이다.

조순아가 진황으로 오는 내내 조용히 침묵을 지키고 어떤 적의도 내보이지 않았던 것은, 심지어 일부러 그녀를 진황으로 이끌었던 것은 결국 진황에서 초교를 죽여 버리기 위해서였던 것이다. 이 대하의 공주는 본래부터 그녀를 반드시 죽일 생각이 었다!

초교는 텅 빈 황무지에 누웠다. 하늘에는 눈처럼 하얀 매가 날카롭게 울며 날갯짓하고 있었는데, 마치 천산의 흰 매 같았다.

그녀는 손가락을 구부려 입에 대고 맑게 휘파람을 불었다. 칠흑의 전마가 빠르게 달려와 그녀의 주위를 즐겁게 맴돌았다. 초교는 말 위에 올라타며 차분하게 웃었다.

"형제, 우리 아주 멀리 돌아가야 해. 앞쪽 길은 사람들이 막고 있거든."

진황에서 연북까지는 평탄한 평원이었다. 당초 서남진부사가 도망치는 것을 막기 위해, 대하를 수비하던 자들은 잡초를 모두 베어 내고 나무도 벌목했으며, 몸을 피할 수 있는 밀림도 아예 뿌리째 뽑아 버렸다. 강줄기마다, 나루터마다, 역로마다, 모두 누군가가 파수를 보고 있었다. 그들은 초교가 몰래 도망칠 것이라고 여겼고, 그녀가 서남진부시를 이끌고 살육을 감수하며 전투를 벌일 거라고는 생각지 못했다.

전투가 몇 번 벌어진 후, 그들은 병졸 장수 할 것 없이 죽거나 다쳤다. 그들이 사전에 안배해 두었던 것들이 모두 허사로 돌아간 셈이었다. 그러나 지금은, 그때의 안배가 거대한 힘을 발휘하기에 충분했다.

지금, 초교로 인해 고생했던 관리들이 그녀가 홀로 천 리에 걸친 포위를 뚫고 연북으로 돌아가려 한다는 것을 알게 되었다. 그들이 과연 눈을 크게 뜨고 그녀 스스로 그물에 들어오기만을 기다리고 있을까? 지금, 누구든 그녀를 잡는다면 연북의 새로운 왕을 견제할 수 있고, 연북의 신생 정권에게 작지 않은 타격을 입힐 수 있다는 것이 명백했다. 또한 초교는 4천 인마를 이끌고 전투를 벌이며 단 한 번도 패한 적이 없었기에, 이미 세가 귀족들의 염려와 두려움의 대상이 되기에 충분했다.

만약 지금 원래의 길을 밟아 올라간다면 스스로 멸망을 자초하는 것이나 다름없었다. 아마 살아남지 못할 것이다.

눈앞에 보이는 유일한 출로는 동남쪽으로 향하는 길뿐이었다. 변당 국경을 넘어 남쪽으로 가면 청동산이 나온다. 거기서 남강의 오훈하로 들어가 물을 거슬러 올라가면, 결국은 연북으로 돌아가게 될 것이다!

말이 힘차게 목을 그녀의 다리에 비비댔다. 초교는 말고삐를 잡고 가볍게 기합을 넣으며 동쪽을 향해 달리기 시작했다.

＜특공황비 초교전＞ 3권에서 계속